ALEXANDRA VON GROTE

Der tote Junge aus der Seine

Ein Fall für Kommissar LaBréa

Roman

W0306904

WILHELM HEYNE VERLAG
MÜNCHEN

FSC
Mix
Produktgruppe aus vorbildlich bewirtschafteten Wäldern und anderen kontrollierten Herkünften

Zert.-Nr. SGS-COC-001940
www.fsc.org
©1996 Forest Stewardship Council

Verlagsgruppe Random House FSC-DEU-0100
Das für dieses Buch verwendete
FSC-zertifizierte Papier *Holmen Book Cream*
liefert Holmen Paper Hallstavik, Schweden

Originalausgabe 08/2010
Copyright © 2010 by Alexandra von Grote
Copyright © 2010 by Wilhelm Heyne Verlag, München
in der Verlagsgruppe Random House
Printed in Germany 2010
Umschlaggestaltung und Motiv:
© Hauptmann und Kompanie Werbeagentur, München – Zürich
Satz: C. Schaber Datentechnik, Wels
Druck und Bindung: GGP Media GmbH, Pößneck
ISBN: 978-3-453-43380-9

www.heyne.de

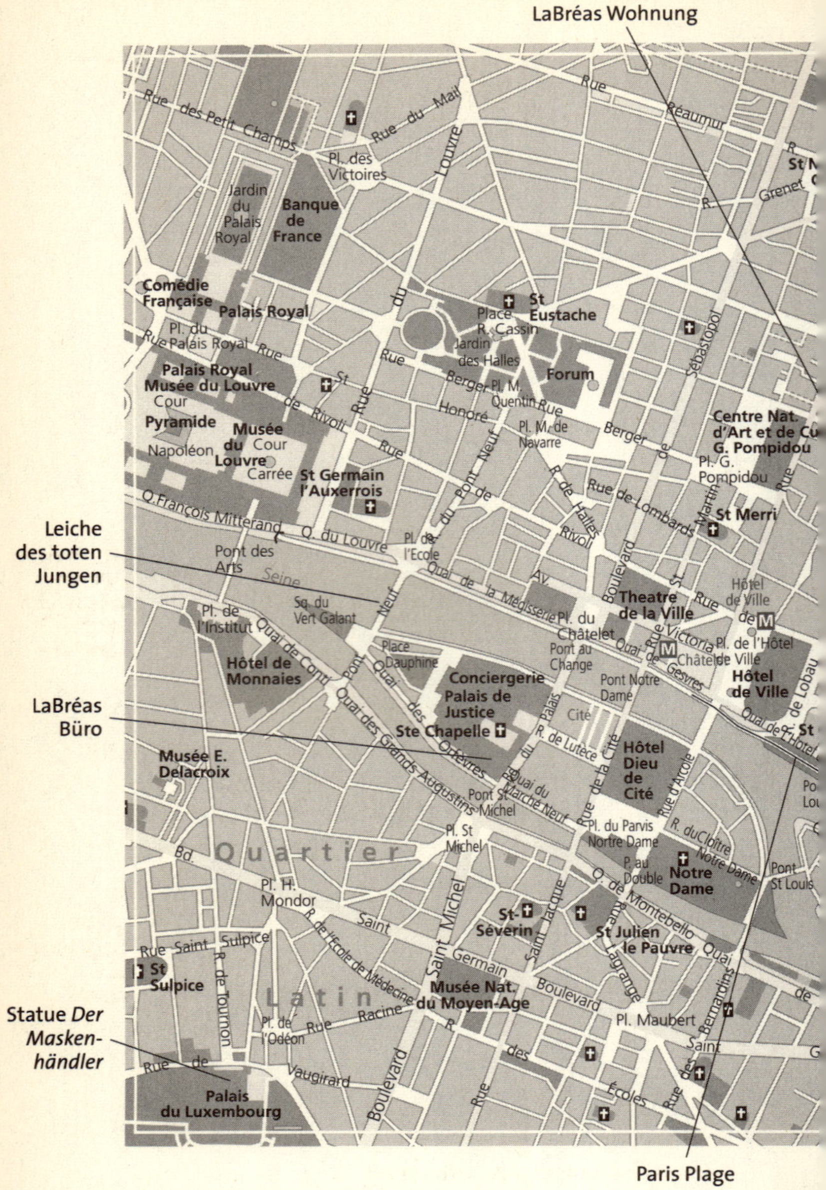
LaBréas Wohnung
Leiche des toten Jungen
LaBréas Büro
Statue *Der Maskenhändler*
Paris Plage
Rue des Petit Champs
Rue du Mail
Pl. des Victoires
Rue Réaumur
Jardin du Palais Royal
Banque de France
Comédie Française
Palais Royal
Pl. du Palais Royal
Rue du Louvre
St Eustache
Place R. Cassin
Jardin des Halles
Forum
Sébastopol
Palais Royal Musée du Louvre
Cour Pyramide
Musée du Louvre
Cour Napoléon
Cour Carrée
Rue de Rivoli
Rue St Honoré
Rue Berger
Pl. M. Quentin
Pl. M. de Navarre
Centre Nat. d'Art et de Cu
G. Pompidou
Pl. G. Pompidou
St Germain l'Auxerrois
Q. François Mitterand
Q. du Louvre
Pl. de l'Ecole
Rue du Pont Neuf
R. de Halles
Rue de Lombards
St Merri
Boulevard de St. Martin
Pont des Arts
Seine
Sq. du Vert Galant
Quai de la Mégisserie
Pl. du Châtelet
Av. Victoria
Theatre de la Ville
Hôtel de Ville
Pl. de l'Hôtel de Ville
Châtelet
Quai de Gesvres
Pl. de l'Institut
Quai de Conti
Hôtel de Monnaies
Pont Neuf
Place Dauphine
Quai des Orfèvres
Pont au Change
Conciergerie
Palais de Justice
Pont Notre Dame
Cité
Ste Chapelle
Bd. du Palais
R. de Lutèce
Rue de la Cité
Hôtel Dieu de Cité
Rue d'Arcole
Rue de Lobau
Quai de l'Hôtel
Musée E. Delacroix
Quai des Grands Augustins
Quai du Marché Neuf
Pont St Michel
Pl. St Michel
Pl. du Parvis Notre Dame
R. du Cloître Notre Dame
P. au Double
Notre Dame
Pont St Louis
Quartier Latin
Bd. Saint Germain
Pl. H. Mondor
Boulevard Saint Michel
St-Séverin
Rue Saint Jacque
St Julien le Pauvre
Q. de Montebello
Rue Lagrange
Rue Saint Sulpice
St Sulpice
R. de Tournon
R. de l'Ecole de Médecine
Musée Nat. du Moyen-Age
Rue Racine
Pl. de l'Odéon
Pl. Maubert
Rue des Bernardins
Rue des Écoles
Rue de Vaugirard
Palais du Luxembourg

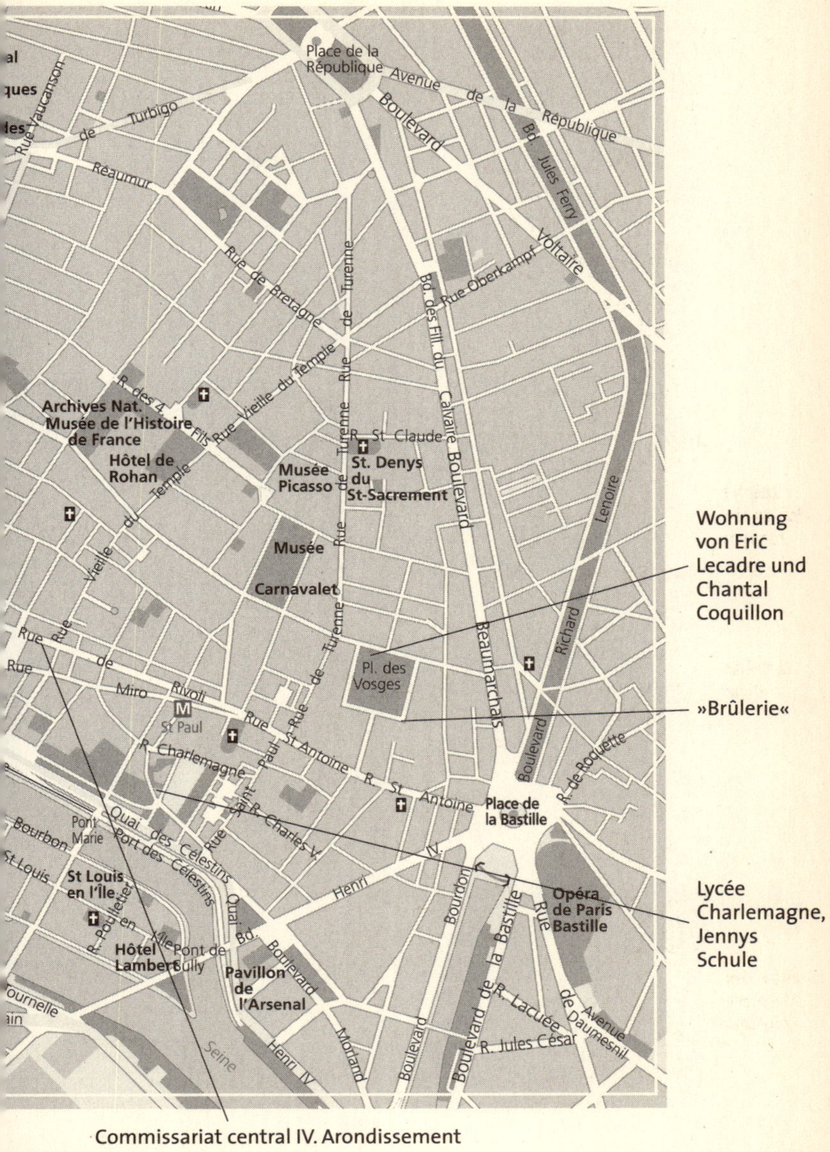

Place de la République
Avenue de la République
Boulevard
Bd. Jules Ferry
Voltaire
Rue Vaucanson
Rue de Turbigo
Réaumur
Rue de Bretagne
Rue Oberkampf
Rue de Turenne
Bd. des Fill. du Calvaire
Boulevard Beaumarchais
Rue Vieille du Temple
R. des 4 Fils
Archives Nat. Musée de l'Histoire de France
Hôtel de Rohan
Musée Picasso
R. St Claude
St. Denys du St-Sacrement
Musée Carnavalet
Lenoire
Richard
Pl. des Vosges
Rue de Rivoli
Miro
St Paul
Rue St Antoine
R. St Antoine
R. Charlemagne
Rue Saint Paul
R. Charles V.
Place de la Bastille
R. de Roquette
Boulevard
Quai des Célestins
Port des Célestins
Pont Marie
Bourbon
St Louis
St Louis en l'Île
R. Poulletier
en Île
Pont de Sully
Hôtel Lambert
Quai
Bd. Henri IV
Henri IV
Boulevard
Pavillon de l'Arsenal
Bourdon
Boulevard de la Bastille
Rue
Opéra de Paris Bastille
R. Lacuée
R. Jules César
Avenue de Daumesnil
Morland
Boulevard
Seine
Tournelle
Wohnung von Eric Lecadre und Chantal Coquillon
»Brûlerie«
Lycée Charlemagne, Jennys Schule
Commissariat central IV. Arondissement

1. KAPITEL

Ein mörderisch heißer Sommer.

Ab Ende Juli stieg die Temperatur kontinuierlich an und erreichte jetzt, in der zweiten Augustwoche, zwei Tage vor Mariä Himmelfahrt, einen Höhepunkt. Es war nicht ganz so schlimm gekommen wie im Sommer 2003, als das Thermometer in der Hauptstadt beinahe zwei Wochen lang konstant sechsunddreißig Grad Celsius angezeigt hatte. Dennoch ergriffen die Menschen ähnliche Maßnahmen wie damals. Wer es irgendwie ermöglichen konnte, fuhr ans Meer. Überfüllte Strände voller Urlauber und Touristen schienen das kleinere Übel verglichen mit einer Stadt, die sich unter einer monströsen Dunstglocke duckte und sich Tag für Tag weiter aufheizte. Nicht wenige Bewohner, die aus beruflichen oder sonstigen Gründen Paris nicht verlassen hatten und es sich leisten konnten, zogen vorübergehend in ein Hotel mit Klimaanlage. Innerhalb kurzer Zeit gab es keine Zimmer mehr.

Straßen und Boulevards zeigten sich tagsüber wie ausgestorben. Nur die nimmermüden Touristen, hart im Nehmen, schleppten sich, schwitzend und mit großen Wasserflaschen bewaffnet, zu den Sehenswürdigkeiten. Bier- und Getränkelieferanten hatten Hochkonjunktur. In einigen Betrieben wurde kurzfristig eine Urlaubssperre verhängt, was zu heftigen Protesten seitens der Gewerkschaften führte.

Auf dem Platz vor dem Hôtel de Ville hatte man Sand aufgeschüttet und Beachvolleyballfelder angelegt. Tagsüber waren diese wegen der großen Hitze meistens verwaist. Nur morgens und abends, wenn sich die Sonnenstrahlen vom Rathausplatz abwandten, trafen sich hier einige junge Leute. Mit Shorts oder Bikini bekleidet, warfen sie sich schwitzend in den Sand. Ihr Ballspiel wirkte lustlos und angestrengt und hatte etwas von einer Pflichtübung, deren Sinn allerdings im Dunkeln blieb.

Der Wasserstand der Seine war sehr niedrig. Nur 2003 war er noch niedriger gewesen. Träge floss das Wasser dahin. Es stank brackig, und in der grünbraunen, öligen Brühe trieben tote Fische.

An den rechten Seine-Ufern entlang der Île de la Cité und der Île Saint-Louis war die Schnellstraße Georges Pompidou auf einer Länge von dreieinhalb Kilometern gesperrt worden. Hier hatte die Stadtverwaltung, wie in jedem Sommer, *Paris Plage* angelegt. Der schmale Uferstreifen am Fluss war mit feinem Sand bestreut. Er stammte – ebenso wie der Belag vor dem Hotel de Ville – aus einer südlich der Stadt liegenden Sand- und Kiesgrube. Man konnte Liegestühle und Sonnenschirme mieten. Fliegende Händler boten Getränke, Sandwichs und Eis an. Schon morgens um acht lagen hier die Menschen dicht an dicht und verbrachten so die heißen Tage. Die Illusion einer Strandidylle wurde allerdings durch zwei Faktoren stark gemindert. Zum einen durch die Tatsache, dass man in der Seine nicht baden durfte und es somit keine Abkühlung gab. Zum anderen durch das entfernte, doch stetige Brausen des Stadtverkehrs. Die bleierne Glocke aus feinsten

Schmutzpartikeln und weißem Sonnenlicht tat ein Übriges. Niemand, der abends von *Paris Plage* in seine stickige Wohnung zurückkehrte, fühlte sich erfrischt oder gar erholt.

Einer der heißesten Orte in diesen Tagen war das große Fernsehstudio von TF1, in dem am Abend die wöchentliche Rateshow mit Moderator Yves Ribanville stattfand. Das Studio lag nicht am Hauptsitz des Senders in Boulogne, sondern in der Innenstadt. *Ribanville fragt* war eine der beliebtesten Shows zur Hauptsendezeit; sie brachte hohe Einschaltquoten und bezog die Zuschauer mit ein. Letzteres bedeutete, dass einzelne Fragen an die Kandidaten auch von den Zuschauern beantwortet werden konnten. Zu diesem Zweck wurde zu jeder Sendung eine Hotline eingerichtet, und in einem Zeitraum von fünf Minuten konnten die Zuschauer ihr Statement telefonisch an die Fernsehstation durchgeben. Unter den richtigen Antworten wurde ein Gewinner ausgelost, dem ein Geldpreis von fünftausend Euro winkte.

Auch heute wurde schon ab zehn Uhr vormittags alles für die Livesendung am Abend vorbereitet. Quizmaster Ribanville würde erst am Nachmittag im Studio erscheinen und in Absprache mit der Regie und der Aufnahmeleitung einen Probedurchlauf der Sendung starten. Die gesamte Organisation dafür lag in den Händen seines jungen Assistenten Michel Delpierre. Delpierre war erst vor wenigen Monaten zum Team gestoßen. Seine Vorgängerin, die von Ribanvilles erster Sendung an mit dabei gewesen war, erschien nun als neue Wetterfee jeden Abend selbst auf dem

Bildschirm. Diesen Karrieresprung verdankte sie ihrer allseits bekannten Liaison mit dem stellvertretenden Fernsehdirektor. Dieser wiederum verdankte seinen Posten einer Laune des Staatspräsidenten.

Michel Delpierre schwitzte, als er die einzelnen Kamerapositionen für die Show festlegte. Den drei Bühnenarbeitern, die in die Rolle des Quizmasters und seiner beiden Kandidaten geschlüpft waren, ging es nicht anders. Die Luft im Studio war so stickig, dass jede Bewegung einen neuen Schweißausbruch nach sich zog.

Kurz vor eins. Michel Delpierre gab das Zeichen zur Mittagspause. Er, die Techniker und das übrige Personal flüchteten in die sendereigene Kantine. Dort surrte eine Klimaanlage, die auf Hochtouren lief. Es wurden bereits Wetten darauf abgeschlossen, ob sie demnächst ausfallen würde, wie so viele Klimaanlagen in der Stadt, die mit den Extremtemperaturen völlig überfordert waren. Eineinhalb Stunden kühle Luft, ein leichtes Sommermenü mit einem Glas Rosé oder Mineralwasser, danach gingen die Vorbereitungen für Delpierre im Studio weiter. Gegen neunzehn Uhr wurden die Kandidaten erwartet. Während sie in der Maske saßen, würde Yves Ribanville ein kurzes Vorgespräch mit ihnen führen. Seine ruhige, vertrauenerweckende Art kühlte das Lampenfieber seiner Kandidaten stets ein wenig ab. Um zwanzig Uhr fünfzig begann die Livesendung.

Zur selben Zeit aßen Yves Ribanville und seine Familie zu Mittag. Das großbürgerliche Appartement in der Avenue Montaigne im Achten Arrondissement (dreihundert Quadratmeter, acht Zimmer, drei Bäder) hatte einen derzeitigen

Marktwert von etwa zwölf Millionen Euro. Ribanvilles amerikanische Frau Candice hatte es mit in die Ehe gebracht – als Hochzeitsgeschenk ihres Vaters, eines texanischen Ölmagnaten. Inzwischen hatte Ribanville durch seine seit zwei Jahren laufende Show und die lukrativen Werbeverträge mit einer großen Supermarktkette und einem Versicherungsriesen so viel verdient, dass er sich eine solche Wohnung selbst hätte kaufen können. Doch das war ja nicht mehr notwendig.

Alle hatten die Hände gefaltet. Yves Ribanville, der in Interviews nie vergaß, zu erwähnen, dass er praktizierender Katholik und aktives Mitglied der Kirchengemeinde St. Philippe du Roule war, sprach das Tischgebet. Candice, eine Mittdreißigerin mit perfektem Make-up, grünblauen Augen, die früher einmal gestrahlt hatten und heute Enttäuschung um verlorenes Glück widerspiegelten, hatte eine gleichgültige Miene aufgesetzt. Sie und die beiden Töchter Joëlle und Lilly hielten die Köpfe gesenkt. Aus den Augenwinkeln sah Ribanville, dass die zwölfjährige Lilly ihre Fingernägel blutrot angemalt hatte.

»... und segne, was du uns bescheret hast. Amen.« Ribanville hob den Kopf und lehnte sich zurück.

»Amen«, erwiderten die anderen. Der Moderator nahm seine Serviette, legte sie auf den Schoß und runzelte die Stirn.

»Lilly, habe ich dir nicht neulich schon gesagt, ich mag keine roten Fingernägel?« Seine Stimme klang leise und weniger vorwurfsvoll als enttäuscht. Lilly verdrehte genervt die Augen und tauschte einen raschen Blick mit ihrer jüngeren Schwester.

»Ach Papa, was ist denn an roten Fingernägeln so schlimm?«

»Sie sehen nuttig aus.«

»Nuttig? Was ist denn das?«, wollte die neunjährige Joëlle von ihrer Mutter wissen.

Candice Ribanville, geborene Clark, bediente sich mit einer Portion Salat und reichte die Schüssel weiter. Statt ihrer Tochter zu antworten, wandte sie sich an ihren Mann. Ihre Stimme mit dem amerikanischen Akzent, den sie in all den Jahren nicht abgelegt hatte, klang kühl und distanziert.

»Lass doch solche Bemerkungen, Yves. Die Kinder können nichts damit anfangen.«

»Ich schon«, warf Lilly schnippisch ein. »Nuttig, das kommt von Nutte. Und 'ne Nutte ist eine Frau, die …«

»Halt den Mund!«, fuhr Candice ihre Tochter an. »Ich dulde solche Gespräche nicht am Tisch! Außerdem hat dein Vater Recht. Rote Fingernägel sind ordinär. Deshalb entfernst du dir das Zeug gleich nach dem Essen.«

»Amen«, murmelte Lilly, verzog schmollend den Mund und nahm sich ein Stück Baguette.

Das Mittagessen verlief ohne viel Reden. Maria, das serbische Hausmädchen, servierte als Hauptgang gebratene Hühnerbrüstchen auf Spinatbett. Während Candice sich mehrfach Wein nachschenkte, trank Ribanville nur Mineralwasser. Seine Gedanken kreisten bereits um seine abendliche Sendung. Die Jubiläumssendung, die Einhundertste. Mit der Auswahl der beiden Kandidaten war er diesmal besonders zufrieden. Ein Milliardär und ein Clochard aus dem Parc de Belleville – das fiel aus dem Rahmen. Gleichzeitig schien eine solch extreme Mischung hochaktuell. Angesichts der Wirtschaftskrise und der galoppierenden Vernichtung von Arbeitsplätzen würde die Mittelschicht zunehmend verschwinden. Bald gab es vermutlich nur noch ganz Reiche und ganz Arme. Der Clochard aus dem Parc de Belleville schien also der ideale Gegenpart zu dem Milliardär Léon Soulier, einem persönlichen Freund von Ribanville. Soulier besaß neben einer florierenden Softwarefirma einen Fußballclub, der in der Ersten Liga spielte, sowie den Medienkonzern *MediaFrance*, wozu mehrere Verlage, ein Rundfunksender und diverse Internetplattformen gehörten. In einem Interview in einer seiner eigenen Zeitungen hatte Soulier vor wenigen Tagen erklärt, dass er den gesamten Geldbetrag, den er bei der Show heute Abend gewinnen würde, einer gemeinnützigen Einrichtung spenden wollte. Von dem Clochard war keine entsprechende Äußerung bekannt.

Als sein Handy klingelte, erhob sich Ribanville und verließ das Esszimmer. Erst dann nahm er das Gespräch an. Es war Louis Bouvier, der ihn anrief, und toi, toi, toi für die heutige Sendung wünschte.

»Schade, dass ich nicht zu deiner Party heute Abend kommen kann«, sagte Louis mit seiner sonoren Stimme. »Aber bei der Hitze ist mir die Fahrt einfach zu anstrengend.«

Mit Louis Bouvier verband Ribanville eine langjährige Freundschaft. Trotz ihres Altersunterschieds von beinahe zwanzig Jahren hatten sie gemeinsame Interessen. Sie trafen sich regelmäßig in Bouviers Anwesen in der Normandie, manchmal auch in größerer Runde. Ein weiterer Freund, Jean-François Kahn, war noch enger mit Ribanville verbunden. Die beiden kannten sich schon eine Ewigkeit. Jean-François hatte im Hafen von Deauville eine schöne Motorjacht liegen. Tagesausflüge zum Fischen oder ein Kurztrip an die englische Kanalküste – das waren entspannende Freizeitvergnügungen, die ein gestresster Fernsehmoderator zu schätzen wusste.

Jetzt bedankte er sich für den Anruf seines Freundes, versprach, über das lange Feiertagswochenende zu kommen, und stellte das Handy ab.

Louis Bouvier legte sein Mobiltelefon auf den Tisch, lächelte und seufzte. Er beneidete Yves nicht um seinen Job in dem heißen und stickigen Fernsehstudio. Zweihundert Kilometer nördlich von Paris, in dem kleinen Ort Blonville-sur-Mer, vier Kilometer von Deauville, waren die Temperaturen nicht viel erträglicher als in der Hauptstadt. Die schwache Brise, die vom Meer herwehte, glich eher einem heißen, afrikanischen Wüstenwind. Die sonst immer grünen Wiesen und Weiden im Flachland der Normandie hatten in den letzten Wochen eine schmutzig braune Farbe angenommen. Abend für Abend zogen Gewitterwolken auf und schürten die Hoffnung auf Regen. Doch am nächsten Tag lag das Land ebenso trocken und verdorrt wie zuvor im milchigen Licht.

Die Räume des quadratisch angelegten Gebäudes mit Innenhof und meterdicken Außenmauern boten Kühle und Schutz gegen die Temperaturen, die sich auch hier seit Tagen bei vierunddreißig Grad Celsius eingependelt hatten. Das Anwesen *Le Cloître* war, wie der Name sagte, ein ehemaliges Kloster, gegründet von den Mönchen des Templerordens nach Ende des zweiten Kreuzzuges. Die Ordensbrüder, die das Kloster bis zum Verbot des Ordens durch die Inquisition zu Beginn des vierzehnten Jahrhunderts bewohnten, verbanden die Ideale des Rittertums mit denen der Mönche. Nach dem Ende der Templer erlebte das Kloster eine stürmische und wechselhafte Geschichte. Bis zur Revolution nutzten Benediktinermönche das Anwesen. Während der Revolution wurden sie vertrieben, die Kirche und das Kloster geplündert und Teile des Hauptgebäudes niedergebrannt. Mitte des neunzehnten Jahrhunderts kaufte ein reicher Stahlindustrieller aus Lothringen den Besitz der zuständigen Diözese ab. Er restaurierte die beschädigten Gebäude und machte sie zu seinem Landsitz. Bis zum Zweiten Weltkrieg blieb *Le Cloître* im Besitz seiner Familie. Als die Deutschen das Land besetzten, richteten sie im ehemaligen Kloster ihre Kommandantur ein. Ein Teil der alten Mönchsklausen wurde von der Gestapo als Gefängniszellen und Folterkammern genutzt. Nach der Befreiung im Sommer 1944 stand *Le Cloître* jahrzehntelang leer und drohte zu verfallen. Die Nachfahren des Bergwerkbesitzers hatten das Anwesen Mitte der vierziger Jahre an den Staat verkauft und das Land verlassen. Erst zu Beginn der siebziger Jahre zog wieder Leben in die alten Gebäude ein. Zunächst entdeckte die Filmbranche *Le Cloître* als authentischen Drehort für Kostüm- und Ritterfilme. Danach erstand ein bekannter Filmproduzent den Besitz. Er restaurierte, erneuerte und ließ eine Zentralheizung einbauen. Der nächste Besitzer hieß dann Louis Bouvier.

Le Cloître hatte früher über weitläufige Ländereien verfügt, die im Lauf der Jahrhunderte größtenteils parzelliert und verkauft worden waren. Heute betrug der Landbesitz nur noch zwanzig Hektar. Die zum Kloster gehörige Kirche stammte aus der Frühromanik und war trotz der Wirren der Zeit in ihrer ursprünglichen Form erhalten geblieben. Sie befand sich nicht in unmittelbarer Nähe des ehemaligen Klostergebäudes, sondern lag etwa einhundertfünfzig Meter entfernt im Park.

Auf die Außenmauer des Klosters neben der eisenbeschlagenen, schweren Eichentür des Haupteingangs war das Kreuz des Templerordens gemalt, rot auf weißem Grund. Es handelte sich um ein sogenanntes Tatzenkreuz, ursprünglich das Wappen aller Kreuzfahrer. Als Louis Bouvier das Anwesen kaufte, waren die Farben völlig verblasst. Er ließ einen Maler aufwendige Proben mit verschiedenen, nicht mehr gebräuchlichen Pigmenten anfertigen, damit der Farbton des Kreuzes genau getroffen wurde. Ein helles Blutrot. Bouvier hatte es auf historischen Abbildungen von Templern entdeckt. Die Mönchsritter trugen das rote Kreuz auf ihren Schilden, ihren Mänteln und auf der schwarzweißen Templerfahne.

Der Innenhof von *Le Cloître,* umschlossen von einem Kreuzgang, war der einzige Ort, wo Louis Bouvier sich tagsüber im Freien aufhielt. Eine hundertjährige Blutbuche spendete Schatten, und das Plätschern eines marmornen Springbrunnens wirkte erfrischend und beruhigend.

Der Hausherr verbrachte die heißeste Zeit des Tages, auf dem Bett liegend, in seinem Schlafzimmer. Gewöhnlich dehnte er seine Siesta bis in die späten Nachmittagsstunden aus. An Hitze, insbesondere an feuchte, tropische Hitze, war er beinahe zeit seines Lebens gewöhnt. Seit seinem Eintritt in den diplomatischen Dienst vor mehr als dreißig Jahren hatte er sich vorwiegend in Asien aufgehalten. In den letzten zwanzig Jahren hatte er der französischen Republik als Konsul in Bangladesch gedient, dann in Kalkutta, in Bangkok … Zuletzt in Ho-Tschi-Minh-Stadt, dem früheren Saigon.

Le Cloître hatte er kurz nach seiner Pensionierung 2004 gekauft. Mit der nicht sehr üppigen Pension eines in den Ruhestand getretenen Staatsbeamten hätte er sich ein solches Anwesen nie leisten können. Doch Ex-Konsul Bouvier war schon immer ein Glückspilz gewesen. Als einziger Verwandter einer sehr reichen Tante zweiten Grades erbte er nach deren Tod ihr gesamtes Vermögen. Es belief sich auf einen hohen zweistelligen Millionenbetrag. Er kaufte das Anwesen als Altersruhesitz und ließ einige Innenräume umbauen und renovieren. Es gab zu viele Räumlichkeiten, als dass man sie alle bewohnen konnte. Bouvier baute den Ostflügel als Gästetrakt aus. Den Westflügel des Klosters legte er still. Türen wurden zugemauert, Zimmer leergeräumt oder als Abstellplatz genutzt. Zu Anfang gingen seine Pläne dahin, auf dem Gelände Stallungen zu errichten. Louis Bouvier war ein Pferdenarr, und eine Vollblutzucht hätte ihm einen Herzenswunsch erfüllt. Doch dann hatte er es sich anders überlegt. Abgesehen von den erheblichen finanziellen Investitionen, die sein schönes Erbe beträchtlich hätten schrumpfen lassen, gab es Dinge, mit denen man sich lieber nicht mehr belasten sollte.

Mittagszeit.

Bouvier öffnete die Augen. Einen Moment lang hatte er seinen Erinnerungen nachgehangen. Er liebte es, seine Gedanken in die Vergangenheit schweifen zu lassen. *Erinnerungen sind das Brot des Alters,* hatte irgendjemand einmal geschrieben. Vom Schwelgen in Erinnerungen führte für Bouvier ein gerader Weg in die Gegenwart. Das Leben war spannend, es bot immer wieder Neues, auch wenn man schon dreiundsechzig Jahre zählte. Wichtig war, sich nicht wie dreiundsechzig zu *fühlen.* Louis Bouviers gefühltes Alter betrug Mitte vierzig, manchmal auch weniger.

Er trank den letzten Schluck aus seinem Whiskyglas (die Angewohnheit, schon mittags mit Whisky zu beginnen, hatte er aus Asien in die Normandie mitgebracht) und erhob sich aus seinem bequemen Korbsessel. Ein heißer Luftzug raschelte in den Blättern der Blutbuche. Die beiden Dobermannrüden Ajax und Achill, die auf den Steinen vor dem Springbrunnen lagen, hoben träge ihre Köpfe.

Der Ex-Konsul strich kurz über ihre Schnauzen und schlenderte ins Haus, wo ihn ein köstliches Mittagessen erwartete. Gefüllte Lammschulter, über Stunden im Ofen bei kleiner Flamme geschmort. Lisa, seine Köchin, stammte aus einer Bauernfamilie in Champs-Rabats, einem nahe gelegenen Dorf. Ihr Bruder besaß die größte Schafherde weit und breit, und seine Lämmer landeten in regelmäßigen Abständen in Louis Bouviers Kochtöpfen.

Das Leben ist schön, dachte der Ex-Konsul, als er die Haustür öffnete. Der Anrufbeantworter in der Halle blinkte. Eine Nachricht von seinem Freund und Nachbarn Jean-François Kahn.

»Hallo, Louis, ich bin's. Wenn es dir recht ist, komme ich schon gegen halb sechs. Sonst sag mir kurz Bescheid.«

Louis Bouvier lächelte. Wenn Jean-François früher als geplant auftauchte, hatte er immer irgendeine Überraschung im Gepäck. Der Gedanke daran stimmte Bouvier heiter und euphorisch. Nach dem Essen und vor der gewohnten nachmittäglichen Siesta würde er in den Weinkeller gehen und einige Flaschen Château Lafitte Jahrgang fünfundachtzig holen, um sie rechtzeitig zu dekantieren. Gewisse Dinge waren eben teuer und exklusiv. Und ein guter Rotwein gehörte dazu.

Nachdem Jean-François Kahn eine Nachricht auf Louis Bouviers Anrufbeantworter hinterlassen hatte, griff er erneut nach dem Telefonhörer und wählte die Nummer der Klinik. Heute war normalerweise der Tag, an dem er seine Frau Mireille besuchte. Jeden zweiten Mittwoch im Monat, eine feste Gewohnheit. An diesem Mittwoch, dem dreizehnten August, würde der Termin jedoch entfallen. Zum einen weil es bei dieser Hitze als Zumutung erschien, sich in den Wagen zu setzen und fünfunddreißig Kilometer über Land zu fahren. Auch wenn sein roter Peugeot 407 natürlich über eine Klimaanlage verfügte. Zum anderen war am Morgen per Kurier ein Paket geliefert worden. Er war begierig, die Ware in Augenschein zu nehmen. Exklusive Kostbarkeiten, für die er ein Vermögen bezahlt hatte. Deshalb konnte er es auch kaum erwarten, sie seinem Freund Louis Bouvier zu zeigen, dessen Urteil als Kenner er besonders schätzte.

»Psychiatrische Klinik St. Anselme«, meldete sich eine mürrische Stimme. Sie gehörte Lucien, einem vierschrötigen Pfleger, den Jean-François schon seit Jahren kannte.

»Hier Jean-François Kahn«, erwiderte er.

»Ah, Herr Staatssekretär!« Die Stimme wurde sofort eine Spur höflicher, beinahe devot. Jean-François war zwar seit Jahren pensioniert, und die Anrede »Staatssekretär« gehörte der Vergangenheit an. Doch er korrigierte den Pfleger nicht.

»Heute kann ich leider nicht kommen, Lucien. Sagen Sie meiner Frau Bescheid?«

»Selbstverständlich, Herr Staatssekretär.«

»Wie geht es ihr denn?«

»Unverändert, Monsieur. Sie hat immer wieder lichte Momente, wenn ich das mal so nennen darf. Soll ich Sie mit Dr. Chandon verbinden?«

»Nicht notwendig, Lucien. Wie schlagen die Medikamente an?«

»Sehr gut, meint der Doktor. Ihre Frau ist die meiste Zeit sehr ruhig. Sie spricht jetzt wieder manchmal von Ihnen. Allerdings genauso ungereimtes Zeug wie früher.« Lucien lachte. »Aber dass Sie heute kommen wollten, das weiß sie!«

»Ich hoffe, sie ist nicht allzu enttäuscht.« Jean-François Kahn fingerte eine Zigarette aus der Packung und ließ das goldene Feuerzeug aufschnappen, das seine Frau ihm einmal geschenkt hatte.

»Ich sage ihr, dass Sie heute verhindert sind, Herr Staatssekretär.«

»Danke Lucien. Dann bis nächsten Monat«, sagte Jean-François Kahn und legte den Hörer auf.

Er zog den Rauch in die Lunge und betrachtete einen Moment das Feuerzeug, auf dem seine Initialen eingraviert waren. JFK … Damals, als es auf seinem Geburtstagstisch lag, hatte er über die feine Anspielung auf den berühmten Politiker geschmunzelt und mit Mireille herumgerätselt, ob John F. Kennedy überhaupt geraucht hatte? Sie hatten beide keine Ahnung.

Wie lange war das her? Es musste sein vierzigster Geburtstag gewesen sein. Alles schien so weit weg, fast als wäre es nie gewesen. Seine Ehe, die er vor dreißig Jahren geschlossen hatte, die Geburt seines Sohnes Georges, der schon vor Jahren den Kontakt zu ihm abgebrochen hatte und im fernen Australien lebte. Und Mireille … seit fünfzehn Jahren befand sie sich in der Klinik St. Anselme. Schizophrenie, hatten die Ärzte seinerzeit diagnostiziert. Begonnen hatte es mit Wahnvorstellungen und Verfolgungsängsten, denen mehrere Selbstmordversuche folgten, ohne dass ein erkennbarer Grund dafür vorlag. Kahn suchte die beste Klinik für sie aus, er wollte sie in guter Obhut wissen. Das war er ihr schuldig. Die letzten Jahre seiner Dienstzeit als Staatssekretär im Außenministerium verbrachte er allein in Paris. Dort galt er als Partylöwe und charmanter Plauderer. Man dichtete ihm schnelllebige Frauenbekanntschaften an, doch das waren nur Gerüchte. Nach der Pensionierung zog er nach Blonville-sur-Mer, wo er herstammte. Das Haus, in dem er aufgewachsen war und das seit Generationen seiner Familie gehörte, hatte Mireille nie mit ihm zusammen bewohnt. Einige Male war sie mit ihm hier zu Besuch gewesen, als seine Eltern noch lebten und Mireille noch nicht in der Klinik war.

Eine Besserung ihres Krankheitszustandes würde es niemals geben. Ihr Aufenthalt in St. Anselme war lebenslänglich. Hier kümmerte man sich um sie. Die Welt, in der sie lebte, war hermetisch abgeschlossen. Nach außen hin und auch, was Mireilles Inneres betraf. Sie ließ niemanden hinein. Nur manchmal gab es vehemente verbale Ausbrüche, unberechenbar und gegen ihren Mann gerichtet. Doch jeder sah dies als eine Begleiterscheinung ihrer Krankheit an.

So lebte er nun seit Jahren eine Art Junggesellendasein. Ein verheirateter Mann, der eine Scheidung nie in Betracht gezogen hatte, der keine Geliebte unterhielt und der – in mehrfacher Hinsicht – zu seinen Wurzeln zurückgefunden hatte.

Er verließ sein Arbeitszimmer, in dem eine angenehme Kühle herrschte. Gegen die hohen Wände aus Naturstein und den ziegelroten Klinkerfußboden hatten die sommerlichen Extremtemperaturen keine Chance.

In der Küche wärmte er sich eine Fleischpastete auf und tranchierte ein kaltes, gebratenes Hühnchen. Nach seiner mittäglichen Siesta würde er ein wenig im Internet surfen und sich dann auf den Weg zu Louis Bouviers Anwesen machen.

2. KAPITEL

LaBréa holte tief Luft, tauchte und versuchte, Jenny an den Beinen zu packen. Doch seine Tochter war schneller. Sie schwamm ein paar Züge, lachte und spritzte ihm eine Ladung Wasser ins Gesicht, als er prustend auftauchte. Céline saß am Beckenrand, ließ die Füße ins Wasser baumeln, und schaute den beiden zu.

Es war wenig Betrieb im Schwimmbad, was daran liegen mochte, dass es kein Freibad war. Es befand sich im dritten Stock des Forum des Halles, nur wenige Minuten Fußweg von LaBréas Wohnung entfernt. Mit seinem Fünfzigmeterbecken bot es passionierten Schwimmern ideale Bedingungen. In seiner Jugend war LaBréa einige Jahre Mitglied in einem Schwimmverein gewesen und hatte bei den Pariser Jugendmeisterschaften einmal den dritten Platz über hundert Meter Delfin belegt. Die Leidenschaft fürs Schwimmen hatte er sich bewahrt. Seit Beginn der *Canicule,* der Hundstage Ende Juli, ging er beinahe jeden Vormittag mit Céline und Jenny hierher. Die Hitze in seiner Atelierwohnung war unerträglich geworden. Es gab keine Klimaanlage, und die gläsernen Oberlichter im Dach heizten die Räume auf. Kater Obelix litt besonders unter den Temperaturen. Tagsüber schlief er meistens in dem winzigen Garten, der an die Küche grenzte. Dort streifte das Sonnenlicht nur morgens den schmalen Plattenweg, der zu der Zwergzypresse und den Kräuterbeeten führte, die Céline im Frühjahr angelegt hatte. Obelix streckte sich auf den kühlen Steinen aus, schlief den ganzen Tag und kam nur zum Fressen in die Wohnung.

LaBréa warf einen Blick auf die Wanduhr an der Schmalseite des Hallenbades. Es war kurz nach zwölf. Für dreizehn Uhr hatte er sich mit Ermittlungsrichter Couperin zum Mittagessen verabredet. Die Ermittlungen im Mordfall Antoine Verrin waren abgeschlossen. Der Inhaber mehrerer Spielsalons in der Rue St. Denis war vor zwei Wochen in seiner Wohnung erschossen worden. Den Täter, einen mehrfach vorbestraften Waffenschieber aus Kroatien, hatten LaBréa und seine Mitarbeiter bald gefasst. Der ermordete Antoine Verrin war in illegale Waffengeschäfte verwickelt gewesen und hatte versucht, seine kroatischen Partner über den Tisch zu ziehen. Es gab ein glasklares Motiv, eindeutige Spuren. Ein hieb- und stichfester Fall, auch wenn der Täter kein Geständnis abgelegt hatte. LaBréa und Couperin wollten noch einige Details für die Anklageschrift besprechen, deshalb diese Verabredung zum Essen.

Paris im Sommer schien kein Pflaster für Gewaltverbrechen zu sein. Jedenfalls nicht für solche, die in LaBréas Zuständigkeit fielen. Zwar hatten die Wohnungseinbrüche stark zugenommen, was sich dadurch erklärte, dass viele Bewohner ihre Fenster nachts offen ließen. Auch Schlägereien häuften sich, je höher das Thermometer stieg. Alkohol und heiße Temperaturen bildeten eine Mischung, bei der die Menschen aggressiv wurden. Doch ein Tötungsdelikt hatte es in den letzten vierzehn Tagen nicht gegeben. So konnte LaBréa ein paar geruhsame Tage einschieben und Überstunden abbummeln. Seinen Jahresurlaub würde er in der letzten Augustwoche nehmen und mit Céline und Jenny ans Meer fahren. Vor knapp vier Wochen hatten Jennys Sommerferien begonnen. Am 18. August reiste Jenny zu ihrer Tante Julie nach Aix-en-Provence. Julie war die Schwester von LaBréas verstorbener Frau Anne. Sie hatte Kinder in Jennys Alter, und das Mädchen freute sich darauf, die Stadt zu verlassen und ein wenig Zeit auf dem Land zu verbringen. Julies Familie bewohnte ein ausgebautes provençalisches Bauernhaus etwas außerhalb von Aix. Es gab ein Schwimmbad im Garten und ganz in der Nähe einen Reitstall.

Céline wollte in der kommenden Woche einige Tage bei ihrer Familie in Burgund verbringen, bevor sie zusammen mit LaBréa nach Aix fuhr, um Jenny für den gemeinsamen Meeresurlaub abzuholen.

Eine Viertelstunde später verließen die drei das Forum des Halles. Draußen schlug ihnen die geballte Hitze des Tages entgegen. Das Schwimmen hatte sie erfrischt, doch das würde nicht lange vorhalten.

Céline und Jenny begleiteten LaBréa zur Métrostation Les Halles und gingen zu Fuß weiter. Jenny wollte zu ihrer Freundin Alissa in die Brûlerie. Seit Beginn der Schulferien halfen die beiden Mädchen an den Nachmittagen Alissas Mutter Francine im Geschäft und verdienten sich so ein zusätzliches Taschengeld.

Im Métrowagen waren sämtliche Fenster gekippt, dennoch stand die Luft. Der Mittagsverkehr hatte soeben eingesetzt, und die Fahrgäste drängten sich dicht aneinander.

Eingezwängt zwischen einem englischen Touristenpärchen (der junge Mann trug ein schmuddeliges Unterhemd und Shorts, seine Begleiterin ein enges, ärmelloses Top mit tiefem Ausschnitt) und zwei älteren schwarzen Männern stand er in der Nähe der Tür. LaBréa hasste den Körperkontakt mit fremden Menschen, vor allem im Sommer. Das Touristenpärchen roch nach Schweiß, und LaBréas Hand kam an der Haltestange mit dem klebrigen Arm des Engländers in Berührung. Er selbst hatte den Temperaturen insofern Rechnung getragen, als er seit Tagen klassische Lacoste-Hemden in wechselnden Farben und ein helles Leinenjacket trug, dessen Ärmel aufgekrempelt waren.

Wenige Stationen weiter stieg er auf der Île de la Cité aus. Über den Quai de la Corse schlenderte er Richtung Polizeipräsidium. Auf der anderen Seite der Seine, am künstlichen Strand *Paris Plage,* lagen die Menschen wie die Heringe und boten ihre halbnackten Körper der trüben, weißlichen Sonne als Beute dar. LaBréa blieb einen Moment stehen, schüttelte den Kopf angesichts dieser Unvernunft und setzte seinen Weg fort. Gleich darauf bemerkte er, dass am Pont Neuf ein Feuerwehrboot heranfuhr. An einer Stelle der Brücke war vor einigen Wochen ein Gerüst angebracht worden, das bis ins Wasser reichte. Irgendwelche Reparaturarbeiten wurden dort durchgeführt, Einzelheiten kannte LaBréa nicht. Jetzt ließen sich zwei Männer in Tauchermontur über den Rand des Bootes ins Wasser gleiten. An einem der eingerüsteten Brückenpfeiler sah man bereits zwei weitere Taucher. Gleich darauf brauste ein Polizeiboot heran und nahm Kurs auf den Pont Neuf. Neben den Beamten der Wasserschutzpolizei entdeckte La-

Bréa eine bekannte Gestalt an der Reling. Es war Brigitte Foucart, die Gerichtsmedizinerin. LaBréa überlegte nicht lange, holte sein Handy aus der Jackentasche und tippte auf die Kurzwahltaste für Brigittes Nummer.

»Du bist auf dem Polizeiboot?«, fragte er, als sie sich meldete. »Was ist denn los?«

»Woher weißt du das, Maurice? Bist du unter die Hellseher gegangen?«

»Dreh dich mal nach rechts, Brigitte. Ich stehe oben auf der Straße. Wenn du mich brauchst, komm ich runter an den Quai und springe gleich aufs Boot.«

Er beobachtete, wie sie sich zu ihm wandte.

»Eine Leiche in der Seine. Könnte durchaus sein, dass wir dich brauchen, Maurice!« Sie gab den Polizisten einen Wink und deutete in LaBréas Richtung. Das Boot brauste heran.

Die Leiche lag bäuchlings mit dem Gesicht im Wasser, eingeklemmt zwischen Brückenpfeiler und den letzten Sprossen des Baugerüstes. Es war ein kleiner, fast schmächtiger Körper. Auf der gesamten Rückenfläche und dem Hinterkopf klebte eine Schicht aus Schlick, Blättern, Resten von Papier, Plastiktüten und anderen Abfällen. Deshalb bemerkten Brigitte und LaBréa auch nicht gleich, dass die Hände des Toten auf dem Rücken zusammengebunden waren. Als einer der Taucher den Körper ein wenig anhob, sahen sie es und tauschten einen vielsagenden Blick. Es gab keinen Zweifel: Das hier war ein Fall für die Mordkommission.

»Das ist doch ein Kind, oder?«, fragte LaBréa leise. Brigitte zuckte mit den Schultern.

»Kann ich noch nicht sagen. Warten wir's ab.«

Der Gendarmeriehauptmann der Wasserschutzpolizei ließ das Boot so nah wie möglich heranfahren. Noch immer war das Gesicht des Toten nicht zu erkennen. Der zweiarmige Auslegekran des Polizeibootes wurde nach Backbord hinausgefahren. An den Enden verfügte er über breite Zugriemen, die die Taucher jetzt vorsichtig um Brust und Beine des Leichnams legten. Dann wurde der Körper ins Boot gehoben. Die Barkasse fuhr einige Meter weiter, um im Schatten unter dem Brückenbogen Schutz vor der gleißenden Mittagssonne zu suchen.

Auf dem Pont Neuf und an den Seinequais hatten sich inzwischen Neugierige eingefunden, die das Geschehen verfolgten. Als das Polizeiboot ihren Blicken entschwand, zerstreuten sie sich.

Die Taucher gingen zurück an Bord des Feuerwehrbootes, das kurz darauf davonfuhr.

Brigitte Foucart, die ihre Schutzkleidung übergezogen hatte, kniete sich auf den Boden und entfernte vorsichtig Unrat und Schlick vom Rücken und aus den Haaren des Toten. Der Leichnam war vollständig nackt. Dort, wo eine weißblaue Nylonschnur in die über Kreuz gefesselten Handgelenke schnitt, hatte sich die Haut in Streifen gelöst. Das Fleisch darunter schimmerte grünlich. Erste Fäulniserscheinungen. Jetzt drehte Brigitte den Leichnam um. Bei dem Menschen, der mit zusammengebundenen Händen aus der Seine gefischt worden war, handelte es sich um einen Jungen. LaBréa schätzte, dass er nicht älter als zwölf, höchstens dreizehn Jahre alt sein konnte.

LaBréa blickte in das vom Wasser aufgeschwemmte Gesicht. Als Erstes fielen ihm die starken, schwarzen Farbspuren an den Lidrändern des Jungen auf. Eyeliner? War er geschminkt worden? Hatte er es selbst getan? Die weit aufgerissenen Augen wirkten trüb und farblos. Auf den halbgeöffneten Lippen und an den Nasenlöchern hatte sich ein feinblasiger Schaumpilz gebildet. LaBréas Blick wanderte zur Mitte des Körpers, zu dem kindlichen Geschlechtsteil und der Grünfärbung am rechten Unterbauch, einem weiteren Indiz für den beginnenden Fäulnisprozess. Einen Moment kämpfte LaBréa gegen die Übelkeit an, die in ihm aufstieg. An den Fingern des Jungen hatte sich bereits Waschhaut gebildet, ebenso an den Füßen. Teilweise war die Haut auch dort bereits abgelöst. Wasserleichen sahen auch nach wenigen Tagen Liegezeit im Wasser grauenvoll aus und stanken bestialisch. LaBréa holte ein Papiertaschentuch aus seiner Hosentasche und drückte es sich vor den Mund.

Niemand sprach zunächst ein Wort. LaBréa deutete auf die Augenränder des Jungen.

»Wahrscheinlich Eyeliner, oder?«

»Ja. Die Spuren sind gut erhalten. Wir werden sehen, was es ist.«

Brigitte öffnete den Mund des Jungen, dessen Lippen auch jetzt nach dem Tod noch sensibel wirkten. Ein Schwall brackiges Wasser quoll heraus, und ein grünlich gelber Käfer von etwa drei Zentimetern Länge krabbelte über die Lippen auf die rechte Wange des Toten. Mit flinker Geste griff Brigitte Foucart nach dem Tier und fing es in ihrer Hand. Aus ihrem mobilen Einsatzkoffer nahm sie eine Plastikdose und ließ das Insekt hineingleiten, bevor sie das

Gefäß sorgfältig verschloss. Eingehend betrachtete sie den Käfer, der sich fürs Erste tot stellte, und wandte sich dann an LaBréa.

»Ein Gelbbrandkäfer. Lebt in Bächen, Flüssen, Tümpeln. Frisst Kaulquappen, junge Fische – und Aas.«

Vorsichtig tastete sie mit dem Finger die Mundhöhle des Jungen ab.

»Hinten am Gaumen, da hat er schon angefangen. Da spüre ich ein Loch.« Mit scharfem Blick taxierte sie die Wangenoberfläche. »Von außen ist nichts zu sehen. Das Tier war noch nicht lange bei der Arbeit.«

Anzeichen von Gewalteinwirkung waren im Gesicht nicht zu entdecken. An den Armen erkannte LaBréa Spuren von Hämatomen. Er deutete darauf.

»Sieht aus, als wäre er festgehalten worden«, meinte er.

»Das schaue ich mir später noch genauer an«, erwiderte Brigitte. Ihr Augenmerk richtete sich auf die Oberschenkel und die Hüften des Jungen, die tiefe Verletzungen aufwiesen.

»Das könnten Treibverletzungen sein«, meinte Brigitte. »Wer weiß, wo der Junge in die Seine geworfen wurde.«

»Er könnte also beim Treiben im Wasser an irgendwelchen Brückenpfeilern hängen geblieben sein, oder hier am Baugerüst?«, fragte LaBréa

Die Gerichtsmedizinerin nickte.

»Vielleicht ist der Körper auch in die Nähe einer Schiffsschraube geraten.«

»Wie lange liegt er schon im Wasser?«

»Nicht sehr lange, Maurice, so viel steht fest. Die Totenstarre hat sich im Kiefer zwar schon gelöst, aber das geht bei den momentanen Temperaturen schnell. Aber auf keinen Fall befindet er sich schon Wochen oder gar Monate im Wasser. Es gibt keine Fettwachsbildung und erste Fäulniserscheinungen nur den Handgelenken und Unterbauch. Das erkennt man an der grünlichen Einfärbung. Bei den momentanen heißen Temperaturen würde eine Wasserleiche bereits nach wenigen Tagen ganz anders aussehen.«

»Dann liegt er also erst seit kurzer Zeit im Fluss?«

»Ein, zwei Tage, würde ich sagen. Genaueres nach der Autopsie, wie immer.«

»Der Wasserstand der Seine ist im Moment ungewöhnlich niedrig. Vielleicht mit ein Grund, warum er so schnell entdeckt wurde.«

Brigitte nickte.

»Ja. Wahrscheinlich können wir von Glück sagen, dass der Fluss Niedrigwasser hat. Sonst wäre er vielleicht erst viel später gefunden worden. Das hätte alles nur noch erschwert.«

»Die entscheidende Frage, Brigitte, ist doch die: Wurde er ins Wasser geworfen, als er bereits tot war, oder hat er noch gelebt und ist elendig ertrunken?«

Brigitte lächelte, erhob sich und strich ihren Schutzkittel glatt.

»Für mich ist das eine der einfachsten Fragen überhaupt. Ich sehe mir seine Lungen und die Atemwege an, dann kann ich es dir mit hundertprozentiger Sicherheit sagen.«

LaBréa wandte sich an den Gendarmeriehauptmann.

»Wer hat die Leiche eigentlich entdeckt?«

»An der Anlegestelle »Vedettes du Pont Neuf« wartete ein Mann auf das Ausflugsboot Richtung Canal St. Martin und bemerkte etwas am Brückenpfeiler. Er hatte sein Fernglas dabei und meinte, einen Körper im Wasser zu sehen. Da hat er die Notrufnummer gewählt. Zuerst kam das Boot der Feuerwehr, dann wir. Voilà.« Der Mann nahm seine Mütze vom Kopf und strich sich mit der Hand über die schweißnasse Fläche seiner beginnenden Glatze.

LaBréa griff nach seinem Handy und wählte die Nummer seines Mitarbeiters Franck Zechira.

»Wo sind Sie gerade, Franck?«, fragte er.

»Wenn Sie's genau wissen wollen: Ich liege im kalten Wasser in meiner Badewanne.«

»Dann trocknen Sie sich schnell ab und kommen Sie ins Büro. Es gibt Arbeit. Und sagen Sie Claudine und Jean-Marc Bescheid. In einer halben Stunde steigt die Talkrunde.«

Ebenso wie er bummelten seine Mitarbeiter in den letzten Tagen ihre Überstunden ab und verbrachten, jeder auf seine Weise, die heißen Tage. Im Anschluss an das Gespräch mit Franck wählte LaBréa die Nummer des Ermittlungsrichters. Er sagte die Verabredung zum Mittagessen ab und informierte ihn über den Fund der Wasserleiche.

LaBréa warf einen letzten Blick auf den toten Jungen, den Brigitte soeben mit einem weißen Tuch bedeckte. An einer Anlegestelle in der Nähe des Gerichtsmedizinischen Instituts würde man den Leichnam von der Polizeibarkasse auf einen Wagen umladen und in den Sezierraum schaffen. LaBréa beneidete Brigitte nicht um die Autopsie und war froh, dass er nicht dabei sein musste. Was die Ermittlungen in diesem Mordfall betrafen – sie würden schwierig werden, das wusste er. Eine nackte Kinderleiche. Keine Papiere, kein Name, keine besonderen rassischen Merkmale. Schwarze Haare und ein dunkler Teint. Nichts wies auf die Identität des Jungen hin. LaBréa und seine Leute würden am Punkt null anfangen. Wenn in Paris und Umgebung kein Kind als vermisst gemeldet worden war, auf das die Beschreibung des Jungen passte, schwanden die Chancen auf eine rasche Aufklärung rapide.

LaBréa ließ sich an der Dampferanlegestelle »Vedettes du Pont Neuf« absetzen, überquerte die Place Dauphine und betrat zwei Minuten später die Eingangshalle des Polizeipräsidiums. Angenehme Kühle empfing ihn, die jedoch nur kurz währte. In seinem Büro, dessen Fensterfront nach Süden wies, schlug ihm abgestandene, stickige Luft entgegen. Es nützte nicht viel, die Fenster zu öffnen, da von draußen nur noch mehr Hitze hereinströmte. Jalousien oder Vorhänge gab es nicht. So beschloss LaBréa, dass die heutige Talkrunde im Büro der Mitarbeiter stattfinden sollte. Dort führten die Fenster auf einen schmalen Innenhof, der den ganzen Tag im Schatten lag.

Wenig später war die Talkrunde komplett. Jean-Marc, der Paradiesvogel, erschien als Letzter. Francks Anruf hatte ihn im Bois de Boulogne erreicht, wo er am schattigen Ufersaum des Unteren Sees eine Decke ausgebreitet hatte und eingeschlafen war. In bunten Bermudashorts, Flip-Flops und einem grell gelben, ärmellosen T-Shirt war er von dort mit öffentlichen Verkehrsmitteln direkt zum Quai des Orfèvres gekommen.

»Tut mit leid, Chef«, sagte er, als er das Büro betrat. »Aber umziehen konnte ich mich leider nicht mehr.«

Franck grinste.

»Pass bloß auf, dass der Schöngeist dich heute nicht sieht. Der rastet sonst komplett aus.«

Direktor Thibon, genannt *Schöngeist*, war LaBréas direkter Vorgesetzter. Normalerweise fuhr er im August immer in Urlaub. Er besaß ein Ferienhaus an der Côte d'Azur mit einem Stück Privatstrand, auf das er besonders stolz war. In diesem Sommer hatte das Schicksal seine Pläne durchkreuzt: Seine Frau lag mit einem komplizierten Beinbruch im Krankenhaus und kam in einigen Tagen in eine Rehaklinik. So flog Thibon nur an den Wochenenden in den Süden, um wenigstens zeitweilig der Hitze der Stadt zu entfliehen.

LaBréa informierte seine Mitarbeiter über den Fund der Wasserleiche.

»Mit gefesselten Händen in den Fluss geworfen?« Claudine war entsetzt. »Wer macht denn so was?«

»Wir wissen noch gar nichts«, stellte LaBréa sachlich fest. »Abgesehen davon, dass es aller Wahrscheinlichkeit nach Mord ist. Aber wir kennen weder den Tatort noch die Umstände, unter denen der Junge gestorben ist.«

»Irgendjemand wird ihn doch vermissen, oder?« Franck blickte in die Runde.

»Das ist nicht gesagt. Viele Kinder verschwinden, und niemand meldet sie als vermisst.« LaBréa schenkte sich ein Glas Mineralwasser ein und trank es in einem Zug leer.

»Ich gehe die Vermisstenanzeigen durch«, sagte Claudine. LaBréa nickte.

»Ja, und Franck hilft Ihnen dabei. Aber beschränkt euch nicht auf die Fälle in Paris. Erkundigt euch in allen umliegenden Départements, besonders in denen, durch die die Seine fließt.«

»Ein minderjähriger Junge, entsorgt wie ein Stück Müll ...«, sagte der Paradiesvogel leise. »Da gibt's nicht viele Möglichkeiten. Gewalt in der Familie, sexueller Missbrauch ...«

»Daran habe ich natürlich auch sofort gedacht«, erwiderte LaBréa. »Aber warten wir ab, was Dr. Foucart rausfindet.«

»Was ist mit den Binnenschiffern? Den Ausflugsbooten, Chef?«

»Das ist der nächste Punkt, Jean-Marc. Wir beide setzen uns mit den Schifffahrtslinien in Verbindung. Welche Fracht- und Personenschiffe sind in den letzten Tagen durch Paris gefahren? Hat irgendjemand vom Schiff aus was Verdächtiges beobachtet? Zum Beispiel, ob sich irgendwo an den Ufern jemand auffällig verhielt. Oder auf einer Brücke. Es könnte auch sein, dass der Junge direkt von einem Schiff aus über Bord geworfen wurde. Da kommt eine Menge Arbeit auf uns zu.«

»Moment mal.« Claudine tippte etwas in ihren Computer ein und las laut vor. »Die Seine ... hier hab ich's. Sie entspringt in Burgund und mündet bei Le Havre in den Ärmelkanal. Länge: 776 Kilometer. Schiffbare Länge: 560 Kilometer. Und schiffbar ist der Fluss ab Nogent-sur-Seine, das ist in den Ardennen.«

LaBréa nickte.

»Ich weiß, was Sie sagen wollen, Claudine. Von Nogent-sur-Seine bis Paris ist es eine ganz schöne Strecke.«

»Genau.« Claudine warf erneut einen Blick auf ihren Bildschirm. »Und vergessen wir nicht die Nebenflüsse, die auf der gesamten Länge bis Paris in die Seine münden. Er kann auch von dort her in den Fluss geschwemmt worden sein.«

»Ich denke, er lag nicht länger als ein, zwei Tage im Wasser?«, fragte Franck.

»Ja, und daher können wir das Gebiet auch eingrenzen«, sagte LaBréa. »Jean-Marc, rufen Sie die Schifffahrtbehörde an und erkundigen Sie sich wegen der Strömungsverhältnisse des Flusses.«

»Die werden bei dem niedrigen Wasserstand anders sein als sonst.«

»Richtig. Deshalb müssen wir in Erfahrung bringen, welche Strecke ein im niedrigen Wasser treibender Körper in welcher Zeit zurücklegt. Von Dr. Foucart erfahren wir hoffentlich die möglichst exakte Liegezeit des Körpers im Fluss. Mit diesen Anhaltspunkten haben wir eine Chance.«

3. KAPITEL

Eric Lecadre, der bekannte Theaterschauspieler, knöpfte sein Polohemd zu, steckte es in die Hose und schloss den Gürtel. Er betrachtete sich in dem großen Badezimmerspiegel und lächelte zufrieden. Mit seinen fünfundvierzig Jahren wirkte er mindestens zehn Jahre jünger. Dass er seine Figur gehalten hatte und einen athletisch durchtrainierten Körper besaß, verdankte er seinen guten Genen, dem täglichen Training auf dem Laufband und den Hantelübungen, die er morgens und abends absolvierte. Die Haut spannte sich straff und solariumgebräunt über das schmale Gesicht mit der geraden, klassischen Nase. Die muskulösen Arme waren nahezu unbehaart. Mit den schmalen Hüften, den breiten, aber nicht zu breiten Schultern sowie dem knackigen Gesäß wirkte sein Körper makellos. In seiner Jugend und auch später noch, auf der Schauspielschule, nannten sie ihn *El Greco*. Nicht in Anlehnung an den gleichnamigen spanischen Maler, nein. Den Spitznamen bekam er, weil er dem Idealbild des griechischen Jünglings zu entsprechen schien. Erhärtet wurde diese Einschätzung durch die blonden, leicht gelockten Haare, deren Schnitt seinen klassischen Kopf noch betonte. Andere hatten ihn auch mit dem David von Michelangelo verglichen. Wo immer er sich zeigte, auf Partys, beim Einkaufen, beim Sonntagsbummel über die Champs Elysées – er zog bewundernde Blicke auf sich. Eric Lecadre gehörte zu den Menschen, bei denen man annahm, Schönheit, Talent und nobler Charakter gingen Hand in Hand.

Alle großen Rollen, die sich einem Schauspieler boten, hatte er in jungen Jahren gespielt. Er war nicht besser als andere Kollegen. Er sah nur besser aus und galt als Liebling der Frauen. Er spielte Romeo, Hamlet, Lozenzaccio, Don Carlos, Orestes, El Cid. Bis zu Beginn der Theaterferien vor einigen Wochen stand er als Faust in einer aufsehenerregenden Inszenierung auf der Bühne der Comédie Française. Im Herbst würde er an der Seite von Isabelle Huppert die männliche Hauptrolle in einem Film von Claude Chabrol spielen. Er hatte bereits in vielen Filmen mitgewirkt, und war einem großen Publikum im Land bestens bekannt. Ein Promi, der zur Crème de la Crème der Pariser Gesellschaft gehörte.

Mit einem Seufzer löste er sich von seinem Spiegelbild und verließ das Badezimmer. Aus dem Salon ertönte die Stimme seiner Frau Chantal.

»Du bist noch da?«, fragte sie erstaunt. »Ich dachte, du wärst längst weg!« Er hörte ihre schweren Schritte und war einen Moment in Versuchung, ganz schnell die Wohnung zu verlassen, um Chantal nicht mehr begegnen zu müssen. Doch schon stand sie im Flur und schüttelte erstaunt den Kopf.

»Wie lange geht denn die Besuchszeit im Krankenhaus?«

Eric nahm sein safrangelbes Sommerjackett vom Garderobenständer und holte seine Sonnenbrille aus der Schublade des Flurschränkchens.

»Françoise ist doch Privatpatientin!«, sagte Eric milde lächelnd.

»Stimmt!«, murmelte Chantal zerstreut. »Da gelten die normalen Besuchszeiten nicht.«

Françoise Thibon war eine Kollegin vom Theater. In der Faust-Inszenierung spielte sie Frau Marthe, wenngleich sie sich mit Ende vierzig viel zu jung für die Rolle fühlte, wie sie gleich zu Anfang der Proben betont hatte. Vor zwei Wochen hatte sie sich unglücklicherweise auf einer Treppe am Montmartre beim Fotoshooting zu einer Homestory das Bein gebrochen und lag nun im Krankenhaus Val de Grace. Der geplante Urlaub mit ihrem Mann Roland, dem Direktor der Brigade Criminelle am Quai des Orfèvres, fiel dadurch ins Wasser. Das war schade, denn Françoise und Roland hatten Eric und Chantal für Ende August in ihre Villa an die Côte d'Azur eingeladen. Erics für heute geplanter Krankenbesuch galt nicht allein der Sorge um die verunglückte Kollegin. Er wollte sich vor allem die Option auf eine spätere Einladung in die Villa und an den Privatstrand der Thibons offenhalten. Eric Lecadre war geizig und immer auf seinen Vorteil bedacht. Und wenn man das Geld für ein Hotel oder die Miete für ein Ferienhaus sparen konnte, umso besser. Die Schnorrermentalität blieb seinen Freunden und Bekannten nicht verborgen. Doch man nahm es ihm nicht übel, weil sich die meisten Leute gern mit der Gesellschaft dieses blendend aussehenden Mannes schmückten.

Er warf seiner Frau einen flüchtigen Blick zu. Chantal war zwanzig Jahre älter als er und hatte sich trotz vieler Anstrengungen nicht gut gehalten. Ihre Haut wirkte schlaff und verwelkt, was sie mit einem starken Make-up zu kaschieren versuchte. Die tiefen Kräuselfalten auf der Oberlippe zeugten von jahrzehntelangem Zigarettenkonsum. Wer an einer Zigarette zieht, spitzt automatisch die Lippen. Und besonders bei Frauen hat dies fatale Folgen. Auch an Chantals Zähnen erkannte man die Kettenraucherin. Eric hatte sich das Rauchen vor langer Zeit abgewöhnt. In einem Beruf, wo beinahe jeder qualmte (und die meisten sehr viel tranken), war er seitdem fast so etwas wie ein exotisches Exemplar.

Im Oktober wurde Chantal fünfundsechzig. Ihre Haare, die sie inzwischen färbte und die früher tiefschwarz gewesen waren, lichteten sich an einigen Stellen. Sie selbst fand am dramatischsten, dass sie völlig ihre Figur verloren hatte. Seit Beginn des Klimakteriums glich sie mehr und mehr einer Matrone. Ihr Frauenarzt, der auch bekannte Stars und Sternchen zu seinen Patienten zählte, hatte ihr Hormone verschrieben. Zunächst glaubte sie fest an deren Wirkung. Erst als sie dreißig Kilo mehr wog, setzte sie sie ab. Doch die vielen Pfunde blieben, und seit einigen Jahren hatte Chantal die Hoffnung aufgegeben, sich je wieder auf ihr altes Gewicht herunterhungern zu können.

Seit zweiundzwanzig Jahren war Eric nun mit ihr verheiratet. Das Geheimnis ihrer Ehe lag einzig und allein darin, dass sie einander von Anfang an nützlich waren und sich gegenseitig benutzten. Chantal Coquillon galt jahrzehntelang als die mächtigste Schauspieleragentin in Paris. Sie schob Karrieren an und konnte sie ebenso leicht beenden. Ihr langer Arm reichte bis in die Intendanzen der wichtigsten Pariser Theater. Sie war mit Jean Vilar befreundet gewesen, mit Beckett, Sartre, Ionesco und natürlich mit

Sagan, deren Niedergang sie mit schmerzlicher Anteilnahme miterleben musste. Zu ihrem engeren Freundeskreis gehörten neben einer Anzahl wichtiger Politiker auch namhafte Filmproduzenten und Regisseure. Ganze Generationen von französischen Kinostars verdankten ihr die Karriere. Vor zwei Jahren hatte sie ihren Agentenjob an den Nagel gehängt. Seitdem schrieb sie ihre Memoiren, für die ihr ein großer Publikumsverlag bereits einen Vorschuss in sechsstelliger Höhe gezahlt hatte. Das Buch wurde mit Spannung erwartet, versprach sich der Verlag doch intime Klatsch- und Tratschgeschichten aus der Welt der Kulturschickeria.

Als sie Eric kennenlernte, verliebte sie sich unsterblich in ihn. Trotz des großen Altersunterschiedes oder vielleicht gerade deshalb. Er ließ sie charmant zappeln, wies sie nicht direkt zurück, schlief sogar hin und wieder mit ihr. Irgendwann hatte sie begriffen, dass sie vielleicht nicht sein Herz erobern konnte, aber dass es eine andere Möglichkeit gab, ihn an sich zu binden. Wenn auch nur durchschnittlich talentiert, war Eric doch sehr ehrgeizig. Er wollte nach oben, und sie konnte ihm dazu verhelfen. Sie stellte nur eine Bedingung: Er sollte sie heiraten. Sie schlossen ein Geschäft miteinander ab. Wenn er sie heiratete, würde sie ihm alle Freiheiten lassen, sich um seine Karriere kümmern und einen großen Star aus ihm machen. Der Preis einer ehelichen Bindung schien Eric dafür nicht zu hoch. Alles, was ihn erotisch und emotional anzog, lief nebenher, und Chantal drückte mehr als ein Auge zu. Sie formte ihn wie einen rohen Diamanten, dem man den entscheidenden Schliff verpasst. Durch ihre Verbindungen in die höchsten Kreise der Pariser Gesellschaft begann Erics kometenhafter Aufstieg, zu dem er nichts beisteuerte als sein unverschämt gutes Aussehen, ein unbedeutendes Quentchen Talent und das Versprechen, wenn schon nicht das Bett (oder nur sehr selten), so doch Tisch, Wohnung und das gesellschaftliche Leben mit Chantal Coquillon zu teilen.

»Hast du Yves angerufen und ihm für die Sendung heute Abend toi, toi, toi gewünscht?«, fragte Chantal und steckte die Hände in die Taschen ihres weiten Rockes, der ihren plumpen Körper großräumig verhüllte.

Mit gespielt theatralischer Geste griff Eric sich an die Stirn.

»Du liebe Güte, das hab ich ganz vergessen! Könntest du das bitte übernehmen, Chantal? Und zu seiner Party heute Abend nach der Sendung kommen wir natürlich!«

Sie nickte, lächelte kurz und trat auf ihn zu.

»Also, Chéri«, sagte sie und gab ihm rechts und links einen Kuss auf die Wange. Er roch ihren schlechten, nach saurem Magen und Zigaretten stinkenden Atem, und hielt einen Moment die Luft an.

»Grüß bitte Françoise von mir«, fuhr sie fort. »Und sag ihr, ich kann sie erst besuchen, wenn es nicht mehr so heiß ist. Mein Kreislauf. Bei der Hitze spielt er total verrückt.«

»Mach ich, mein Schatz.« Eric verließ die Wohnung. Im Blumenladen unten an der Ecke würde er noch einen Strauß gelber Rosen kaufen (nicht zu teuer, vielleicht gab es Sonderangebote) und dann mit dem Taxi zum Krankenhaus fahren. Er blickte auf seine Uhr, eine teure Patek Philippe. Chantal hatte sie ihm zum dritten Hochzeitstag geschenkt.

Drei Uhr nachmittags. Die Zeit, in der die Hitze des Tages am unerträglichsten war. Eric Lecadre hoffte nur, dass er ein Taxi mit Klimaanlage erwischte.

Das Mittagessen hatte spät begonnen, und soeben wurde der Kaffee gereicht. Frédéric Dubois trank ihn schwarz und ohne Zucker. Léon Soulier gab zwei Stück Zucker in die Tasse. Er achtete nicht auf seine Figur. Klein und übergewichtig, mit Glatze, stets geröteten Wangen und einer roten Nase scherte er sich nicht um sein Äußeres.

Die beiden saßen sich im Restaurant *Closerie des Lilas* an einem etwas abseits stehenden Tisch gegenüber, wo sie ungestört ihre geschäftliche Besprechung führen konnten. Dubois war Musikproduzent und Teilhaber an einer Plattenfirma, die zu Léon Souliers Konzern *MediaFrance* gehörte. Dass sie beide bei diesen unerträglichen Temperaturen noch in Paris weilten, hatte viele Gründe. Léon Soulier war am Abend Gast in der Rateshow *Ribanville fragt*, und Frédéric Dubois arbeitete auf Hochtouren an mehreren Projekten und konnte die Stadt nicht verlassen. Unter anderem bastelte er an einer neuen Studio-Software, die in wenigen Wochen getestet werden sollte. Soulier hatte viel Geld in diese Entwicklung gesteckt, die die Musikproduktion revolutionieren würde. Einmal patentiert und in andere Länder verkauft, versprach die neue Software satte Gewinne.

Jetzt, nach einem wunderbaren Menu (Melone mit Portwein, Rotbarbenfilets auf Mangospalten, frischer Ziegenkäse, eine Himbeercharlotte als Dessert, dazu ein weißer Burgunder) war der geschäftliche Teil ihrer Unterhaltung beendet.

»Ist deine Frau mit dem Jungen schon weg?«, fragte Dubois und trank den letzten Schluck Kaffee. Schweißperlen standen auf seiner Stirn, und er tupfte sie mit der Serviette ab. Sein Jackett aus Jeansstoff hatte er schon lange abgelegt. Der kräftige Oberkörper mit dem Waschbrettbauch steckte in einem kurzärmeligen, blauen Hemd mit Button-down-Kragen. Dazu trug er schwarze Designer-Cargohosen mit überdimensional großen Taschen. Darin hatte er seine drei Handys verstaut, seine Brieftasche, seinen Terminkalender und mehrere Packungen Kaugummis ohne Zucker.

»Gestern Abend hat sie den Flieger genommen«, erwiderte Léon Soulier. »Aber am Atlantik ist es auch nicht kühler als in Paris.«

»Und die Sendung heute Abend?«

»Die sieht sie sich im Fernsehen an. Ich wollte nicht, dass sie mit ins Studio kommt. Das war ihr, glaube ich, auch ganz recht.«

Dubois senkte ein wenig die Stimme und funkelte seinen Freund und Geschäftspartner neugierig an.

»Kennst du eigentlich die Fragen schon? Ich meine, hat Yves dir irgendwelche Tipps gegeben?«

Léon schmunzelte verschmitzt und strich mit der flachen Hand über seine Glatze.

»Was meinst *du*, Frédi, hat er oder hat er nicht?«

»Ach komm schon, mir kannst du es doch verraten!«

»Tu ich aber nicht. Denk, was du willst, aber von mir erfährst du nichts!«

»Also *hat* er dir Hinweise gegeben!« Frédéric verschränkte die Arme über der Brust und lehnte sich zurück. »Das sehe ich dir doch an, ich kenne dich, Léon!«

»Wenn du dich da mal nicht täuschst, mein Lieber!« Léon Soulier winkte den Kellner herbei. »Die Rechnung bitte.«

»Aber nach der Party heute Abend kannst du es mir ja verraten. Dann ist die Show gelaufen. Außerdem halte ich sowieso dicht, das weißt du doch.«

»Ich denke, du kommst gar nicht zur Party?«

»Stimmt, ich werd's nicht schaffen. Dann sagst du es mir eben morgen früh.«

Eines seiner drei Handys klingelte, und Frédéric fingerte es aus der linken Oberschenkeltasche.

»Ja? – Jetzt schon?« Frédéric warf einen Blick auf seine Uhr. »Sag ihm, ich bin in einer Viertelstunde da!« Er steckte das Handy weg und wandte sich an Léon.

»Armand sitzt schon in meinem Büro. Der kann einfach nicht pünktlich sein. Kommt immer zu früh.«

»Besser zu früh als zu spät«, entgegnete Léon und holte sein Ledermäppchen mit den Kreditkarten aus der Brusttasche seines Jacketts. Er warf einen flüchtigen Blick auf die Rechnung, die der Kellner ihm soeben brachte, und gab ihm seine American-Express-Karte.

»Aber Armand ist nun mal der Spezialist für die Safety«, fuhr er fort und nickte bedeutungsvoll.

Darum ging es. Um die Sicherheit der Daten eines zusätzlichen Internetportals, das der Konzern in den nächsten Tagen einrichten würde. Ein weiteres wichtiges Projekt, an dem Frédéric mit Armand arbeitete und das ihn daran hinderte, dem Pariser Sommer zu entfliehen und in Urlaub zu fahren.

Vor dem Lokal verabschiedeten sie sich. Die Musikstudios von *MediaFrance* lagen in einer Seitenstraße des Boulevard Montparnasse unweit der *Closerie des Lilas*. Während Frédéric die wenigen Schritte trotz der brütenden Hitze zu Fuß gehen wollte, stieg Léon in seinen Bentley. Sein Fahrer hatte in der Zwischenzeit irgendwo eine Kleinigkeit gegessen und dann vor dem Restaurant auf ihn gewartet. Léon selbst setzte sich nie ans Steuer. Er besaß nicht einmal den Führerschein.

Im Wagen lief die Klimaanlage, und die getönten Scheiben schützten nicht nur gegen neugierige Blicke, sondern auch gegen das helle Sonnenlicht. Der Fahrer lenkte den Wagen in östlicher Richtung über den Boulevard Montparnasse.

Léon hatte das Jackett seines sandfarbenen Anzugs (ein Gemisch aus Seide und feinster Pimabaumwolle) neben sich auf die Rückbank gelegt und rief Yves Ribanvilles Assistenten Delpierre im Fernsehstudio an. Er ließ sich noch einmal bestätigen, dass er keinesfalls vor neunzehn Uhr im Sender sein musste. Das war gut, denn Léon Soulier hatte noch einige wichtige Dinge zu erledigen und fuhr deshalb in die Konzernzentrale in der Rue Poliveau.

Auf der Höhe des Krankenhauses Val de Grace entdeckte er Eric Lecadre, der mit einem Strauß Blumen in der Hand gerade aus einem Taxi stieg.

»Halten Sie mal kurz an, Raymond«, sagte Léon zu seinem Fahrer. Léon ließ die Scheibe herunter und rief quer über die Straße: »Eric?«

Erstaunt drehte Eric Lecadre den Kopf, dann lachte er.

»Léon! So ein Zufall. Ich sag's ja immer: Paris ist ein Dorf!« Er wartete, bis die Ampeln auf Rot schalteten, überquerte die Straße, beugte sich ins offene Wagenfenster und grinste. »Lange nicht gesehen, oder?« Das sollte ein Witz sein, denn sie hatten sich erst kürzlich unter ebenso ungewöhnlichen wie erbaulichen Umständen getroffen. »Bin gerade auf dem Weg zu einem Krankenbesuch. Eine Kollegin vom Theater. Komplizierter Beinbruch. Und du?«

»Frédéric und ich waren zusammen beim Mittagessen. Du kommst doch heute Abend, oder?«

»Natürlich! Chantal wird auch dabei sein. Und deine Frau?«

»Sie ist mit Benoît schon in Biarritz. In einer Woche komme ich nach.«

»Hast du Lampenfieber, Léon?«

»Ach Quatsch! Bei den läppischen Fragen, die zu erwarten sind? Ich hab schon ganz andere Sachen überstanden.« Beide lachten.

Mit der flachen Hand schlug Eric leicht auf das Dach des Wagens, eine Art liebevoller Klaps.

»Ich muss los. Krankenbesuche, darum drängt man sich ja nicht gerade. Ich bin froh, wenn ich da wieder raus bin.«

»Salut Eric! Bis später.« Léon schloss die Scheibe und gab seinem Fahrer das Zeichen, weiterzufahren. Eric ging über die Straße auf den Eingang des Krankenhauses zu, drehte sich noch einmal um und winkte dem Bentley nach.

4. KAPITEL

Zäh und scheinbar endlos zog sich der Nachmittag dahin. Chantal Coquillon lag in ihrem abgedunkelten Schlafzimmer und spürte die schwitzende Masse ihres Körpers wie eine Last, die sie nie wieder würde abschütteln können. Der seidene Morgenrock, über den schweren Brüsten geöffnet, klebte ihr auf der Haut. Ihr Atem ging rasselnd. Sie wusste, dass sie unbedingt mit dem Rauchen aufhören sollte, doch sie schaffte es einfach nicht. Immer wieder hatte sie mit guten Vorsätzen angefangen, und spätestens nach drei Tagen gab sie auf. Auch jetzt war die Gier nach dem Gift überwältigend. Auf dem Nachttisch lag eine Schachtel Pall Mall ohne Filter, ihre Marke seit vierzig Jahren. Sie kämpfte noch einen Augenblick mit sich, seufzte dann und griff nach der roten Packung und dem Billigfeuerzeug aus dem Supermarkt. Schon der erste Zug hatte etwas Beruhigendes. Obwohl sie gleich nach dem Mittagessen ein Valium geschluckt hatte, in der Hoffnung auf einen Mittagsschlaf, fühlte sie sich wie aufgeputscht. Die Tabletten wirkten nicht mehr. Das stellte sie schon seit Wochen fest und hatte sich vorgenommen, ihren Arzt nach etwas Stärkerem zu fragen.

Sie ließ das Kopfteil ihres Treca-Bettes hochfahren, bis ihr Körper in eine Sitzposition gelangte. Dann schaltete sie die Lampe auf ihrem Nachttisch an und nahm aus dessen

Schublade ein Fotoalbum. Die Zigarette zwischen die Lippen gepresst, schlug sie es auf. Da waren sie, die Bilder aus vergangener Zeit, als sie jung und schön gewesen war und begonnen hatte, die Film- und Theaterszene in der Stadt aufzumischen. Eine selbstbewusste schwarzhaarige Frau mit makellos weißen Zähnen und blutroten Lippen blickte ihr entgegen. Chantal Coquillon beim Festival in Cannes, neben Yves Montand und Francis Ford Coppola. Wintersporturlaub in St. Moritz in Begleitung von Françoise Sagan und deren Clique. Das erste gemeinsame Foto von ihr und Eric Lecadre 1987 in Deauville. Da kannten sie sich gerade zwei Wochen, und sie hatte ihn in ein Luxushotel ans Meer eingeladen. In einer schlechten Provinzaufführung in Nantes, wo er den »Hamlet« spielte, war sie auf ihn aufmerksam geworden. Eher durch Zufall, einen glücklichen Zufall, wie sie damals glaubte. Sie hatte ihre Eltern in Nantes besucht, und eine ehemalige Klassenkameradin überredete sie zu diesem Theaterbesuch.

»Den musst du unbedingt sehen, diesen Eric Lecadre!«, hatte Sylvie geschwärmt. »Ein Bild von einem Mann!«

So hatte alles angefangen. Verliebt bis über beide Ohren hatte sie Eric die Tür zu ihrem Universum geöffnet. Es war die Welt der Stars, des großen Geldes und des Glamours. Wenn eine Frau vierzig ist und ihr Liebhaber zwanzig, wirkt das aufregend und interessant. Insbesondere, wenn man sich den schönsten Mann geangelt hat und selbst als eine der mächtigsten Frauen im Kulturbetrieb gilt. Ja, sie waren ein attraktives, auffälliges Paar gewesen und hätten es lange bleiben können, wenn nicht ... Mit einer heftigen Bewegung schlug Chantal das Fotoalbum zu und drückte ihre Zigarette im Aschenbecher aus. Ihre Hand sank kraftlos herab. Ein Anflug von Panik stieg in ihr hoch. Was ist nur aus dir geworden?, dachte sie. Und wie wird das alles enden? Ihr Herz pochte wie wild, und wieder einmal verspürte Chantal Coquillon diese lähmende Angst, die seit einigen Jahren immer öfter und immer stärker von ihr Besitz ergriff. War es die Angst vor dem Tod? Die Angst, dass Eric sie doch noch verlassen könnte? Jetzt, wo sie alt und verbraucht und ohne Einfluss war und seine Karriere schon seit vielen Jahren in festen Bahnen verlief? Nein, dachte sie und atmete schwer. Verlassen wird er dich nicht. Dazu ist zu viel geschehen, und er braucht dich. Jetzt mehr als je zuvor.

Etwas Dunkles lastete auf ihrer Seele wie eine schwere Decke, unter der sie nicht hervorkriechen konnte. Wollte sie es überhaupt? Dann würde ihr Leben zusammenbrechen wie ein Kartenhaus. Vor dem Abgrund, der sich dann auftun würde, schwindelte ihr. Es gab keinen Ausweg, keine Lösung. Nur die, die in greifbarer Nähe lag: das Röhrchen mit den Valiumtabletten auf ihrem Nachttisch. Zwei auf einmal, damit der Rest des Nachmittags ohne trübe Gedanken verging. Und sie vielleicht noch das zuletzt verfasste Kapitel ihrer Memoiren Korrektur lesen konnte.

Vor Yves Ribanvilles Jubiläumsparty heute Abend graute ihr. Sie war auch Erics Bitte nicht nachgekommen, den Moderator anzurufen und ihm Glück zu wünschen. Sie mochte den Showmaster nicht, ebenso wenig wie seine Frau, die amerikanische Dollarprinzessin. Als Chantal vor einigen Jahren zusammen mit Eric bei den Ribanvilles zum Essen eingeladen war, hatte Candice zum Abschluss des Diners eine eisgekühlte Flasche Cognac auf den Tisch gestellt. Für Chantal war das ungefähr so, als sollte man Austern mit Messer und Gabel schneiden. Candice Ribanville wusste vermutlich bis heute nicht, dass man Cognac nicht eisgekühlt serviert. Ihr Mann hatte es ihr sicher nicht gesagt.

Seine Herkunft hütete Yves Ribanville zwar wie ein Staatsgeheimnis, doch Chantal hatte schon vor langer Zeit in Erfahrung gebracht, welches Geheimnis ihn umgab. Als er siebzehn war, hatte sich seine Spur verloren, bis er als junger Mann plötzlich in Paris auftauchte. Die Traumkarriere als bekanntestes Fernsehgesicht Frankreichs begann einige Jahre später. Ribanville verdankte sie verschiedenen glücklichen Umständen. Er fing als Lokalreporter beim Dritten Programm an und wechselte dann als Redakteur in die Unterhaltungsabteilung. Als Schützling und Freund eines mächtigen Gönners bekam er eines Tages seine Sendung *Ribanville fragt*. Wie alles in diesem Land war auch Yves Ribanvilles Karriere nur eine Frage von Beziehungen und Seilschaften.

Eric und Yves waren seit vielen Jahren befreundet, und Eric legte Wert auf Chantals Begleitung. Mit der Party heute Abend sollte Yves' hundertste Sendung gefeiert werden, und ein erlesener Kreis von Gästen war geladen. Chantal hatte die Show nur ein einziges Mal gesehen, äußerst langweilig gefunden und sich gefragt, warum im Schnitt fünf Millionen Zuschauer einen solchen Schwachsinn über sich ergehen ließen.

Sie nahm zwei Valium aus dem Röhrchen und schluckte sie ohne Wasser. Dann ließ sie das Kopfende ihres Bettes herunter, schob das Fotoalbum zur Seite und schloss die Augen. Vielleicht doch noch ein, zwei Stunden Schlaf, damit sie am Abend einigermaßen fit war und die Party überstand. Früher waren bei ähnlichen Anlässen alle Augen auf sie gerichtet gewesen. Chantal Coquillon, die mächtige Agentin. Ihr scharfer Verstand, ihr Charme und die Tatsache, dass sie stets über alles und alle bestens informiert war, machten sie über Jahre zur begehrten Partylöwin. Doch diese Zeiten waren nun schon lange vorbei. Sie hatte loslassen müssen, ein schmerzlicher Prozess. Mit den Jahren, die sie älter wurde, entglitten ihr nicht nur ihre Figur und die Straffheit ihrer Haut. Auch ihre berufliche und gesellschaftliche Macht flossen davon, wie Sand, der langsam, doch stetig durch die Finger rinnt. Wer kannte heute noch ihren Namen? Einige aussortierte Politiker, frühere Wegbegleiter und alternde Stars, die ebenfalls immer mehr in Vergessenheit gerieten.

Das Alter ist eine grausame Prüfung, dachte sie und spürte, wie die Müdigkeit endlich Besitz von ihr ergriff. Schlimmer als alles, was das Leben ansonsten bereithält. Die einzige Gnade ist die, dass man als junger Mensch noch nicht darum weiß, wie schrecklich es sein wird, wenn man auf der Schwelle zur biologischen Todeszone steht. Bei ihr begann es gleich nach ihrem fünfzigsten Geburtstag.

Nick lebte schon lange im Park. Wie viele Jahre es inzwischen waren, wusste er nicht. Die Zeit unter den Seinebrücken war lange vorbei, er selbst hatte sie gar nicht mehr erlebt. Nur aus Erzählungen kannte er die eine oder andere Geschichte. Zum Beispiel die, dass in den siebziger Jahren zwischen dem Pont Neuf und dem Pont Royal drei Clochards ermordet worden waren, darunter eine Frau. Abgestochen wie Schlachtvieh. Den Täter hatte man nie gefasst, und das Motiv blieb unklar. Zu holen gab es bei den Opfern nichts, demnach schienen die Morde das Werk eines Verrückten zu sein, der seinen Kick im Blutrausch suchte und fand. Die Polizei hatte nur halbherzig ermittelt, gab es doch schon seit Jahren die Bestrebung, die Clochards aus dem malerischen Stadtbild (wozu die Uferpromenaden unter den Brücken gehörten), zu entfernen. All dies hatte Nick von Albin erfahren, seinem Kumpel. Zusammen hatten sie jahrelang jeden Morgen die Gegend außerhalb des Parks durchstreift. Sie durchstöberten die Abfallkörbe nach Essbarem und statteten der Bäckerei auf der Rue Lesage einen Besuch ab. Die Besitzerin versorgte sie mit Croissants vom Vortag, manchmal gab es auch ein belegtes Sandwich, das übrig geblieben war. In der *Bar du Soldat Perdu* bekamen sie gratis ein Glas billigen Rotwein, oft auch zwei.

Nick Sabatier hatte schon immer so gelebt, seit seinem neunzehnten Lebensjahr. Jetzt war er siebenundvierzig oder auch schon achtundvierzig, vielleicht sogar noch älter. Er wusste es nicht. Irgendwann im September hatte er Geburtstag, daran erinnerte er sich. Das Leben auf der Straße, ein Leben ohne festen Wohnsitz, ohne eigene Wohnung, ohne Einkommen, ohne Eigentum und Besitz irgendwelcher Art hinterließ seine Spuren. Dazu gehörte auch das allmähliche Vergessen aller früheren Lebensumstände. Die Vergangenheit, die Jugend, alles war in weite Ferne gerückt. Nick lebte im Hier und Heute. Von der Hand in den Mund, und das im wörtlichen Sinn. Seine Sorge galt der nächsten

Mahlzeit, einem ordentlichen Schluck Wein und dem Wetter, das einen entscheidenden Einfluss auf sein Wohlbefinden ausübte. Im letzten Winter war Lucy in einem Hauseingang erfroren. Seine Freundin Lucy. Noch keine dreißig Jahre alt, wie sie behauptete, doch mit bewegtem Lebenslauf. Er hatte sie aus einem Nest in der lothringischen Provinz, wo sie die Schule abbrach und von zu Hause weglief, über eine Drogenkarriere nebst Beschaffungskriminalität auf dem Strich bis in den Parc de Belleville geführt. Mitten am Tag hatte sie sich eines Tages auf Nicks Lagerstatt neben der Buchsbaumhecke zum Schlafen niedergelegt. Auf seiner Pappe, seinem karierten Schlafsack. So begann ihre Freundschaft damit, dass er sie aufweckte und verscheuchte. Am nächsten Tag traf er sie auf der Rue des Pyrénées, wo sie sich mit einem Drogendealer herumstritt, der sie abzocken wollte.

Nick mochte sie, auch wenn er sich sonst von Frauen, die auf der Straße lebten, fernhielt. Sie nutzen dich nur aus, hatte ihm sein Kumpel Albin einmal gesagt. Albin war nun auch schon einige Zeit weg. Ob er tot war, wusste Nick nicht. Vielleicht hatte er einfach nur in ein anderes Arrondissement gewechselt?

Mit Lucy war Nick eine Weile zusammen. Sie kam von den Drogen weg, wurde clean. Es war ihm ein Rätsel, wie sie das geschafft hatte. Eines Tages jedoch verschwand sie spurlos. Er suchte sie an den Orten, die sie gemeinsam frequentiert hatten. Im Winter, drei Monate nach ihrem Verschwinden, sah er am Kiosk ihr Foto auf der Titelseite einer Zeitung. *Mitten in Paris erfroren* stand dort geschrieben. Und unter ihrem Bild, auf dem sie das Tuch trug, das er ihr einmal geschenkt hatte, las er *Wer kennt diese Frau?* Er hatte sich nicht gemeldet. Nicht bei der Polizei, nicht bei irgendwelchen Ämtern. Warum auch? Lucy war tot, und er hätte der Polizei nichts über sie erzählen können. Den Namen des Kaffs, aus dem sie stammte, hatte er längst vergessen. Ihren Familiennamen kannte er nicht. Er hatte sich damit abgefunden, dass sie wie vieles in seinem Leben war: eine flüchtige Ahnung von Zukunft, die vage Möglichkeit von Glück und Beständigkeit, die sich schon allzu bald als trügerisch erwies.

Das Leben war weitergegangen. Es ging immer weiter, mal besser, mal schlechter. Im Augenblick schien Nicks Schicksal unter einem besonders guten Stern zu stehen. Zweitausend Euro … das hatte ihm dieser Fernsehfuzzi versprochen. Vor zehn Tagen war er im Park aufgetaucht. Nick hatte im Schatten der Buchsbaumhecke auf seinen Pappkartons ein Mittagsschläfchen gehalten. Das war, bevor die große Hitze kam und Nick die warme Jahreszeit noch richtig genießen konnte. Der Mann, er mochte Mitte zwanzig sein, vielleicht auch jünger, hatte ihn angetippt und gesagt, er sei vom Fernsehen. Sein Name war Michel, den Nachnamen hatte Nick nicht verstanden, weil er vom Schlaf noch ganz benommen war. Dieser Michel bot ihm zweitausend Euro an, wenn er in einer bekannten Quizsendung (die Nick nicht kannte, er sah nie fern) auftreten würde. Voller Misstrauen hatte Nick zugehört und sich gefragt, ob ihn hier einer verarschen wollte? Doch dieser Michel hatte es ernst gemeint und ihm einen Hunderter in die Hand gedrückt. So viel Geld hatte Nick noch nie besessen. Weitere zweitausend bekäme er vor der Sendung, hatte der

Typ gemeint und ihm eingeschärft, sich am Soundsovielten um soundso viel Uhr am Parkeingang Rue des Couronnes bereitzuhalten.

Nick hatte keine Ahnung, was ihn erwartete. Nur so viel hatte er begriffen: Er würde im Fernsehen auftreten. Millionen Menschen würden ihn sehen, und er würde für die Beantwortung einiger läppischer Fragen einen Haufen Geld bekommen. Zweitausend Fixum und das, was er durch richtige Antworten zusätzlich als Bonus gewinnen würde.

»Was sind das für Fragen?«

Der Fernsehfuzzi hatte gelächelt.

»Die sind kinderleicht. Alltagsfragen. Einfaches Allgemeinwissen.«

Nick konnte sich wenig darunter vorstellen.

»Was ist, wenn ich 'ne Frage nicht beantworten kann?«

»Dann geht sie an die Zuschauer oder den anderen Kandidaten, der im Studio ist.«

»Wer is'n das?«

»Den kennen Sie bestimmt nicht.«

»Lebt der auch auf der Straße?«

Der Typ hatte kurz aufgelacht und ihm auf die Schulter geklopft.

»Nein, mein Lieber, der lebt nicht auf der Straße. Im Gegenteil!« Er drückte Nick seine Visitenkarte in die Hand.

»Kann ich mich darauf verlassen, dass Sie am Tag der Sendung« (das war heute, Nick hatte es sich genau gemerkt) »auch tatsächlich zur Verfügung stehen? Sonst rufen Sie mich bitte rechtzeitig an!«

Das hatte dieser Typ gesagt. »Zur Verfügung stehen«. Nick hatte noch nie jemandem zur Verfügung gestanden.

Ob das ein Fehler war oder nicht, vermochte er nicht zu sagen. Hier jedenfalls bedeutete »zur Verfügung stehen« einen Haufen Kohle, und natürlich würde er die Verabredung einhalten, was sollte ihm denn dazwischenkommen? Er hatte diesem Michel die Hand hingestreckt und damit besiegelt, dass er zur Verfügung stehen würde.

Der Tag war heiß, so heiß wie die Tage zuvor. Aus diesem Grund wollte Nick am Vormittag sein Lager in eine verlassene Tiefgarage verlegen. Das Gebäude stand seit Jahren leer, und das vergitterte Garagentor hatte jemand auf halbe Höhe heruntergelassen. Doch als er mit seinen Habseligkeiten dort ankam, war das Tor plötzlich geschlossen, und Nicks schöner Plan löste sich in Luft auf. Er zog zurück zum Park, auf seinen angestammten Platz. Den ganzen Tag schlief er viel und träumte lebhaft. Ungereimtes Zeug, mit Versatzstücken aus seiner Kindheit und Jugend, die er nicht einordnen konnte. Oft waren es auch angenehme Träume. Lucy kam darin vor, sie trug schöne Kleider und flirtete mit ihm.

Nick besaß keine Uhr. Doch er hatte ein untrügliches Gespür für die Tageszeit. Er blickte in den Himmel. Vier Uhr, höchstens Viertel nach vier. Er hatte noch knapp zwei Stunden Zeit, bis dieser Fernsehfuzzi ihn am Parkausgang abholen würde. Sosehr ihn die Aussicht auf einen Batzen Geld lockte, sosehr beunruhigte ihn die Frage, wo er diesen Riesenbetrag verstecken sollte? Jemand wie er lebte gefährlich. Es gab durchgeknallte Typen, die sich über einen Obdachlosen hermachten, einfach so aus Spaß. Jugendgangs, Halbwüchsige, die sich aus lauter Langeweile einen wie ihn vornahmen. Bisher hatte er stets Glück gehabt.

Doch wer weiß? Es hieß, manche Menschen könnten Geld förmlich riechen … Er musste ein sicheres Versteck finden, und zwar gleich heute Nacht.

Zu den Privilegien, die ein Fernsehmann wie Yves Ribanville genießen durfte, gehörte die ständige Bereitstellung einer Luxuslimousine nebst Chauffeur. Kurz vor sechzehn Uhr wartete der Wagen vor dem Hauseingang Avenue Montaigne. Noch hatte der Feierabendverkehr nicht eingesetzt. Ribanville wies den Fahrer an, zur Kirche St. Philippe du Roule in der Rue du Faubourg St. Honoré zu fahren. Es gehörte zu seinen Angewohnheiten, vor jeder Sendung einen Moment in der Kirche seiner Gemeinde zu beten. Der Geruch nach Weihrauch, der Blick auf das Bild der Dreifaltigkeit rechts neben dem Altar, die Stille und das dämmrige Licht in dem kühlen Gotteshaus – es war ein Moment stiller Andacht und Einkehr. Als er Pater Matthieu entdeckte, der sich am Altar zu schaffen machte, bat er ihn um Gottes Segen für den heutigen Abend.

Eine halbe Stunde später fuhr der Dienstwagen vor dem Gebäude des Fernsehsenders vor.

Nach einem kurzen Rundgang durch das Studio, wo sein Assistent Delpierre alles vorbereitet hatte, begab sich Ribanville in die Regie. Die Vorbesprechung mit dem Regisseur und den Technikern verlief in kollegialer Atmosphäre. Es war ein eingespieltes Team, das den Ablauf der wöchentlichen Sendung verantwortete.

»Irgendwelche Probleme?«, fragte Ribanville den Regisseur. Dieser verschränkte die Arme hinter dem Kopf und lehnte sich auf seinem Stuhl zurück.

»Alles im grünen Bereich, Yves.« Der Regisseur grinste. »Mal abgesehen davon, dass es bei dir im Studio irre heiß werden wird.«

»Ich weiß.« Ribanville verzog ärgerlich den Mund. »Ihr habt hier oben Klimaanlage. Warum das im Studio nicht möglich sein soll, geht mir nicht in den Kopf.«

»Würde gar nichts nützen«, erwiderte der Regisseur. »Die Scheinwerfer sind stärker. Dagegen kommt keine Klimaanlage an.«

Ribanville begab sich wieder ins Studio, und im Zeitraffer starteten sie den Probedurchlauf. Er dauerte eine halbe Stunde und galt als Generalprobe für die Technik.

Anschließend begab sich der Showmaster in sein Büro. Sein Assistent Delpierre und die Aufnahmeleiterin, eine hübsche Brünette mit langen Beinen und Minirock, begleiteten ihn. Zusammen gingen sie die Fragen und die Antworten für die beiden Kandidaten durch, checkten auf Ribanvilles Spickzetteln nochmals die einzelnen Positionen der sechs Kameras. Ribanville hatte sich für seine Moderation nur wenige Stichworte notiert. Er war ein Showmaster, der ohne Teleprompter arbeitete und weitgehend frei moderierte.

»Wie viele Zuschauerleitungen werden heute geschaltet?«, fragte er.

»Zwanzig«, sagte Michel Delpierre. »Jeder fünfte Anruf pro Leitung wird entgegengenommen.«

Ribanville nickte.

»Sehr schön.« Er warf einen Blick auf die Liste der Fragen und Antworten. Einige Fragen waren mit rotem Filzstift markiert. Ribanville überflog sie. »Frage fünf, zehn und dreizehn gehen also zunächst an die Zuschauer, bevor ich sie an die Kandidaten weitergebe. Hast *du* die Reihenfolge festgelegt, Michel?«

»Wir haben gestern kurz darüber gesprochen, Chef.«

»Stimmt, hatte ich ganz vergessen«, meinte Ribanville ein wenig zerstreut. Er schenkte sich ein Glas Mineralwasser ein und trank es in einem Zug leer. »Die verdammte Hitze macht einen völlig fertig.«

Er wandte sich an die Aufnahmeleiterin und wedelte mit der Hand, als ob er einen Hund fortscheuchen wollte.

»Du kannst jetzt gehen, Nathalie. Ich hab noch was mit Michel zu besprechen.«

Die Aufnahmeleiterin lächelte süßlich und stakste auf ihren hohen Absätzen davon. Ribanville schaute ihr kurz hinterher, wartete, bis sie die Tür geschlossen hatte, und sagte zu seinem Assistenten: »Hast du meinem Freund Léon die Antworten zukommen lassen?«

»Hab ich, Chef. Monsieur Soulier hat sie gestern Abend per Kurier erhalten.«

»Das muss unbedingt unter uns bleiben, Michel.«

»Sie können sich auf mich verlassen, Chef.«

»Und der Clochard? Der lässt uns doch hoffentlich nicht hängen!«

»Glaub ich nicht. Solche Leute brauchen immer Geld.«

»Aber zuverlässig sind sie meistens nicht.«

»Der schon. Da bin ich mir ganz sicher. Von so viel Geld hat der doch nie zu träumen gewagt. Ich hole ihn nachher im Parc des Belleville ab.«

»Mein Fahrer weiß Bescheid. Limousine und Chauffeur – das macht sich gut, wenn man einen Clochard als Kandidaten hat. Welcher Kameramann ist dabei?«

»Norbert. Er schickt die Bilder gleich in die Regie. Sie können dann am Anfang der Sendung eingespielt werden.«

»Schön, sehr schön, Michel. Die Zuschauer werden begeistert sein. Ich sorge dafür, dass er auf jeden Fall ein, zwei Fragen richtig beantwortet. Damit das Ungleichgewicht zu meinem anderen Kandidaten etwas abgemildert wird. Kleine Hilfestellungen, das merkt keiner. Und Monsieur Soulier – dem habe ich neulich schon gesagt, dass er nicht wie aus der Pistole geschossen antworten soll.«

Ribanville bemerkte, wie ihn sein Assistent mit großen Augen anblickte.

»Was ist denn, Michel? Irgendwelche Skrupel?« Ribanville lachte. »Brauchst du nicht zu haben. In keiner einzigen Quizsendung geht es wirklich ehrlich zu. Und in diesem Fall: Die Summe, die Monsieur Soulier gewinnen soll, geht an eine gemeinnützige Einrichtung.«

»Ich weiß, Chef.«

»Na also. Deshalb muss er möglichst viele Fragen richtig beantworten, damit der Betrag entsprechend hoch ist. Ist doch logisch, oder?«

»Klar. Und wie ich schon sagte: Auf mich können Sie sich verlassen.«

Ribanville legt Michel kurz die Hand auf den Arm.

»Ich weiß. Dafür werde ich mich auch erkenntlich zeigen. So gern ich mit dir zusammen arbeite, kann ich doch verstehen, dass du weiterkommen willst. Vielleicht mal eine eigene Sendung moderieren. Wenn sich irgendwas ergibt, auf mich kannst du zählen. Ich leg dir keine Steine in den Weg.«

»Danke, Chef.«

Erneut lachte Ribanville.

»Doch bis dahin bringen wir erst mal die hundertste Sendung hinter uns! Apropos: Ist für die Party danach alles klar?«

»Ja. Ich habe mich um alles gekümmert und dem Chef vom Ritz gesagt, dass Sie und die Gäste pünktlich um zweiundzwanzig Uhr dreißig kommen. Das steht auch auf sämtlichen Einladungen.«

Ribanville rieb sich die Hände. Er war äußerst zufrieden. Er stand auf, klopfte seinem Assistenten auf die Schulter und sagte jovial: »Du bist eine echte Perle, Michel. Was würde ich nur ohne dich machen? Ob ich dich wirklich mal gehen lasse, wenn du dich verändern willst ...«

Gespielt skeptisch wiegte Ribanville den Kopf hin und her und lachte erneut. Delpierre fiel in sein Lachen ein und hob schelmisch den Zeigefinger.

»Sie haben es versprochen, Chef!«

»Ich weiß, mein Junge.« Ribanville blickte seinem Assistenten geradewegs in die Augen. »Und wenn einer seine Versprechen hält, dann bin ich es. Aber jetzt lass mich allein, damit ich mich mental auf die Sendung einstellen kann. Lampenfieber hab ich nämlich immer noch. Das wird auch nie weggehen, solange ich diesen Job mache.«

Michel Delpierre verließ das Büro und warf einen Blick auf seine Uhr. In etwa einer Stunde würde er den Clochard im Parc de Belleville abholen. Bis dahin gab es noch einiges für die Sendung zu checken und abzuklären. Er atmete tief durch und hoffte, dass der Abend erfolgreich und ohne Pannen verlief. Er zog sein Handy aus der Hosentasche und rief seine Freundin Véra an. Sie war einige Jahre älter als er und arbeitete auf dem Sozialamt des Fünfzehnten Arrondissements. Da sie bereits Feierabend hatte, befand sie sich gerade auf dem Weg zur Métro.

»Ich komme gleich nach der Sendung nach Hause. Wenn du Lust hast, können wir dann ja noch was essen gehen.«

»Gibt es denn kein Fest?«, fragte Véra erstaunt. »Obwohl es die hundertste Sendung ist?«

»Doch. Aber nur für Ribanvilles Promifreunde. Für das Team erst nächste Woche. Hatte ich dir das nicht erzählt?«

»Kann sein, dass ich es vergessen habe. Also Michel, dann Hals- und Beinbruch für eure Sendung! Sei nicht böse, aber ich seh sie mir nicht an. Du weißt, was ich davon halte. Bis später, ich freu mich auf dich!«

Michel steckte das Handy ein und lächelte. Mit Véra hatte er das große Los gezogen. Er liebte sie, und weil das so war, nahm er ihr nicht übel, dass sie die Sendung *Ribanville fragt* nicht mochte. Er selbst hatte ja auch ein gespaltenes Verhältnis dazu. Doch sie war das Sprungbrett für seine Karriere beim Fernsehen. Und wie hieß es so schön? *Wes Brot ich ess, des Lied ich sing.*

5. KAPITEL

Es war kurz vor sechzehn Uhr, als LaBréa der Anruf aus dem Gerichtsmedizinischen Institut erreichte.

»Kannst du gleich herkommen?«, fragte Brigitte Foucart.

»Warum? Irgendwelche sensationellen Erkenntnisse?«

»Kann man wohl sagen.«

»Mach's nicht so spannend, Brigitte.«

»Nicht am Telefon! Sieh es dir am besten selbst an.«

LaBréa stöhnte ergeben, legte den Hörer auf und wählte Jean-Marcs Festnetznummer im Mitarbeiterbüro.

»Fahren Sie allein zum Schifffahrtsamt«, sagte er. »Ich muss in die Gerichtsmedizin.«

Er stand auf, schnappte sich sein Jackett und verließ sein Büro. Seit knapp zwei Stunden war die Talkrunde beendet. Er und seine Mitarbeiter hatten unverzüglich mit den Ermittlungen beginnen wollen, doch aufgrund eines Defektes an einem Hauptstrang des Glasfaserkabels war das Internet im gesamten Polizeipräsidium lahmgelegt. Die Techniker vermuteten zunächst einen Hacker-Angriff. Dieser Verdacht stellte sich bald als unbegründet heraus. Auch in den Kommissariaten einzelner Arrondissement war der Zugang zum Internet blockiert. Recherche mittels Computer war demnach vorerst unmöglich. Seit geraumer Zeit versuchten Claudine und Franck übers Telefon die zentrale Vermisstenstelle zu erreichen, doch dort waren sämtliche

Leitungen besetzt. LaBréa und der Paradiesvogel hatten sich mit dem Schifffahrtsamt in Verbindung gesetzt. Nun würde Jean-Marc den Termin dort um siebzehn Uhr allein wahrnehmen. Hoffentlich fand er vorher noch Zeit, sein sommerliches Strandoutfit gegen einigermaßen normale Kleidung einzutauschen.

Im Treppenhaus begegnete LaBréa seinem Vorgesetzten, Direktor Roland Thibon, der aus dem obersten Stockwerk kam, wo sein Büro lag. In der Hand hielt er einen Blumenstrauß. LaBréa sah, dass er in Eile war. Gegen Mittag hatte er ihn vom Fund der Wasserleiche unterrichtet.

»Und? Schon irgendwas Neues?«, fragte Thibon und musterte LaBréa, als er ihn auf der Treppe eingeholt hatte.

»Noch nicht, Monsieur. Im Moment ist das Internet lahmgelegt.«

»Ich weiß.« Thibon blickte auf die Uhr und öffnete kurz den Mund, als wollte er noch etwas hinzufügen. Einen seiner sinnreichen Sprüche vielleicht? Doch diesmal verschonte er LaBréa und lief weiter.

»Wie geht es Ihrer Frau?«, rief LaBréa ihm nach.

»In ein paar Tagen wird sie aus dem Krankenhaus entlassen. Aber die Reha wird wohl eine Weile dauern.« Es klang unwirsch.

War er auf dem Weg zu ihr? Oder brachte er den Blumenstrauß seiner jungen Freundin? Es war allgemein bekannt, dass Thibon eine Geliebte hatte, die er oft auch tagsüber besuchte. Er entschwand durch den Haupteingang, wo vermutlich sein Dienstwagen wartete. Wegen seiner geplatzten Urlaubspläne war Thibons Laune in letzter Zeit noch schlechter als sonst, und jeder in der Abteilung ging ihm möglichst aus dem Weg.

Der dunkelblaue Renault stand in der Tiefgarage des Präsidiums. Sofort stellte LaBréa die Klimaanlage auf volle Touren und fuhr über den Pont au Change Richtung Quai de l'Hôtel de Ville. Das Gerichtsmedizinische Institut befand sich im Elften Arrondissement zwischen der Gare d'Austerlitz und der Gare de Lyon direkt am rechten Seineufer beim Quai de la Rapée. Eine Viertelstunde später stellte LaBréa den Wagen ab und eilte über den gleißenden Asphalt des Parkplatzes ins Gebäude.

Schon im Eingangsbereich empfing ihn dieser unverwechselbare Geruch. In all den Jahren hatte LaBréa sich nicht daran gewöhnt. Er hatte wenig zu Mittag gegessen, nur ein trockenes Käsesandwich aus der Kantine des Justizpalastes. Das war sicher von Vorteil, denn beim Anblick der aufgeschnittenen Leiche des Jungen würde ihm vermutlich übel werden. Schon am Vormittag, als der Tote aus der Seine geborgen wurde, hatte LaBréa nur mit Mühe einen Brechreiz unterdrücken können. Ein Kind war ermordet worden. Im Lauf seines Berufslebens hatte LaBréa viele Leichen gesehen. Einige waren schrecklich zugerichtet, andere zeigten kaum äußerliche Spuren des Verbrechens. Wasserleichen entstellten einen Menschen auf besondere Weise. Die Konfrontation mit Tod und Verwesung hatte zur Folge, dass ein gewisser Gewöhnungseffekt eingetreten war, sonst hätte LaBréa seinen Job an den Nagel hängen können. Doch bei Delikten an Kindern war es anders. An den Anblick eines ermordeten Kindes würde er sich nie gewöhnen. Ein hilfloses Bündel Mensch, zu Tode geprügelt, verhungert, misshandelt … ein Säugling, in einer Plastiktüte erstickt und irgendwo in einer Mülltonne entsorgt … Der Gedanke daran löste jedes Mal von neuem Wut und Abscheu bei LaBréa aus.

Es gab da eine Geschichte aus seiner Kindheit. LaBréa war damals dreizehn Jahre alt gewesen. In seinem Haus im Vierzehnten Arrondissement wohnte auch eine Familie mit einer kleinen Tochter. Sie hieß Jeanne und war drei oder vier. Eines Tages war sie spurlos verschwunden. Ein Mann hatte sie nach der Vorschule abgepasst und entführt. Zwei Wochen später fand man sie in einem Hinterhofschuppen, zwei Straßen von ihrer Wohnung entfernt. Missbraucht und erwürgt. Die Polizei konnte den Täter schnappen. Es handelte sich um einen siebzehnjährigen Lehrling aus der Eisenwarenhandlung einige Häuser weiter. Das Strafmaß betrug lediglich zwei Jahre Jugendarrest auf Bewährung. Für Vergewaltigung und Mord an einem kleinen Mädchen … Dieses Erlebnis hatte LaBréa zutiefst geprägt. Er kannte die Kleine, und er kannte ihre Eltern. Und er war damals alt genug, um zu begreifen, was dem Mädchen angetan worden war. Die Mutter hatte den grausamen Verlust ihres Kindes nie überwunden und sich ein Jahr später das Leben genommen. LaBréas eigene Mutter hatte sich seinerzeit um die Frau gekümmert, deren Schmerz irgendwann zu groß gewesen war, um ihn ertragen zu können. Diese Geschichte hatte LaBréa nie vergessen. Immer, wenn es um den Mord an einem Kind ging, erinnerte er sich an das Geschehen von damals. Sah das lachende Gesicht der kleinen Jeanne, wenn sie im Innenhof des Mietshauses mit ihren Puppen spielte.

Er war am Ende des langen Flurs angekommen, der zu Brigitte Foucarts Reich führte. Noch einmal holte LaBréa tief Luft und vergewisserte sich, dass in der Tasche seines Jacketts eine Packung Papiertaschentücher steckte. Dann öffnete er die Tür zum Sektionsraum zwei.

Brigitte begrüßte LaBréa mit einem kurzen Nicken und winkte ihn heran. Der tote Junge lag mit geöffnetem Thorax auf einem der Tische. Die inneren Organe waren bereits entfernt worden. Ohne Umschweife kam Brigitte zum Wesentlichen.

»Hier, sieh dir das mal an.«

LaBréa zog ein Papiertaschentuch heraus, hielt es vor Mund und Nase und trat näher. Er sah zwei dunkel gefärbte, feucht schimmernde Organe in einer Metallschale auf einem der gekachelten Tische liegen.

»Ist das seine Lunge?«, fragte er schnell. Er war ungeduldig, wollte diesen Raum so bald als möglich wieder verlassen. Deshalb sprach er schnell weiter. »Hat er noch gelebt, als er ins Wasser geworfen wurde?«

»Ja, mit hundertprozentiger Sicherheit. Wasser in Atemwegen und Lunge. Und das ist auch die Todesursache. Aber …« Sie legte eine kleine Kunstpause ein, um die Spannung zu erhöhen. »In der Seine ist er nicht ertrunken.«

LaBréa starrte sie erstaunt an.

»Was? Wo denn sonst?«

Brigitte lächelte. Sie genoss es, LaBréa ein wenig auf die Folter zu spannen. Sie deutete auf die beiden Lungenflügel.

»Wäre er in der Seine ertrunken, müssten seine Lungen hellrosa sein und stark gebläht. Man könnte mit dem Finger hineindrücken, und es bliebe eine Delle.«

Sie drückte mit dem Zeigefinger auf einen der Lungenflügel. Nichts geschah, es blieb keine Markierung zurück. LaBréa zog die Augenbrauen zusammen.

»Und was heißt das jetzt?«

»Hier haben wir es mit sehr schweren und lila verfärbten Lungen zu tun. Was denkst du, woran das liegen könnte?«

LaBréa überlegte und zuckte mit den Schultern. Erneut lächelte Brigitte.

»Es liegt an der Salzkonzentration, Maurice.«

»Moment mal ...« Er starrte Brigitte an und ahnte plötzlich die Zusammenhänge. »Du meinst, er ist nicht in Süßwasser ertrunken, sondern in Salzwasser? Im Meer?«

»Richtig. Im Meerwasser. Im Unterschied zum Flusswasser, dessen Salzkonzentration geringer ist als im Blut, ist sie bei Salzwasser höher als im Blut. Deshalb ist noch Flüssigkeit aus den Blutgefäßen in die Lunge übergetreten und hat die lila Färbung verursacht. Es gibt keinen Zweifel. Der Junge ist irgendwo im Meer ertränkt worden.«

LaBréa überlegte fieberhaft, strich sich die Haare aus der Stirn und schüttelte den Kopf.

»Und wieso finden wir ihn dann hier, in der Seine? Wie ist er hierhergekommen?«

»Auf jeden Fall nicht mit der Strömung, Maurice. So viel steht fest. Flussaufwärts kann er nicht hierher getrieben worden sein.«

»Hm. Dann wurde er von irgendwoher an der Küste, wo er ertrunken ist, an einen Abschnitt der Seine geschafft und dort ins Wasser geworfen.«

»Vermutlich.«

»Wieso macht sich der Mörder die Mühe, den Leichnam vom Meer an die Seine zu transportieren?«

»Das rauszufinden ist deine Aufgabe. Ich kann mich nur an die Fakten halten. Und die sind eindeutig. Er ertrank im Salzwasser und kam post mortem ins Süßwasser der Seine.«

Er ist elendig krepiert, dachte LaBréa. Ob in Süß- oder Salzwasser, für den Leidensprozess dieses Kindes spielte das wohl keine Rolle. Der gesamte Ertrinkungsvorgang dauert zwischen drei und fünf Minuten, das wusste LaBréa. Brigitte schien seine Gedanken zu ahnen.

»Er hat verzweifelt um sein Leben gekämpft«, meinte sie und trat hinüber an den Seziertisch. LaBréa folgte ihr. Er betrachtete den schmächtigen Leichnam. Trotz des durch Fäulnisgase aufgetrieben Leibes bemerkte er die Feingliedrigkeit der Arme und Beine. Die Fesseln an den Händen des Jungen waren entfernt und zur Untersuchung des Fasermaterials ins Labor gegeben worden. Brigitte hob das linke Handgelenk des Opfers ein wenig an.

»Die Fesselwunden sind unterblutet«, sagte sie. »Beim Ertrinken wollte er seine Hände freibekommen. Er hat heftig und in Panik an den Fesseln gezerrt. Er bekam Krampfanfälle, bis das Stadium der Apnoe eintrat.«

Ein kalter Schauer lief LaBréa über den Rücken. Er stellte sich vor, wie der Junge hilflos mit den Beinen strampelt, um den Kopf über Wasser zu halten. Es gelingt ihm nicht, seine Bewegungen werden schwächer. Arme und Hände kann er nicht benutzen, und das beschleunigt den Vorgang des Erstickens. Wasser dringt in seine Atemwege, in seine Lunge. Er weiß, dass er sterben wird. Immer mehr gerät er in Panik. Sieht jemand zu, wie er um sein Leben kämpft? Wird er beobachtet, wie ein Insekt, das man unters Mikroskop legt? In welcher Welt leben wir, dachte LaBréa, dass so etwas möglich ist … Er riss sich aus seinen Gedanken.

»Was hast du sonst noch gefunden, Brigitte?«

»Eine ganze Menge. Wir haben Farbproben von den Augenrändern genommen. Deine Vermutung, dass es sich um Eyeliner handelt, ist richtig. Schwarzer Eyelinerstift der Marke Chanel.«

LaBréa war erstaunt.

»So genau kann man das feststellen?«

Brigitte lächelte erneut.

»Ja. Ein Chemiker beim New York Police Department hat vorletztes Jahr mal eine genaue Analyse gängiger Kosmetika erstellt. Lippenstift, Eyeliner, Gesichtscremes und so weiter. Darauf konnten wir zurückgreifen.«

Sie lenkte LaBréas Blick auf die Finger des Jungen, von denen sich bereits die Haut abgelöst hatte. »Proben von den Fingernägeln konnten wir nicht asservieren. Sie waren bis aufs Nagelbett abgekaut. Da wird der Nachweis von fremden Hautzellen schwer.«

»Abgekaute Fingernägel … Dann muss er schon vorher massive psychische Probleme gehabt haben. Bevor er ertränkt wurde«, erwiderte LaBréa leise.

Brigitte deutete auf die Oberarme des Jungen. »Blutergüsse von Griffspuren. Hier. Vielleicht wurde er festgehalten. Aber nicht, damit man ihn schlagen konnte. Dann hätten wir entsprechend mehr Spuren. Er wurde missbraucht.«

»Das habe ich mir fast gedacht.«

»Vermutlich ist er von hinten gepackt und festgehalten worden.«

»Spermiennachweis?«

»Nein. Nach achtundvierzig Stunden sind sie abgestorben. Das bedeutet, dass der Junge mindestens seit achtundvierzig Stunden tot ist. Aber auch nicht viel länger, sonst wäre, wie schon erwähnt, bei diesen Temperaturen und dem warmen Flusswasser der Fäulnisprozess viel weiter fortgeschritten.«

»Dann kann ich es als amtlich nehmen, dass der Todeszeitpunkt vor etwa zwei Tagen lag?«

»Ja. Plus/minus einer kleinen Toleranz. Ich habe zwar keine lebenden Spermien gefunden, aber es gibt Schleimhautläsionen in der Analregion. Für mich sieht das so aus, als sei er über einen längeren Zeitraum vergewaltigt worden. Wir haben Proben genommen, auch von der Penisspitze, der Harnröhre, der Mundhöhle. Die Standardprozedur. Vielleicht haben wir Glück, finden fremde Epithelzellen und können DNA isolieren.«

Es klopfte kurz an der Tür, und ein Mitarbeiter des chemischen Labors betrat den Sektionsraum. Er überreichte Brigitte einen Computerauszug.

»Und?«, fragte die Gerichtsmedizinerin gespannt.

»Positiv. Valium zehn.« Er nickte LaBréa zu und verließ den Raum. Brigitte überflog den Bericht und wandte sich dann an LaBréa.

»Die Untersuchung des Mageninhalts. Ich hatte die Vermutung, dass man ihm Betäubungs- oder Beruhigungsmittel verabreicht hatte. Hier ist nun der Beweis.«

»Hm …« LaBréa warf einen Blick auf den Computerausdruck, wo einer der Laborwerte mit rotem Filzstift markiert war. »Der Junge sollte ruhiggestellt werden, damit er sich nicht wehrt. Gegen den Missbrauch und dagegen, dass man ihn fesselte und ins Wasser warf.«

»Valium bleibt zweiundsiebzig Stunden wirksam.«

LaBréa stutzte.

»Aber hätte die Wirkung von Valium nicht verhindert, dass er während des Ertrinkungsvorgangs voller Panik an seinen Fesseln zerrt? Ich meine, so ein Mittel macht doch schläfrig und trübt das Bewusstsein.«

»Normalerweise schon. Doch als er ins Wasser geworfen wurde, hatte der Junge Todesangst. Die instinktiven, lebenserhaltenden Reflexe waren in diesem Moment stärker als das Valium. Wir untersuchen seine Leber und Nieren auf ältere Spuren dieses Mittels oder anderer Substanzen. Er ist vielleicht schon öfter ruhiggestellt oder betäubt worden.«

»Wann weißt du das, Brigitte?«

»Spätestens morgen Vormittag. Und in ein paar Tagen kann ich dir auch sagen, in exakt welchem Zeitraum vor seinem Tod er Betäubungsmittel genommen oder verabreicht bekommen hat.«

»Ihr macht eine Haaranalyse?«

»Richtig. Menschliche Haare wachsen im Schnitt einen Zentimeter pro Monat, im Sommer etwas mehr. Der Junge hat zum Glück recht lange Haare. Wir analysieren die Haare zentimeterweise von der Kopfhaut ausgehend. Dann wissen wir genau, wann das Mittel in seinen Körper gelangt ist.«

»Kannst du mir morgen auch sein genaues Alter sagen?«

»Ja. Ich untersuche die Knochenkerne der Handwurzeln. Aber mit unserer ersten Einschätzung von heute Vormittag werden wir richtigliegen. Er war höchstens zwölf, dreizehn Jahre alt. Noch keine Anzeichen der Pubertät.«

»Was ist mit Fasern, Brigitte?«

»Nachdem es eine Wasserleiche ist, werden wir kaum etwas finden.«

LaBréa trat einige Schritte beiseite und ging zum Fenster. Von dort aus hatte man einen freien Blick auf die Seine und den Pont Charles de Gaulle. Zwei Schleppkähne tuckerten über die glatte, schmutzige Wasseroberfläche. Möwen folgten im Kielwasser der Schiffe, als gäbe es dort etwas zu holen. Ein friedliches Bild. Trügerisch, wie LaBréa mit aufkeimender Wut feststellte. Flusslandschaft mit Leiche, dachte er. Die Seine hatte ihre Unschuld verloren und barg ein schreckliches Geheimnis. Würde es jemals gelüftet werden? Er versuchte, sich das Szenario dessen vorzustellen, was passiert sein konnte. Frankreich hatte mehr als sechstausend Kilometer Meeresküste. Am Mittelmeer, am Atlantik und am Ärmelkanal. Irgendwo auf diesen sechstausend Kilometern war ein hilfloser und an den Händen gefesselter Junge, der zuvor mehrfach missbraucht worden war, ertränkt worden. Woher kam das Kind, wie war es an diesen Ort gelangt? War es entführt worden? Steckte ein Familienmitglied hinter der Tat? Ein pädophiler Psychopath? Hatte das Verbrechen seinen Ursprung an Land genommen? Hatte der Mörder sein Opfer von dort aus in Ufernähe umgebracht, seinen Kopf unter Wasser gehalten, bis der Junge sich nicht mehr rührte? Oder war er von einem Boot aus über Bord geworfen worden, von einem Schiff, einem Passagierdampfer, einer Fähre? Dann hätte der Mörder sein Opfer, nachdem es ertrunken war, sehr mühsam wieder aus dem Wasser holen müssen. Von einem Passagierdampfer oder einer Fähre aus war dies schwer zu bewerkstelligen und wäre sicher aufgefallen. Wahrscheinlicher schien, dass er mit einem Boot aufs Meer hinausgefahren wurde. Einem Segelboot, einem Motorboot. War er bereits gefesselt, als er aufs Boot kam? Der Mörder hatte ihn vielleicht angeleint, um ihn nach dem Ertrinken problemlos aus dem Wasser zu fischen. Wie gelangte er anschließend in den Fluss? Von einem Boot oder Schiff aus, das seineaufwärts fuhr? Im Kofferraum eines Wagens? Und warum dieses ganze Manöver? Um Spuren zu verwischen? Der Mörder hätte den Leichnam genauso gut anderswo entsorgen können. In einem Waldstück verscharren oder ins offene Meer treiben lassen …

Das Klingeln seines Handys unterbrach LaBréas Gedankengang. Auf dem Display erkannte er Claudines Nummer.

»Ja?«

»Ich hab endlich jemanden von der Vermisstenstelle erreicht. Ein Treffer, Chef.«

»Wo?«

»Hier in Paris. Der Heimleiter der *Maison de Dieu* vermisst einen seiner Schützlinge. Die Beschreibung könnte passen.«

»*Maison de Dieu,* was ist das denn?«

»Eine katholische Einrichtung für elternlose Kinder. Waisenkinder, Jungen im Alter von sechs bis fünfzehn. Der Heimleiter hat vor zwei Tagen eine Vermisstenanzeige auf dem Kommissariat des Dreizehnten Arrondissements aufgegeben.«

»Vom Zeitfenster her könnte das hinkommen, Claudine. Der Todeszeitpunkt des Jungen aus der Seine liegt etwa zwei Tage zurück.«

»Joseph, so heißt das vermisste Kind, sei schon mehrfach weggelaufen, meinte der Heimleiter.«

LaBréa lachte kurz auf.

»Wer nennt denn seinen Sohn heute noch Joseph? Der arme Junge.«

»Ein biblischer Name, Chef. Passt doch zu einem konfessionellen Waisenhaus. Angeblich ist Joseph nie länger als einen Tag weggeblieben. Und jedes Mal wieder munter und gesund aufgetaucht. Diesmal haben sie drei Tage gewartet, bis der Heimleiter zur Polizei ging.«

»Das heißt, er ist seit fünf Tagen verschwunden?«

»So ist es, Chef.«

»Was ist mit den anderen Départements?«

»Im ganzen Land wird sonst kein Junge vermisst, auf den die Beschreibung passen könnte.«

»Irgendwas bekannt über einen ähnlichen Fall im Land, der vielleicht schon einige Zeit zurückliegt?«

»Darum kümmert sich Franck. Es setzt sich auch mit Europol in Verbindung.«

»Gut, Claudine. Holen Sie den Heimleiter ab und bringen Sie ihn gleich her. Wo liegt diese Einrichtung? Dreizehntes Arrondissement? Ist ja quasi auf dem Weg hierher. Er soll sich den Leichnam unseres Jungen ansehen. Wenn er derjenige ist, der vermisst wird, bringt uns das ein ganzes Stück weiter. Zumindest hätten wir dann seine Identität.«

»Okay, Chef. Ich mache mich gleich auf den Weg.«

LaBréa berichtete seiner Mitarbeiterin noch vom Ergebnis der Autopsie, dann beendete er das Gespräch. Er wandte sich an Brigitte, die immer noch neben dem Seziertisch stand und ihn fragend anblickte.

»Hast du schon mal was von einer Einrichtung namens *Maison de Dieu* gehört?«, wollte er wissen. Brigitte zögerte nicht mit der Antwort.

»Nein, tut mir leid. *Haus Gottes*, das sagt mir überhaupt nichts. Aber mit Religion oder der Kirche habe ich sowieso nichts am Hut.« Sie grinste. »Ich bin überzeugte Atheistin.«

LaBréa blickte auf seine Uhr. Es war kurz nach fünf. Da der Feierabendverkehr bereits eingesetzt hatte, konnten Claudine und der Heimleiter frühestens in einer halben Stunde hier im Institut eintreffen.

»Kann ich bei dir einen Kaffee bekommen, Brigitte?«

Die Gerichtsmedizinerin streckte die Schultern, streifte ihre Handschuhe ab und griff nach LaBréas Arm.

»Na klar. In meinem Büro. Meine Mitarbeiter haben mir zu meinem Geburtstag eine tolle Espressomaschine geschenkt. Du hast die Wahl: Latte Macciato, Espresso, Café allongé …«

Sie verließen den Sektionsraum. Auf dem Flur nahm LaBréa das Papiertaschentuch von Mund und Nase und knüllte es zusammen.

6. KAPITEL

Auf eine Espressolänge leistete Brigitte LaBréa in ihrem Büro Gesellschaft, dann ging sie zurück an ihre Arbeit. LaBréa wählte Jennys Handynummer.

»Wie läuft's denn bei dir, Chérie?«, fragte er.

»Unheimlich viel Betrieb heute«, erwiderte seine Tochter und schien etwas außer Atem. Voller Enthusiasmus fügte sie hinzu: »Alissas Mutter hat mir vorhin gezeigt, wie die Espressomaschine funktioniert. Ich hab schon sechs Espressi ganz allein fertig gemacht! Was sagst du?«

»Toll, Jenny!«

»Wir sollten uns auch so 'ne Maschine kaufen, Papa.«

»Die Maschine in der Brûlerie ist doch viel zu groß für uns.«

»Es gibt auch kleinere, hat Madame Dalzon gesagt.«

»Na, mal sehen.« LaBréa schmunzelte. »Nach den Ferien vielleicht. Jetzt lohnt es sich nicht mehr. Wir fahren ja bald weg.«

»Ich muss Schluss machen, Papa, da kommen wieder neue Gäste. Bis später, ich freu mich ganz irre auf das Konzert! Alissa und ich sind schon total aufgeregt.«

»Ich auch, mein Schatz.«

»Stimmt doch gar nicht! Du gehst ja nur mit, weil du es versprochen hast.«

Seine Tochter hatte Recht. Als Jazzfan und Sammler von

seltenen Platten und CDs drängte LaBréa sich nicht darum, ein Konzert der deutschen Teenieband »Tokio Hotel« zu besuchen. Vor Monaten schon hatte Céline die Karten besorgt (darunter auch eine für Jennys Freundin Alissa), und LaBréa musste versprechen, mitzukommen. Das hatte er inzwischen bereits mehr als einmal bereut, zumal Jenny sich die neueste CD dieser Band gekauft hatte und pausenlos auf der Stereoanlage im Salon abspielte. Zu ihrem dreizehnten Geburtstag Anfang September wünschte sie sich einen eigenen CD-Player, und LaBréa würde ihr diesen Wunsch schon aus rein egoistischen Gründen erfüllen. Einen MP3-Player besaß sie bereits, doch »Tokio Hotel« hörte sie am liebsten ohne Kopfhörer in voller Lautstärke, wobei sie die Tür zu ihrem Zimmer offen ließ und die bekanntesten Songs lauthals mitsang. Einige Lieder hatten deutsche Texte, aber sogar die hatte Jenny sich eingeprägt.

Anschließend rief LaBréa seine Freundin Céline an. Sie lebten immer noch in verschiedenen Wohnungen, und das sollte vorerst auch so bleiben. Damit jeder seine Freiheit und Rückzugsmöglichkeiten behielt. Ihre Beziehung hatte schon einige Krisen überstanden, und sie war daran gewachsen. Er liebte Céline. Der Gedanke an seine ermordete Frau Anne löste keine Schuldgefühle mehr bei ihm aus. Anne gehörte zu seinem Leben, war die Mutter seines Kindes. Auch sie hatte er geliebt und würde sie immer lieben. Ihr Platz in seinem Herzen war ein besonderer. Doch seit geraumer Zeit hatte ein neuer Abschnitt für LaBréa begonnen. Mehr und mehr waren er, Céline und Jenny wie eine Familie zusammengewachsen. Céline und das Mädchen verstanden sich inzwischen gut. Das lag vor allem daran, dass Jennys anfängliche Eifersüchteleien sich weitgehend gelegt hatten. Sie hatte begriffen, dass LaBréas neue Freundin ihr nicht den Papa wegnahm. Außerdem achtete Céline stets darauf, Jenny gegenüber nicht die Mutterrolle einzunehmen. Sie verhielt sich zu dem Mädchen eher wie zu einer jüngeren Schwester. Die beiden hatten ihre kleinen Geheimnisse und verbündeten sich oft gemeinsam gegen LaBréa. Dabei handelte es sich um harmlose Dinge wie Jennys Leidenschaft für Fußball, mit der sich LaBréa nur schwer abfinden konnte. Umgekehrt waren er und Céline darauf bedacht, Jenny in möglichst viele Dinge miteinzubeziehen. Es gab gemeinsame Mahlzeiten und Unternehmungen. Eine davon war der Konzertbesuch am heutigen Abend.

Nach viermaligem Klingeln meldete sich Céline.

»Hallo, Maurice. Wo bist du denn gerade?«

»In der Gerichtsmedizin. Heute Vormittag wurde ein toter Junge aus der Seine gefischt.«

»Du liebe Güte! Ermordet?«

»Ja, und zwar auf besonders grausame Weise. Aber ich erspar dir jetzt die Einzelheiten. Die Sache nimmt mich ziemlich mit. Und du?«

»Ich räume gerade mein Atelier auf. Da stehen eine Menge Skizzen und Entwürfe rum, die ich nicht mehr brauche. Die bringe ich nachher in den Keller. Puh!« Sie stöhnte. »Du glaubst ja gar nicht, wie heiß es hier ist.«

»Doch, ich glaub's.«

»Wenn du in einer neuen Ermittlung steckst, schaffst du es dann überhaupt, heute Abend mitzukommen?«

Einen Moment lang war LaBréa versucht, Célines letzte Bemerkung als willkommene Ausrede zu benutzen, um sich auf elegante Weise um den Konzertbesuch zu drücken. Doch das war nicht sein Stil. Er würde Jenny nicht enttäuschen und sein Wort halten.

»Ich denke schon, dass ich es schaffe. Es könnte allerdings ein bisschen knapp werden.«

»Dann sagen wir doch gleich, wir treffen uns vor dem Eingang des Stadions.«

»Okay – Hauptsache, wir verpassen uns da nicht. Aber vielleicht schaffe ich es ja vorher noch nach Hause.«

»Falls nicht – wir stehen am Eingang von Block C und warten auf dich. Um neun geht's los.«

Das Konzert fand im Stadion Parc des Princes statt, eine Open-Air-Veranstaltung.

»Hoffentlich bleibt das Wetter gut«, fügte Céline hinzu. »Für den Abend haben sie Gewitter angekündigt.«

»Da bin ich ziemlich skeptisch. Die kündigen sie doch jeden Tag an.«

LaBréas Blick fiel aus dem Fenster. Soeben fuhr Claudines Wagen auf den Parkplatz des Gerichtsmedizinischen Instituts. Rasch beendete LaBréa das Gespräch.

»Also, bis dann, meine Liebe. Ich muss jetzt Schluss machen.«

Claudine war in Begleitung eines kleinen, korpulenten Mannes mit Bauchansatz, silbergrauem Bürstenhaarschnitt und einem sanften Gesichtsausdruck. LaBréa schätzte ihn auf Mitte fünfzig, Anfang sechzig. Er trug einen schwarzen Anzug aus dünnem Tuch, darunter ein schwarzes Hemd mit Priesterkragen.

»Chef, das ist Kaplan Paul Coulon«, sagte Claudine. »Der Heimleiter der *Maison de Dieu.*«

»Commissaire LaBréa.« LaBréa blickte in die grünbraunen Augen des Geistlichen und streckte ihm die Hand entgegen. »Danke, dass Sie gekommen sind, Hochwürden.«

Paul Coulons Händedruck war warm und fest.

»Ich bin sehr in Sorge wegen Joseph. Ihre Mitarbeiterin sagte mir, sie hätten den Leichnam eines Jungen aus der Seine geborgen?« Sein Blick flackerte unruhig. »Herr im Himmel, ich hoffe nicht …« Er unterbrach sich und presste die Lippen zusammen.

»Das werden wir gleich wissen. Bereiten Sie sich bitte darauf vor, dass es kein schöner Anblick ist.« LaBréa deutete zur Tür und ließ dem Heimleiter den Vortritt. Schweigend gingen sie den Flur entlang zum Sektionsraum zwei. Auf dem Weg dorthin verteilte LaBréa Papiertaschentücher und nahm auch für sich selbst eines heraus.

Die Taschentücher vor Mund und Nase gepresst, betraten sie den Raum. Brigitte Foucart unterbrach ihre Arbeit am Sektionsbrett, und LaBréa machte sie mit dem Kaplan bekannt. Der nickte Brigitte zu. LaBréa bemerkte, dass sein rechtes Augenlid nervös zuckte.

Der Junge war mit einem weißen Tuch bedeckt, das Brigitte jetzt ein Stück beiseitezog, so dass nur der Kopf zu sehen war. Kaplan Coulon fasste sich, schloss kurz die Augen, gab sich einen Ruck und starrte auf den Leichnam. Einige Sekunden vergingen, in denen nur Coulons schnelle und unregelmäßige Atemzüge zu hören waren. Dann schüttelte er heftig den Kopf.

»Das ist er nicht. Das ist nicht Joseph.« Seine Stimme klang dumpf hinter der Hand, mit der er das Taschentuch vor Mund und Nase hielt, dennoch war die Erleichterung deutlich herauszuhören.

Claudine, LaBréa und Brigitte tauschten einen schnellen Blick.

»Sind Sie sicher, Hochwürden?«, sagte LaBréa. »Sehen Sie ihn sich genau an. Er hat eine Zeit lang im Wasser gelegen. Das verändert die Physiognomie eines Menschen.«

Der Kaplan beugte sich ein wenig vor und zwang sich, erneut das Gesicht des toten Kindes zu studieren, wobei LaBréa ihn scharf beobachtete.

»Nein. Ich bin hundertprozentig sicher.« Es klang entschlossen. »Und wissen Sie, warum?«

»Sagen Sie es uns.«

»Joseph hat ein Feuermal vorn am Hals, genau dort, wo der Adamsapfel liegt. Etwa so groß wie ein Zweieurostück. Die anderen Jungen ziehen ihn deswegen immer auf. Außerdem waren Josephs Haare kürzer als die Haare dieses Jungen, und hellblond.« Die Haare des Opfers waren tiefschwarz.

Er drehte sich weg. LaBréa suchte den Blickkontakt mit der Gerichtsmedizinerin.

»Kann dieses Feuermal durch die Liegezeit im Wasser verschwunden sein, Brigitte?«

»Auf keinen Fall. Und die Haut an der Halspartie ist intakt, man müsste das Mal also gut erkennen können.«

LaBréa konnte seine Enttäuschung kaum verbergen. Er wandte sich an den Kaplan.

»Sosehr ich mich für Sie freue, dass es nicht Ihr vermisster Junge ist … uns hätte es die Arbeit erleichtert.«

Der Kaplan nickte rasch und lenkte seine Schritte zur Tür.

»Ich möchte jetzt gern hier raus, wenn Sie nichts dagegen haben. Dieser Geruch … mir wird übel, und ich kann kaum noch atmen.«

LaBréa und Claudine folgten ihm, während Brigitte mit einem bedauernden Achselzucken das Tuch über den Kopf des Jungen zog.

Draußen auf dem Flur sah LaBréa, wie sehr der Kaplan durch den Anblick der Leiche mitgenommen schien. Er atmete ein paarmal tief durch. Erneut zuckte sein Augenlid, als er LaBréa fragte: »Was ist denn mit dem Jungen passiert? Ein Unfall?«

LaBréa hielt sich bedeckt.

»Wir stehen ganz am Anfang der Ermittlungen. Eine Frage, Hochwürden: Wir sind zwar für die Suche nach Vermissten nicht zuständig, aber könnte Joseph irgendwohin gegangen sein, wo er Leute kennt? Verwandte, Freunde?«

»Joseph hat keine Verwandten, auch keine Freunde außerhalb unserer Einrichtung. Wir sind seine Familie. Die heilige Mutter Kirche, seine Kameraden, die Betreuer. Er wurde als Säugling von seiner Mutter ausgesetzt. Man hat ihn in einem Müllcontainer gefunden.«

»Mein Gott, wie schrecklich!«, murmelte Claudine. Der Kaplan drehte sich zu ihr und verzog seinen Mund zu einem schmerzlichen Lächeln.

»Ja, Madame, das ist in der Tat schrecklich. Menschen sind schrecklich. Sie tun Böses, versündigen sich an einem unschuldigen Kind. Doch Gott vergibt den Sündern. Er wird auch Josephs Mutter vergeben haben.«

LaBréa warf einen verstohlenen Blick auf seine Uhr. Es war sechs Uhr vorbei, und die Polizei war genauso schlau wie vorher. Der tote Junge aus der Seine war nicht der vermisste Joseph aus der *Maison de Dieu*. LaBréa seufzte und steckte die Hände in die Hosentaschen.

»Ich hoffe sehr, Ihr Junge findet sich bald. Wenn er schon öfter weggelaufen ist, besteht die Chance, dass er auch diesmal wiederkommt.«

»Auch wenn er schon seit fünf Tagen verschwunden ist, Commissaire?«

»Man darf die Hoffnung nicht aufgeben. Sie haben doch alles Notwendige veranlasst, Hochwürden.«

»Ja, das stimmt. Ihre Kollegen vom Kommissariat wollen Josephs Foto landesweit an alle Polizeidienststellen verteilen. In den Zeitungen und im Rundfunk wird ein Aufruf geschaltet. Vorgestern hat die Polizei unser ganzes Gelände abgesucht. Zu unserer Einrichtung gehören ein kleiner Park und einige Nebengebäude. Nirgendwo eine Spur von Joseph.«

»Und die anderen Kinder? Hat er denen gegenüber mal irgendeine Andeutung gemacht, wohin er wollte?«

»Nein. Die meisten sind ja seit zehn Tagen in einem Feriencamp in den Alpen. Nur drei Jungen sind nicht mitgefahren.«

»Warum nicht?«

»Zwei von ihnen haben eine schwere Sommergrippe. Sie fahren nach, sobald sie gesund sind. Und der dritte ist behindert und muss von daher in den Ferien immer im Heim bleiben. Er braucht spezielle Betreuung. Die Polizei hat die drei befragt. Keiner wusste etwas.«

LaBéa schüttelte erstaunt den Kopf.

»Und warum ist Joseph vor zehn Tagen nicht mit ins Feriencamp gefahren?«

»Aus schulischen Gründen. Er hatte die Versetzung nicht geschafft und sollte sich in den Ferien auf die Nachprüfung vorbereiten.«

»Also wurde er bestraft und musste auf die Ferien verzichten.«

»Nur damit er doch noch versetzt werden kann.«

»Könnte das der Grund sein, weshalb er weggelaufen ist?«

Coulon hob resigniert die Schultern.

»Ich weiß es nicht, Commissaire. Ich kann Ihnen nur so viel sagen: Es gab keine weiteren Strafmaßnahmen gegen ihn. Und er hatte eingesehen, dass er sich ins Zeug legen muss.«

Claudine schaltete sich ins Gespräch ein.

»Wie ist eigentlich Josephs Familienname?«

»Croix. Joseph Croix. Den Namen hat ihm der Priester gegeben, der ihn getauft hat. Genau wie den Vornamen. Seine Herkunft war ja nicht bekannt. Joseph, weil das ein christlicher Name ist. Und Croix wie das Kreuz, weil unser Herr Jesus das Kreuz auf sich genommen hat und seine Hand schützend über die Kinder hält.«

»Und er ist zwölf Jahre alt?«

»Ja. Der Kinderarzt hat sein Alter geschätzt, als Joseph zu uns kam.« Er verabschiedete sich und gab LaBréa die Hand. »Auf Wiedersehen, Commissaire.«

»Auf Wiedersehen Hochwürden. Und nochmals danke für Ihre Mühe!«

»Keine Ursache.« Er streifte Claudine mit einem kurzen Blick. »Ich bestelle mir vorn beim Pförtner ein Taxi. So hatten wir es ja ausgemacht.«

LaBréa und Claudine blickten ihm nach. Seine kleine, runde Gestalt verschwand mit raschen Schritten um die Ecke des Korridors.

»*Mir* hat er nicht die Hand gegeben, Chef«, sagte Claudine ein wenig belustigt.

LaBréa zuckte mit den Schultern.

»Dr. Foucart auch nicht.«

»Ich dachte, nur strenggläubige Muslime geben einer Frau nicht die Hand?«

LaBréa wechselte das Thema.

»Haben Sie Nachforschungen über die *Maison de Dieu* angestellt?«

»Ja klar. Gleich als ich von der Vermisstenanzeige erfuhr. Das Internet war gerade wieder zugänglich. Die *Maison de Dieu* ist ein Waisenhaus der katholischen Kirche und wurde 1993 gegründet. Paul Coulon war von Anfang an der Heimleiter. Die Finanzierung kommt hauptsächlich durch Spenden, aber auch die Diözese Paris gibt einen festen, jährlichen Finanzzuschuss. Im Moment wohnen dort fünfzehn Jungen zwischen sechs und vierzehn Jahren. Alle besuchen das nahe gelegene Schulzentrum Collège Flaubert.«

»Und die Betreuer dort?«

»Neben Kaplan Coulin gibt es einen Priester, drei Erzieher und zwei Nonnen, die sich ums Kochen, die Wäsche und so weiter kümmern.«

LaBréa pfiff anerkennend durch die Zähne.

»Ich bin beeindruckt, Claudine!«

Seine Mitarbeiterin grinste.

»Sie kennen mich doch, Chef. Wenn ich was mache ...«

»... machen Sie es gründlich«, ergänzte LaBréa. »Ich weiß.«

»Na ja, es bestand doch die Möglichkeit, dass sich unser toter Junge als Joseph Croix entpuppt. Und wir gleich mit den Befragungen in der *Maison de Dieu* hätten beginnen müssen.«

»Tja, Claudine. Das war wohl ein frommer Wunsch. Apropos fromm: Glauben Sie eigentlich an Gott?«

»Ich bin zwar immer noch Mitglied in der katholischen Kirche. Aber mehr auf dem Papier.«

»Das beantwortet nicht meine Frage.«

LaBréa bemerkte, dass Claudine verlegen wurde und leicht errötete.

»Nehmen Sie es mir nicht übel, Chef, aber diese Frage finde ich zu persönlich. Deswegen beantworte ich sie auch nicht.«

LaBréa lachte.

»Gut gekontert, Claudine!« Er holte sein Handy aus der Tasche. »Mal sehen, ob Franck irgendwas Neues für uns hat. Und Jean-Marc – wieso hat der sich nicht schon längst gemeldet?«

Eine halbe Stunde später begann die Talkrunde. Franck berichtete von ersten Resultaten der Spurensicherung.

»Gilles hat mich vor zehn Minuten angerufen. Das Seil, mit dem der Junge gefesselt war, ist gängige Ware, die in jedem Seglerladen oder im Onlineversand für Schiffszubehör gekauft werden kann. Es hat einen Durchmesser von sechs Millimetern und ist aus dreifach geschlagenem Polypropylen hergestellt. Eine Kunstfaser. Seile dieser Art dienen zum Festmachen von Booten, zum Verzurren, als Wurfleine und so weiter. Übrigens nicht nur auf Segelbooten. Auch Motorboote benötigen solches Zubehör.«

»Können Gilles und seine Leute das genaue Fabrikat herausfinden?«, fragte LaBréa.

»Das versuchen sie. Dauert aber ein paar Tage. Gilles meinte, es wird allein in Frankreich Hunderte von Händlern geben, die dieses Zeug verkaufen. Diese Leute alle zu befragen – das ist beinahe unmöglich, Chef.«

»Nichts ist unmöglich angesichts eines solchen Mordfalls, Franck.« LaBréas Stimme klang ungewohnt scharf.

Franck grinste verlegen und tauschte einen schnellen Blick mit Claudine. Sollte er LaBréas Bemerkung als Kritik auffassen?

Jean-Marc hatte tatsächlich die Zeit gefunden, sich vor dem Termin beim Schifffahrtsamt umzuziehen. Sein Strandoutfit hatte er gegen ein Paar giftgrüne Leinenhosen und ein Hawaiihemd in grellen Farben vertauscht. Er wusste interessante Dinge zu berichten.

»Die Strömungsverhältnisse im Fluss können wir vergessen. Sie spielen eigentlich keine Rolle«, begann er seinen Bericht. »Wir haben alle irgendwie auf der Leitung gestanden, Chef. Niemand von uns hat daran gedacht, dass die Seine auf ihrem Weg von der Quelle bis zur Mündung im Ärmelkanal sehr unterschiedliche Wasserniveaus aufweist.« Bedeutungsvoll blickte er in die Runde. »Und um die auszugleichen, gibt es Schleusen. Mittels Schleusen werden die Höhenunterschiede auf Schifffahrtswegen überwunden.«

LaBréa blickte ihn verblüfft an.

»Richtig, Jean-Marc! Wie konnten wir das übersehen?«

»Zu den meisten Schleusen gehört ein sogenanntes Wehr, das das Wasser anstaut und wieder abfließen lässt«, fuhr Jean-Marc fort. »Populär ausgedrückt. Die technischen Zusammenhänge erspare ich euch, sie sind weitaus komplizierter. Alles in allem sind Schleusen auf Binnengewässern Hindernisse für den Weg des fließenden Wassers. Und sie halten größeres Treibgut im Wasser auf.«

»Du meinst, ein menschlicher Körper könnte eine Schleuse gar nicht passieren?«, fragte Claudine.

»Genau das ist der Punkt. Zumindest hätte ein menschlicher Körper andere Verletzungen davongetragen, wäre er durch eine Schleuse gedriftet. Und wenn er über das Wehr wieder in den Fluss getrieben worden wäre, hätte das auffallen müssen.«

»Es sei denn, es wäre nachts geschehen«, warf Franck ein.

Jean-Marc blätterte in seinen Notizen.

»Im Schifffahrtsamt haben sie gesagt, es wäre eher unwahrscheinlich, dass eine im Wasser treibende Leiche die Schleusen vor Paris unbemerkt passieren kann.«

»Welche Schleusen kommen denn in Betracht?«, wollte LaBréa wissen.

»Zählt man den Zufluss der Marne hier bei Paris hinzu, sind es fünf. Die Schleuse, die der Stadt in östlicher Richtung am nächsten liegt und den Weg flussabwärts durch Paris ebnet, ist die Ecluse de Port-à-l'Anglais. Das ist eine Doppelschleuse; das Wehr befindet sich in der Mitte zwischen zwei Schleusenkammern. Ich habe vorhin mit dem

Schleusenwärter telefoniert. Er sagte, größere Hindernisse würden durch die Schleuse aufgehalten, und das Wehr wird rund um die Uhr videoüberwacht. Eine im Wasser schwimmende Leiche wäre aufgefallen.«

LaBréa nickte.

»Wenn wir davon ausgehen, dass ein toter Körper eine Schleuse nicht unbemerkt und unbeschadet passieren kann, bedeutet das also, dass der Junge auf jeden Fall erst nach der Schleuse Port-à-l'Anglais in die Seine gelangt sein kann.«

»Ja«, sagte Franck. »Der Mörder hat den Jungen irgendwo mitten in Paris in den Fluss geworfen.«

»Wobei es zwei Möglichkeiten gibt. Entweder ist das tote Opfer mit einem Wagen nach Paris transportiert worden, oder auf dem Wasserweg vom Meer her flussaufwärts. Letzteres ließe darauf schließen, dass er irgendwo an der Kanalküste im Meer ertränkt wurde.«

»Stimmt«, sagte Claudine. »Oder irgendwo in der Bretagne. Falls er mit einem Auto hergeschafft wurde, stellt sich ein anderes Problem. Wir dürfen nicht vergessen, dass bei den heißen Temperaturen eine Leiche ein verderbliches Gut ist, wenn ich das mal so salopp sagen darf. Der Transport muss zügig gegangen sein.«

»Deshalb ist es auch unwahrscheinlich, dass der Junge im Mittelmeer oder an der südlichen Atlantikküste zu Tode kam und von dort aus per Auto in die Stadt gelangt ist«, ergänzte Franck.

LaBréa seufzte und lehnte sich auf dem Stuhl zurück. »Ich fasse dann mal zusammen«, sagte er. »Ein etwa zwölfjähriger Junge, dessen Identität wir nicht kennen, wird tot und mit gefesselten Händen in der Seine gefunden. Aber dort ist er nicht ertrunken, sondern irgendwo an der Küste im Meerwasser. Er wurde mit Valium ruhiggestellt, und es gibt Spuren von sexuellem Missbrauch. Das grenzt die Suche nach Motiv und Täter für mich ein. Wir haben es eindeutig mit einem Fall von Pädophilie zu tun.«

»Da müssen wir die Spezialisten von der Abteilung vier hinzuziehen«, sagte Franck. »Die haben erst vor zwei Wochen zusammen mit Kollegen aus Deutschland und den Niederlanden einen großen Coup gegen einen internationalen Pädophilenring gelandet. Allein in Frankreich wurden fast siebenhundert Computer beschlagnahmt.«

»Schicken Sie denen gleich das Foto des Jungen, Franck. Vielleicht taucht er in einer der beschlagnahmten Dateien auf. Übrigens – haben Sie schon Nachricht von Europol?«

»Bisher keine Bestätigung, dass in den Ländern der EU ein Junge vermisst wird, auf den die Beschreibung passt. Auch einen ähnlich gelagerten Mordfall hat keiner der Kollegen im Ausland gemeldet.«

»Das können wir also erst mal abhaken«, erwiderte LaBréa. Er warf einen Blick auf seine Uhr. Es war kurz vor sieben.

»Also schön. Jean-Marc und Claudine verfolgen die Spur mit dem Pädophilenmilieu.«

»Das ist ein weites Feld«, gab Claudine zu bedenken.

»Ich weiß, Claudine.« LaBréa zog die Augenbrauen zusammen. »Und da wird man mit Dingen konfrontiert, die man nie für möglich gehalten hätte. Die Täter gehen immer raffinierter und vorsichtiger vor. Die Internetforen, in denen sie sich tummeln, sind immer besser getarnt. Inzwischen gibt es den Austausch von Fotos und Informationen übers Handy, was ganz schwer zurückzuverfolgen ist. In diesen Täterkreisen ist Schweigen oberstes Gebot. Aber vielleicht haben wir Glück, und der oder die Täter haben möglicherweise Fotos gemacht und lassen sie zirkulieren. Es gibt immer wieder eine Lücke im System, ein Leck. Ach ja, noch eine Frage, Jean-Marc: Wie viele Schiffe haben Paris eigentlich in den letzten vier Tagen durchquert?«

»Einhundertundfünfzig. Wegen des Niedrigwassers der Seine allerdings keine ganz großen Schiffe oder Schleppkähne. Hinzu kommen die Ausflugsboote und die privaten Motorboote.«

»Wir suchen also wieder einmal die Stecknadel im Heuhaufen«, sagte LaBréa. »Aber ich glaube, wir sind alle engagiert genug, um uns da richtig reinzuknien. Pädophile Mörder stehen bei mir ganz unten auf der Skala der menschlichen Spezies und ganz oben, was meine Wut und Motivation angeht, solchen Leuten das Handwerk zu legen.«

Er trank einen großen Schluck Wasser aus seinem Glas. Es war lauwarm.

»Ich habe mir nochmal das Gespräch mit Kaplan Coulon durch den Kopf gehen lassen.« LaBréa setzte das Glas ab. »Irgendwie halte ich das für einen merkwürdigen Zufall. In der *Maison de Dieu* wird ein Junge vermisst, aber bei dem Jungen aus der Seine handelt es sich nicht um Joseph Croix.«

Claudine hatte auf dem Rückweg vom Gerichtsmedizinischen Institut die Kollegen des Kommissariats Dreizehnten Arrondissement gebeten, das Foto des Vermissten auf ihren Computer zu schicken. Joseph Croix hatte tatsächlich nicht die geringste Ähnlichkeit mit dem gefesselten und ertrunkenen Jungen. LaBréa setzte seine Ausführungen fort.

»Beinahe zeitgleich gibt es zwei Fälle, bei denen es jeweils um einen etwa zwölfjährigen Jungen geht. Der eine wurde grausam ermordet, der andere ist spurlos verschwunden.«

»Vielleicht sollten wir die *Maison de Dieu* doch etwas genauer unter die Lupe nehmen«, meinte Franck. »Eine katholische Einrichtung mit Geistlichen und minderjährigen Jungen – da weiß man doch, was sich da oft abspielt.«

Claudine runzelte die Stirn.

»Okay, es gibt tausend Geschichten von Missbrauch Minderjähriger in der Kirche und in konfessionellen Einrichtungen. Aber Mord? Monsieur Coulon ...«

LaBréa unterbrach sie.

»Wir brauchen uns gar nicht weiter den Kopf darüber zu zerbrechen. Jean-Marc erkundigt sich einfach etwas genauer.«

»Offiziell oder inoffiziell?«, wollte der Paradiesvogel wissen.

»Erst mal diskret und mit aller Vorsicht. Bisher haben wir keine Handhabe für irgendeine Art von Verdacht. Ich weiß, dass der Ermittlungsrichter ein sehr aktives Mitglied in der Kirchengemeinde St. Eustache ist. Dort spielt er jeden Sonntag die Orgel. Außerdem hat er mir mal erzählt, dass der Erzbischof von Paris ein guter Freund von ihm sei. Also Vorsicht! Lassen Sie sich was einfallen, Jean-Marc.«

»Mach ich, Chef.«

LaBréas Handy klingelte. Es war Brigitte Foucart.

»Wir haben im Anus und in der Mundhöhle des Jungen Epithelzellen gefunden«, sagte sie. »Und?«, fragte LaBréa gespannt. »Sind die Proben so gut, dass man die DNA isolieren kann?«

»Wir sind gerade dabei, Maurice. Die Hautpartikel sind relativ frisch. Eines weiß ich aber jetzt schon: Die Spuren stammen von verschiedenen Menschen. Von Männern, genauer gesagt.«

»Danke, Brigitte. Schönen Abend wünsche ich dir.«

Brigitte lachte etwas gequält.

»Schön wär's. Ich habe hier mindestens noch bis zehn, elf Uhr zu tun.«

»Immer noch besser als das, was mich erwartet. Meine Tochter schleppt mich heute Abend zu einem Konzert von Tokio Hotel.«

»Was ist das denn?«

»Eine Teenie-Band aus Deutschland. Poppig, laut und inzwischen weltberühmt.«

»Ach du liebe Güte! Dann viel Spaß, Maurice!«

»Wiederhören, Brigitte.«

LaBréa blickte in die Gesichter seiner Mitarbeiter. Franck konnte sich ein Grinsen nicht verkneifen.

»Tokio Hotel … so viel könnte man mir gar nicht bezahlen, dass ich mir das antun würde.«

LaBréa überhörte Francks Bemerkung.

»In den Körperöffnungen des Jungen wurden Hautzellen von verschiedenen Menschen sichergestellt. Das lässt darauf schließen, dass das Opfer von mehreren Männern rektal und oral vergewaltigt wurde.«

LaBréas letzter Satz stand eine Weile im Raum, niemand sagte etwas. Allen war bewusst, in welche Abgründe und Scheußlichkeiten diese Mordermittlung führen würde.

7. KAPITEL

LaBréa schaffte es vor dem Konzert doch noch nach Hause. Er aß einen Happen, zog sich um und frischte mit einer schnellen Rasur sein Gesicht auf.

Kurz vor acht erschien Jennys Freundin Alissa, bewaffnet mit einer riesigen Tüte Marshmallows und einem Armeefeldstecher. Den hatte ihr Vater, ein Berufsoffizier, in der Wohnung der Familie zurückgelassen, als er seine Ehefrau und Tochter vor einigen Wochen Hals über Kopf verließ.

»Damit können wir sie ganz nah ranholen!«, sagte Alissa zu Jenny, die von dieser Idee begeistert war.

Wenig später verließen Céline, LaBréa und die beiden Mädchen das Haus. LaBréa lenkte den Wagen durch den noch immer dichten Verkehr Richtung Sechzehntes Arrondissement. Die Stadt hatte sich tagsüber immer weiter aufgeheizt, und LaBréa ahnte, dass im Kessel des Fußballstadions eine drückende Schwüle herrschen würde. Die Klimaanlage im Wagen lief auf vollen Touren, so dass man wenigstens hier durchatmen konnte. Jenny blickte ständig auf ihre Uhr und meinte aufgeregt:

»Schaffen wir es auch rechtzeitig, Papa?«

»Bestimmt! Das Wichtigste ist der Parkplatz, Chérie.«

»Ja eben! Wir hätten früher losfahren sollen! Das Stadion wird knallvoll, da finden wir nie einen Parkplatz!«

Sie fanden ihn dann schneller als gedacht in einer Seitenstraße der Avenue Parc des Princes. Zehn Minuten später drängten sie sich durch die Massen der Besucher und zeigten am Einlass zu Block C ihre Tickets.

Schon jetzt herrschte eine ausgelassene Stimmung im Stadion. Zehntausende von Jugendlichen – in Gruppen, manche in Begleitung ihrer Eltern – hatten seit Wochen auf dieses Konzert hingefiebert. Céline hatte gute Plätze besorgt, mit Blick auf die Bühne. Sie verschwand noch einmal kurz und kaufte im Stadiongang für sich und LaBréa ein Bier, für die Mädchen zwei Flaschen Cola.

Dann endlich ging es los. Eine Gruppe junger Leute betrat die Bühne. Beifall brandete auf, allerdings noch verhalten. Jenny beugte sich zu ihrem Vater.

»Keine Angst, Papa. Das sind sie noch nicht. Das ist erst die Vorgruppe.«

LaBréa nickte und gab sich interessiert. Sechs junge Musiker beiderlei Geschlechts griffen nach ihren Instrumenten, und im nächsten Moment ergoss sich eine bunte, grell zuckende Lichtershow über die Bühne. Nebel waberte heran. Die Band tauchte darin ein wie in einen farbigen Wattebausch. Die Musik, die aus zahllosen riesigen Lautsprechern durchs Stadion dröhnte, war ohrenbetäubend. Eine junge Frau in schwarzem Lackoverall und mit blonder Mähne klebte mit ihrem Mund an einem schnurlosen Mikrofon und hüpfte mit wilden Verrenkungen durch die künstlichen Nebelschwaden. LaBréa konnte nicht verstehen, in welcher Sprache sie ihren Song ins Mikro schrie, so sehr dominierten Schlagzeug und Bässe ihren Gesang. Er blickte zu Céline, die neben Alissa saß, und lächelte etwas gequält.

Jenny und Alissa gingen total mit und bewegten ihre Köpfe im Rhythmus der dröhnenden Musik.

Hoffentlich überlebe ich diesen Abend ohne größeren Gehörschaden, dachte LaBréa, trank einen Schluck Bier und griff hinter dem Rücken der Mädchen nach Célines Hand.

Nach einer halben Stunde war dieser Teil des Programms vorüber, und die Band verabschiedete sich ohne Zugabe. Nach einer kurzen Pause und unter beinahe hysterischem Gekreische der Zuschauer erschienen dann die Stars des Abends. Alissa hob den Feldstecher und richtete ihn auf die Bühne.

»Oh Mann«, rief sie Jenny zu. »Bill ist ja noch süßer als auf den Fotos!«

Jenny riss ihrer Freundin den Feldstecher aus der Hand und überzeugte sich selbst. LaBréa sah, dass seine Tochter vor Aufregung ganz rot im Gesicht geworden war.

»Willst du auch mal, Papa?«

Sie reichte LaBréa das Glas. Er betrachtete die vier jungen Musiker auf der Bühne, die in ihren fantasievollen Outfits allesamt an eine jüngere Ausgabe des Paradiesvogels erinnerten.

»Bill ist der, der jetzt ans Mikro geht!«, brüllte Jenny ihrem Vater ins Ohr. »Ist er nicht total süß? – Alissa, ich flipp gleich aus! – Céline, guck du auch mal!«

LaBréa warf einen letzten Blick auf Bill. Trotz dessen artifizieller Frisur und der Tatsache, dass er älter war, fühlte sich LaBréa plötzlich wieder an den toten Jungen aus der Seine erinnert. Nicht nur durch die geschminkten Augen und den sensiblen Mund des jungen Mannes auf der Bühne, auch durch die Feingliedrigkeit seines Körpers. Ein eigenartiger Vergleich, dachte LaBréa im selben Augenblick und gab Céline das Fernglas.

Das Konzert von Tokio Hotel begann, und als Jenny und Alissa wie wild zu kreischen anfingen, fügte LaBréa sich ergeben in sein Schicksal.

Eric Lecadre hatte es sich mit einem Glas Highland Park auf dem Sofa gemütlich gemacht. Er trank ihn, wie ein Kenner ihn trinken sollte: pur, ohne Eis und Wasser. So knickrig sich der Schauspieler normalerweise zeigte, für einen guten alten Whisky gab er gern einige Hundert Euro pro Flasche aus. Hin und wieder hatte er auch Glück und musste gar nicht selbst ins Portemonnaie greifen. In seinem Freundeskreis kannte man seine Leidenschaft für teuren Whisky und trug ihr anlässlich seines Geburtstages und bei Premierenfeiern Rechnung.

Genüsslich nahm er einen Schluck und ließ ihn einen Moment im Mund kreisen, bevor er ihn durch die Kehle rinnen ließ. Seine Augen waren auf den riesigen Flachbildschirm gerichtet, der in die Wand eingelassen war. Ribanvilles Sendung hatte soeben begonnen, der Showmaster stellte gerade seine Gäste vor.

»Das musst du dir ansehen, Chantal«, rief Eric und drehte sich kurz um. Die Tür zum Salon stand offen, dahinter führte ein langer Flur in die anderen Räume der Wohnung. »Du glaubst es nicht! Verfilzte Rastalocken und langer Bart. Bei diesem Clochard haben sie kein Stück Seife verschwendet! Von der Straße weg ins Studio gecastet. Der wirkt so echt, als hätten sie ihn mit Klamotten aus dem Kostümfundus ausstaffiert.«

Chantal, die einige Räume weiter in ihren geöffneten Schlafzimmerschrank starrte, sagte nichts. Ihre Sorge galt dem Kleid, das sie nachher zu Ribanvilles Jubiläumsparty anziehen wollte. Nicht, dass sie über zu wenig dem Anlass gemäße Garderobe verfügte. Das Problem war ihre Figur. Schon von daher war die Auswahl begrenzt und reduzierte sich auf vier, fünf großräumig geschnittene Kleider, die sie in einem Designerladen für Übergrößen in der Rue St. Honoré kaufte. Obgleich in Farbe und Stoff unterschiedlich, erschienen sie ihr alle gleich eintönig und ohne Chic. Was für eine elegante Erscheinung war sie früher gewesen! Sie hatte Chanel und Dior getragen, Kleider für Frauen mit Modelfigur. Sie seufzte und entschied sich ohne großen Enthusiamus für ein schwarzes, changierendes Kleid aus Rohseide, weil schwarz schlank macht. Erneut hörte sie Erics Stimme aus dem Salon.

»Es geht los, Chantal! Léon als Gegenkandidat erledigt das ganz lässig. Er hat dem Clochard gerade die Hand geschüttelt. Hoffentlich wäscht er sich die, bevor er uns nachher begrüßt.« Es klang so, als würde sich Eric jetzt schon davor ekeln.

Chantal verdrehte die Augen und seufzte. Warum tue ich mir das an?, fragte sie sich. Warum bleibe ich nicht einfach zu Hause, statt mich auf dieser Aftershowparty zu langweilen und mir jetzt den Kopf darüber zu zerbrechen, was ich anziehen soll? Aus Erfahrung wusste sie, wie der Abend für sie verlaufen würde. Eric, Ribanville und der Großkotz Léon Soulier lächeln gemeinsam in die Reporter-Kameras. Eric gibt Anekdoten und Bonmots zum Besten, umringt von jungen Frauen mit großzügigen Dekolletés, die an seinen Lippen hängen … In ihrer Langeweile würde Chantal sich dem Buffet zuwenden und der Versuchung nicht widerstehen können, sich den Teller vollzuschaufeln. Dies wiederum müsste sie später bereuen, weil es Gift für ihre Figur war …

Sie fasste einen Entschluss. Sie hängte das schwarze Seidenkleid zurück in den Schrank und ging mit schweren Schritten hinüber in den Salon. Am Türrahmen blieb sie einen Moment stehen und blickte auf den Bildschirm. Yves Ribanville thronte mit übergeschlagenen Beinen in seinem Quizmastersessel aus hellem Leder. Er trug einen knallblauen Anzug mit gleichfarbiger Krawatte und ein weißes Hemd. Seine eingegelten, dunklen Haare glänzten im Licht der Scheinwerfer. Er wandte sich soeben an den Clochard, lächelte ihm routiniert zu und stellte die erste Frage.

»Nick – ich darf Sie doch Nick nennen? – Sie dürfen anfangen. Es geht um tausend Euro. Die Frage ist ganz einfach. Wie viele Arrondissements hat Paris?«

Der Clochard rutschte auf seinem Sessel hin und her, überlegte fieberhaft, sah dann Ribanville an und blickte anschließend direkt in die Kamera. Die verfilzten Rastalocken hingen ihm beinahe bis auf die Schultern. Aus seinem zerzausten, grauen Bart wuchsen ein Paar wulstige Lippen, die er jetzt zu einem Lächeln entblößte. Sein linker, oberer Schneidezahn fehlte, und der Rest der gelben Zähne stand kreuz und quer. Die Regie schaltete rasch auf eine andere Kamera, die das Geschehen im Studio in der Totalen zeigte.

Chantal räusperte sich.

»Ich komme nachher nicht mit, Eric«, sagte sie zu ihrem Mann.

»Was?« Eric drehte sich zu ihr. »Wieso denn nicht?«

»Weil ich keine Lust habe.« Sie deutete auf den Bildschirm. »Ich habe keine Lust, Leute zu treffen, die einen solchen Schwachsinn verzapfen und sich dann auch noch feiern lassen.«

Immer noch hatte der Clochard die Frage nicht beantwortet. Ribanville drehte sich jetzt in die Kamera und sagte: »Wir geben Nick noch etwas Zeit, die Antwort zu finden. In der Zwischenzeit geht die Frage zunächst an unsere Zuschauer. Rufen Sie jetzt an. Die Leitungen sind drei Minuten geschaltet.« Die Nummer der Hotline wurde eingeblendet.

Eric trank einen weiteren Schluck Whisky.

»Schade«, sagte er mit leisem Bedauern. »Du hattest es mir zwar versprochen, aber wenn du nicht willst …« Er warf ihr einen Blick zu, der bekümmert und traurig wirkte.

Chantal kannte dieses Spiel, und sie hatte es längst durchschaut. Eric war kein Mann, der je laut oder gar ausfällig wurde, wenn etwas nicht so lief, wie er wollte. Stattdessen verfiel er in die Rolle des kleinen, enttäuschten Jungen, dem seine Mutter etwas versprochen hatte, was sie nun doch nicht hielt. Doch heute würde Chantal nicht nachgeben. In all den Jahren hatte er sie auf diese Weise immer um den Finger wickeln können. Liebe kann auch eine Last sein, und zwar dann, wenn man ihr verfallen ist. Es wurde Zeit, endlich die Ketten zu sprengen und dem Spiel ein Ende zu bereiten. Schluss mit den Lügen und Selbsttäuschungen! Aufbruch in eine neue Freiheit, auch wenn Chantal bei diesem Gedanken das Gefühl beschlich, in einen Tunnel zu taumeln, der sie verschlingen würde wie ein schwarzes Loch. Dennoch – alles war besser als der Status quo, und bei dieser Erkenntnis fühlte Chantal sich erleichtert und vergaß sogar ihre Kopfschmerzen, die sie seit dem Spätnachmittag plagten.

Als sie den Raum verließ, hatte sie plötzlich das Gefühl, dass ihre Absage an Ribanvilles Party Eric gar nicht so ungelegen kam. Sein Bedauern war nicht ehrlich gemeint. Wie so vieles in seiner Gefühlswelt und im täglichen Leben.

»Verschwinde! Was willst du hier?«, rief der Portier und kam mit schnellen Schritten auf ihn zu. Er fuchtelte mit Armen und Händen, um ihn wegzuscheuchen wie einen herrenlosen Hund.

»Hier läuft doch die Party von der Rateshow«, sagte Nick Sabatier und dachte nicht daran, sich von der Stelle zu rühren. Er stand wenige Meter vor dem Eingang des Hotel Ritz und ließ seinen Blick über die hell erleuchtete Fassade gleiten. Hier also feierte dieser Typ. Nick hatte nach der Rateshow zufällig eine bissige Bemerkung der Maskenbildnerin aufgeschnappt. Die Frau hatte sich darüber ereifert, dass das Team der Sendung nicht zur Feier im Hotel Ritz geladen war.

Vor dem Haupteingang des Senders hatte Nick bei einem Taxifahrer die Adresse des Hotels erfragt und sich gleich auf den Weg gemacht. Der großzügige Service mit der Promi-Limousine galt nur für die Hinfahrt zum Sender und war ein reines Werbemanöver gewesen, so viel hatte Nick begriffen. Die Fernsehleute wollten damit protzen, wie sehr sie sich um ihren Obdachlosenkandidaten bemühten. Nachdem die Sendung gelaufen war und Nick seinen

Zweck als seltenes Zoo-Exemplar erfüllt hatte, konnte er zusehen, wie er zurück zum Parc de Belleville kam. Da er eine Menge Geld bei sich trug (zweitausend als Fixum und eintausend für die richtige Beantwortung der Frage, welcher Fluss durch Paris fließt), hätte er sich spielend ein Taxi leisten können. Doch Nick wollte das leicht verdiente Geld zusammenhalten. Daher zog er es vor, einige Arrondissements, die ihm gänzlich unbekannt waren, zu Fuß zu durchstreifen. Die Gegend der Reichen. Er beäugte kunstvolle, schmiedeeiserne Hauseingänge und sandgestrahlte Häuserfassaden, blieb vor edlen Geschäften stehen und betrachtete staunend die Auslagen. Bei den Juweliergeschäften befanden sich die Kostbarkeiten hinter Panzerglas und Gittern.

Der Portier des Hotels, ein hünenhafter Mann in lächerlicher Uniform und Mütze, packte Nick jetzt unsanft am Arm.

»Ich hab gesagt, du sollst verschwinden!«, zischte er. »Oder soll ich die Polizei rufen?«

Nick schlug seinen Arm weg.

»Fassen Sie mich nicht an! Ich war heute Abend Kandidat in dieser Fernsehsendung. Und jetzt läuft hier die Party. Ich hab 'ne Einladung.«

Der Portier grinste höhnisch.

»Tatsächlich? Dann zeig sie doch mal, deine Einladung!«

»Die Karte hab ich verloren.«

»Ach so, verloren!« Der Portier stand jetzt ganz dicht vor ihm, beinahe berührten sich ihre Nasenspitzen.

»Verschwinde endlich, du Penner!«, brüllte er plötzlich los, und Nick zuckte unwillkürlich zusammen.

In dem Moment fuhr eine dunkle Limousine vor und der Portier wurde abgelenkt. Eilfertig öffnete er den Schlag des Wagens, dem eine ältere, sehr dünne Frau entstieg. Sie trug eine graue Pelzstola und ein silbernes Abendkleid. An beiden Händen bemerkte Nick Ringe mit großen Klunkern, und in ihrem verwelkten Dekolleté glitzerte ein Diamantcollier.

»Durchlaucht hatten hoffentlich einen schönen Abend«, säuselte der Portier und verbeugte sich tief.

Diesen Augenblick nutzte Nick, um rasch zu verschwinden.

Die großen Glastüren im *Salon d'Été* des Hotel Ritz, den Ribanville für die Party hatte reservieren lassen, waren weit geöffnet. Sie führten in den Sommergarten, eine grüne Oase mitten in Paris. In lockerer Anordnung gruppierten sich hier Tische und Stühle. Im Innenraum des Salons war ein üppiges Buffet aufgebaut. Dort konnten sich die Gäste selbst bedienen. Getränke wurden von Kellnern in Livree gereicht, hauptsächlich Champagner.

Die Party war in vollem Gange, die Anzahl der Gäste beschränkt und jeder von ihnen handverlesen. Vierzig Freunde und Weggefährten des Showmasters tummelten sich hier, unter ihnen der Fernsehdirektor, der Kulturminister des Landes sowie bekannte Stars aus der Showbranche. Rocklegende Johnny Hallyday, der im Moment gerade seine allerletzte Tournee vorbereitete, stand mit seiner blutjungen Frau und einem doppelten Whisky pur an einer der Glastüren und plauderte mit Eric Lecadre, dessen griechischer Lockenschopf im Licht der Kristalllüster golden glänzte.

Wenig später verabschiedeten sich Hallyday und seine Freundin von Ribanville und verließen die Party.

Ribanvilles Frau Candice bediente sich am Buffet und führte ein lebhaftes Gespräch mit dem amerikanischen Botschafter und dessen Frau. Das Botschafterpaar stammte wie Candice aus Texas. Ribanville hörte den breiten Akzent und sah, wie seine Frau lachte. Sie wirkte gelöst, als hätte sie ein Stück vermisste Heimat wiedergefunden. So hatte Ribanville sie lange nicht erlebt. Er schlenderte vorbei und lächelte den dreien zu. Während seine Frau den Kopf abrupt zur Seite wandte, erwiderte das Botschafterpaar Ribanvilles Lächeln.

Der Kulturminister, der Fernsehdirektor und Léon Soulier, Ribanvilles Freund und Kandidat seiner Jubiläumssendung, fachsimpelten über das neue Mediengesetz, das in Kürze im Senat beraten werden sollte. Ribanville vernahm einige Wortfetzen, verstand jedoch keine Einzelheiten. Sie interessierten ihn auch nicht. Er setzte seinen kleinen Rundgang im Kreis der Gäste fort, blieb hin und wieder stehen, tauschte ein paar Worte und Nettigkeiten und schlenderte weiter. Die Sendung am Abend war ein voller Erfolg gewesen. Der Fernsehdirektor hatte ihm gleich nach der Show grünes Licht für zwanzig weitere Sendungen gegeben. Jetzt wollte Ribanville die Party genießen und seinen Erfolg feiern.

Von hinten legte sich eine Hand auf Ribanvilles Schulter. Sie gehörte einem Gast, der soeben erst eingetroffen war.

»Ah, Monsieur Thibon! Schön, dass Sie kommen konnten!«, begrüßte Ribanville ihn.

»Ja, leider hatte ich bis eben eine Besprechung beim Präfekten und konnte mir Ihre Sendung nicht ansehen«, sagte der Direktor der Brigade Criminelle. »Wie ich hörte, war sie ein voller Erfolg? Gratuliere!«

»Danke, Monsieur Thibon! Eric Lecadre sagte mir, Ihre Frau liegt immer noch im Krankenhaus?«

Sie tauschten noch einige belanglose Worte, dann schlenderte Thibon zum Buffet, wo er Ribanvilles Frau begrüßte, die ihn dem Botschafterpaar vorstellte.

Einer der wenigen Journalisten, die geladen waren, hieß Serge Schulman. Ribanville kannte ihn schon lange. Er schrieb für *Paris Match* und den *Figaro* und hatte Yves' Karriere von Anfang an medial begleitet und unterstützt. Er war ein schlaksiger Typ mit Oberlippenbart, dem man seine fünfzig Jahre nicht ansah. Als großer Bewunderer des exzentrischen Schriftstellers Tom Wolfe trug auch er nur weiße Kleidung. Heute Abend war es ein eierschalenfarbener Seidenanzug und ein weißes Hemd mit Stehkragen. Schulman trat soeben aus dem Sommergarten, spähte suchend umher und steuerte auf Ribanville zu, der sein leeres Champagnerglas auf einem der Tische in der Nähe der Eingangstür abstellte.

»Yves!«, sagte der Journalist. »Hast du mal einen Moment Zeit? Ich wollte dich …«

Rinbanville unterbrach ihn.

»Ja, sofort, Serge. Ich geh nur kurz mal für kleine Jungs. Entschuldige, bin gleich wieder da.«

Ribanville verließ den Raum, während Serge Schulman sich ein Glas Mineralwasser vom Tablett eines der Kellner schnappte. Nach jahrzehntelangem, exzessivem Alkoholkonsum war er nun schon beinahe fünf Jahren trocken. Er war stolz darauf, dass er beim Anblick von Champagner und Whisky schon lange nicht mehr schwachwurde. Er nahm einen kräftigen Schluck und blickte dem Showmaster nach.

Wenig später öffnete Yves Ribanville die Tür zur Herrentoilette.

8. KAPITEL

Es war reiner Zufall, dass LaBréa das Klingeln seines Handys bemerkte. Es steckte in seiner Jackentasche, und als er dort nach einem Kaugummi suchte, um den schalen Geschmack des Bieres aus seinem Mund zu verbannen, spürte er das Vibrieren. Er fingerte das Gerät aus der Tasche.

»Hier LaBréa«, sagte er laut und hielt sich das linke Ohr zu. Tokio Hotel spielte mit voller Lautstärke, und ein Telefonat unter diesen Umständen schien beinahe unmöglich. Dennoch erkannte er die Stimmes seines Vorgesetzten.

»Monsieur Thibon?«, rief er erstaunt. Céline drehte sich zu ihm und blickte ihn fragend an.

»Ja ... nein, Monsieur. In einem Popkonzert. Ich kann Sie schlecht verstehen«, sagte LaBréa mit lauter Stimme. »Was? Wo? Und Sie sind vor Ort? Ja, natürlich, ich komme sofort. Und wer ist das Opf...?«

Doch Thibon hatte bereits aufgelegt. LaBréa steckte das Handy in die Tasche, zog seinen Autoschlüssel hervor und beugte sich zu Céline.

»Ich muss sofort weg. Fahr mit den Mädchen allein nach Hause. Ich nehm mir draußen ein Taxi.«

»Worum geht es denn, Maurice?«

»Eine Leiche im Hotel Ritz.«

Jenny und Alissa starrten währenddessen wie gebannt auf die Bühne und klatschten, wie Zehntausende andere Besucher auch, im Rhythmus der Musik mit. Weder das Telefonat noch sein Gespräch mit Céline hatten die beiden mitbekommen. Er erhob sich und verließ rasch seinen Platz.

Vor dem Haupteingang des Stadions standen Taxis, und LaBréa nannte dem Fahrer die Adresse. Die dröhnende Musik und das Kreischen der Fans aus dem Kessel des Stadions waren noch so lange zu hören, bis das Taxi an der Porte Molitor stadteinwärts fuhr.

LaBréa wählte Jean-Marcs Nummer. Der Paradiesvogel saß mit einigen Freunden bei einem späten Abendessen in einem Lokal am Montmartre.

»Rufen Sie Franck und Claudine an«, sagte LaBréa. »Dr. Foucart und die Spurensicherung hat Thibon sicher schon kontaktiert.«

»Wieso ist der Schöngeist denn im Ritz?«, wollte Jean-Marc wissen.

»Hat er mir nicht verraten.«

»Und wer ist das Opfer?«

»Keine Ahnung. Ich kam gar nicht mehr dazu, ihn zu fragen. Also, bis gleich.«

Der Taxifahrer nahm den Weg über die Avenue de Versailles, die Seine-Quais und die Place de la Concorde. In der Stadt herrschte lebhaftes Treiben. Nach der Hitze des Tages spielte sich das Leben nun verstärkt draußen ab. Die Menschen plauderten in den Straßencafés, schlenderten über die Seinebrücken. Die Stadt schlief nicht. Erst in den Stunden vor dem Morgengrauen, bevor die fahle Sonne einen neuen, heißen Tag ankündigte, würde etwas Ruhe einkehren.

Die Zufahrt zum Hotel Ritz an der Place Vendôme war abgesperrt. Mehrere Polizeifahrzeuge mit eingeschaltetem

Blaulicht standen auf dem Platz. Soeben fuhr der Wagen der Spurensicherung vor. Dr. Foucarts Wagen war nicht zu sehen, was LaBréa erstaunlich fand, erschien die Gerichtsmedizinerin doch normalerweise immer als eine der Ersten am Tatort.

LaBréa bezahlte den Taxifahrer, ging auf die Absperrung zu und zeigte dem Beamten der Stadtpolizei seinen Dienstausweis.

Roland Thibon unterhielt sich in der Eingangshalle des Hotels mit einem Mann, den er LaBréa als Monsieur Brandin, den Direktor des Hotels, vorstellte.

»Und das ist Commissaire LaBréa«, sagte er zum Hoteldirektor, der LaBréa die Hand schüttelte. Sie war feucht und klebrig. Der Hoteldirektor wirkte nervös und mit der Situation überfordert. Mit einem großen Taschentuch wischte er sich die Stirn ab.

»Halten Sie mir vor allem die Presse vom Hals«, sagte er zu Thibon, der ihn daraufhin beruhigend am Arm berührte.

»Keine Sorge, Monsieur Brandin. Das ist auch im Interesse der Polizei.«

»Nach dem Drama damals mit Lady Di«, fuhr der Hoteldirektor fort, »gerät unser Hotel nun durch den Mord an einer weiteren bekannten Persönlichkeit erneut ins Visier der Medien.«

»Auf Dauer wird sich das nicht vermeiden lassen. Aber wir tun, was in unserer Macht steht, Monsieur Brandin. Übrigens, wo bleiben denn Ihre Mitarbeiter, LaBréa?«

»Die müssten jeden Moment eintreffen«, erwiderte LaBréa. »Sie haben mir noch gar nicht gesagt, wer das Opfer ist.«

»Das werden Sie gleich sehen. Kommen Sie.«

Thibon ließ den Hoteldirektor einfach stehen, gab LaBréa einen Wink und ging mit raschen Schritten durch die Eingangshalle. Zum Tatort, wie LaBréa vermutete. Er folgte seinem Vorgesetzten, drehte sich aber noch einmal zum Eingang um, wo in diesem Moment Franck auftauchte und rasch zu LaBréa aufschloss.

»Wer ist es denn?«, fragte Franck.

»Keine Ahnung«, erwiderte LaBréa leise. »Der Schöngeist macht es richtig spannend.«

Kurz darauf hatten die beiden Thibon eingeholt, der in den Korridor Richtung Toiletten eingebogen war. Vor dem Eingang zur Herrentoilette waren zwei Beamte postiert, die jetzt zur Seite traten. LaBréa hielt kurz inne, schockiert von dem Bild, das sich ihm bot.

Vor einem der Becken lag das Opfer auf dem weißen, marmorgefliesten Boden in Rückenlage. Arme und Beine waren ausgestreckt, Gesicht und Haare blutverschmiert. Der Hosenschlitz des Mannes stand offen. Aus jeweils einer Wunde über dem linken Ohr und am Hinterkopf war so viel Blut geflossen, dass es sich auf den Marmorfliesen verteilt hatte. An den gekachelten Wänden bei den Urinalen gab es Unmengen von Blutspritzern. Sie hatten die Form von kleinen Ausrufezeichen. Die blaue Anzugjacke des Opfers hatte einen Teil des Blutes aufgesogen und war dunkel verfärbt. Gleich neben dem Leichnam sah LaBréa eine blasse Wischspur, als hätte jemand versucht, mit einem Lappen das Blut aufzuwischen. Warum?

»Du liebe Güte«, murmelte LaBréa und starrte wie gebannt auf das Szenario. Der strahlend blaue Anzug des

Toten, das Blut, die weißen Fliesen ... Wie die Farben der Tricolore, dachte LaBréa spontan. Die Szene hatte etwas Unwirkliches, als hätte ein Künstler eine Installation zum Thema »Mord in der Herrentoilette eines Luxushotels« geschaffen. Thibon riss ihn aus seinen Gedanken.

»Er verrichtete wohl gerade seine Notdurft.« Der Schöngeist verschränkte die Hände hinter dem Rücken. »Sie wissen, wer das ist, LaBréa?«

LaBréa nickte.

»Natürlich, Monsieur. Das ist Yves Ribanville. Wer kennt ihn nicht.« Er dachte an die unzähligen Titelbilder des Moderators in den Zeitungen, an die vielen Interviews im Fernsehen und an Ribanvilles Präsenz als Werbeträger in TV-Spots. Irgendwann einmal hatte er auch den Anfang einer seiner Shows gesehen, sie aber gleich abgeschaltet, weil Quizsendungen ihn grundsätzlich nicht interessierten.

»Heute war doch seine hundertste Sendung«, bemerkte Franck. »Mit dem Clochard und dem Milliardär. Ich habe reingeschaut.«

»Sehr richtig, Hauptmann Zechira.« Thibon straffte sich. »Und hier im Ritz fand die Aftershowparty statt. Ich war einer der Gäste, deshalb bin ich heute Nacht hier.« Es klang ein wenig eitel, und LaBréa tauschte einen schnellen Blick mit Franck, der sich ein Grinsen verkniff.

LaBréa beugte sich zu dem Toten. Die blaue Krawatte war gelockert, der oberste Hemdknopf geöffnet. Ribanvilles Augen blickten starr in die unendliche Weite des Nichts, während sein Mund fest geschlossen war, als hätte der Moderator im Moment seines Todes die Zähne zusammengebissen.

»Zwei Wunden am Kopf«, sagte LaBréa, ohne den Toten zu berühren. »Er hat ziemlich viel Blut verloren.«

»Komisch, dass er dann auf dem Rücken liegt«, meinte Franck. »Bei von der Seite oder von hinten ausgeführten Schlägen auf den Kopf fällt das Opfer entweder zur Seite oder vornüber.«

»Richtig«, sagte Thibon. »Das ist mir auch als Erstes aufgefallen.«

»Wer hat ihn gefunden?«, fragte LaBréa.

»Ich.« Thibon sah LaBréa an. In seinem Blick spiegelte sich das Wissen um die Wichtigkeit des Umstands, dass er als Erster am Tatort gewesen war. »Ich bin exakt um Viertel nach elf auf die Toilette gegangen. Und zu dem Zeitpunkt lag er genau so da, wie Sie ihn hier vorfinden.«

LaBréa öffnete den Mund zu einer Frage, doch sein Chef kam ihm zuvor.

»Ich habe niemanden gesehen«, sagte Thibon. »Niemand war hier oder hat die Toilette verlassen, als ich kam. Zehn Minuten vorher habe ich mit Ribanville im *Salon d'Été* noch gesprochen. In diesem Zeitfenster ist er ermordet worden. Also zwischen dreiundzwanzig Uhr fünf Uhr und dreiundzwanzig Uhr fünfzehn. Damit hätten wir seinen genauen Todeszeitpunkt.«

»Wann kamen Sie heute Abend hierher ins Ritz?«

»Relativ spät. Kurz vor dreiundzwanzig Uhr.«

»Was ist mit den anderen Gästen dieser Aftershowparty?«

»Die sitzen versammelt im *Salon d'Été*. Ich habe dafür gesorgt, dass nach der Entdeckung der Leiche keiner den Saal verlassen hat.«

»Sehr gut, Monsieur.«

Jetzt betraten der Fotograf und Dr. Foucart den Tatort. Der Fotograf wirkte verschlafen und missmutig und stöhnte, als er seine Bilder schoss. Brigitte Foucart zeigte keinerlei Anzeichen von Müdigkeit, obwohl sie bis vor einer halben Stunde noch im Gerichtsmedizinischen Institut mit verschiedenen Laboranalysen beschäftigt gewesen war. Deshalb hatte sie auch nicht gleich losfahren können, als Thibons Anruf sie erreichte. Sie begann mit der Untersuchung des Leichnams.

LaBréa wandte sich an Franck.

»Gehen Sie in den *Salon d'Été* und fertigen Sie eine Liste der Gäste an, die heute Abend hier erschienen sind.«

»Nicht notwendig«, warf Thibon ein. »Die Gästeliste bekommen Sie beim Hoteldirektor. Alles handverlesene Leute. Ribanvilles Frau ist ebenfalls anwesend. Sie scheint relativ gefasst, aber vermutlich steht sie nur unter Schock.«

»Was ja verständlich ist. Dann besorgen Sie mir diese Liste, Franck. Und fangen Sie an, das Personal zu befragen. Die Kellner, die Leute an der Rezeption in der Halle, die Hotelpagen, und so weiter. Wenn Jean-Marc und Claudine eintreffen, sollen sie Ihnen dabei helfen.«

Franck verließ die Toilette. Thibon rief ihm nach: »Absolute Nachrichtensperre gegenüber der Presse, Hauptmann! Die Meute dürfte bald hier sein, wenn sie nicht schon den Hoteleingang belagert.«

Vorsichtig untersuchte Brigitte Foucart die Wunde über dem rechten Ohr des Opfers.

»Sieh dir das mal an, Maurice.« La Bréa trat näher und ging in die Hocke.

»Die viereckig geformte Verletzung hier. Könnte von einem Hammerschlag herrühren.«

LaBréa konnte den Abdruck deutlich erkennen.

Jetzt drehte Brigitte den Leichnam um und nahm eine etwa zwei Zentimeter lange horizontal verlaufende Wunde am Hinterkopf des Toten in Augenschein. Dort waren die Haare verklebt, das Blut noch flüssig. Die Gerichtsmedizinerin wandte sich an LaBréa.

»Eine Hiebverletzung, Maurice. Ähnlich wie die über dem rechten Ohr. Die Tatwaffe könnte ein Schlosserhammer gewesen sein. Mit der Schlagseite des Hammers traf der Mörder den Schädel seitlich. Und die Verletzung am Hinterhauptbein könnte durch die Finne des Hammers entstanden sein.«

LaBréa runzelte die Stirn.

»Die Finne?«

»So nennt man die Schmalbahn eines solchen Werkzeugs. Ein Hammer besteht aus Kopf und Stiel, der Kopf hat eine Bahn und eine Finne. Die Bahn ist die flache viereckige Schlagfläche, die Finne der keilförmig zulaufende Teil des Hammerkopfes.«

»Erstaunlich, was du alles weißt, Brigitte.« LaBréa verzog anerkennend den Mund.

»Langjährige Erfahrung, Maurice. Der Hammer als solches ist ein beliebtes Mordinstrument. Leicht zugänglich und für jedermann zu handhaben. Aufgrund der Hebelwirkung entsteht ein hohes Maß an kinetischer Energie, wenn entsprechend heftig zugeschlagen wird. Hier jedenfalls *wurden* die Hiebe mit aller Kraft durchgeführt.«

»Welcher Schlag war deiner Meinung nach der tödliche?«

»Schwer zu sagen. Die Kombination beider Schläge wird den Tod herbeigeführt haben. Hier am Hinterhauptbein haben wir eine Rissquetschung. Die Kopfschwarte ist eine der am stärksten blutenden Stellen des menschlichen Körpers. Eine schwere Verletzung wie diese führt unweigerlich dazu, dass man verblutet.«

Sie nahm eine Lupe aus ihrem mobilen Einsatzkoffer und betrachtete eingehend die Wundränder.

»Die Wundränder sind unscharf begrenzt, ein klares Zeichen für stumpfe Gewalt. Die Wunde hat Gewebsbrüche, mit kleinen Nerven und Gefäßen, die stehen geblieben sind. Der Schlag mit der Finne des Hammers hat zu einem Lochbruch des Schädels geführt und eine riesige Blutung unter der harten Hirnhaut ausgelöst.«

Sie steckte die Lupe zurück.

»Sind Sie ganz sicher, dass die Tatwaffe ein Hammer war, Docteur?« Thibon schien skeptisch.

»Ganz sicher bin ich immer erst nach der Autopsie. Das sollten Sie doch wissen, Monsieur.« Es klang kurz angebunden und unfreundlich. Jeder bei der Brigade Criminelle wusste, dass Dr. Foucart Thibon nicht ausstehen konnte und ihn für aufgeblasen und inkompetent hielt. Für sie war der Direktor nichts weiter als ein eiskalter Karrierist, der seinen beruflichen Werdegang ausschließlich seiner Parteizugehörigkeit verdankte. Erneut beugte sie sich über den toten Moderator.

»Der Schlag am Hinterhauptbein wurde mit größter Wahrscheinlich von hinten ausgeführt. Wäre er von der Seite her geführt worden, müsste die Hiebverletzung vertikal sein. Ich vermute, dass der Schlag über dem Ohr erst danach erfolgte. Vielleicht sogar erst, als er schon am Boden lag.«

Vorsichtig schob sie die Ärmel von Ribanvilles Jacke hoch. Das Hemd, das er darunter trug, war kurzärmelig, und man sah die nackten und dunkel behaarten Arme des Opfers. Am linken Handgelenk trug Ribanville eine teure Pilotenuhr. Diese Tatsache wies darauf hin, dass es hier vermutlich nicht um einen Raubmord ging.

Erneut blickte Brigitte LaBréa an.

»Der Mann muss vollkommen überrascht worden sein. Nicht die leisesten Anzeichen von Gegenwehr.« Sie deutete auf die nackten Arme. »Hätte er den Angriff gesehen, hätte er instinktiv die Arme zu einer Abwehrbewegung erhoben, und die Mordwaffe hätte ihn vermutlich auch dort getroffen und verletzt. Aber ich bemerke keine Hautläsionen, keine Hämatome.«

»Kannst du dir erklären, warum er auf dem Rücken gelegen hat?«

Brigitte dachte einen Moment nach.

»Ich nehme an, er hat vor dem Urinal gestanden, um sein Geschäft zu erledigen. Als er das erste Mal getroffen wurde, ist er wahrscheinlich ausgerutscht und dann nach hinten gekippt.«

LaBréa gab ihr Recht.

»Könnte sein, die Marmorfliesen sind ja ziemlich glatt.« Er bückte sich und warf einen Blick auf Ribanvilles Schuhe. »Und seine Schuhe haben Ledersohlen und wirken nagelneu.«

Der Schöngeist räusperte sich und warf einen Blick auf seine Uhr.

»Wie ich sehe, haben Sie alles im Griff, LaBréa. Ich fahre jetzt nach Hause. Morgen früh bekommen Sie meine schriftliche Zeugenaussage.« Noch einmal betrachtete er den toten Moderator. »Mein Gott, wer ist zu so etwas fähig? Erschlagen wie ein räudiger Hund …«

»Haben Sie ihn gut gekannt, Monsieur?«, fragte LaBréa rasch.

»Gut gekannt? Nein. Meine Frau hat ihn gut gekannt. Sie ist eine Kollegin von Eric Lecadre, dem berühmten Schauspieler. Er und Ribanville sind seit Jahren befreundet, und meine Frau verkehrt natürlich in diesen Künstlerkreisen. Daher erhielt sie eine Einladung für heute Abend. Aber da sie im Krankenhaus liegt, habe ich die Einladung wahrgenommen.«

»Verstehe, Monsieur.«

Thibon wandte sich zum Gehen.

»Sie können mich jederzeit erreichen, wenn sich etwas ergibt, LaBréa. Gute Nacht.«

»Gute Nacht, Monsieur le Directeur.«

»Gute Nacht, Docteur.«

Brigitte murmelte etwas Unverständliches und schüttelte missbilligend den Kopf. Als die Tür ins Schloss fiel, bemerkte sie trocken: »Tja, Maurice, du und ich, wir verkehren nun mal nicht in diesen Künstlerkreisen.« Sie deutete auf den Leichnam des Opfers. »Aber wo es hinführen kann, wenn man zu diesen Kreisen gehört, siehst du ja selbst. Meinetwegen können sich jetzt die Kollegen der Spurensicherung ans Werk machen. Ob ich hier in diesem Luxusschuppen irgendwo einen Kaffee bekommen kann? Ich meine, ohne dass ich zehn Euro für den Espresso bezahlen muss.«

»Ich frage den Hoteldirektor. Der ist in heller Aufregung und hat sich alles andere gewünscht als die Topnachricht morgen früh im Fernsehen: Bekannter TV-Moderator im Ritz ermordet. Übrigens, Brigitte, wirf doch noch einen Blick in seine Taschen.«

Die Gerichtsmedizinerin durchstöberte die Jackentaschen und fand Ribanvilles Portemonnaie und sein Handy. Im Portemonnaie befanden sich die Kreditkarten des Opfers sowie Bargeld in Höhe von sechshundertsiebzig Euro.

»Raubmord können wir definitiv ausschließen«, sagte Brigitte. Mit spitzen Fingern hob sie Ribanvilles Handy hoch, um keine Spuren zu verwischen. »Hier, es ist angeschaltet.«

»Gilles Leute sollen als Erstes die Spuren auf dem Gerät sicherstellen, damit ich mir dann die Anrufprotokolle ansehen kann.«

LaBréa verließ den Tatort und begab sich in die Hotelhalle. Vor dem Eingang des Ritz lauerten bereits Reporter und Kameraleute. Beamte der Stadtpolizei hinderten sie daran, das Hotel zu betreten. Woher wussten die Presseleute von dem Mord? Hatte einer der Gäste sie alarmiert? Ein Angestellter des Hotels? Der Mörder selbst? Letzteres war nicht auszuschließen. LaBréa erinnerte sich an den Bastille-Mörder, der seinerzeit anonyme Schreiben an die Zeitung *Le Figaro* geschickt hatte, um auf sich aufmerksam zu machen.

Inzwischen waren auch Jean-Marc und Claudine eingetroffen. Claudine sprach mit den beiden Angestellten an der Rezeption. Franck und Jean-Marc befragten den Portier, einen stattlichen Mann in der Uniform des Hotels. Der

Mann schien aufgeregt und erzählte lebhaft. Als Franck seinen Chef entdeckte, wechselte er ein paar Worte mit Jean-Marc und gab ihm ein bedrucktes Papier. Jean-Marc ging damit zu LaBréa.

»Hier, die Liste der Gäste, Chef«, sagte er. »Lauter illustre Namen. Übrigens – der Portier hat gegen dreiundzwanzig Uhr vor dem Hoteleingang mit einem Clochard gesprochen. Der Mann sagte, er wäre Kandidat in der heutigen Sendung von Ribanville gewesen und wollte auf die Party. Nach der Beschreibung des Portiers war der Mann anscheinend tatsächlich der Clochard aus der heutigen Sendung. Das hat Franck bestätigt.«

»Und? Hat der Portier ihn ins Hotel gelassen?«

»Nein. Er hat ihm die Story mit der Sendung natürlich nicht geglaubt und ihm den Eintritt verwehrt. Der Portier sagte, er wäre einen Moment abgelenkt gewesen, und gleich danach hätte er den Mann nicht mehr gesehen.«

»Vom Hoteleingang überblickt man die gesamte Place Vendôme, Jean-Marc.«

»Eben, Chef. Der Clochard kann sich nicht einfach in Luft aufgelöst haben.«

LaBréa runzelte die Stirn

»Der Schöngeist ist gegen dreiundzwanzig Uhr hier eingetroffen. Er hätte es mir sicher erzählt, wenn er den Clochard vor dem Eingang bemerkt hätte.«

»Er ist vielleicht kurz vorher am Portier vorbei ins Hotel geschlichen und hat sich auf der Toilette versteckt, Chef.«

»Versuchen Sie rauszubekommen, wo dieser Clochard lebt.«

»Im Parc de Belleville, hat Franck gesagt. Am Anfang der Show haben sie gezeigt, wie ihn ein Wagen des Senders dort abgeholt hat.«

»Gut. Franck soll da sofort mal hinfahren. Er hat ihn in der Sendung gesehen und kennt ihn. Wenn er den Mann dort antrifft und ihn identifiziert, soll er ihn gleich aufs Präsidium bringen.«

»Noch was, Chef: Der andere Kandidat der heutigen Sendung ist unter den Partygästen im *Salon d'Été*. Sein Name ist Léon Soulier.«

»Interessant!« LaBréa lächelte ironisch. »Der Milliardär wird zum Fest eingeladen, der Obdachlose nicht. Zweiklassengesellschaft in Reinkultur.«

LaBréa durchquerte die Hotelhalle und ging in den *Salon d'Été*, um Yves Ribanvilles Partygäste zu vernehmen.

9. KAPITEL

Der *Salon d'Été* war ein langgestreckter Raum mit Louis-Seize-Möbeln und schweren Brokatvorhängen an den hohen Fenstertüren, die zum Sommergarten führten. Große Kristalllüster hingen an der Kassettendecke, und auf kleinen Tischen waren Blumenarrangements platziert. Auf den Platten des Buffets an der Längsseite wellte sich der Schinken auf den Canapées. Der Lachs war angelaufen, und die Reste der diversen Salate sahen wenig einladend aus. Die übrig gebliebenen Stücke einer Pfirsichcharlotte waren kraftlos in sich zusammengefallen. Auf einigen Tischen standen abgegessene Teller und benutzte Gläser. Die Party war vorbei, ein brutales Ereignis hatte dem Fest ein jähes Ende bereitet.

Die Türen zum Garten waren weit geöffnet, doch sämtliche Gäste hielten sich im Innenraum auf. In Gruppen saßen sie an den Tischen, einige lehnten an den offenen Türen und rauchten. Als LaBréa den Salon betrat, schlug ihm eine bedrückte Stimmung entgegen. Niemand sprach ein Wort; alle schienen stumm und fassungslos angesichts dessen, was geschehen war. LaBréa sah einige bekannte Gesichter, die ihm von Presse und Fernsehen her vertraut waren. Er entdeckte den Fernsehdirektor und den Kulturminister. Beide saßen am selben Tisch wie der Schauspieler Eric Lecadre, der den Arm um eine Frau gelegt hatte und sich tröstend zu ihr neigte. Die Witwe des Opfers? Sie war eine blonde, kühl wirkende Frau, die die Hände ineinander verschlungen und den Blick gesenkt hatte. LaBréa steuerte auf den Tisch zu, an dem auch noch andere Gäste saßen. Leise sagte er: »Madame Ribanville?«

Die Frau hob den Kopf und nickte langsam. In ihren grünblauen Augen waren keine Spuren von Tränen zu entdecken. Nur ihr Mund zitterte leicht, und aus ihrem makellos geschminkten, ebenmäßigen Gesicht schien alles Blut gewichen zu sein.

»Mein aufrichtiges Beileid, Madame«, fuhr LaBréa leise fort. Dann ließ er seinen Blick über die restlichen Gäste schweifen, räusperte sich und sagte für alle laut und verständlich: »Ich bin Commissaire LaBréa und leite die Ermittlungen. Sie alle müssen noch einen Moment hierbleiben, um meine Fragen zu beantworten.«

Eric Lacadre nahm seinen Arm von Candice Ribanvilles Schulter und beugte sich angespannt nach vorn.

»Gibt es schon irgendeine Spur, Commissaire? Wir alle sind fassungslos und äußerst betroffen.«

»Wir stehen ganz am Anfang der Ermittlungen, Monsieur Lecadre«, erwiderte LaBréa. »Wir wissen, dass Monsieur Ribanville um dreiundzwanzig Uhr fünf den Salon verlassen hat und auf die Toillette ging. Wer von Ihnen war zufällig vorher oder zur gleichen Zeit auf der Herrentoilette?«

Es entstand eine kurze Pause, dann meldete sich ein älterer Herr. Er trug einen Smoking, dazu eine silberne Krawatte. LaBréa, der noch nie einen Smoking getragen hatte, wusste gleichwohl, dass man zu diesem Abendanzug Fliege trägt. Möglichst von Hand gebunden.

»Ich war vorhin dort«, sagte er, und LaBréa hörte den amerikanischen Akzent heraus.

»Ihren Namen bitte, Monsieur.«

»Farmer. Ich bin der Botschafter der USA in Frankreich.«

LaBréa warf einen raschen Blick auf seine Liste, wo er den Namen entdeckte.

»Okay«, sagte LaBréa. »Ist Ihnen da irgendetwas aufgefallen, Exzellenz? Hat noch jemand die Toilette benutzt, als Sie dort waren?«

Der Botschafter schüttelte entschieden den Kopf.

»Nein, Commissaire. Als ich kam und ging, war niemand sonst dort.«

»Wann war das ungefähr?«

»So genau weiß ich das nicht mehr. Halb elf, dreiviertel elf, schätze ich. Als ich in den Salon zurückkehrte, sah ich Monsieur Ribanville in einem lebhaften Gespräch mit Johnny Hallyday.«

»Dem Rocksänger?«, fragte LaBréa erstaunt. »Und wieso ist er nicht mehr hier?«

»Weil er und seine Freundin ziemlich früh gegangen sind«, warf ein Mann ein, den LaBréa nicht kannte.

»Ihr Name, Monsieur?«

»Ich bin Serge Schulmann vom *Figaro*. Johnny Hallyday hat das Fest zusammen mit seiner Freundin verlassen, kurz bevor Monsieur Ribanville auf die Toilette ging.«

LaBréa runzelte die Stirn.

»Wollen Sie damit irgendwas andeuten, Monsieur Schulman?«

Der Journalist hob abwehrend die Hände.

»Um Gottes willen, Commissaire! Ich glaube, jemand wie Johnny Hallyday dürfte über jeden Verdacht erhaben sein.«

LaBréa nickte und strich in Gedanken den Rocksänger von der Liste der potenziellen Täter.

»Demnach haben Sie also beobachtet, wie Monsieur Ribanville den Salon verließ?«

»Ja. Ich war wohl der Letzte hier im Raum, der mit ihm gesprochen hat. Ich wollte nämlich mit ihm über ein Interview reden, das meine Zeitung plant. Aber er sagte, er müsste vorher auf die Toilette und wäre gleich wieder da.«

»Hm, verstehe. Kam Ihnen sein Verhalten merkwürdig vor? Schien er besorgt, in Eile, irgendwie anders als sonst?«

»Nein. Auf mich wirkte er wie immer. Und wir kannten uns schon seit Jahren.«

»Ist zu dem Zeitpunkt, als Monsieur Ribanville den Salon verließ, noch jemand anders aus dem Raum verschwunden?«

»Mir ist nichts aufgefallen«, erwiderte der Journalist. »Ich stand zwar an dem Tisch dort vorn in der Nähe der Tür, habe aber nicht darauf geachtet, wer rausging. Ich sah nur, wie Ihr Kollege von der Brigade Criminelle den Raum verließ, gleich darauf wieder zurückkam und uns mitteilte, was geschehen war.«

Das deckte sich mit der Aussage des Schöngeistes. Allem Anschein nach hatte außer dem Botschafter und dem Schöngeist keiner der männlichen Gäste den Salon verlassen, weder kurz bevor Ribanville die Toilette aufsuchte, noch danach.

»Entschuldigen Sie, meine Damen«, wandte sich LaBréa jetzt an die etwa fünfzehn weiblichen Gäste. »Aber ich muss wissen, ob jemand von Ihnen während der fraglichen Zeit draußen war?«

LaBréa betrachtete die Frauen, von denen die meisten jünger als dreißig waren. Alle trugen extravagante Designerkleider – oft tief ausgeschnitten – und viel Schmuck. Es fiel LaBréa schwer, sich eine von ihnen mit einem Hammer in der Hand auf der Herrentoilette vorzustellen. Doch in seinem Beruf gab es nichts, was es nicht gab.

Niemand meldete sich. Dies deutete darauf hin, dass der Mörder allem Anschein nach nicht unter den noch anwesenden Gästen zu suchen war. Es stellte sich die Frage, wer außer Johnny Hallyday und dessen Freundin die Party ebenfalls früher verlassen hatte? LaBréa entschloss sich, die Namen auf der Gästeliste laut vorzulesen und die Anwesenheit zu überprüfen. Als er den Namen des Quiz-Kandidaten Léon Soulier aufrief, meldete sich ein untersetzter Mann mit Glatze. Er mochte etwa vierzig Jahre alt sein und war ohne Begleitung da. Er wirkte blass und erklärte LaBréa, dass er ein sehr guter Freund des Ermordeten gewesen sei, was LaBréa kommentarlos zur Kenntnis nahm.

LaBrea rief den nächsten Namen auf.

»Madame Chantal Coquillon?« Er blickte in die Runde. Niemand hob die Hand. Eric Lecadre räusperte sich kurz und sagte: »Das ist meine Frau, Commissaire. Sie konnte mich leider nicht begleiten.«

»Warum nicht?«

»Weil sie sich nicht wohlfühlte. Sie leidet sehr unter der Hitze.«

»Dann ist Ihre Frau zu Hause geblieben?«

»Ja. Sie wollte sich zeitig hinlegen.«

LaBréa versah den Namen mit einem Kreuz. Madame Coquillon, die Gattin des Schauspielers, trug nicht dessen Namen. Das war nichts Ungewöhnliches, viele Ehefrauen behielten nach der Eheschließung ihren Mädchennamen. Insbesondere Frauen, die selbst im künstlerischen Bereich tätig waren. Gehörte Madame Coquillon dazu? Das musste überprüft werden, ebenso wie die Frage, ob sie tatsächlich zu Hause im Bett geblieben war.

Wenig später stellte sich heraus, dass – abgesehen von dem Rockstar nebst Freundin – niemand von den Gästen das Fest vor dem Mord an Ribanville verlassen hatte. Auch waren bis auf Madame Coquillon alle Eingeladenen vollzählig erschienen. LaBréa beugte sich zu Candice Ribanville.

»Madame, ich würde gern allein mit Ihnen reden.« Die Frau des Moderators nickte, und plötzlich glitzerten Tränen in ihren Augen. Er wandte sich an den Fernsehdirektor und an Léon Soulier.

»Auch Sie beide möchte ich bitten, noch einen Augenblick zu bleiben«, fuhr LaBréa fort. »Die anderen können jetzt nach Hause gehen. Ich bitte Sie allerdings, uns Ihre Teleonnummern zu geben. Meine Mitarbeiterin kümmert sich darum. Sie ist in der Hotelhalle.«

Léon Soulier hob die Hand zu einer Geste des Einverständnisses, und der Fernsehdirektor nickte zustimmend.

»Warten Sie bitte hier im Salon, meine Herren. Madame Ribanville, kommen Sie, wir gehen in einen anderen Raum.«

Wie in Trance erhob sich Candice Ribanville. Eric Lecadre nahm sie in den Arm, und LaBréa hörte, wie er ihr zuflüsterte: »Es tut mir so leid, Candice, das ist alles so furchtbar …«

LaBréa und die Frau des Showmasters verließen den Salon. Stühle wurden gerückt zum Zeichen des allgemeinen Aufbruchs, und LaBréa sah im Hinausgehen, dass Eric Lecadre und Léon Soulier sich wie alte Bekannte voneinander verabschiedeten.

LaBréa griff nach seinem Handy und drückte die Kurzwahltaste von Claudines Nummer. Er bat sie, die Partygäste in der Hotelhalle abzupassen und ihre Telefonnummern zu notieren.

Es war elf Uhr, als Ex-Staatssekretär Jean-François Kahn sich auf den Heimweg begab. Gemeinsam mit Louis Bouvier hatte er Yves Rinbanvilles Show am Fernseher verfolgt. Beide hatten sich köstlich amüsiert angesichts der Extremkombination der beiden Kandidaten. Léon Soulier, ebenso wie Ribanville ein gemeinsamer Freund, hatte sich souverän geschlagen und alle Fragen richtig beantwortet. Einfache Fragen, Schulwissen für Sonderschüler, wie Louis Bouvier während der Sendung belustigt konstatiert hatte. Der Clochard war von Beginn an überfordert und hatte nur eine einzige Frage sofort richtig beantwortet: Wie heißt der Fluss, der durch Paris fließt? Am Anfang der Show waren zwei kurze Filmteile eingespielt worden, sie dienten der Vorstellung beider Kandidaten. Léon Soulier an seinem prunkvollen Schreibtisch in der Chefetage seines Medienimperiums, der Clochard auf seinem Pappkartonlager im Parc de Belleville und im Moment seines Einsteigens in die VIP-Limousine, die der Sender für ihn am Parkausgang bereitgestellt hatte.

Ein schöner und amüsanter Abend, dachte JFK. Er schaltete das Autoradio ein. Auf France Musique erklang eine Opernarie. *L'amour est un oiseau rebelle* ... »Carmen«. Renata Tebaldi. Sofort erkannte er ihre Stimme. Er hatte sie der Callas immer vorgezogen und nie verstanden, was die Leute an der Stimme dieser exzentrischen Diva fasziniert hatte. Die Arie hatte etwas Beschwingtes, gepaart mit einem Schuss Frivolität. Er drehte den Lautstärkeknopf hoch und trommelte den Rhythmus der Musik mit den Fingern aufs Lenkrad.

Gegen achtzehn Uhr war er in *Le Cloître* angekommen, wo Louis Bouvier ihn mit einem wunderbaren Rotwein begrüßt hatte. Die Stunden bis zu Ribanvilles Sendung verliefen in kurzweiliger Entspannung. Bouvier begutachtete Kahns neueste Kostbarkeiten, dann gab es ein leichtes, kaltes Abendessen und zwei weitere Flaschen Burgunder. Nach Ende der Rateshow hatte Yves sie auf Kahns Handy aus Paris angerufen und war ihnen damit zuvorgekommen. Ribanville befand sich gerade in der Maske und wollte wenig später zur Aftershowparty ins Ritz fahren.

JFK drückte das Gaspedal seines Peugeot durch, und der Wagen schoss über die mit Pappeln gesäumte Landstraße. Die Klimaanlage lief auf vollen Touren. Noch immer hatte sich die Luft nicht abgekühlt. Es war eine schwüle Sommernacht, eine Nacht wie in den Tropen. Vor vielen Jahren hatte er Louis Bouvier einmal besucht, als dieser das Konsulat in Bangladesch leitete. Wie lange war das her? War es in jenem Sommer gewesen, als seine Frau in die Nervenheilanstalt eingewiesen wurde? JFK wusste es nicht mehr. Das war das Lästige, wenn man älter wurde. Man vergaß

Namen und Orte, die genauen Zeiträume der Begebenheiten, die im Leben eine Rolle gespielt hatten. Er nahm sich vor, Louis bei nächster Gelegenheit nach dem genauen Datum seines damaligen Besuchs zu fragen.

Insekten und Nachtfalter schlugen gegen die Frontscheibe. Im Licht der Scheinwerfer rannte ein Tier über die Straße. Eine Katze? Ein junger Dachs? Der Wagen raste vorbei, und das Tier hatte Glück.

Zu Hause angelangt, parkte er den Wagen vor dem Garagentor. Im Erdgeschoss des Hauses brannte Licht. Kahn hatte es angelassen, als er zu Louis Bouvier fuhr. Nichts hasste er mehr, als in der Nacht in ein dunkles Haus zurückzukehren. Sein Gang war müde und schleppend, als er auf die Haustür zusteuerte. Nach dem Rotwein hatte Louis Bouvier noch einen guten Cognac kredenzt, und bei einem Glas war es nicht geblieben. Dennoch fühlte sich JFK noch nicht müde. Im Kopf war er hellwach und in gewissem Sinne aufgekratzt. So beschloss er, sich mit einem großzügigen Schluck Calvados noch einen Schlummertrunk zu genehmigen. Er holte die Flasche aus der Bar im Salon und setzte sich in den Liegestuhl auf die Terrasse vor dem Haus. Hier wehte erstaunlicherweise ein leichter Wind, der vom Meer herkam. Eine angenehme Kühle nach der Hitze der letzten Tage. Jean-François Kahn streckte die Beine aus und ließ die Brise über sein Gesicht streichen. Die Berührung tat gut, wie eine Liebkosung. Grillen zirpten in den Platanen hinter dem Haus, und von der Küstenstraße her erklang das Hupen eines Autos.

Sein Blick schweifte hinaus aufs Meer. Ruhig und dunkel lag es da, keine Wellenbewegung war zu sehen. Es roch nach Tang und Holzkohle. Irgendjemand hatte heute Abend am Strand ein Feuer entfacht. Jetzt war es erloschen, geblieben war nur der Geruch nach Asche und Rauch. Die schmale Sichel des Mondes warf einen Lichtstreifen aufs Wasser. Für einen kurzen Augenblick durchschnitt in der Ferne etwas Dunkles und Längliches dieses Licht, dort, wo sich die Fahrrinne für die Öltanker und Containerschiffe befand.

Lange saß JFK so da und lauschte dem kaum vernehmlichen Plätschern der Wellen, die sanft, beinahe scheu an die Kaimauern schlugen. Es war nach Mitternacht, als er ins Haus zurückging.

Louis Bouvier hatte schon immer unter Schlafstörungen gelitten. Nie gelang es ihm, länger als zwei Stunden am Stück zu schlafen. In regelmäßigen Abständen wachte er auf, mehrfach in der Nacht. Oft führte dies dazu, dass er sein Bett verließ und durchs Haus wanderte. In der Küche naschte er eine Süßigkeit, in der Bibliothek blätterte er in einem Buch. Manchmal legte er auch eine DVD in den Player, um sich auf diese Weise abzulenken, bis ihn die Müdigkeit überfiel und er sich wieder ins Bett legte.

Die nächtliche Unruhe seines Körpers und die Ruhelosigkeit seines Geistes waren gleich zu Anfang seiner Konsulatsjahre in den Tropen aufgetreten. Hier fing das Leben erst nachts an. Man aß spät zu Abend, blieb lange auf, denn nur die Nachttemperaturen erschienen einigermaßen erträglich. So hatte er sich daran gewöhnt, mit wenig Schlaf auszukommen. Fünf, sechs Stunden pro Nacht, selten mehr. Auch im fortgeschrittenen Alter fühlte er sich danach morgens frisch und erholt. Den nächtlichen Schlafmangel glich er dadurch aus, dass er sich mittags eine ausführliche Siesta gönnte und dabei ein, zwei Stündchen tief und fest wegsackte.

Auch in diese Nacht schlief Bouvier nur kurz und sporadisch. Gleich nachdem sein Freund Jean-François Kahn nach Hause gefahren war, legte er sich hin. Kurz nach Mitternacht wurde er zum ersten Mal wach. Er ging in die Küche, um sich eine Flasche Mineralwasser zu holen. Als er die große Halle durchquerte, schien der schmale Lichtstreif des Mondes durch eines der hohen Fenster und ergoss sich über den grünweißen Marmorfußboden. In dem Moment klingelte das Telefon. So spät noch? Bouvier erwartete keinen Anruf. Wer konnte das sein? Er nahm den schnurlosen Hörer des Apparates, der auf dem Intarsienschrank in der Halle stand, und meldete sich.

»Ja, hallo?« Die Stimme am anderen Ende der Leitung war ihm vertraut. »Ach, du bist es! Was …«

Der Anrufer unterbrach ihn, und Bouvier hörte schweigend zu. Seine schlanke Gestalt in dem burgunderroten Seidenpyjama verkrampfte sich, und der Ex-Konsul steuerte auf einen Sessel zu, der an der Wand stand. Ein leichter Schwindel erfasste ihn, und er spürte, wie sich Schweißperlen auf seiner Stirn bildeten. Die beiden Dobermannrüden Ajax und Achill, die in der Mitte der Halle auf dem kühlen Steinfußboden lagen, hoben die Köpfe und blickten ihren Herrn aufmerksam an.

»Das gibt's doch nicht, das ist unmöglich!«, sagte Bouvier tonlos und ließ sich schwer in seinen Sessel fallen. Die Gedanken drehten sich in seinem Kopf. Yves Ribanville war am Abend seiner Jubiläumssendung ermordet worden!

»Wie ist das bloß passiert?«, fragte er. »Hat die Polizei schon einen Verdächtigen, irgendeine Spur?«

»Nein, nichts«, ertönte es vom anderen Ende der Leitung. »Die Bullen tappen völlig im Dunkeln. Sämtliche Partygäste wurden befragt, alle haben anscheinend ein Alibi.«

»Und seine Frau? Was ist mit Candice?«, wollte Louis Bouvier wissen. »Wer kümmert sich um sie? Du?«

»Nein, das wollte Eric machen. Aber sie ist nach ihrer Vernehmung allein nach Hause gefahren und meinte, sie käme schon klar.«

Es entstand ein kurzes Schweigen, dann sagte Bouvier: »Ich kann es nicht glauben! Er war so locker, so gut drauf bei seiner heutigen Sendung! Wer kann dahinterstecken? Weiß Jean-François schon Bescheid? Hast du ihn angerufen?«

»Nein. Das wollte ich dir überlassen, Louis. Du kennst ihn am besten, außerdem seid ihr Nachbarn. Es wird ein ziemlicher Schlag für ihn sein.«

Louis Bouvier seufzte.

»Ja. Die beiden hatten eine Lebensfreundschaft.«

Noch lange, nachdem das Gespräch beendet war, hielt Louis Bouvier den Hörer in der Hand und heftete seine Blicke auf den Streifen Licht, den der Mond auf den Steinfußboden warf. Nach einer Weile schreckte er hoch und wählte die Nummer von Jean-François Kahn.

Hauptmann Franck Zechira hatte sämtliche Fenster seines Wagens heruntergelassen, und der Fahrtwind wirkte angenehm kühl. Sein Wagen, ein alter VW Golf, besaß keine Klimaanlage. Als er ihn vor einer Stunde auf der Straße vor seiner Wohnung im Zehnten Arrondissement bestiegen hatte, um zum Tatort ins Ritz zu fahren, strahlte das Blech der Karosserie immer noch schwach die Hitze des Tages ab. Für die Fahrt in den Parc de Belleville hätte er lieber einen Dienstwagen genommen, um den Polizeifunk abhören zu können. Immerhin begab er sich kurz nach Mitternacht in eine Gegend, in die sich auch ein Hauptmann der Brigade Criminelle ungern allein wagte. Der Parc de Belleville galt als Drogenumschlagplatz. Öfter schon hatten sich hier rivalisierende Dealerbanden wilde Schießereien geliefert. Zudem waren Teile des Viertels fest in der Hand der asiatischen Mafia. Hier, zwischen Rue de Belleville und Rue Menilmontant, wohnten viele Chinesen und Vietnamesen, die meisten illegal. Sie prägten das Straßenbild, redeten in ihrer Sprache und lebten in der Parallelwelt ihrer fernen Heimat. Es gab Schutzgelderpressungen bei den örtlichen Ladenbesitzern, die hauptsächlich Billigkleidung verkauften oder einen asiatischen Imbiss betrieben. Viele der angestammten Einwohner waren inzwischen von hier weggezogen. Der Ruf des Bellevilleviertels als Mekka für Künstler und Bohémiens verblasste allmählich. In den Malerateliers und Ausstellungsforen gab es nichts Sensationelles mehr zu entdecken. Hier sah man zumeist nur noch Gebrauchskunst, Töpferwaren und Kunsthandwerk.

Franck überquerte die Place de la République und fuhr über die Rue de la Fontaine auf den Boulevard de Belleville. Obwohl die Fenster geöffnet waren, schwitzte Franck.

Schweißperlen hatten sich auf seiner Oberlippe gebildet. Er wischte sie mit der Hand weg und fuhr sich über seinen Dreitagebart. Er dachte an den heutigen Abend, den er mit seiner neuen Freundin verbracht hatte. Eloïse arbeitete als Anwaltsgehilfin in einer Kanzlei in der Banlieue Nord. Ihre Wohnung befand sich in der Nähe der Place Léon Blum, und jeden Tag fuhr sie zwei Stunden mit Métro und Vorortbahn zu ihrem Arbeitsplatz. Dementsprechend knapp war ihre Freizeit bemessen. Auch Francks unregelmäßige Dienstzeiten erschwerten ein Privatleben, und so sahen sie sich manchmal tagelang nicht oder nur spät in der Nacht. Doch beide hatten sich vorgenommen, trotz dieser Umstände eine feste Beziehung einzugehen. Als Eloïse und Franck sich vor vier Wochen in der VW-Reparaturwerkstatt im Elften Arrondissement kennenlernten, wo beide ihre Wagen von der Inspektion abholten, hatte es sofort zwischen ihnen gefunkt. Bis jetzt hatte sich das Gefühl der ersten Verliebtheit noch nicht verflüchtigt. Einen freien Abend verbrachten sie am liebsten in seiner Wohnung oder bei ihr. Eloïse kochte, und Franck sah sich auf dem Sportkanal die Ergebnisse der Pferderennen in Longchamps und Vincennes an. Seine Wettleidenschaft war ungebrochen, doch er fuhr immer seltener hinaus auf die Rennbahnen, um bei den Rennen live dabei zu sein.

Auch an diesem Abend hatten sie gemütlich in seiner Wohnung in der Rue de Marseille vor dem Fernseher gesessen. Franck hatte den Gedanken an die Mordermittlung um den toten Jungen aus der Seine beiseitegeschoben. Die nächsten Tage würden stressig genug, das wusste er. Nachdem Eloïse ein wunderbares Couscous mit Huhn und frischer Minze auf den Tisch gezaubert hatte, sahen sie sich auf TF1 die Show mit Yves Ribanville an. Doch nach einer halben Stunde schaltete Franck den Ton aus – sie fanden die Sendung langweilig und ohne Niveau. Nach einem kurzen, aber heftigen Vorspiel landeten beide im Bett. Es war lange her, dass er sich mit einer Frau in sexueller Hinsicht so gut verstanden hatte.

Er bremste vor einer roten Ampel und seufzte sehnsüchtig, als er jetzt daran dachte. Eloïse war ein Klasseweib mit den richtigen Polsterungen an den richtigen Stellen. Sie wusste genau, was sie von einem Mann wollte, und brachte dies auch unverblümt zum Ausdruck. Franck mochte ihre direkte Art, die er als etwas ganz Neues empfand. In den letzten Jahren hatte er nicht viel Glück mit Frauen gehabt. Jedes Mal hatten sie ihn verlassen, und eine war sogar als Mörderin überführt worden. Mit Eloïse schien ein Neuanfang gemacht, und diesmal wollte er es nicht vermasseln. Einen Moment überlegte er, ob er sie anrufen sollte, doch er entschied sich anders. Beide waren nach der Liebe erschöpft eingeschlafen, bis kurz vor halb zwölf das Telefon klingelte. Er hatte sich rasch angezogen, während Eloïse sich auf die Seite drehte und weiterschlief. Wenn er jetzt anrief, würde er sie nur aufwecken. Morgen früh musste sie zeitig aufstehen und zur Arbeit fahren.

Der Parc de Belleville war der höchstgelegene Park der Stadt. Von seiner Aussichtsterrasse hatte man einen atemberaubenden Blick über ganz Paris. Als Junge war Franck einige Male mit seinen Eltern oder Klassenkameraden hier gewesen. Schon damals hatte ihn der große Kaskadenbrunnen beeindruckt.

In der Fernsehshow hatten sie gezeigt, wie der Clochard Nick Soundso (Franck hatte seinen Nachnamen vergessen) am Parkausgang Rue Julien Lacroix in den Luxuswagen des Senders gestiegen war. Da es mehrere Parkausgänge gab, nahm Franck an, dass das Nachtlager des Clochards in der Nähe dieses Ausgangs liegen musste. Von der Rue de Belleville bog er in die Rue Lacroix ein und parkte den Wagen an der Ecke Rue de Couronnes. Hier oben auf der Anhöhe schien die Luft nicht so stickig wie in der Stadt. Ein leichter Wind säuselte in den Bäumen und Büschen des Parks. Die Eingangstür in der schmiedeeisernen Umzäunung stand offen. Kein Mensch war zu sehen. Instinktiv vergewisserte sich Franck, dass seine Pistole griffbereit im Gürtelhalfter steckte. Entschlossen betrat er den Kiesweg und sah sich um. Aus dem Buschwerk rechts und links des Weges war hin und wieder ein Rascheln zu hören. Eine Maus? Ein Nachtvogel? Franck ging weiter. Seine Augen hatten sich an die Dunkelheit gewöhnt, und er spähte nach allen Seiten. Nach etwa fünfzig Metern bemerkte er eine langgestreckte Hecke, gleich dahinter stand eine Gruppe junger Bäume. Ein idealer Platz für jemanden, der hier wohnt und sich den Blicken der Besucher entziehen will, dachte er. Franck steuerte auf die Stelle zu. Und tatsächlich: Hinter der Hecke entdeckte er eine Lage Pappkartons und einen zusammengerollten, karierten Schlafsack. Zweifellos die Lagerstatt des Clochards aus der Sendung. Im Filmbericht zu Anfang der Show war gezeigt worden, wie er sich aus eben diesem Schlafsack geschält und in die Kamera geblickt hatte.

Die Lagerstatt war verlassen. Von dem Clochard keine Spur.

Franck überlegte einen Moment und hielt dann erneut Ausschau. Den Gedanken, dass der Mann seinen Platz kurzzeitig zum Pinkeln verlassen haben könnte, verwarf er sofort wieder. Dann wäre der Schlafsack nicht zusammengerollt gewesen. Hier deutete alles darauf hin, dass der Clochard nach der Sendung im Fernsehen gar nicht wieder zurückgekehrt war. Wohin war er verschwunden, nachdem der Portier des Ritz gegen dreiundzwanzig Uhr mit ihm gesprochen hatte? Auf die Herrentoilette des Hotels, wo Moderator Yves Ribanville wenig später ermordet wurde?

Nach kurzem Zögern wandte sich Franck frustriert um und ging zurück zum Parkausgang.

Auf der Straße begegneten ihm zwei junge Asiaten, die im Schlenderschritt aus der Rue de Couronnes kamen. Franck war auf der Hut und beobachtete sie, ohne seine Schritte zu verlangsamen. Doch sie kümmerten sich nicht um ihn und überquerten die Straße. Franck sah ihre Kopfhörer und die um den Hals baumelnden MP3-Player. Die Musik, ein rhythmischer Technosound, dröhnte bis an sein Ohr.

Er stieg in seinen Wagen und rief LaBréa an.

»Fehlanzeige, Chef. Der Clochard ist nicht im Park.«

»Da kann man nichts machen, Franck. Wir versuchen es gleich morgen früh noch einmal. Kommen Sie zurück ins Ritz. Wir sind hier noch nicht fertig.«

10. KAPITEL

LaBréa stellte sein Handy ab und legte es auf den Tisch. Er hatte sein Notizbuch aufgeschlagen und die Aussage der Witwe des Ermordeten stichwortartig protokolliert. Candice Ribanville, geborene Clark, saß ihm gegenüber an der großen Tafel des *Salon Cambon,* wohin LaBréa sich mit ihr zurückgezogen hatte. Dieser Salon war kleiner und intimer als der *Salon d'Été,* doch der Tisch war bereits festlich gedeckt für das morgige Mittagessen der Vorstandsmitglieder eines großen Industriekonzerns. LaBréa hatte einige Gedecke beiseitegeschoben, um Platz zu schaffen.

Das Gespräch mit Candice Ribanville war bis jetzt glatt verlaufen, sogar etwas zu glatt, wie LaBréa feststellte. Sie hatte minuziös den Ablauf des heutigen Abends geschildert, beginnend mit Ribanvilles Fahrt in den Sender am späten Nachmittag. Sie selbst hatte sich die Jubiläumssendung zusammen mit ihren Kindern zu Hause am Bildschirm angesehen. Gleich nach Ende der Sendung, gegen zweiundzwanzig Uhr, hatte sie ein Taxi gerufen und war von ihrer Wohnung in der Avenue Montaigne direkt ins Ritz gefahren. Noch vor allen anderen war sie dort eingetroffen, um diejenigen Gäste zu begrüßen, die schon etwas früher erscheinen würden. Ihr Mann Yves war um zweiundzwanzig Uhr dreißig in Begleitung seines Kandidaten Léon Soulier und des Fernsehdirektors in einem Dienstwagen von TF1 vorgefahren. Da waren die Gäste bereits vollzählig versammelt, bis auf Roland Thibon und Chantal Coquillon.

LaBréa überflog kurz seine Notizen und setzte das Gespräch mit der Witwe fort.

»Bevor Ihr Mann am Nachmittag in den Sender fuhr, was für einen Eindruck machte er da auf Sie?«

Candice Ribanville legte die Hände ineinander und stützte die Ellbogen auf den Tisch. Ihr Gesicht war weiterhin blass, doch sie schien gefasst. Ihre Stimme klang leise, aber bestimmt.

»Er war wie immer, Commissaire. Am Tag der Sendung ist er meistens sehr wortkarg, weil er sich den ganzen Tag schon konzentriert. Dass es die Jubiläumssendung war, hat für ihn keinen großen Unterschied gemacht.«

»Sie sagten vorhin, Léon Soulier, einer der beiden Kandidaten, ist ein guter Freund von ihm. Wie lange kannten sich die beiden?«

Candice zuckte mit den Achseln.

»Das weiß ich nicht. Léon gehört schon seit Ewigkeiten zu dieser Freundesclique. Eric Lacadre gehört auch dazu. Sie spielen alle im selben Tennisclub.«

»War außer Eric Lecadre und Leon Soulier heute Abend noch jemand aus dieser Freundesclique unter den Partygästen?«

»Nein.«

»Wer gehört noch dazu?«

»Das kann ich Ihnen nicht sagen. Ich kenne nur Lecadre und Soulier.«

»Kennen Sie auch Lecadres Ehefrau, Chantal Coquillon?«

Candice verzog abfällig den Mund.

»Natürlich kenne ich sie! Aber beste Freundinnen sind wir nicht gerade.«

»Was heißt das?«

»Sie ist ziemlich arrogant, obwohl sie heutzutage wahrlich keinen Grund mehr dazu hat.«

»Inwiefern?«

Wieder zuckte Candice Ribanville mit den Schultern und warf ihre langen, blonden Haare zurück.

»Verschaffen Sie sich selbst einen Eindruck. Ich nehme an, dass Sie sowieso mit ihr reden werden, weil sie nicht zum Fest gekommen ist.«

LaBréa beließ es vorerst dabei und wechselte das Thema.

»Der zweite Kandidat der Sendung, der Clochard aus dem Parc de Belleville, ist heute kurz gegen dreiundzwanzig Uhr vor dem Ritz aufgetaucht und hat behauptet, er hätte eine Einladung zu dem Fest.«

Candice runzelte die Stirn.

»Wie bitte? Das kann ich mir nicht vorstellen. Jedenfalls stand er nicht auf der Gästeliste.«

»Vielleicht hat Ihr Mann ihn nach der Sendung spontan eingeladen?«

»Das glaube ich nicht.«

»Hat Ihr Mann diesen Clochard vorher gekannt? Gibt es irgendeine Verbindung zwischen ihm und Ihrem Mann?«

Candice überlegte kurz und wandte den Blick ab. Dennoch sah LaBrea, wie sie stutzte und ihre Augen flackerten. Er setzte nach.

»Vielleicht jemand, den er von früher kannte?«

Candice schüttelte energisch den Kopf.

»Nein, Commissaire. Jedenfalls hat er nichts davon erzählt. Yves hatte wenig Kontakt zu …« Sie suchte nach den passenden Worten. »Zu einfachen Menschen.«

»Sie meinen, zu Menschen aus anderen sozialen Schichten?«

»Ja, das meine ich.«

»Wissen Sie, ob Ihr Mann Feinde hatte? Kollegen im Sender, mit denen er nicht gut auskam, die ihm seinen Job neideten?«

»Den Job haben ihm viele geneidet. Aber Feinde? Dazu kann ich Ihnen nichts sagen, Commissaire. Mein Mann war eigentlich überall beliebt. Sonst hätte er nicht die Karriere gemacht, die er gemacht hat.«

LaBréa beugte sich über sein Notizbuch und notierte sich etwas. Er ließ sich Zeit, um die nächste Frage zu stellen. Dabei bemerkte er, dass Candice Ribanville nervös auf ihrem Stuhl hin und her rutschte. Er würde sie ein wenig schmoren lassen und sie dann mit der nächsten Frage überraschen.

»Und Ihre Ehe, Madame? War sie glücklich? Gab es Probleme?«

Als fiele ein unsichtbarer Vorhang, veränderte sich plötzlich der Gesichtsausdruck der Witwe. Ihre Züge wirkten verschlossen, hermetisch abgeriegelt. Ihre Augen blickten misstrauisch, als wäre höchste Vorsicht geboten. Um Zeit zu gewinnen, stellte sie eine Gegenfrage.

»Wie meinen Sie das, Commissaire?«

LaBréa lächelte. Ihre Reaktion war ihm nur allzu vertraut. Er hatte einen wunden Punkt getroffen, das wusste er.

»Ich meine es so, wie ich es sage. War Ihre Ehe glücklich? Diese Frage ist doch ganz einfach zu beantworten, Madame.«

Candice lachte kurz auf, es klang gezwungen.

»Vielleicht nicht ganz so einfach, wie Sie glauben, Monsieur. Unsere Ehe war sicher wie viele andere Ehen auch. Es gab Höhen und Tiefen, gute und schlechte Zeiten. Wir sind seit vierzehn Jahren verheiratet, ich glaube, das sagt alles.«

Sie weicht aus, dachte LaBréa. Sie drückt sich um eine klare Antwort. Warum? Um den Schein zu wahren? Hat er sie betrogen? Hatte er eine Geliebte? Candice spürte LaBréas forschenden Blick und fügte schnell hinzu: »Wir haben uns geliebt, aber in den letzten Jahren ein wenig auseinandergelebt.«

»Hatte er eine Geliebte?«

»Das nehme ich an«, erwiderte Candice, und LaBréa sah plötzlich eine leichte Röte in ihrem Gesicht. »Aber ich habe ihn weder gefragt, noch mich weiter dafür interessiert.« Ihre Stimme wurde eine Spur schärfer. »Männer sind nun einmal so. Sie gehen fremd, tauschen ihre langjährige Partnerin und Mutter ihrer Kinder gegen eine Jüngere aus. Wir Frauen müssen damit leben. Das Entscheidende ist doch, dass ein Ehemann und Vater die Familie nicht Hals über Kopf verlässt, nur weil irgendjemand aufreizend mit dem Hinterteil wackelt.«

»Also gab es keine Trennungs- oder Scheidungspläne?«

»Um Gottes willen! Yves hätte sich nie scheiden lassen, er war gläubiger Katholik, und das Sakrament der Ehe war für ihn heilig. Außerdem – unsere Ehe war ja nicht schlecht, und einen Grund zur Scheidung gab es nicht.«

Wenig später schickte LaBréa die Witwe nach Hause. Candice Ribanville schied als Täterin aus. Sie hatte den *Salon d'Été* nach Beginn des Festes zu keinem Zeitpunkt verlassen und somit ein wasserdichtes Alibi. Konnte es möglich sein, dass sie jemanden mit dem Mord beauftragt hatte? Den Clochard? Als LaBréa erwähnte, dass er vor dem Ritz gesehen worden war, hatte sie kurz irritiert gewirkt.

Oder hatte sie einen Profikiller engagiert, der den Job eiskalt, routiniert und diskret auf der Herrentoilette des Ritz erledigt hatte? Doch wo läge das Motiv für einen Auftragsmord? Zu viele Fragen, auf die LaBréa noch keine Antworten wusste.

Über Handy bat LaBréa Jean-Marc, den Fernsehdirektor in den *Salon Cambon* zu führen, den Madame Ribanville soeben verlassen hatte. Das Gespräch war kurz. Es führte die Ermittlungen nicht weiter. Ribanville galt als Darling von TF1, als Erfolgsgarant und Quotenkönig, den man in den vergangenen Jahren mit sicherem Instinkt aufgebaut hatte. Auf der gemeinsamen Fahrt vom Sender zum Ritz war dem Fernsehdirektor nichts aufgefallen. Ribanville hatte sich sehr zufrieden mit der Sendung gezeigt. Einen Stimmungsumschwung oder ein nervöses Verhalten konnte der Fernsehdirektor nicht feststellen. Dies alles ließ darauf schließen, dass der Showmaster an diesem Abend weder bedroht worden war noch im Entferntesten damit rechnete, in tödlicher Gefahr zu schweben.

»Hat er während der Fahrt ins Hotel mit irgendjemandem telefoniert? Oder einen Anruf bekommen?«, fragte LaBréa.

»Nein, Commissaire. Nichts davon.«

»Ich brauche gleich morgen früh eine Liste seiner Mitarbeiter«, bat LaBréa den Fernsehdirektor abschließend. »Die Namen aller, die innerhalb und außerhalb des Senders an der Show mitgearbeitet haben. Außerdem hätte ich gern einen Mitschnitt der heutigen Jubiläumssendung.«

Der Fernsehdirektor sagte dies zu und verabschiedete sich.

»Ich hoffe, Sie finden den Mörder bald«, meinte er und blickte LaBréa mit besorgter Miene an. »Die Presse wird sich darauf stürzen, Commissaire. Für seine Familie ist das doppelt schwer. Ich habe Ribanville sehr geschätzt, und sein Tod hinterlässt eine große Lücke. Er hatte das, was man heutzutage in unserer Branche braucht: den Mut, bis an die Grenzen des Möglichen zu gehen und vielleicht darüber hinaus.«

LaBréa ahnte, was damit gemeint sein mochte. Zweifellos überschreitet man eine Grenze, und zwar die Grenze des guten Geschmacks, wenn man einem Millionenpublikum einen Clochard wie ein Zirkuspferd vorführt. Lag hier der Schlüssel zu dem brutalen Mord? Gab es jemanden, den die heutige Sendung so empört hatte, dass er zum Mörder geworden war?

Zurück auf dem Weg in den *Salon d'Été* traf LaBréa Gilles von der Spurensicherung. Er hielt das Handy des Ermordeten in der Hand und gab es LaBréa.

»Hier, Commissaire. Wir haben die Fingerabdrücke sichergestellt. Mal sehen, ob außer denen des Opfers noch andere zu finden sind.«

LaBréa bedankte sich.

»Sonst noch was, Gilles?«

»Faserspuren und einige Haare. Und ein Fußabdruck. Dort, wo das Blut auf dem Marmorboden verwischt war. Mit Luminol eindeutig nachzuweisen. Eine Profilsohle. Von einem schweren Schuh. Arbeitsschuh oder Bergstiefel. Ungewöhnlich für diese Jahreszeit. Wir überprüfen das Fabrikat des Schuhs.«

LaBréa war hellwach. Franck hatte ihm eine genaue Beschreibung des Clochards gegeben. Er war sich sicher gewesen, dass der Clochard feste, knöchelhohe Schuhe getragen hatte.

»Haben Sie irgendwo einen blutigen Lappen, ein Stück Papier gefunden, mit dem die Spur verwischt wurde?«

»Nein. Wirkt auch nicht so, als wäre sie mit Absicht verwischt worden. Sonst hätte man es sorgfältiger gemacht. Die Tatwaffe haben wir nirgends gefunden. Der Mörder muss sie mitgenommen haben.«

LaBréa bedankte sich, und Gilles ging zurück an den Tatort. Sein weißer Schutzanzug raschelte, als er sich eiligen Schrittes entfernte.

Das Handy des ermordeten Showmasters war das neueste Modell eines gängigen Herstellers. Es war eingeschaltet, der Akku vollgeladen. LaBréa blätterte im Menü und rief das Anrufprotokoll auf. Es waren eine Menge Anrufe gespeichert. Angenommene Anrufe, gewählte Rufnummern, Anrufe in Abwesenheit. LaBréa beschränkte sich auf die Gespräche, die am heutigen Tag, dem dreizehnten August, von Ribanville geführt worden oder eingegangen waren. Es handelte sich um insgesamt fünfundvierzig Telefonate. Einige Nummern tauchten mehrfach auf. Keine der im Protokoll festgehaltenen Nummern trug eine Namensbezeichnung. Das fand LaBréa eigenartig. Wusste er doch aus eigener Erfahrung, dass man normalerweise die Nummern von Familienmitgliedern, guten Freunden und Kollegen nicht nur einer Kurzwahltaste zuordnet, sondern auch mit Namen versah. Ribanville hatte dies unterlassen. Warum? Nun wurde es für LaBréa und seine Mitarbeiter schwerer, die geführten und eingegangenen Anrufe auf ihre Teilnehmer zu überprüfen.

LaBréa schaute sich die Zeiten der heutigen Anrufe genauer an. Sie waren über den ganzen Tag verteilt. Zwischen neunzehn und zweiundzwanzig Uhr war nichts verzeichnet, vermutlich hatte Ribanville sein Handy vor und während der Sendung ausgeschaltet. Gleich nach Ende der Show gab es in dichtem Abstand sechs angenommene Anrufe. Glückwünsche zur gelungenen Sendung? Nach der Show, zwischen zweiundzwanzig Uhr dreißig und dem Zeitpunkt seines Todes, hatte Ribanville selbst nur einen einzigen Anruf getätigt, und zwar um zweiundzwanzig Uhr zehn, kurz nach Ende der Sendung. Die Nummer, die er gewählt hatte, war an diesem Tag von ihm bereits viermal angewählt worden. Zweimal am Vormittag, zweimal am Nachmittag. Fünf Verbindungen mit derselben Nummer. Die Nummer seiner Frau? LaBréa zog einen Zettel aus seiner Hosentasche. Er hatte sich Candice Ribanvilles Handynummer ebenso notiert wie die Festnetznummer der Ribanvilles. Und es war definitiv nicht die Handynummer seiner Frau gewesen. Noch einmal blätterte er sämtliche Nummern dieses Tages auf dem Display durch. Dort erschienen weder Candice Ribanvilles Handynummer noch die Festnetznummer der Wohnung des Paares. Das bedeutete, dass der Showmaster an diesem Tag kein einziges Mal mit seiner Frau telefoniert hatte oder von dieser angerufen worden war. Natürlich konnte die Nummer auch aus dem Protokoll gelöscht worden sein. Doch warum? Wahrscheinlicher erschien es LaBréa, dass es in Ribanvilles Ehe, wie bereits vermutet, ernsthafte Schwierigkeiten gegeben hatte. Dass sie an einem solchen Tag kein einziges Mal miteinander telefoniert hatten, war doch bezeichnend. Welche Ehefrau würde ihren Mann nicht kurz vor der wichtigen Jubiläumssendung anrufen und ihm alles Gute wünschen?

LaBréa blickte auf seine Uhr. Es war zehn nach drei am Morgen. Um diese Zeit schliefen die meisten Menschen. Doch ein Mord war geschehen, und es war von essenzieller Bedeutung, mit wem der Moderator an diesem Tag fünfmal telefoniert hatte. Nach einem kurzen Zögern drückte LaBréa auf die grüne Taste auf dem Handy des Opfers. Das Gerät stellte die Verbindung her, aber die Leitung blieb tot. Der unbekannte Teilnehmer hatte sein Handy abgeschaltet, womit LaBréa gerechnet hatte. Die wenigsten Menschen ließen ihr Mobiltelefon die ganze Nacht über auf Standby. Morgen würde er mehr wissen.

Der *Salon d'Été* wirkte leer und ungemütlich und vermittelte eine gewisse Endzeitstimmung. Die Reste des kalten Buffets sahen inzwischen noch unappetitlicher aus. Leeres Geschirr und Gläser standen wahllos herum. Es roch nach abgestandenem Essen und Zigarettenrauch. Die kostbaren Tapeten und Vorhänge beschworen nicht mehr den Flair und Luxus vergangener Zeiten herauf. Die Atmosphäre konnte man bestenfalls noch als eine Mischung aus barockem Disneyland und zweifelhaftem Charme des Fin de Siècle bezeichnen. Die schweren Kristalllüster wirkten deplaziert, und die hohen Flügeltüren lenkten den Blick in eine Dunkelheit, die durch die Ereignisse des heutigen Abends eine bedrohliche Dimension gewonnen hatte.

An einem der Tische saß Léon Soulier, der mächtige Medienmogul und Milliardär. Er sah in diesem Raum recht verloren aus. Er rauchte eine filterlose Zigarette, auf dem Tisch lag eine Packung Gitanes. Daneben standen ein Glas und eine große Flasche Mineralwasser, aus der sich Soulier gerade einschenkte, als LaBréa den Salon betrat.

»Das hat aber lange gedauert, Commissaire«, sagte er ungehalten und blickte demonstrativ auf die Uhr. »Ich fliege morgen früh nach London. Sie werden verstehen, dass ich mir nicht die ganze Nacht um die Ohren schlagen möchte.«

LaBréa antwortete nicht. Er zog sich einen Stuhl heran und setzte sich Soulier gegenüber.

»Ich weiß auch gar nicht, was ich Ihnen groß erzählen soll«, fuhr der Mann fort und zog an seiner Zigarette. Schnell stieß er den Rauch aus. »Ich war die ganze Zeit hier im Salon und scheide als Tatverdächtiger aus. Ich habe ein Alibi.«

LaBréa blickte ihn aufmerksam an. Die kleinen, flinken Augen des Mannes waren rot umrändert, wahrscheinlich vor Müdigkeit.

»Wer sagt denn, dass Sie tatverdächtig sind?« LaBréa schlug die Beine übereinander. »Aber Sie waren einer der beiden Kandidaten in der heutigen Sendung des Opfers. Und Sie waren ein Freund von ihm.«

»Das stimmt. Und falls Sie wissen möchten, ob Monsieur Ribanville heute Abend irgendwie verändert war, ob mir irgendwas aufgefallen ist: Nein, mir ist nichts aufgefallen. Er war wie immer.«

»Wie kam es eigentlich, dass Sie als Kandidat für die Sendung ausgewählt wurden? Lief das über Ihre Freundschaft?«

Léon Soulier zuckte mit den Achseln. An seinem Hals hatten sich feine Schweißperlen gebildet. Der Hemdkragen des Milliardärs war geöffnet, und ein Büschel dunkler Brusthaare quoll heraus.

»Ich würde eher sagen, dass Yves mich als Kandidaten wollte, weil ich der bin, der ich bin.«

»Ein schwerreicher Mann, meinen Sie? Und damit das perfekte Gegenstück zu dem Kandidaten aus dem Park de Belleville?«

»Wenn Sie so wollen, ja.« Léon Soulier drückte seine Zigarette aus.

»Was hatten Sie denn für ein Gefühl, als Sie Ihrem Mitkandidaten im Studio gegenübersaßen? War Ihnen das nicht peinlich?«

»Peinlich?« Der Mann lachte. »Warum denn? Wegen der sozialen Unterschiede? Ich habe schwer gearbeitet in meinem Leben. Ich zahle horrende Steuern und gehöre zu den Bürgern, die diesen Staat trotz seiner immensen Verschuldung am Leben halten, Commissaire. Nur durch Menschen wie mich können Millionen andere, die weniger Leistungsbereitschaft zeigen, aufgrund der großzügigen Sozialleistungen des Staates durchgefüttert werden.« Sein Blick wirkte überzeugt und selbstzufrieden. »Der Clochard hatte die

Chance, mit sehr wenig Aufwand relativ viel Geld zu verdienen.«

»Wie viel hat er denn bekommen?«

»Dreitausend Euro! Für so jemanden ist das doch ein Vermögen.«

»Und Sie? Wie viel haben Sie gewonnen?«

»Erheblich mehr. Aber ich habe auch alle Fragen richtig beantworten können.«

»Wie viel, Monsieur Soulier?«

»Zweihunderttausend. Bei jeder neuen Frage gab es das Doppelte. Meinen Gewinn spende ich einer gemeinnützigen Einrichtung. Aber ich verstehe nicht, was das alles mit Ihren Ermittlungen zu tun hat.«

»Überlassen Sie es mir, was für die Ermittlungen wichtig ist und was nicht. Seit wann kannten Sie Monsieur Ribanville?«

Léon Soulier dachte einen Moment nach.

»Seit acht, neun Jahren, glaube ich. Wir beide waren ganz gut vernetzt.«

»Was heißt das?«

»Wir verkehrten in ähnlichen Kreisen. Hatten denselben Freundeskreis.«

»Zu dem auch Eric Lecadre gehört, der Schauspieler?«

»Ja. Andere auch.«

»Wer zum Beispiel?«

Der Milliardär zögerte kurz.

»Zum Beispiel der Partner meiner Musikproduktions- und Internetfirma, Frédéric Dubois.«

»Er war heute Abend nicht hier«, konstatierte LaBréa. »War er nicht eingeladen?«

»Er steckt in einer schwierigen Arbeitsphase. Wir entwickeln gerade eine neue Software.«

LaBréa notierte sich den Namen. Man würde ihn unter die Lupe nehmen müssen. Dann hakte er noch einmal nach.

»Wer gehört noch zum gemeinsamen Freundeskreis?«

»Ein paar Leute, die nicht in Paris wohnen. Eric Lecadre und ich waren die Einzigen, die heute zu der Party kommen konnten.«

LaBréa warf einen Blick auf die linke Hand seines Gegenübers und entdeckte den schmalen Ehering am wulstigen Ringfinger des Milliardärs.

»Sie sind verheiratet, Monsieur?«, fragte er.

Ein rasches Lächeln machte sich auf Léon Souliers Gesicht breit.

»Ja, seit acht Jahren. Wir haben einen sechsjährigen Sohn.«

»Wieso hat Ihre Frau Sie heute Abend nicht begleitet? Sie waren Kandidat in Ribanvilles Sendung! Gehörte sie nicht zu Ribanvilles Freundeskreis?«

»Doch, doch, natürlich! Aber sie ist mit unserem Sohn schon in die Ferien gefahren. Ich komme in ein paar Tagen nach.«

»Haben Sie eine Idee, wer Yves Ribanvilles Mörder sein könnte?«

Léon Soulier schüttelte langsam den Kopf.

»Nein, absolut nicht. Ich kann noch gar nicht fassen, was passiert ist! Geschweige denn, wo das Motiv für eine solche Tat liegen könnte.«

»Es gibt immer ein Motiv.« Ein flüchtiges Lächeln huschte über LaBréas Gesicht. »Und glauben Sie mir, wir werden es herausfinden.«

Der Milliardär nickte heftig.

»Das hoffe ich!«

LaBréa schrieb sich sämtliche Telefonnummern von Léon Soulier auf. In den nächsten vier Tagen war er in London, danach wieder in Paris. Als Tatverdächtiger kam er nicht in Betracht. Es schien nur eigenartig, dass Ribanville einen guten Freund als Kandidaten in seine Sendung brachte. Das roch nach Vergünstigung und Mauschelei. Ebenso eigenartig war die Tatsache, dass in derselben Sendung auch ein Clochard auftrat, der als ungeladener Gast zur Aftershowparty kommen wollte, kurz bevor die Leiche des Showmasters entdeckt wurde. Der Abdruck der Profilsohle eines schweren Schuhs konnte ein Hinweis darauf sein, dass er am Tatort gewesen war, doch er selbst blieb unauffindbar.

In der Halle des Hotels traf LaBréa seine Mitarbeiter. Franck war inzwischen vom Parc de Belleville zurückgekehrt und hatte die Liste der Hotelgäste gecheckt. Es handelte sich um eine hochkarätige Mischung aus altem Adel (eine englische Herzogin, ein Mitglied des holländischen Königshauses), europäischen Industriebossen, einer Politdelegation aus Libyen und Mitgliedern des internationalen Jetset. Niemand von ihnen schien auf den ersten Blick als Mörder des Moderators infrage zu kommen. Aber wusste man das so genau? Wer blickte schon hinter die Fassade eines Menschen. Auch die Spitzen der Gesellschaft – oder gerade sie! – waren oftmals in dunkle Machenschaften und Verbrechen verwickelt.

Claudine und Jean-Marc hatten die Befragung der Hotelangestellten abgeschlossen. Zeugen, die etwas gesehen hatten, gab es nicht. Allerdings hatte man eine nigerianische Putzfrau noch nicht befragen können. Sie war in der Mordnacht gegen halb elf nach Hause gegangen. Franck würde sich darum kümmern.

Die Kollegen der Spurensicherung hatten vor wenigen Minuten die Herrentoilette nahe dem *Salon d'Été* verlassen und an der Eingangstür ein Polizeisiegel angebracht.

»Wir brechen jetzt unsere Zelte hier ab«, sagte LaBréa zu seinen Mitarbeitern. »Und weil sich die paar Stunden Schlaf nicht mehr lohnen, fahren wir gleich ins Büro. Wer nimmt mich mit? Claudine?«

Die junge Frau nickte, und die vier Beamten der Brigade Criminelle verließen das Hotel Ritz.

11. KAPITEL

Kurz vor vier Uhr früh erwachte Chantal Coquillon durch ein Geräusch aus einem Traum, der sie über die düsteren Flure eines fremden Hauses bis auf eine Wiese hinter dem Haus ihrer Eltern in Nantes geführt hatte. Dort war weder Tag noch Nacht, und ein graues Licht lag über dem menschenleeren Land, wie ein Vorgriff auf das Leben nach dem Tod.

Chantal war erst nach Mitternacht eingeschlafen. Sie wusste, dass es bei Eric spät werden würde, wie immer, wenn er ohne ihre Begleitung loszog.

Ihre Schlafzimmertür war nur angelehnt, und so hörte sie, wie die Wohnungstür ins Schloss fiel. Eric war also endlich nach Hause gekommen! Sie vernahm seine Schritte, die sich rasch näherten. Als er vorsichtig die Schlafzimmertür aufschob und seinen Kopf hereinsteckte, fiel ein Lichtstrahl der Straßenlaterne auf sein lockiges Haar, und sein schönes, klassisches Profil hob sich scharf vom Türrahmen ab.

»Chantal?«, sagte Eric leise. »Bist du wach?«

Sie grummelte etwas und drehte sich auf die andere Seite.

»Es ist was Schreckliches passiert«, fuhr Eric fort, und seine Stimme bebte leicht. »Yves ist heute Abend im Ritz ermordet worden!«

Chantal war von dieser Nachricht keineswegs überrascht. Sie wusste bereits Bescheid. Kurz nachdem sie sich hingelegt hatte, klingelte das Telefon. Serge Schulmann war am Apparat. Sie kannte ihn von früher, und lange Zeit gehörte er zum Kreis der Journalisten, mit denen die Agentin Chantal Coquillon zusammenarbeitete. Seit Chantal nicht mehr in ihrem Job tätig war, hatten sie sich etwas aus den Augen verloren. Serge hatte ihr mitgeteilt, dass Yves Ribanville auf der Herrentoilette tot aufgefunden worden war. Komisch, dass Eric es nicht für nötig gehalten hatte, sie sofort darüber zu informieren! Etwa aus Rücksichtnahme, weil er dachte, dass sie schlief? Sonst rief er doch auch oft mitten in der Nacht an, zum Beispiel nach den Theateraufführungen.

Sie ließ sich ihm gegenüber nichts anmerken und murmelte mit gespielter Überraschung: »Was sagst du da?«

»Das Fest war keine Stunde alt, da hat ihn Roland Thibon auf der Toilette gefunden«, erwiderte Eric. »Weißt du, wie er ums Leben kam? Er wurde erschlagen. Mit einem Hammer!«

Eric betrat den Raum und ließ sich auf einen Sessel am Fenster fallen. Er fuhr sich mit der Hand durch seinen Lockenschopf.

»Mein Gott, wie schrecklich! Du kannst dir vorstellen, was das für Candice und die Kinder bedeutet!«

Und für dich, dachte Chantal spontan und warf ihrem Mann einen Blick aus den Augenwinkeln zu. Sie selbst war völlig unberührt. Die Nachricht vom Tod Ribanvilles hatte schon beim Telefonat mit Serge Schulman keinerlei Gefühle in ihr ausgelöst. Jeder bekam, was er verdiente, und

Ribanville war da keine Ausnahme. Eine kühle, ja kaltherzige Einschätzung, doch sie entsprach dem, was Chantal empfand.

»Die Polizei hat die ganze Nacht ermittelt«, fuhr Eric fort. »Wir mussten alle dableiben. Die Befragungen haben bis jetzt gedauert. Ich bin völlig fertig.«

Chantal sagte nichts. Sie erhob sich aus dem Bett, zupfte ihr Nachthemd zurecht und schlurfte ins angrenzende Badezimmer. Bevor sie die Tür zuzog, rief Eric ihr nach: »Morgen taucht bestimmt die Polizei hier auf. Die wollen wissen, ob du heute Abend wirklich zu Hause gewesen bist. Du warst die Einzige auf der Gästeliste, die nicht erschienen ist.«

Chantal hielt abrupt inne. Ihre Hand lag auf der Türklinke. Ohne sich zu ihrem Mann umzudrehen, sagte sie: »Ach, und deshalb gehöre ich zu den Verdächtigen? So was Absurdes!« Sie lachte kurz auf und verschwand im Bad, wo bald darauf das Geräusch der Toilettenspülung zu vernehmen war.

Als sie zurückkehrte, hatte Eric den Raum bereits verlassen. Seit Jahren schon schliefen sie in getrennten Schlafzimmern. Das von Eric lag am Ende des Flurs, gleich neben dem Salon. Sie hörte noch, wie die Tür zuschnappte, dann war Ruhe. Mit einem tiefen Seufzer ließ Chantal sich auf ihr Bett sinken und starrte an die Zimmerdecke. Sie hatte es sich verkniffen, die Lüge zu enttarnen, die Eric ihr aufgetischt hatte. Wieder einmal, wie so oft in all den Jahren. Doch in ihrem Ehepakt, den beide vor langer Zeit miteinander eingegangen waren, hatte Chantal ihrem Mann zugesichert, ihm alle Freiheiten zu lassen. Deshalb hatte sie eben geschwiegen, als er sagte, die Polizei habe die Partygäste bis jetzt vernommen. Von Serge Schulmann hatte sie erfahren, dass alle Gäste, bis auf die Witwe, Léon Soulier und den Fernsehdirektor, kurz nach Mitternacht das Ritz verlassen hatten. Eric war nicht gleich nach Hause gekommen, und Chantal fragte sich, wo er gewesen sein konnte, nachdem die Polizei die Gäste befragt hatte.

Auf dem Heimweg zum Parc de Belleville verlief Nick Sabatier sich einige Male. In den vielen kleinen Straßen und Höfen nahe der Bastille fand er sich nicht zurecht und landete mehrfach in Sackgassen, wo es kein Weiterkommen gab. Auf den großen Boulevards saßen noch Menschen in den Bistros und Cafés. Nachtschwärmer, leicht bekleidet, manche stark angetrunken. Sie warfen ihm mitleidige Blicke zu, einmal hörte er eine abfällige Bemerkung über sein Äußeres. Trotz der Hitze war Nick mit mehreren Schichten bekleidet. Zu einem Paar dunkelblau gestreifter Hosen trug er ein hellblaues Flanellhemd, das er im letzten Winter vom Wühltisch eines Klamottendiscounters hatte mitgehen lassen. Darüber den senffarbenen Wollpulli, eine Hinterlassenschaft seines Kumpels Albin, der eines Tages spurlos aus dem Park verschwunden war. Ein ehemals hellgrauer Gabardinemantel, jetzt voller Flecken und von schmutziger Farbe, vervollständigte die Garderobe. Alles, was er an Kleidung besaß, trug Nick am Leib. Darin unterschied er sich nicht von anderen Obdachlosen. Nur in einem hatte er den heißen Temperaturen Rechnung getragen: seine Füße steckten ohne Strümpfe in den Stiefeln mit den schief getretenen Absätzen. Arbeitsschuhe, aus einem Müllcontainer gefischt, sperrig und aus schwerem Leder. Als er sie vor einigen Jahren fand, waren sie nagelneu und nur mit einer leichten Schimmelschicht überzogen.

Auch während der Sendung hatte er all seine Klamotten anbehalten, obgleich die Scheinwerfer im Fernsehstudio eine unerträgliche Hitze verströmten. Die dreitausend Euro, die er in der Sendung gewonnen hatte, waren zu gleichen Teilen auf beide Gesäßtaschen seiner Hose verteilt. Zehn Zweihunderteuroscheine und zwei Fünfhunderter. Nick hatte gar nicht gewusst, dass es Scheine in dieser Größenordnung gab und dass sie gelb und lila waren. Der Typ vom Fernsehen, der ihn am Abend im Park abgeholt hatte, ließ sich von Nick den Betrag quittieren und gab ihm eine Bescheinigung, dass er das Geld rechtmäßig bei der Rateshow gewonnen hatte.

»Damit keiner auf die Idee kommt, das Geld wäre geklaut, wenn Sie mit großen Scheinen bezahlen«, hatte er hinzugefügt und gegrinst. Nick hätte ihm am liebsten eine reingeschlagen. Er war keiner, der Geld klaute!

»Ich bin keiner, der Geld klaut!«, hatte er in scharfem Ton zu dem Jüngelchen gesagt, woraufhin dieser sich sofort bei ihm entschuldigte.

Irgendwann war Nick am Boulevard de Charonne gelandet und von dort aus, einem Instinkt folgend, nach Norden gewandert. Vorbei am Friedhof Père Lachaise. Entlang der Friedhofsmauer sah er die Dächer und Giebel der Grabhäuser, die die Mauer überragten. Zwischen ihnen standen Bäume, in denen kein Windhauch wehte. Still und mit den Geheimnissen der vielen Toten beladen, lag der Gottesacker da. Nick beschleunigte seine Schritte. Er war kein ängstlicher Mensch. Das Leben auf der Straße hatte ihn zwar vorsichtig, aber auch unerschrocken werden lassen. Doch Friedhöfe fand er unheimlich, insbesondere nachts. Nicht für alles in der Welt würde er in der Nacht über einen Friedhof gehen! Abgesehen davon, dass Friedhofstore ohnehin am Abend verschlossen wurden.

Auf dem Nachhauseweg waren seine Gedanken wie in einem komplizierten Puzzle durcheinandergeraten. Nichts passte zusammen. War das, was geschehen war, Traum oder Wirklichkeit gewesen? Er erinnerte sich an den Hotelportier, dieses fette Arschloch. Wie er von ihm angebrüllt worden war, verscheucht wurde. Dann war ein großer Wagen vorgefahren, aus dem eine vertrocknete, wie ein Weihnachtsbaum dekorierte Alte stieg, die mit steifen Schritten ins Hotel stakste.

Danach, was war danach passiert? Erneut überlegte Nick angestrengt, doch es tauchten keine Bilder vor seinem inneren Auge auf. Da war nur ein dunkles Loch, das jegliche Erinnerung verschlungen hatte. Je mehr er sich bemühte, das verschüttete Geschehen aus der Tiefe des Vergessens zu holen, desto unwiderruflicher schien es in die Dunkelheit zu entgleiten.

Nur an das Blut, daran konnte er sich entsinnen. Helles Blut auf einer großen, weißen Fläche. Doch wessen Blut es war und wieso er sich damit beschmiert hatte, das wusste er nicht. Mit einem Zipfel seines Mantels hatte er darübergewischt. Und dann Blut an seinen Händen! Er hatte es am Hosenbein abgewischt.

Nick hastete weiter. Er kannte sich jetzt aus. Das war seine Gegend, vertrautes Terrain. An der Métrostation Menilmontant nahm er die Seitenstraßen, die zum Park führten. Er hatte einen Entschluss gefasst. Er hing mit den Erlebnissen der heutigen Nacht zusammen und damit, dass er fürchtete, den Verstand zu verlieren. Wieso war seine Erinnerung wie ausgelöscht? Wo war das fehlende Stück des Puzzles geblieben? Eine Welle der Panik ergriff ihn, und beinahe im Laufschritt erreichte er den Parkeingang in der Rue Lacroix.

Claudine kannte eine Bäckerei im Dritten Arrondissement, die jeden Morgen bereits um vier Uhr öffnete. Sie lag am Boulevard Sébastopol und wurde hauptsächlich von Menschen frequentiert, die früh ihre Arbeit begannen oder aus der Stadt hinausfuhren.

Die Aussicht auf frische Croissants und einen kräftigen Kaffee, den Jean-Marc zubereiten würde, lohnte den kleinen Umweg. Unterwegs sprachen sie kaum. Jeder war in Gedanken versunken. LaBréa versuchte, die Dinge zu ordnen, die sich in den letzten nicht einmal vierundzwanzig Stunden ereignet hatten. Es galt, die Arbeit an zwei völlig ungleich gelagerten Mordfällen zu strukturieren. Zu den Ermittlungen im Mordfall des toten Jungen aus der Seine kamen jetzt zahllosen Spuren, die es im Fall des ermordeten Moderators zu verfolgen galt. Der Mann war eine Person des öffentlichen Lebens, der einen hohen Bekanntheitsgrad genoss. Seine Kontakte im Arbeits- und Privatbereich mussten sehr umfangreich gewesen sein. Viele Menschen hatten seinen Lebensweg gekreuzt, und einer von ihnen hatte ein handfestes Motiv gehabt, Ribanville zu töten. An einen Auftragsmörder glaubte LaBréa immer weniger. Profis töteten ihre Opfer mit Schusswaffen, zumeist ausgestattet mit einem Schalldämpfer. Nicht mit einem Hammer oder hammerähnlichen Gegenstand. Wer war der Mörder? Der Clochard aus dem Parc de Belleville? Eine Möglichkeit, für die es bis jetzt keine Beweise gab. LaBréa und seine Kollegen würden bei diesem Mordfall zunächst auf bewährte Methoden zurückgreifen. Die Standardprozedur sozusagen. Das gesamte Leben des Opfers unter die Lupe nehmen. Seine Biografie durchleuchten. Seine Finanzen überprüfen. Kontoauszüge, Steuererklärungen, Vermögenswerte und Grundbesitz. Die Telefonlisten seiner Festnetz- und Handynummern für die letzten Jahre anfordern. Die privaten und beruflichen Reisen überprüfen. Wohin war er gereist? Wie oft und weswegen?

Ein Riesenberg Arbeit erwartete sie alle. LaBréa wusste, dass er und seine drei Mitarbeiter dies nicht allein bewältigen konnten. Schon im Fall des ermordeten Jungen waren sie auf Hilfe der Internet- und Pädophiliespezialisten angewiesen. Gleich am Morgen, wenn Thibon ins Büro kam, wollte LaBréa um Aufstockung seiner Einsatzkräfte bitten. Ihm schwindelte, als er jetzt daran dachte, was auf ihn und seine Leute zukam. Er hoffte nur, dass er seinen Urlaub mit Céline und Jenny nicht absagen musste!

Er war müde. In der Nacht hatte sich Dramatisches ereignet. Wie lange war es her, seit er mit Céline und den Mädchen in dem Popkonzert im Parc des Princes gesessen hatte? Die Erinnerung daran war entschwunden wie ein flüchtiges Trugbild.

Claudine bremste vor der Bäckerei, einem Geschäft mit blauer Holzverkleidung und dem geschwungenen Schriftzug über dem Eingang: *Mon Boulanger*. Sie stellte den Motor ab und ließ den Schlüssel stecken.

»Noch was anderes als Croissants, Chef?«, fragte sie.

LaBréa verneinte. In Sachen Frühstück war er konservativ. Ein Croissant plus starker Kaffee. Am Sonntag waren es zwei Croissants. Heute Morgen vielleicht ausnahmsweise auch zwei, weil es noch so früh war und der Tag endlos lang zu werden drohte. Nach einigen Minuten kam Claudine zurück und drückte ihrem Chef eine große Tüte mit frischem Gebäck in die Hand. Die Sachen waren noch warm, und ein köstlicher Duft breitete sich im Wagen aus.

Als sie über die Rue de Rivoli Richtung Quai des Orfèvres fuhren, wo das Polizeipräsidium lag, hatte der Himmel eine seltsame Färbung angenommen. Noch war es dunkel, erst in gut einer Stunde würde das Morgenrot über den Horizont kriechen. Schon jetzt ahnte LaBréa, dass erneut eine fahle, blassgelbe Sonne im Osten aufgehen würde, wie in all den Tagen, seit die Stadt unter der extremen Hitze litt. Die Sonne der Hundstage. Ein Licht, wie durch heiße Nebelschwaden getrübt.

Jetzt erreichten sie den Pont Notre Dame. Das Wasser im Hauptarm der Seine schwappte träge und düster gegen die Kaimauern. Auf dem Pont Neuf, an dessen mit einem Gerüst versehenen Pfeiler der tote Junge angetrieben worden war, leuchteten die Straßenlaternen. Ein Jogger überquerte die Fahrbahn, spärlich bekleidet und mit einer Wasserflasche in der Hand. Seine Gestalt bog um die Ecke des Hotel Dieu und verlor sich in der Dunkelheit.

Wenig später parkte Claudine den Wagen in der Tiefgarage des Justizpalastes.

Candice Ribanville saß in der herrschaftlichen Küche ihres Luxusappartements in der Rue Montaigne. Nach der Vernehmung durch den Commissaire der Brigade Criminelle war sie durch die Halle zum Ausgang des Hotels gegangen. Dort warteten der Botschafter und seine Frau, die ihre Hilfe anboten. Sollen wir Sie nach Hause fahren? Können wir sonst irgendwas für Sie tun? Candice wehrte ab. Sie hatte nur einen Wunsch – allein zu sein.

Auch einige Reporter lauerten darauf, dass sie das Hotel verließ. Es hatte sich rasch herumgesprochen, dass im Ritz ein Verbrechen geschehen war, und das Gerücht, wer das Opfer war, hatte sich verdichtet. Irgendjemand hatte geplaudert, vermutlich jemand vom Hotelpersonal. Die Reporter stürzten sich auf Candice, kaum dass sie durch die Tür nach draußen getreten war. Irritiert und unsicher blieb sie kurz stehen, dann flüchtete sie zurück ins Hotel. Der Portier und zwei Pagen hielten die Meute davon ab, ihr zu folgen.

Der Hotelconcierge geleitete sie in die Tiefgarage und bestellte ein Taxi dorthin. Als der schwarze Mercedes mit den abgedunkelten Scheiben in schnellem Tempo Richtung Rue des Capucines davonschoss, erinnerte sich Candice an den Tag, als Lady Di tödlich verunglückte. War sie, die Königin der Herzen, mit ihrem Liebhaber nicht seinerzeit ebenfalls durch diese Tiefgarage der Reportermeute entflohen und dem Tod direkt in die Arme gerast? Der Gedanke verschwand ebenso schnell wieder, wie er aufgetaucht war.

Sie hatte sich nicht umgezogen, als sie nach Hause kam. Ihr lila und grün geblümtes Dior-Kleid, mit Spaghettiträgern und einem tiefen Schlitz auf der rechten Seite, der ihre schlanken Oberschenkel betonte und bei der Party die Blicke der männlichen Gäste auf sich gezogen hatte, war unter den Achseln ein wenig verschwitzt. Doch Candice störte sich nicht daran. Vorsichtig öffnete sie die Türen zu den Zimmern ihrer beiden Töchter. Lilly, die ältere, lag bäuchlings auf ihrem Bett, die Decke zurückgeschlagen. Ihr nackter Arm hing über die Bettkante. Die neunjährige Joëlle im Nebenzimmer hatte vergessen, ihre Nachttischlampe zu löschen. Durch den bunten Schirm mit den Mickymausfiguren fiel ein Lichtstrahl auf ihr Gesicht, das sich mit halbgeöffneten Lippen ans Kopfkissen schmiegte wie zu einer Liebkosung. Sie ähnelte ihrem Vater. Derselbe Gesichtsschnitt, dieselbe Haarfarbe wie Yves, ein tiefes Schwarz. Doch die Natur hatte bei den Kindern alles gerecht aufgeteilt, denn Lily war ganz das Ebenbild ihrer blonden Mutter. Eine Welle der Zärtlichkeit durchflutete Candice. Sie liebte ihre Kinder. Sie würde sie vor dem Skandal, den Yves gewaltsamer Tod auslöste, beschützen.

Die Mädchen hatten ihren vielbeschäftigten Vater selten gesehen und deshalb kein sehr enges Verhältnis zu ihm. Er selbst konnte mit Kindern nicht viel anfangen. Eine Familie zu gründen, Kinder in die Welt zu setzen, das gehörte sich einfach so für einen guten Christen. *Gehet hin und vermehret euch …* Als Familienvater war Yves eine Null gewesen. Morgen früh würde Candice den Kindern mitteilen, dass ihr Vater tot war. Yves' Ermordung würde die Topnachricht in den Morgensendungen und TV-Magazinen sein. Das Kesseltreiben seitens der Journalisten würde mit aller Macht einsetzen. Candice und die Kinder konnten dem kaum entgehen, es sei denn, sie verschanzten sich in der Wohnung. Eine Dauerlösung war das nicht. Längst hatte Candice beschlossen, nach der Beerdigung das Appartement über einen Makler zu verkaufen und auf dem schnellsten Weg in ihre amerikanische Heimatstadt Corpus Christi in Texas zurückzukehren.

Das Hausmädchen Maria hatte Candice nicht aufgeweckt, als sie nach Hause gekommen war. Sie würde noch früh genug vom Tod ihres Arbeitgebers erfahren.

Candice trank ihr Whiskyglas in einem Zug leer und fühlte sich ein wenig gestärkt. Ein guter amerikanischer Whisky aus Tennessee, den sie von ihren Besuchen bei ihrer amerikanischen Familie nach Paris mitbrachte. Alkohol trank sie weder viel noch regelmäßig, doch in diesen frühen Morgenstunden und im Zustand ihrer unverhofften Witwenschaft brauchte sie einen kräftigen Schluck. Auf eigenartige Weise hatte Yves Tod ein Gefühl tiefer Verletztheit in ihr ausgelöst. Es war weniger Trauer, die von ihr Besitz ergriffen hatte, denn die Liebe zu Yves war im Lauf der Jahre versiegt wie ein Rinnsal im sandigen Flussbett. Nein, nachdem der erste Schock überwunden war, sah Candice jetzt mit klarem Blick, in welcher Lage sie sich befand. Ihr Name würde in der Zeitung breitgetreten. Das Fernsehen würde seine Reporterteams vor dem Haus postieren. Empörung und eine leise Wut stiegen in ihr auf. In einem Winkel ihres Herzens machte sie ihren Mann für seinen gewaltsamen Tod verantwortlich. Wie hatte Yves so etwas nur passieren können? Welcher Mensch hatte Interesse daran gehabt, ihn auf so brutale Weise zu beseitigen?

Dass Yves von einem Unbekannten umgebracht worden war, ein Zufallsmord, daran glaubte Candice keine Sekunde. Er musste seinen Mörder gekannt haben, auf die eine oder andere Weise. Und es musste einen Grund gegeben haben, weshalb er sterben musste. Ganz tief in einem Winkel ihres Herzens erahnte sie diesen Grund. Doch sie durfte jetzt nicht darüber nachdenken.

Candice goss sich Whisky nach. Ihre Schulterblätter waren angespannt, ihr Nacken versteift. Ein Gefühl der Furcht ergriff plötzlich Besitz von ihr. Irgendjemand würde jetzt den Spaten auspacken und in Yves Leben herumgraben. Wenn nicht der Commissaire, dann einer aus der Meute der Journalisten.

Candice seufzte und versuchte, die ängstlichen Gedanken zu ersticken. Sie musste einen klaren Kopf behalten, damit sie die nächsten Tage mit allem, was auf sie einstürzen würde, überstand. Als Erstes würde sie gleich morgen früh Pater Matthieu von der Kirchengemeinde St. Philippe du Roule anrufen. Sie wollte eine Messe für Yves lesen lassen und die Modalitäten seines Begräbnisses besprechen. Ein Requiem, das schien angesichts des Bekanntheitsgrades ihres Mannes angebracht. Das Requiem von Gustave Fauré, das Yves besonders geliebt hatte. *Libera me, Domine, de morte aeterna, in die illa tremenda quando coeli movendi sunt et terra* … Erlöse mich, o Herr, von ewiger Finsternis, wenn Himmel und Erde erzittern …

Vor ihrer Hochzeit war Candice auf Wunsch ihres Mannes zum Katholizismus konvertiert. Sie selbst entstammte einer Familie von Baptisten. Doch die Liebe zu Yves war damals stärker als der Wunsch, an ihrer eigenen Religion festzuhalten, stärker als die Bedenken ihrer Familie. Bei den Clarks hatte schon immer das geflügelte Wort vom »falschen katholischen Lächeln« gegolten.

Candice blickte auf ihre mit Brillanten besetzte Cartier-Uhr. Gleich fünf Uhr früh. In Corpus Christi/Texas war es jetzt einundzwanzig Uhr. Sieben Stunden Zeitunterschied. Sie hatte es lange hinausgeschoben, ihre Familie von Yves Ermordung in Kenntnis zu setzen. Sie ahnte, wie ihr Vater reagieren würde. Er hatte nie viel von Yves Ribanville gehalten und ihr seinerzeit davon abgeraten, ihn zu heiraten. Ihr Vater hatte Recht gehabt. Es wäre besser gewesen, sie hätte Yves nicht das Jawort gegeben. Bald würde sie mit ihren Töchtern in ihre Heimat zurückkehren. Schließlich hatten Lilly und Joëlle von Geburt eine doppelte Staatsbürgerschaft. Sie waren zweisprachig aufgewachsen und in beiden Kulturen zu Hause. In den USA wäre der Skandal, den der gewaltsame Tod eines Prominenten stets nach sich zieht, bald vergessen.

Ein Neuanfang.

Yves selbst hatte keine Verwandten mehr. Niemanden, der ihn als Kind oder Jugendlichen gekannt hatte. Aus seiner Vergangenheit wusste sie nicht viel. Eines seiner Geheimnisse war, dass er als junger Mann aus dem Nichts in Paris aufgetaucht war. Ein Mann ohne Schulabschluss und Berufsausbildung, dessen Vergangenheit teilweise im Dunkeln lag. Ein Glückspilz und Selfmademan, der geschickt und zielsicher Verbindungen zu knüpfen wusste und diese für sein Fortkommen nutzte. Nun war er auf dem Gipfel seines Erfolges den schäbigsten aller Tode gestorben, den eines Mordopfers. Wahrlich, ein Sturz aus schwindelnder

Höhe. Candice hatte nicht vor, sich von seinem tiefen Fall mitreißen zu lassen.

Sie verließ die Küche und ging in Yves Arbeitszimmer, das am anderen Ende der Wohnung lag. Sie knipste kein Licht an, stand nur einen Moment bewegungslos im Raum mit seinen antiken Möbeln und den vielen Dingen, die Yves angesammelt hatte. Nach einem kurzen Zögern öffnete sie die mittlere Schublade seines Schreibtisches. Dort bewahrte ihr Mann sein Tagebuch auf. Vor etwa sechs Jahren hatte er es angelegt, nachdem er vorher nie eins geführt hatte. Es war kein gewöhnliches Tagesbuch. Kein dickes Heft, keine Kladde, kein schön gebundenes Designerexemplar. Ein schweres, klobiges Ding, mit festem Ledereinband und Eisenbeschlägen an den Ecken. Wie ein historisches Buch aus dem Mittelalter. Doch es war kein antikes Stück. Es schien, als wäre es eigens für ihn angefertigt worden, denn auf der Außenseite waren Yves' Initialen in altertümlich geschwungenen Lettern in den Ledereinband geprägt. Das Buch war mit einer Verschlussschnalle aus Metall versehen. Candice wusste, dass Yves den Schlüssel dazu an seinem Schlüsselbund trug. Dieser war von der Polizei am Tatort im Ritz sichergestellt und noch nicht an sie ausgehändigt worden.

Sie hatte das Buch vor einem halben Jahr zufällig entdeckt. Es lag auf Yves' Schreibtisch, und sie hatte gefragt, was das war.

»Ein Tagebuch«, hatte er geantwortet. »Ich mache mir Notizen über meine Sendungen, Anmerkungen zu den Leuten, mit denen ich zu tun habe. Als Materialsammlung, wenn ich später mal meine Memoiren schreibe.«

Sie hatte sich damit zufriedengegeben und sich nur gewundert, wieso es ein so extravagantes Tagebuch sein musste? Und wieso es mit einem Schloss gesichert war, dessen Schlüssel Yves ständig bei sich trug? Da ihr Mann jedoch noch andere skurrile Angewohnheiten hatte, machte Candice sich weiter keine Gedanken darüber.

Jetzt war Yves tot, und niemand konnte ihr verwehren, seine Aufzeichnungen zu lesen. Handelte es sich wirklich nur um eine Materialsammlung für seine Memoiren? Candice zweifelte plötzlich daran.

Entschlossen nahm sie den schweren Brieföffner, der auf dem Schreibtisch lag, und schob ihn unter den Verschluss. Nach mehreren kräftigen Hebelbewegungen sprang das Schloss auf.

Sie setzte sich hinter Yves Schreibtisch und schlug die erste Seite auf. Sie überflog die Zeilen und blätterte dann rasch weiter. Lähmendes Entsetzen ergriff von ihr Besitz. Sie lehnte sich zurück, ihre Hände zitterten, und alles Blut wich aus ihrem Gesicht.

»Oh mein Gott«, flüsterte sie und spürte, wie ihr Herz in der Brust hämmerte. Ihr war klar, dass sie dieses Tagebuch sofort der Polizei übergeben musste. Doch gleichzeitig wusste sie, dass sie das niemals tun würde.

Denn danach wäre nichts mehr so, wie es einmal gewesen war.

12. KAPITEL

Eine Talkrunde um diese Uhrzeit hatte es noch nie gegeben, seit LaBréa aus Marseille zurück nach Paris gekommen war. Fünf Uhr morgens. Kein Telefon, keine Hektik um diese frühe Stunde. Niemand würde an die Tür klopfen. LaBréa und sein Team waren zunächst einmal ganz allein im Gebäude.

Der Duft von starkem Kaffee hing im Raum. LaBréa hatte die Fenster seines Büros weit geöffnet, in der Hoffnung auf ein kühles Lüftchen, bevor die Sonne aufging und ihre Hitzeglocke über die Stadt stülpte. Jean-Marc schenkte den Kaffee ein. Seit wenigen Wochen gab es in der Abteilung eine elektrische Kaffeemaschine, für die alle Mitarbeiter Geld gesammelt hatten. Der hauseigene Kaffeeautomat, dessen Instantkaffee bitter und nach Chemie schmeckte, gehörte damit endlich der Vergangenheit an. Die Croissants und Brioches aus der Bäckerei am Boulevard Sébastopol lagen auf einem Teller in der Mitte des Konferenztisches. Alle bedienten sich. Die Nachtschicht im Hotel Ritz hatte sie hungrig gemacht.

Zwei Mordfälle, zwei voneinander unabhängige Ermittlungen. Im Fall des Jungen aus der Seine gab es keine neuen Erkenntnisse. Jean-Marc würde am Vormittag zur *Maison de Dieu* fahren, um sich dort ein wenig umzusehen und zu recherchieren. Von Brigitte Foucart und den Kriminaltechnikern erwartete LaBréa weitere Laboranalysen. Um halb neun, wenn Ermittlungsrichter Couperin seinen Dienst antrat, wollte LaBréa ihn über den Mord an Ribanville informieren.

»Und die Presse, Chef?«, fragte Claudine mit vollem Mund. »Die werden uns die Tür einrennen.«

»Darum soll sich der Schöngeist kümmern. Ich nehme an, er plant mittags eine Pressekonferenz. Vielleicht wissen wir bis dahin mehr. Franck, setzen Sie ein paar Kollegen der Abteilung zwei an die Telefonlisten von Ribanvilles Festnetz- und Handyanschlüssen.«

»Welcher Zeitraum, Chef?«

»Vorerst die letzten vier Wochen.« LaBréa leerte seinen Kaffeebecher und stand auf. Er ging zu der großen Brainstorming-Tafel an der Wand neben seinem Schreibtisch. Ein frischer Bogen Papier war eingespannt. LaBréa nahm einen roten Filzstift aus der Ablage.

»Das Zeitfenster, in dem Yves Ribanville ermordet wurde«, sagte er und begann zu schreiben.

»20.50 Uhr: Beginn der Jubiläumssendung *Ribanville fragt* im Studio eins von TF1. 22 Uhr: Ende der Sendung.« Er notierte die Zahlen in großen Ziffern auf dem Papier.

»Um 22.10 Uhr trifft die Ehefrau des Opfers im Hotel Ritz ein. Ebenfalls um 22.10 Uhr: Ribanville ruft eine Handynummer an, die er an diesem Tag bereits viermal gewählt hat. 22.30 Uhr: Der Moderator, zusammen mit seinem Kandidaten Léon Soulier und dem Fernsehdirektor, kommen ins Hotel. Die meisten Gäste sind da schon eingetroffen. Zwischen 22.30 Uhr und etwa 22.45 Uhr: Der Botschafter der USA geht auf die Herrentoilette. Kurz vor

23 Uhr: Der Schöngeist kommt als Letzter der Geladenen auf die Party. Ebenfalls kurz vor 23 Uhr: Der zweite Kandidat aus Ribanvilles Sendung versucht sich Zugang zur Party zu verschaffen und wird abgewiesen. Danach ist dieser Clochard spurlos verschwunden. Kurz *nach* 23 Uhr: Thibon plaudert mit Ribanville im *Salon d'Été*. Gleich danach: Der *Figaro*-Journalist wechselt ein paar Worte mit Ribanville und sieht, wie dieser den Salon verlässt. 23.15 Uhr: Der Schöngeist findet den Moderator tot auf der Herrentoilette. Er begegnet dort keinem Menschen.«

LaBréa hielt einen Moment inne und blickte seine Mitarbeiter an. »Der Mörder hatte also genau zehn Minuten Zeit. Zehn Minuten, um sich in die Toilette zu schleichen, sich möglicherweise dort zu verstecken, Ribanville abzupassen, rasch den Mord zu begehen und sofort wieder zu verschwinden.«

»Wirkt wie ein straff geplantes Kommandounternehmen«, bemerkte Jean-Marc.

»Meinst du?« Franck schüttelte skeptisch den Kopf. »Der Täter konnte doch gar nicht wissen, ob und wann Ribanville aufs Klo geht. Er hätte sich längere Zeit auf die Lauer legen müssen, in der vagen Hoffnung, dass sein Opfer irgendwann dort auftaucht. Der Botschafter hat doch ausgesagt, dass niemand im Toilettenbereich war, als er dort hinging.«

»Franck hat Recht«, sagte LaBréa. »Dass der Mörder so genau wusste, ob und wann er Ribanville auf der Toilette antreffen würde, kann nur einen Grund gehabt haben.«

»Die beiden waren miteinander verabredet«, ergänzte Claudine rasch.

»Ja. Anders kann ich mir den engen Zeitrahmen von zehn Minuten, in denen das Geschehen komplett über die Bühne ging, nicht erklären.«

»Aber warum verabredet sich ein bekannter Fernsehmoderator mit jemandem auf der Herrentoilette des Ritz?«, wollte der Paradiesvogel wissen.

»Das ist die Frage, Jean-Marc. Dafür könnte es eine Menge Gründe geben. War Ribanville drogenabhängig und hat seinen Dealer getroffen? War er in irgendwelche dunklen Geschäfte verwickelt? Das alles müssen wir klären. Fest steht nur eines: Aus dem Kreis der Gäste kann der Mörder nicht kommen. Die waren alle im *Salon d'Été* und haben ein Alibi. Nachdem der Schöngeist die Leiche entdeckt hatte, ging er sofort zurück in den Salon. Es stellte sich heraus, dass niemand von den Gästen fehlte oder später, als er den Raum wieder betreten hat.«

Claudine räusperte sich und schlug ihr Notizbuch auf.

»Ich habe das Personal in der Halle befragt. Den Concierge, die beiden Rezeptionisten, die Hotelpagen. Niemand hat irgendwas Verdächtiges beobachtet.«

»Vielleicht hat die nigerianische Putzfrau jemanden gesehen«, meinte Franck. »Ich habe ihre Telefonnummer und noch vom Ritz aus bei ihr angerufen. Da hat sich niemand gemeldet. Aber ich bleib dran.«

»Auch der Hausdame und den Kellnern, die im *Salon d'Été* serviert haben, ist nichts aufgefallen«, fügte der Paradiesvogel ergänzend hinzu.

»Wir überprüfen auf jeden Fall die Hotelgäste«, sagte LaBréa zu Franck. »Egal, ob Hochadel oder Jetset. Vielleicht ist irgendjemand darunter, bei dem wir eine Verbindung zu Ribanville nachweisen können.«

»Verstehe«, murmelte Franck. »Wichtig wäre auch, ob jemand kurzfristig eingecheckt hat und heute Morgen gleich wieder abreist.«

»Genau.« LaBréa legte den Filzstift zurück und setzte sich wieder an den Tisch.

»Wir müssen an beiden Mordfällen parallel arbeiten und die Schwerpunkte, je nach Ermittlungsstand und wichtigen Erkenntnissen, immer wieder neu setzen. Wir kümmern uns zunächst um Ribanvilles Mitarbeiter und sein sonstiges Umfeld. Parallel dazu arbeiten wir am Mordfall des Jungen. Die Kollegen der Abteilung zwei werden nach Bedarf hinzugezogen. Ich bespreche das nachher mit dem Schöngeist.«

Dies war das Zeichen zum Ende der Talkrunde. Die Mitarbeiter erhoben sich und gingen in ihr Büro auf der anderen Seite des Flurs. Computerrecherche war zu jeder Tages- und Nachtzeit möglich. Ein großer Vorteil für die Ermittlungsarbeit der Polizei. Datenbanken waren vernetzt, im Internet fand man eine Vielzahl von Informationen. So manche Google-Suche hat schon zu einem Link geführt, der unverhofft in eine wichtige Spur mündete.

Franck schnappte sich das letzte Croissant auf dem Teller, dann fiel die Tür ins Schloss.

Als LaBréa den Namen des Fernsehmoderators auf seinem PC googelte, fand er unter »Yves Ribanville« 346.700 Einträge. Unmöglich, sie alle anzuklicken. Er würde sich vorerst auf Stichproben beschränken müssen. Auf einige Zeitungs- und Medienberichte über den Showmaster, auf die Angaben, die der Sender TF1 ins Netz gestellt hatte, sowie auf mögliche Blogs.

Eine persönliche Webseite von Ribanville gab es nicht. Seine offizielle Biografie bei Wikipedia war ziemlich mager und umfasste lediglich ein paar Daten und Orte. Geboren am 7. August 1964 in Nantes. Die Eltern wurden nicht erwähnt. Yves Ribanville kam 1985 nach Paris und fing als Volontär bei TF1 an. Da war er knapp zweiundzwanzig Jahre alt. Was war in der Zwischenzeit? Gab es einen Schulabschluss, Berufsausbildung, ein Studium? 1990 wurde er stellvertretender Leiter der TF1-Abteilung »Nachmittagsprogramm«. Wenig später moderierte er bereits eine tägliche Nachmittagssendung: *Wir und unsere Nachbarn.* Er hatte das Konzept mitentwickelt, und das Publikum nahm die Sendung sofort an. Ribanville galt damals schon als Quotenkönig und als einer der beliebtesten Showmaster im französischen Fernsehen. Im Jahr 2005 übernahm er die Leitung der Abteilung »Show und Unterhaltung«. Ein Jahr später startete die wöchentliche Show zur Hauptsendezeit *Ribanville fragt* mit Ribanville als Quizmaster. Für diese Sendung hatte er bereits mehrere Fernsehpreise bekommen. Im Jahr 2007 wurde ihm vom Staatspräsidenten der Orden *Chevalier des Arts et des Lettres* verliehen. LaBréa stutzte. Diese Auszeichnung wurde normalerweise nur bekannten Literaten, großen Künstlern oder bedeutenden Wissenschaftlern zuteil. Aber ein Quizmaster aus der Showbranche? Ribanville musste über gute Beziehungen verfügen, um in den illustren Kreis der Ordensträger aufgenommen zu werden.

Der Quizmaster war verheiratet und hatte zwei Töchter, was LaBréa bereits wusste. Außerdem war er praktizierender Katholik und Mitglied der Gemeinde St. Philippe du Roule im Achten Arrondissement. Er hatte die neue Glocke für die Kirche gestiftet und unterstützte Missionsprojekte des Franziskanerordens in Afrika.

Auch auf anderen Seiten, die LaBréa anklickte, erfuhr er keine weiteren biografischen Angaben über Ribanville. Insbesondere nicht über die Zeit, bevor er nach Paris kam. Zeitungen, Blogs und andere Links druckten im Wesentlichen die biografischen Angaben ab, die bei Wikipedia zu finden waren. Ribanvilles Quizsendung fand in der Presse ein geteiltes Echo. Während die Boulevardblätter nicht mit Lobeshymnen sparten, sprachen die seriösen Zeitungen vom »unsäglich tiefen Niveau« der Show. LaBréa klickte auf die Fanseite von Ribanville. Sie wurde von einer Frau namens Nina betrieben. Die Seite enthielt hauptsächlich banale Zuschriften von anderen Fans (»Yves war wieder klasse in der letzten Sendung! Gruß Milli«) und vermittelte LaBréa keine neuen Erkenntnisse. Nachdem er noch eine halbe Stunde lang weitere Einträge über den Showmaster angeklickt hatte, beendete er seine Suche.

Die wichtigste Erkenntnis der Google-Suche war die, dass Yves Ribanville bis zu seinem zweiundzwanzigsten Lebensjahr offenbar keine Vergangenheit hatte.

Oder eine kriminelle?

LaBréa loggte sich ins zentrale Polizeiregister ein. War Ribanville irgendwann straffällig geworden? Als LaBréa den Namen eingab, erschien eine Null-Meldung. Auch hier führte die Spur nicht weiter.

LaBréa lehnte sich einen Moment zurück und dehnte die Schultern. Sein ganzer Körper war verspannt. Hinzukam die Müdigkeit nach der langen Nacht. In der Kanne gab es noch einen Schluck Kaffee, er war allerdings nur lauwarm. Inzwischen war es beinahe halb sieben. Als er aus dem Fenster blickte, sah er den ersten Morgenverkehr über den Pont St. Michel rollen. Ohne dass er es bemerkt hatte, war die Sonne aufgegangen. Soeben erschien sie als matschige, helle Scheibe zwischen den Türmen von Notre-Dame. LaBréa schloss das Fenster. Die Hitze eines neuen Tages drang herein wie ein ungebetener Gast. In dem Moment klingelte sein Handy.

»Morgen, Maurice«, erklang Célines Stimme. »Ich störe dich hoffentlich nicht?«

»Morgen, meine Liebe. Nein, du störst mich nicht. Wie war es denn noch letzte Nacht?«

»Mir tun jetzt noch die Ohren weh, aber die Mädchen waren total begeistert. Erst nach Mitternacht lagen sie im Bett.«

Alissa hatte bei Jenny übernachtet, so war es mit Alissas Mutter abgemacht.

»Jetzt schlafen sie natürlich noch«, fuhr Céline fort.

»Wo bist du, Céline? In deiner Wohnung?«

»Ja. Aber in einer Stunde sehe ich mal nach, ob die beiden schon wach sind. Sie haben doch ihren Job in der Brûlerie. – Und du, Maurice? Was war denn im Ritz? Wer ist das Opfer?«

»Yves Ribanville.«

»Der Fernsehmoderator?«

»Genau. Du kannst dir vorstellen, was für einen Wirbel das gibt.«

»Schon irgendeine Spur?«

»Bisher noch nicht. Bis später, Céline. Ich ruf dich an. Ich liebe dich«, fügte LaBréa zärtlich hinzu.

»Ich dich auch, Maurice.«

Zehn Minuten später klopfte es an LaBréas Bürotür.

»Ja?«, rief er und wunderte sich, dass niemand hereinkam. Seine Mitarbeiter klopften immer nur kurz an und öffneten dann sofort die Tür.

»Herein«, rief LaBréa etwas ungehalten.

Ein junger Mann betrat zögernd das Büro. Er war schlank, beinahe zierlich. Das Haar trug er modisch kurzgeschnitten. LaBréa schätzte ihn auf etwa Mitte zwanzig. Fragend blickte er den Besucher an. Der lächelte unsicher und sagte rasch: »Guten Morgen, Commissaire. Ich bin Michel Delpierre, der persönliche Assistent von Monsieur Ribanville. Ich bringe Ihnen die Liste aller Kollegen, die bei der Show gestern Abend mitgearbeitet haben.«

LaBréa zog erstaunt die Augenbrauen hoch.

»So früh hätte ich gar nicht damit gerechnet!«

»Vor einer knappen Stunde habe ich erfahren, was passiert ist.« Die Stimme des jungen Mannes klang ehrlich betroffen. »Monsieur van Lenz, der Fernsehdirektor, hat mich angerufen. Und da dachte ich, ich gebe die Liste gleich unten beim Wachhabenden ab. Dass Sie selbst schon im Büro sein würden, wusste ich nicht.«

Mit einer Geste lud LaBréa den Mann ein, die Tür zu schließen und Platz zu nehmen.

»Das trifft sich gut, Monsieur Delpierre. Dann können wir uns gleich mal unterhalten. Einen Moment bitte.« Er griff nach dem Telefon und wählte eine Nummer. »Franck? Kommen Sie bitte in mein Büro?«

Wenig später erzählte Ribanvilles Assistent, wie der Abend der Jubiläumssendung bei TF1 verlaufen war. Der Showmaster hatte auch bei den Vorbereitungen zur Sendung auf Delpierre keinen auffälligen Eindruck gemacht. Er war wie immer. Als alter TV-Routinier hatte er alles gut im Griff und verströmte Ruhe und Gelassenheit. Die Sendung verlief ohne Zwischenfälle. Auch hinter den Kulissen gab es keine Pannen, keine besonderen Vorkommnisse. Delpierre hatte die Liveübertragung in der Regiekabine verfolgt. Er übergab LaBréa auch ein Sendeprotokoll, in dem der technische Ablauf der Sendung, einschließlich der Werbepausen und der Unterbrechungen für die Zuschauerleitungen, genau aufgezeichnet war. Einen Mitschnitt der Show als DVD hatte der Assistent ebenfalls dabei.

»Wo haben Sie das denn alles so schnell her?«, fragte Franck verwundert.

»Bevor ich zu Ihnen kam, bin ich rasch in den Sender gefahren. Der Mitschnitt wird immer gleich nach der Sendung auf DVD gebrannt. Ich hatte ihn in meinem Büro.«

»Wussten Sie, dass im Anschluss an die Sendung eine Party im Hotel Ritz gefeiert wurde?«, fragte LaBréa den jungen Mann.

»Natürlich, Commissaire! Ich hab das Fest ja organisiert.«

»Tatsächlich?«, sagte LaBréa. »Und Sie selbst waren nicht eingeladen? Oder waren Sie verhindert?«

Michel Delpierre schüttelte den Kopf. Mit einer raschen Geste seiner schlanken Hand strich er sich über sein Haar.

»Nein, verhindert war ich nicht, Commissaire.« Er schwieg einen Moment. Franck wurde ungeduldig.

»Also waren Sie nicht eingeladen?«

»Niemand vom Team war das.«

LaBréa und Franck tauschten einen schnellen Blick.

»Warum nicht?«

»Monsieur Ribanville wollte letzte Nacht im engsten Freundeskreis feiern. Für uns Mitarbeiter war nächste Woche eine Bootsfahrt auf der Seine geplant. Mit Livemusik und Abendessen in einem der Uferlokale in Le Pecq, *La petite Pêcheuse*.«

LaBréa kannte das Lokal. Anlässlich der Ermittlungen im Mordfall an einem bekannten Filmproduzenten im letzten Herbst hatte er dort zu Mittag gegessen. Es gab wunderbare Fischgerichte und einen herrlichen Blick über den Fluss.

»Fanden Sie es nicht brüskierend, dass Sie und Ihre Kollegen vom Sender von Monsieur Ribanville nicht ins Ritz geladen wurden?«

»Nein, wieso? Ich hatte kein Problem damit. Ich bin sowieso kein Partytyp.«

»Hatten andere ein Problem damit? Jemand von den Technikern, dem künstlerischen Personal?«

Ein kurzes Lächeln huschte über Michel Delpierres Gesicht.

»Sagen wir es mal so, Commissaire. Einige Leute waren wohl ziemlich enttäuscht.«

»Wer zum Beispiel?«

»So konkret hat sich niemand geäußert.« Es klang zögerlich. »Es war eher was Atmosphärisches. Das hat man vor allem nach der Sendung gespürt, als Monsieur Ribanville sofort das Studio verlassen hat, nachdem er aus der Maske kam. Normalerweise bleibt er noch einen Moment mit allen Mitarbeitern unten im Studio, und wir trinken ein Glas Champagner auf die gelungene Sendung.«

»Der Clochard aus dem Parc de Belleville – ist er nach der Sendung gleich gegangen?«

»Ja. Ich habe ihm seine dreitausend Euro ausgezahlt und ihm angeboten, ein Taxi zu bestellen. Doch er wollte zu Fuß gehen.«

»Bis zum Parc de Belleville? Eine ganz schöne Strecke.«

Der Assistent zuckte mit den Schultern.

»Darüber habe ich nicht weiter nachgedacht.«

»Was haben Sie nach der Sendung gemacht, Monsieur Delpierre?«

»Ich bin sofort nach Hause gefahren. Zu meiner Freundin. Wir wohnen zusammen.«

»Wo?«, fragte Franck.

»Rue Chaptal, Neuntes Arrondissement. Eigentlich wollten wir noch irgendwo was essen gehen. Aber dann haben wir uns zu Hause einen Croque Monsieur gemacht.«

»Der Name ihrer Freundin?«

»Véra Marchand.« Franck schrieb sich Namen, Telefonnummer und Dienstadresse der Frau auf. Er notierte auch Michel Delpierres Handynummer und die genaue Adresse seiner Wohnung.

LaBréa setzte die Befragung fort.

»Wie lange haben Sie mit Monsieur Ribanville zusammengearbeitet?«

»Ich bin …« Er stockte und korrigierte sich verlegen. »Ich meine, ich war seit einem halben Jahr sein Assistent.

Ich kann immer noch nicht glauben, dass er ...« Der junge Mann brach ab, und plötzlich glitzerten Tränen in seinen Augen. Doch Michel Delpierre fasste sich sofort wieder. »Ich habe gern mit ihm zusammengearbeitet. Er war ein prima Chef.«

»Wie sind Sie an den Job gekommen? Waren Sie schon vorher im Sender tätig?«

»Ja, als Aufnahmeleiter bei den Zwanzig-Uhr-Nachrichten.«

»Ihre erste Stelle bei TF1?«

»Ja. Eigentlich wollte ich Journalist werden. Ich war dann zunächst als Tontechniker beim Rundfunk, dann Aufnahmeleiter beim Fernsehen. Als die Assistentenstelle für Ribanville hausintern bei TF1 ausgeschrieben wurde, habe ich mich sofort beworben. Und Glück gehabt. Es war ein begehrter Job. Anstrengend zwar, aber das hat mir nichts ausgemacht.«

»Inwiefern anstrengend?« Franck musterte den Mann eindringlich. »Viel Stress, Überstunden, kein Wochenende, die Launen Ihres Chefs?«

»Jede Menge Überstunden. Stress ist beim Fernsehen an der Tagesordnung. Und schlechte Laune hat jeder mal, der eine Livesendung verantwortet.«

»Haben Sie ihren Chef gemocht? Ich meine, auf der persönlichen Ebene?«

Michel Delpierre zuckte mit den Schultern.

»Persönlich kannte ich ihn kaum, und privat gar nicht.«

»Obwohl Sie sein Assistent waren. Sein engster Mitarbeiter. Hm.« LaBréa verschränkte die Arme über der Brust. »Wissen Sie, ob Monsieur Ribanville Drogen nahm?«

»Drogen?« Der junge Mann blickte LaBréa erstaunt an. »Das kann ich mir nicht vorstellen.«

»Wieso nicht? Im Showgeschäft wird doch ziemlich viel gekokst. Das ist bekannt.«

»Wenn er Drogen genommen hat, weiß ich jedenfalls nichts davon. Alkohol hat er übrigens kaum getrunken. Nicht im Sender. Nur hin und wieder mal ein Glas Champagner. Wie gesagt, nach den Sendungen.«

»Gibt es sonst noch irgendwas, das wir wissen sollten? Jede Kleinigkeit kann wichtig sein. Überlegen Sie, Monsieur Delpierre. Ihr Chef ist brutal ermordet worden, jemand muss ein handfestes Motiv gehabt haben. Können Sie sich vorstellen, wer das gewesen sein könnte?«

»Nein, Commissaire. Keine Ahnung. Aus dem Umfeld des Senders jedenfalls niemand, da bin ich sicher. Er war bei allen beliebt. Aber eine Sache wäre da noch. Ich weiß nicht, ob das eine Rolle spielt.«

»Sagen Sie es einfach, Monsieur Delpierre.«

»Einer der Kandidaten der Jubiläumssendung hat die Fragen vorher gewusst.«

LaBréa horchte auf und schaltete blitzschnell.

»War das Monsieur Soulier, sein Freund?«, sagte er rasch.

»Ja, Commissaire. Und noch was ... ich weiß, dass Monsieur Ribanville mit ihm vorher abgemacht hatte, wie hoch die Summe sein würde, die Monsieur Soulier gewinnen sollte.«

»Also auch hier ein abgekartetes Spiel? Hätte das nicht auffliegen können?«

»Das mit den Fragen hat niemand außer mir gewusst. Und was die Gewinnsumme betrifft – die hat Monsieur

Ribanville immer vor der Sendung festgesetzt. Damit sie nicht ins Uferlose geht.«

»Und wenn sich abzeichnete, dass jemand mehr gewinnen würde?«

»Dann hat er die Fragen radikal erschwert, so dass der Kandidat keine Chance mehr hatte.«

Der praktizierende Katholik, dachte LaBréa. Ob er diesen Betrug und die Manipulation immer gebeichtet hatte? LaBréa würde es nie erfahren.

Jetzt wandte sich Franck an den Assistenten.

»Léon Soulier hat vor einigen Tagen in der Presse bekanntgegeben, dass er den Gewinnbetrag spenden würde. Wissen Sie, wem?«

»Nein, Monsieur, das weiß ich nicht.«

»Und wie hoch war die Summe, die Monsieur Soulier letzte Nacht gewonnen hat?«

»Genau zweihunderttausend.«

LaBréa nickte. Diese Angabe stimmte mit der Aussage von Léon Soulier, dem zweiten Kandidaten der Show, überein. Er erhob sich und reichte dem jungen Mann die Hand.

»Danke, Monsieur, dass Sie persönlich vorbeigekommen sind. Sind Sie in den nächsten Tagen in der Stadt? Falls wir noch Fragen haben.«

»Ja, ich bin hier. Ich weiß ja gar nicht, wie es jetzt im Sender für mich weitergeht.«

Als die Tür ins Schloss gefallen war, sagte Franck:

»Ich checke sein Alibi.«

»Tun Sie das, Franck.«

»Wenn es wasserdicht ist, streichen wir ihn von der Liste.«

»Sobald Léon Soulier aus London zurück ist, fragen Sie ihn, wer der Empfänger der gespendeten Gewinnsumme ist.«

»Falls er uns das verrät.«

»Das muss er. Es geht hier um Mord und eine illegale Absprache zwischen ihm und dem Opfer. Und schicken Sie ein paar Kollegen los, die sollen die anderen Fernsehleute befragen und ihre Alibis überprüfen.« Er reichte Franck die Liste, die Michel Delpierre mitgebracht hatte. »Wenn ich Zeit habe, sehe ich mir irgendwann den Sendemitschnitt an.«

Franck verließ den Raum. An der Tür begegnete ihm Claudine, die zum Chef wollte.

»Bevor wir die Telefonauszüge komplett bekommen, habe ich schon mal die Handynummer gecheckt, die Ribanville gestern fünfmal angerufen hat.«

»Und?«

»Sie gehört einem gewissen Jean-François Kahn. Ehemaliger Staatssekretär im Kulturministerium.«

»Ach ja?« LaBréa horchte gespannt auf.

»Ribanville und er scheinen dick befreundet gewesen zu sein.«

»In welcher Zeit war der Mann denn Staatssekretär?«

»Von 1992 bis zu seiner Pensionierung 2004. Er hatte die behördliche Oberaufsicht über die TV-Medien.«

»Interessant! Moment mal ...« LaBréa nahm seine Notizen, die er sich während der Google-Suche gemacht hatte, und überflog sie.

»Ab 1992 kletterte Ribanville als stellvertretender Abteilungsleiter auf der Karriereleiter bei TF1 steil nach oben. 2005 startete er das Projekt *Ribanville fragt*, das 2006 auf Sendung ging.«

»Dieser Ex-Staatssekretär hat ihn vielleicht protegiert?«, meinte Claudine.

»Finden Sie das raus, Claudine. Ich will auch wissen, wo der Mann wohnt.«

»Kann ich Ihnen sagen, Chef. In der Normandie. Blonville-sur-Mer. Dort lebt er seit seiner Pensionierung.«

»Verheiratet, Kinder?«

»Ein erwachsener Sohn. Die Ehefrau ist seit Jahren in einer geschlossenen psychiatrischen Anstalt.«

»Mit welcher Diagnose?«

»Schizophrenie.«

»Gibt es sonst noch was über ihn? Politisch gesehen, meine ich.«

»Ich habe nichts gefunden. Unter Mittérand wurde er Staatssekretär, und Chirac hat ihn übernommen, als er an die Macht kam.«

»Erstaunlich, dass zwei Präsidenten unterschiedlicher politischer Couleur denselben Kulturstaatssekretär engagieren.«

»Vielleicht hat er sich immer gut anpassen können? Ein Chamäleon. Kann jederzeit die Farbe wechseln.«

Als Claudine gegangen war, wählte LaBréa die Handynummer von Ex-Staatssekretär Jean-François Kahn. Er nannte seinen Dienstgrad und Namen und teilte ihm mit, dass Yves Ribanville in der letzten Nacht ermordet worden war.

»Ich weiß bereits Bescheid, Commissaire.« Die Stimme am anderen Ende der Leitung klang alt, beinahe greisenhaft. LaBréa wunderte sich. Der Mann war seit vier Jahren in Pension, er konnte höchstens Mitte sechzig sein.

»Wer hat Sie informiert, Monsieur?«

»Ein gemeinsamer Bekannter von Monsieur Ribanville und mir.«

»Gehören Sie zum Freundeskreis von Yves Ribanville?«

»Ja, könnte man so sagen. Wir kennen uns schon sehr lange.«

»Wo halten Sie sich gerade auf, Monsieur Kahn?«

Die Antwort kam ohne Zögern.

»In meinem Haus in Blonville-sur-Mer.«

»Und in der letzten Nacht? Wo waren Sie da?«

Die Stimme des Ex-Staatssekretärs gewann an Festigkeit. Eine Spur Verärgerung lag auch darin.

»Ich wüsste zwar nicht, was Sie das angeht. Aber ich verstehe, dass Sie nach einem Mörder suchen und jeder aus dem Umfeld des Opfers überprüft wird. Also: Ich war den ganzen Abend bei einem Nachbarn. Wir haben uns zusammen die Jubiläumssendung von Ribanville angesehen. Anschließend bin ich nach Hause gefahren. Das war so gegen Mitternacht.«

»Darf ich den Namen Ihres Nachbarn erfahren?«

»Natürlich! Louis Bouvier. Ehemaliger Konsul der französischen Republik in diversen asiatischen Ländern.« Es sollte bedeutungsvoll klingen, doch LaBréa war durch so etwas nicht zu beeindrucken. »Ich gebe Ihnen gern seine Telefonnummer.«

LaBréa notierte sie sich.

»Eine Frage noch, Monsieur. Yves Ribanville hat am gestrigen Tag fünfmal Ihre Nummer gewählt. Das letzte Mal um zweiundzwanzig Uhr zehn. Worum ging es in diesen Gesprächen?«

»Ich glaube nicht, dass ich Ihnen das verraten muss, Commissaire. Nur so viel: Es waren reine Privatgespräche.«

»Er hat nicht angedeutet, dass er Angst hatte, sich verfolgt fühlte? Irgendwas in der Art?«

»Absolut nicht, das kann ich Ihnen versichern.«

»Haben Sie eine Ahnung, wer ihn getötet haben könnte?«

»Nein. Aber ich hoffe, Sie schnappen den Mörder bald! Ich habe einen wunderbaren Freund verloren. Er war für mich wie ein Sohn.«

LaBréa bedankte sich bei dem Ex-Staatssekretär. Gleich darauf rief er Louis Bouvier an, und der Mann bestätigte die Angaben von Jean-François Kahn.

Danach wählte er die Nummer seines Festnetzanschlusses in der Rue des Blancs Manteaux. Jenny meldete sich. Sie klang verschlafen und berichtete, dass sie und Alissa sich gerade ihr Frühstücksmüsli zubereiteten.

»Störe ich euch etwa dabei?«, wollte LaBréa wissen und verdrehte die Augen. Jenny und ihre Frühstücksgewohnheiten ... Dieser Müslikult ging auf das Konto von Jennys Fußballtrainer. Er hatte den Mädchen eingeredet, dass man durch Müsli eine besondere Kondition bekomme, woran LaBréa keinen Augenblick glaubte.

»Nein, Papa, du störst nicht. Céline war auch schon hier und hat uns geweckt. Aber ich mach jetzt Schluss. Wir müssen in die Brûlerie. Alissas Mutter zählt auf uns, bei dem Stress, den sie im Café hat.«

LaBréa schmunzelte. Francine Dalzon, die Besitzerin der Brûlerie, hatte in diesen Tagen nicht mehr Stress als sonst auch. Im Gegenteil. Es war Urlaubs- und Ferienzeit, und da kamen vermutlich weniger Frühstücksgäste als üblich, die einen Espresso tranken, und auch weniger Kunden, die frisch gerösteten Kaffee kauften. Jenny übertrieb mal wieder, wie so oft, wenn sie das, was sie machte, besonders wichtig nahm.

»Wenn es heute Abend bei mir zeitlich klappt, könnten wir mit Céline essen gehen.«

»Ach Papa, mach keine Versprechungen, die du nicht halten kannst.« Jenny lachte abgeklärt und verabschiedete sich.

13. KAPITEL

Kaum hatte er die Verbindung unterbrochen, klingelte es. Auf dem Display sah LaBréa die Nummer der Gerichtsmedizinerin.

»Brigitte? Sag bloß, du bist schon mit Ribanvilles Autopsie fertig!«

»Ich habe mit zwei Assistenten die ganze Nacht durchgearbeitet. Mit meiner Vermutung, was Tatwaffe und Todesursache angehen, liege ich richtig. Der Schlag mit dem Hammer war die Todesursache. Die Verletzungsspuren auf dem Hinterkopf des Opfers entsprechen genau den Abmessungen der Finne eines normal großen und handelsüblichen Schlosserhammers. Ein kleines, aber nicht unwesentliches Detail: Ich habe Rostspuren an den Wundrändern festgestellt.«

»Dann war die Tatwaffe verrostet?« LaBréa stand auf und ging ans Fenster. Auf dem Seitenarm der Seine fuhr ein Ausflugsboot Richtung Westen. LaBréas Blick ging nach rechts, zum Pont Neuf, dem Fundort der Leiche des Jungen.

»Sie hatte rostige Stellen, ja«, sagte Brigitte. »Das war kein Hammer, der jeden Tag benutzt wird. Schon gar nicht das Werkzeug eines einschlägigen Handwerkers. Die besitzen keine rostigen Hämmer, Maurice.«

»Stimmt«, erwiderte LaBréa. Das Ausflugsboot rauschte jetzt direkt am Polizeipräsidium vorbei. Auf dem offenen

Deck befand sich eine Hochzeitsgesellschaft. Die Braut in ihrem weißen Kleid und ein Mann im hellen Anzug (offenbar der Bräutigam) standen wie Galionsfiguren am Bug des Bootes. Eine Viermannkapelle spielte, und die bunt gekleideten Gäste lachten, tranken aus Champagnerkelchen und prosteten einander zu.

»Hörst du mir überhaupt zu, Maurice?«

»Ja, natürlich höre ich dir zu! Ich schau nur gerade auf die Seine und musste an den toten Jungen denken.«

»Was diesen Fall angeht, warte ich auf die Ergebnisse der Leber- und Nierenuntersuchung. Wegen des Valiums.«

»Apropos Valium, Brigitte: irgendein Hinweis auf Drogen bei dem toten Moderator?«

»Nein. Kein Nachweis im Blut und in den inneren Organen. Die sehen übrigens im Großen und Ganzen ziemlich gesund aus.«

»Und sonst?«

»Eine kuriose Geschichte, die du kaum glauben wirst. Aber solche Zufälle gibt es manchmal.«

»Mach's nicht so spannend, Brigitte!«

»Heute Morgen um sechs habe ich Maxime zu Hause angerufen.« Maxime Foucart war Brigittes Ehemann. Ein bekannter Pariser Urologe mit gutgehender Praxis.

»Ich hab ihm gesagt, wer letzte Nacht im Ritz ermordet wurde. Und weißt du was? Yves Ribanville war Patient bei ihm.«

»Tatsächlich? Das ist wirklich ein komischer Zufall! Weshalb war er bei Maxime in Behandlung?«

»Blasenentzündung. Er hatte seit einigen Wochen eine chronische Blasenentzündung. Es bestand zunächst Verdacht auf Blasenkrebs, und Maxime hat eine Zystoskopie durchgeführt.«

»Was ist das?«

»Eine Spiegelung der Harnblase.«

»Und, hatte er Krebs?«

»Nein. Maxime hat ihm gegen die Entzündung ein Antibiotikum verschrieben, das ich in seinem Körper nachweisen konnte.«

LaBréa überlegte einen Moment. Warum erzählte Brigitte ihm das alles so ausführlich? Es hatte nichts mit der Todesursache oder der Tatsache des gewaltsamen Todes von Yves Ribanville zu tun. Plötzlich wusste er die Antwort.

»Du meinst, diese Blasenentzündung könnte der Grund gewesen sein, warum er auf die Toilette ging?«

»Möglicherweise, Maurice. Maxime sagt, bei so einer Entzündung fühlt man ständig einen Druck auf der Blase und geht mindestens jede halbe Stunde zur Toilette.«

LaBréa bedankte sich bei Brigitte und saß einen Moment regungslos an seinem Schreibtisch.

Da Ribanville ganz offensichtlich keine Drogen genommen hatte, konnte es auch kein Dealer gewesen sein, mit dem er sich auf der Toilette des Ritz verabredet hatte. Er hatte sich vielleicht gar nicht verabredet. War es möglich, dass sein Mörder Kenntnis von Ribanvilles Blasenentzündung hatte? Wusste er, dass der Moderator in regelmäßigen und kurzen Abständen eine Toilette aufsuchen musste?

Die Frage war nun, wann hatte Ribanville das letzte Mal *vor* seiner Ermordung eine Toilette aufgesucht? Gleich nachdem er ins Ritz gekommen war, bevor er in den *Salon d'Été* ging? Wenn das der Fall war, käme das Halbstundenintervall bis zum nächsten Toilettengang in etwa hin. LaBréa nahm die Liste mit den Telefonnummern der Partygäste und wählte den privaten Anschluss des Fernsehdirektors. Dieser bestätigte LaBréa, dass Ribanville bei der Ankunft im Hotel kurz eine Toilette aufgesucht hatte, und zwar nicht beim *Salon d'Été*, sondern in der Hotelhalle.

Die Rue Baudricourt im Dreizehnten Arrondissement lag in der Nähe einer großen Grünanlage, wodurch der mangelnde Charme dieser Straße ein wenig ausgeglichen wurde. Das Gebäude mit der Hausnummer acht war ein dreistöckiger Backsteinbau. Es hätte ein Verwaltungsgebäude aus dem späten neunzehnten Jahrhundert sein können, eine Schule oder ein Krankenhaus. Doch ein großes steinernes Kreuz, als Halbrelief an der Außenfassade angebracht, wies auf eine kirchliche Einrichtung hin. An der rechten Seite gab es eine Toreinfahrt, die offen stand. Dahinter erstreckte sich, im Anschluss an den Innenhof, eine parkähnliche Grünanlage. Im Innenhof parkten mehrere Autos. Am Tor war ein Messingschild angebracht: *Maison de Dieu*.

Schräg gegenüber, auf der anderen Straßenseite, befand sich das Collège Gustave Flaubert. Ein Schulzentrum, das die meisten der elternlosen Kinder aus der *Maison de Dieu* besuchten, wie Claudine in Erfahrung gebracht hatte. Jetzt, in den Sommerferien, war die Schule, ein hässlicher Sechzigerjahrebau, leer und verlassen.

Jean-Marc Lagarde, genannt »Paradiesvogel«, parkte den Wagen vor dem Schulgebäude. Auf dem Weg hierher war er rasch bei seiner Wohnung vorbeigefahren, um zu duschen und sich umzuziehen. Erneut kündigte sich ein extrem heißer Tag an. Deshalb hatte er ein Paar grünlila gestreifte dreiviertellange Leinenhosen gewählt, dazu ein ärmelloses Shirt in einem leuchtenden Hellgrün. Quer über der Brustseite prangte in roten Lettern das Wort *beach*. Über dem Shirt trug er eine ärmellose Safariweste in Tarnfarbenoptik, die seine Dienstwaffe am Gürtelhalfter verdeckte. Bereits in der letzten Woche hatte Jean-Marc ein neues Klebetattoo auf seinem linken Oberarm angebracht. Einen kleinen bunten Schmetterling, der farblich zu all seinen Sommeroutfits passte. Franck hatte bereits bissige zweideutige Bemerkungen gemacht und gemeint, nur Weicheier schmückten sich mit Klebetattoos, die eher etwas für Weiber oder Schwule seien. Er selbst hatte sich schon vor Jahren einen Adler mit ausgebreiteten Schwingen auf den Oberarm tätowieren lassen. Ein echtes Tattoo, für das man die Zähne zusammenbeißen und leiden musste.

Vor der Schule standen Bänke. Der ideale Beobachtungsposten, dachte Jean-Marc und setzte sich so, dass er die Toreinfahrt zur *Maison de Dieu* gut sehen konnte. Er hatte keinen Plan. Das Gelände der Einrichtung zu betreten, Privatgelände der Kirche, kam nicht infrage. In seiner Funktion als Polizist konnte er dort nicht auftreten. Die einzige Möglichkeit schien, auf einen Zufall zu hoffen. Vielleicht verließ einer der Jungen, die nicht in die Ferien gefahren waren, die Einrichtung? Jetzt, kurz nach neun, war niemand auf dem Gelände zu entdecken.

Nach einer Viertelstunde verließ Jean-Marc seinen Beobachtungsposten auf der Bank. Auf diese Weise vertrödelte er nur seine Zeit, so viel schien klar.

Auf derselben Straßenseite wie die *Maison de Dieu* lag ein Café-Tabac. Daneben ein Gemüseladen und etwas weiter eine Fleischerei. Jean-Marc begann mit dem Café. Auf dem Bürgersteig gruppierten sich drei Stühle um einen Tisch, an dem niemand saß. An einer Seite innen an der Bar des Lokals gab es Regale mit Zigaretten und Tabak. In einer verstaubten Glasschale auf dem Tresen lagen Rubbellose. Der Raum konnte einen neuen Anstrich gebrauchen. Die abwaschbare Ölfarbe an den Wänden war vergilbt, das Mobiliar jahrzehntealt. An der Wand neben dem Schild »Toiletten« hing ein altes Wahlplakat der Front National mit LePen in Großaufnahme. Slogan: *La France aux Français*. Alles in dieser Kneipe wirkte heruntergekommen. Ein typisches Café-Tabac, wie es sie dutzendfach in jedem Arrondissement gab. Schon immer hatte Jean-Marc sich gefragt, wie sich diese Lokale, in denen kaum Gäste verkehrten, überhaupt halten konnten.

Der Wirt, ein Mann mittleren Alters mit kahlrasiertem Schädel und asiatischem Einschlag, säuberte mit einem nassen Lappen den Tresen. Jean-Marc war der einzige Gast. Er setzte sich auf einen der Barhocker. Der Wirt blickte auf, musterte ihn kühl und fragte kurz angebunden: »Wollen Sie irgendwas?«

»Eine Cola bitte«, erwiderte Jean-Marc.

Mit dem Wischlappen in der Hand holte der Wirt eine Flasche Cola aus dem Kühlfach, öffnete sie und knallte sie auf den Tresen. Seine Bewegungen hatten etwas Widerstrebendes, als bediente er Jean-Marc nur ungern. Aus dem Regal an der Wand nahm er ein Glas und stellte es dazu. Jean-Marc schenkte die Cola ein und trank einen Schluck.

Er bemerkte den abschätzenden Blick des Wirts, der von seinem Shirt zum Tattoo wanderte. Der Mann legte den Lappen beiseite und fing an, die Spülmaschine unter dem Tresen auszuräumen. Der Paradiesvogel begann ein Gespräch.

»Sagen Sie, hier in der Straße ist doch dieses Waisenhaus. *Maison de Dieu.*«

Der Wirt, der soeben das Besteck aus dem Spülkorb klaubte, hielt mitten in der Bewegung inne.

»Und – was ist damit?«

»Kennen Sie die Kinder, die dort untergebracht sind?«

Der Mann sah ihn misstrauisch an. Seine ohnehin schmalen Augen wurden zu Schlitzen.

»Wieso interessiert Sie das?« Er legte das gespülte Besteck auf die Ablage neben dem Zapfhahn für Bier.

»Nur so.«

»Nur so?« Der Wirt beugte sich über den Tresen. Sein Gesicht kam Jean-Marc ganz nah. Mit einem drohenden Unterton in der Stimme fuhr er fort. »Willst du mich verarschen? Jemand, der so aussieht wie du, interessiert sich doch nur aus einem ganz bestimmten Grund für kleine Jungs, oder?« Ungeniert duzte er Jean-Marc.

Jean-Marc traute seinen Ohren nicht. Hielt dieser Typ ihn etwa … Jetzt packte der Mann ihn am Revers seiner Weste. Jean-Marc bemerkte die muskulösen Arme seines Gegenübers. Arme, die im Fitnessstudio Gewichte stemmten. Seine Hände waren wie Schraubstöcke, und sein Atem roch nach Zigarettenrauch und Zwiebeln.

»Ich sag dir was, Freundchen«, zischte er. »Verschwinde hier sofort, oder ich ruf die Polizei!«

Mit einem schnellen, geübten Griff befreite Jean-Marc sich vom Arm seines Gegenübers und stieß ihn zurück.

»Die brauchen Sie nicht zu rufen, Monsieur«, sagte er lässig und holte seinen Dienstausweis aus einer der zahlreichen Westentaschen. »Die ist schon hier. Brigade Criminelle.«

Als er einen Blick auf das blau-weiß-rote Dokument mit Jean-Marcs Foto warf, schien der Wirt einen Moment lang verblüfft. Doch dann wischte er sich mit einer heftigen Geste beide Hände an seinen Jeans ab, als hätte er sich an Jean-Marcs Safariweste mit einem gefährlichen Virus infiziert.

»Das ändert nichts daran, was Sie meiner Meinung nach für einer sind«, murmelte der Wirt feindselig und ging wieder zum Sie über. Wenigstens das hatte Jean-Marcs Dienstausweis bewirkt.

»Was ich für einer bin, wie Sie so schön sagen, geht Sie gar nichts an. Und jetzt beantworten Sie bitte meine Frage! Kennen Sie die Jungen, die in der *Maison de Dieu* wohnen?«

Der Wirt presste die Lippen zusammen. Seine Miene wirkte ebenso finster wie sein Blick. Er antwortete nicht. Jean-Marc zog das Foto von Joseph Croix aus der Tasche.

»Den hier zum Beispiel. Haben Sie den schon mal gesehen?« Der Wirt überlegte, ob er antworten sollte, dann nickte er vage.

»Ist der nicht als vermisst gemeldet?« Er kratzte sich am unrasierten Kinn. Es schabte wie auf einem Stück Sandpapier. »Der Priester hat das Foto vor ein paar Tagen hier in den Geschäften verteilt. Ich hab's aber nicht ausgehängt.«

»Warum nicht?«

»Das geht Sie einen Dreck an. In meinem Laden kann ich tun und lassen, was ich will.«

Genau, dachte Jean-Marc. Ein Wahlplakat der Ultrarechten an die Wand hängen, aber nicht das Foto eines vermissten Waisenjungen.

Die Feindseligkeit aus dem Blick des Mannes war nicht gewichen. Jean-Marc seufzte und schüttelte leicht den Kopf. Da redete man in diesem Land nun von Toleranz, von Dingen, die sich angeblich verändert hatten. Es gab das Antidiskriminierungsgesetz, wonach niemand wegen seines Geschlechts, seiner ethnischen Herkunft oder seiner sexuellen Orientierung diskriminiert werden durfte. Und hier saß er nun dem Inbegriff eines Schwulenhassers gegenüber, der mit seiner Meinung nicht hinterm Berg hielt. Der Paradiesvogel entsprach in den Augen dieses Typs anscheinend genau dem Klischeebild eines »Kinderfickers«. Jemand, der sich im Umfeld einer Schule herumtrieb, auf Spielplätzen, oder vor einem Waisenhaus, um dort nach Beute Ausschau zu halten. Kleine Jungs … die Anspielung war deutlich genug gewesen. Jean-Marc wusste nur allzu gut, dass genügend Männer herumliefen, auf die all dies zutraf. Er entschloss sich, das Verhalten des Wirts nicht persönlich zu nehmen. Leute wie ihn würde es immer geben. Was die Vorurteile der Mehrzahl der Bevölkerung anging, würde sich wahrscheinlich nie etwas ändern.

Von diesem Mann würde er nichts erfahren, das hatte Jean-Marc begriffen. Dennoch machte er einen letzten Versuch. Einer spontanen Eingebung folgend, zog er das Porträtfoto des toten Jungen aus der Seine hervor. Das Foto war entstanden, nachdem Dr. Foucart das Gesicht des Jungen gesäubert hatte. Es erweckte den Eindruck, als schliefe er.

»Und diesen Jungen hier, kennen Sie den?« Der Wirt machte sich gar nicht erst die Mühe, einen Blick darauf zu werfen, sondern sagte gleich: »Nein. Nie gesehen.«

Jean-Marc zahlte die Cola und trank im Stehen noch den letzten Schluck.

Als er das Café-Tabac verließ, schlug ihm die Hitze entgegen. Kein Lüftchen wehte durch die Straße. Die Temperatur mochte bereits an die dreißig Grad betragen und würde weiter steigen.

Ein alter Mann in kurzen Sporthosen, Badeschlappen und Unterhemd führte seinen Hund über den Bürgersteig. Die undefinierbare Promenadenmischung mit widerspenstigem, grauem Fell hob das Bein und pinkelte an einen Laternenmast. Der Mann sprach mit dem Tier, lächelte ihm zu. Es schien fast, als ob der Hund zurücklächelte. Die beiden ähnelten einander, wie Weggefährten, die eine lange Strecke eines einsamen Daseins gemeinsam zurückgelegt hatten.

Jean-Marc betrat den Gemüseladen neben dem Café. Eine rundliche, junge Schwarze mit blond gefärbten Haaren bediente zwei in die Jahre gekommene Frauen, die wie Mutter und Tochter aussahen. Als die beiden das Geschäft verlassen hatten, wandte sich Jean-Marc an die Gemüsehändlerin. Er zeigte seinen Polizeiausweis und das Fahndungsfoto von Joseph Croix. Noch bevor er seine Frage stellen konnte, begann die Frau zu reden, als hätte man auf einen Knopf gedrückt.

»Oh mein Gott, ja! Der kleine Joseph aus dem Heim!« Ein Hoffnungsschimmer blitzte in ihren dunklen Augen auf. »Wurde er endlich gefunden?«

»Leider noch nicht, Madame«, erwiderte Jean-Marc. Er war sich dessen sicher, denn vorhin auf der Fahrt hierher hatte er bei den Kollegen des Kommissariats angerufen, wo der Junge als vermisst gemeldet worden war. Bisher war er nicht wieder aufgetaucht.

»Sie kennen Joseph?«, fuhr Jean-Marc fort. Die Frau nickte.

»Ein Engel von einem Kind. Wenn ich nicht schon selbst drei hätte, würde ich ihn glatt adoptieren.« Sie lachte, wurde jedoch sofort wieder ernst. »Mein Gott, ich will mir gar nicht ausmalen, was alles passiert sein könnte.«

»Kennen Sie auch die anderen Kinder aus dem Heim, Madame?«

»Ja, ich kenne sie alle. Und wissen Sie, warum?« Sie lächelte verschmitzt und deutete auf ein großes Glas mit Bonbons und Weingummi, das gleich neben der Kasse stand. »Nach der Schule kommen sie immer vorbei und dürfen dann ins Glas langen. Die armen Jungs haben ja niemanden, der sie sonst verwöhnt.« Ihr Gesicht strömte über vor Mitleid.

»Und jetzt, in den Ferien? Kommen sie da auch vorbei? Ich meine diejenigen, die nicht weggefahren sind.«

»Selten. Meistens dürfen sie das Heim nicht verlassen. Und seit Joseph verschwunden ist, schon gar nicht.«

Plötzlich reckte die Frau den Kopf und blickte seitlich an Jean-Marc vorbei.

»Guten Morgen, Herr Kaplan!«, sagte sie laut.

Der Paradiesvogel drehte sich um. Hinter ihm stand ein Mann in schwarzem Anzug mit Priesterkragen.

»Monsieur l'inspecteur wollte wissen, ob ich Joseph und die anderen Kinder kenne«, fügte die Gemüsehändlerin hinzu und wedelte mit dem Fahndungsfoto herum.

Jean-Marc nahm ihr das Foto aus der Hand und steckte es ein. Er ahnte, dass es sich bei dem Kaplan um Monsieur Coulon handelte. Claudine hatte den Mann beschrieben, bevor der Paradiesvogel hierhergefahren war.

Kaplan Coulon beachtete die Frau gar nicht, sondern wandte sich gleich an Jean-Marc.

»Inspecteur?«, sagte er erstaunt und mit argwöhnischem Blick. »Sind Sie von der Polizei?«

So ein Mist, dachte Jean-Marc und hätte sich ohrfeigen können. Um jeden Preis hatte er vermeiden wollen, dass jemand von der *Maison de Dieu* Wind davon bekam, dass Kaplan Coulons Angaben überprüft wurden. Jetzt war das Kind in den Brunnen gefallen und er musste sehen, wie er aus der Situation herauskam.

»Reine Routine, Hochwürden«, sagte er und bemühte sich, möglichst cool zu wirken. »Ich gehöre zum Team von Commissaire LaBréa. Der tote Junge aus der Seine. Sie wissen schon, Monsieur.«

»Und da spionieren Sie mir nach und stellen meine Aussage infrage? Ich habe dem Commissaire doch gesagt, dass unser Joseph nicht dieser Junge ist und dass ich Ihren toten Jungen nicht kenne!«

»Ich weiß, Hochwürden.«

»Zweifelt die Polizei etwa meine Aussage an?!«

»Keineswegs, Monsieur.«

»Dann verstehe ich nicht, wieso Sie hier auftauchen und die Nachbarschaft befragen.«

Jetzt sitze ich richtig tief in der Scheiße, dachte Jean-Marc. Er ahnte, was als Nächstes kommen würde.

»Sie glauben doch nicht, dass ich das einfach so hinnehme. Wie ist Ihr Name, Monsieur? Zeigen Sie mir bitte Ihren Dienstausweis.«

Schweren Herzens folgte Jean-Marc dieser Aufforderung. Der Kaplan ließ sich von der Gemüsefrau ein Stück Papier geben und notierte Jean-Marcs Namen.

»Das wird ein Nachspiel haben, Leutnant Lagarde. Sie und Ihre Kollegen sollten lieber alles daransetzen, unseren Joseph zu finden, statt den guten Namen der *Maison de Dieu* mit einem Mordfall in Verbindung zu bringen.«

»Das tun wir doch gar nicht, Monsieur«, wagte Jean-Marc zu widersprechen.

Der Kaplan drehte sich abrupt um und ließ Jean-Marc einfach stehen. Er marschierte den Gang entlang zu dem Stand mit frischem Obst.

»Ich hätte gern Himbeeren, Johannisbeeren und Pfirsiche, Madame Siston«, rief er der Gemüsefrau zu, die das Gespräch stumm und mit weit aufgerissenen Augen verfolgt hatte. »Die Köchin will heute für unsere Jungs, die nicht verreisen konnten, als Nachtisch eine Obstkaltschale machen.«

Der Paradiesvogel verließ den Laden. Noch hatte er nicht die geringste Ahnung, wie er seinem Chef die stümperhafte Panne, die ihm hier unterlaufen war, beibringen sollte. Mit einem unguten Gefühl fuhr er zurück zum Quai des Orfèvres.

14. KAPITEL

Es war elf Uhr vormittags. In den letzten Stunden hatte LaBréa eine Menge Routinearbeit erledigt. Ein Telefonat mit Ermittlungsrichter Couperin, der vom Tod des Moderators in den Morgennachrichten gehört hatte und sich erst dann in die Ermittlungen einschalten wollte, wenn LaBréa einen Tatverdächtigen präsentieren konnte. Ein Besuch im Büro von Direktor Thibon, der seine schriftliche Zeugenaussage schon bereithielt. Um vierzehn Uhr sollte eine Pressekonferenz stattfinden. Der Mord am Moderator war das Thema des Tages. Dementsprechend groß würde der Andrang von Journalisten, Reportern und Kamerateams sein. Zum Glück legte der Schöngeist keinen Wert auf LaBréas Anwesenheit – Thibon stand bei solchen Anlässen gern selbst im Mittelpunkt. LaBréa kam es sehr gelegen, seine Zeit nicht mit den unbequemen und provozierenden Fragen der Presseleute zu vergeuden.

Er saß an seinem Schreibtisch und las den Autopsiebericht über den toten Jungen, den Brigitte Foucart ihm vor wenigen Minuten samt Fotos auf seinen Rechner geschickt hatte. Brigitte hatte ihn vorher angerufen und gesagt, dass sie in den Nieren und der Leber des Kindes tatsächlich ältere Spuren von Valium nachweisen konnte. Das ließ eindeutig darauf schließen, dass der Junge über einen längeren Zeitraum regelmäßig ruhiggestellt worden war. Sicher um ihn gefügig zu machen und jeglichen Widerstand gegen das zu brechen, was ihm offenkundig angetan worden war. Die Fotos des Opfers lagen ausgebreitet vor LaBréa auf dem Schreibtisch. Die ersten Aufnahmen am Brückenpfeiler, von einem der Feuerwehrtaucher aufgenommen. Die nächsten Bilder zeigten den mit Schlick und Unrat bedeckten Leichnam an Deck des Polizeibootes. Die gefesselten Hände. Der magere Körper mit den schmalen, fast mädchenhaften Gliedmaßen. Die geschminkten Augen, die das Mädchenhafte noch unterstrichen. Die Treibverletzungen. Der nackte Leichnam auf dem Sektionstisch, gewaschen und kurz bevor die Gerichtsmedizinerin den ersten Schnitt gemacht hatte. Eine Großaufnahme des Gesäßes, der Anusregion. LaBréa betrachtete die Risse und Hautläsionen in diesem Bereich, und ihm wurde fast übel. Wie lange hatte das Martyrium dieses Jungen gedauert? Wer waren die Täter, die ihn gequält, vergewaltigt, in Todesangst versetzt und schließlich im Meerwasser ertränkt hatten? Männer, die sich skrupellos am zarten Körper eines Kindes vergingen. Männer, wie es sie zu Tausenden allein in diesem Land gab. Sie trieben ihr Unwesen im Schattenreich des Bösen. Für das Ausleben perverser Fantasien war dieser Junge geopfert worden. Für den ganz besonderen Kick. Erneut stiegen Wut und Abscheu in LaBréa hoch.

Aufmerksam las er jetzt den Bericht. Er fand nichts Neues darin. Nichts, was er übersehen hatte, keinen Ansatz zu einer konkreten Spur. LaBréa seufzte und legte den Bericht beiseite. Mit Direktor Thibon hatte er am Morgen besprochen, ein Foto des toten Jungen an Presse und Fernsehen auszuhändigen. Wer kannte dieses Kind? LaBréa erhoffte sich eine Reaktion seitens der Bevölkerung, die die Ermittlungen vorantreiben konnte.

Jean-Marc wollte nach seiner Rückkehr aus dem Dreizehnten Arrondissement mit einem Computerspezialisten der Abteilung vier im Internet recherchieren. Es gab neue Computerprogramme bei der Polizei, mit denen man die verschlungenen Wege zu getarnten Pädophilen-Webseiten aufdecken und zurückverfolgen konnte. LaBréa wusste, dass die Chance, im Internet ein Bild des Jungen zu entdecken, sehr gering war. Es gab Tausende von entsprechenden Dateien und keine Garantie, dass der oder die Mörder des Jungen sich überhaupt im Netz tummelten.

Fracasse und Schumann aus der Abteilung zwei waren zum Sender TF1 gefahren, um das Team zu befragen, das am gestrigen Abend mit Moderator Ribanville zusammengearbeitet hatte. Vor zehn Minuten hatte Fracasse sich telefonisch gemeldet. Niemand von den Leuten schien verdächtig. Nach der Sendung waren einige von ihnen noch in einem nahe gelegenen Restaurant zum Essen gewesen. Die anderen, darunter die Aufnahmeleiterin, ein Kameramann und die Bildmischerin, waren nach Hause gegangen und hatten ein Alibi, das allerdings jeweils noch gecheckt werden musste.

»Hatte Ribanville in seinem Büro einen Computer?«

»Ja, hatte er. Wir haben ihn mitgenommen.«

Franck war gegen acht Uhr zum Parc de Belleville gefahren und hatte noch einmal nach dem Clochard Nick Sabatier gesucht. Sein Platz hinter der Buchsbaumhecke war bis auf die Pappkartonreste verwaist, der Schlafsack entfernt. Offenbar war der Clochard irgendwann in der Nacht zurückgekehrt und hatte mit seinen Habseligkeiten das Weite gesucht. Bedeutete dies, dass er in den Mord an dem Moderator verwickelt war? Franck setzte sich mit den Kollegen des Kommissariats in Verbindung. Einige Polizisten in Uniform durchkämmten den Park und die umliegenden Straßen. Von Nick Sabatier keine Spur.

Jetzt wollte Franck zusammen mit Claudine das Alibi von Ribanvilles Assistenten überprüfen. Die beiden fuhren zum Sozialamt des Vierzehnten Arrondissements, wo Véra Marchand arbeitete. Anschließend wollte Claudine dem Geschäftspartner Frédéric Dubois einen Besuch abstatten. Er gehörte ebenfalls zum Freundeskreis des toten Moderators, war jedoch der gestrigen Party ferngeblieben. Hatte er überhaupt eine Einladung erhalten?

Es klopfte an die Tür, und Jean-Marc betrat LaBréas Büro. Er hatte ein betretenes Gesicht aufgesetzt.

»Ich hab's vermasselt, Chef. Tut mir leid«, begann er kleinlaut. In wenigen Worten erzählte er, was passiert war, wobei er die Feindseligkeit und die Anspielungen des Wirts im Café-Tabac aussparte.

LaBréa war wütend. Er hasste es, seine Mitarbeiter zurechtzustutzen, aber diesmal schien es angebracht.

»Sind Sie verrückt geworden? Wie konnte das passieren?«, herrschte er den Paradiesvogel an. »Ich hatte ausdrücklich gesagt: Diskretion!«

»Ich weiß, Chef.«

»Ihre Vorgehensweise war genau das Gegenteil. Wie ein blutiger Anfänger haben Sie sich benommen!«

»Tut mir leid.«

»Das nützt jetzt nichts mehr.« LaBréa schwieg und blickte seinen Mitarbeiter kopfschüttelnd an. Seine Stimme wurde ein Spur milder. »So was kenne ich gar nicht von Ihnen. Ist irgendwas los? Haben Sie Probleme, Jean-Marc?«

Der Paradiesvogel schüttelte den Kopf.

»Nein, aber ich wusste wirklich nicht, was ich machen soll.«

»Sie hätten nie so direkt nach dem vermissten Jungen aus der *Maison de Dieu* fragen und auch nie sein Foto zeigen dürfen. Es war doch klar, dass der Kaplan sauer reagiert, wenn er erfährt, dass wir das Bild von Joseph Croix herumzeigen und auf die Art seine Aussage überprüfen.«

Jean-Marc antwortete nicht. Man sah ihm an, dass ihm diese Sache äußerst unangenehm war.

»Sie hätten nur das Foto des unbekannten Jungen aus der Seine zeigen dürfen. Nach dessen Identität suchen wir schließlich. Und zwar überall und mit allen Mitteln, auch im Dreizehnten Arrondissement. Es geht nach außen hin nur darum, ob ihn jemand aus dem Umfeld der *Maison de Dieu* erkennt. Wegen der merkwürdigen Duplizität der Ereignisse. Wir haben eine nicht identifizierte Kinderleiche, und gleichzeitig wird ein gleichaltriger Junge vermisst.«

»Stimmt, Chef, da stand ich irgendwie auf der Leitung.«

»Unser Fall dreht sich um einen brutalen Mord«, fuhr LaBréa fort. »Niemand wäre auf die Idee gekommen, dass wir eigentlich die Aussage des Kaplans überprüfen wollten.«

»Wenigstens wissen wir jetzt, dass der vermisste Junge aus dem Waisenhaus tatsächlich Joseph Croix ist.«

»Ja. Und deshalb können wir die *Maison de Dieu* auch abhaken.«

Das Telefon auf LaBréas Schreibtisch klingelte. Er hob den Hörer ab.

»Guten Morgen ... Ja, ich hatte meinem Mitarbeiter den Auftrag dazu gegeben. Aber da ist ihm leider ein Irrtum unterlaufen. Er hat aus Versehen das falsche Foto ... Ja, er ist gerade bei mir und hat es mir erklärt. Sagen Sie seiner Eminenz, das Ganze ist ein unglückliches Missgeschick, wofür wir uns aufrichtig entschuldigen. Nein, wir zweifeln keineswegs seine Aussage an. Ja, danke, Wiederhören.«

Er legte auf.

»Das war der Ermittlungsrichter. Das ging ja schnell ... der Erzbischof von Paris hat ihn angerufen und sich über uns beschwert. Dieser Kaplan Coulon hat anscheinend ausgezeichnete Verbindungen.« Er erhob sich von seinem Schreibtisch.

»Bei Leuten, die sofort ihre Verbindungen spielen lassen bin ich eigentlich immer misstrauisch. Ziehen Sie mal Erkundigungen über diesen Heimleiter ein. Ich habe seinen Namen gegoogelt, aber nichts Persönliches über ihn erfahren.«

»Okay, Chef. Und danke!«

»Wofür?«

»Für Ihre Rückendeckung dem Ermittlungsrichter gegenüber.«

»Meine Leute decke ich immer. Aber eins sage ich Ihnen, Jean-Marc: Noch so ein Schnitzer, und Sie lernen mich von einer ganz anderen Seite kennen!«

LaBréa lenkte seinen Wagen durch den dichten Mittagsverkehr. Er wollte einige Leute aus dem engeren Umfeld von Yves Ribanville befragen. Mit der Frau des Schauspielers Lecadre würde er beginnen.

Der Schauspieler und seine Frau wohnten an der Place des Vosges, einer der teuersten Gegenden der Stadt. Das traf sich gut, konnte doch LaBréa einen Abstecher in Francine Dalzons Brûlerie machen und Jenny kurz Guten Tag sagen.

Er entdeckte einen Parkplatz im Halteverbot einer Ladezone nahe der Ecke Rue Birague. In Paris mit seiner chronischen Parkplatznot fanden auch die Fahrzeuge der Polizei nur selten einen legalen Parkplatz. Den Strafzettel, den er hier mit Sicherheit kassierte, würde er wie immer in seiner Dienststelle einreichen.

Die Brûlerie lag nur wenige Schritte entfernt. In der heißen Jahreszeit stellte Francine Dalzon einige Stehtische unter die Arkaden. Sie waren jetzt um die Mittagszeit alle besetzt. Geschäftsleute, Angestellte und Azubis tranken hier einen schnellen Kaffee oder ein kühles Erfrischungsgetränk. Francine hatte in diesem Sommer ihre Konzession erweitert und bot erstmalig auch kleine Snacks an. Verschiedene Sorten Quiche mit Salat, Croque Monsieur und diverse Sandwiches. Ihre Alkoholkonzession beschränkte sich auf Wein und Flaschenbier. Harte Sachen durfte sie nicht verkaufen.

Auch im Innenraum der Brûlerie waren sämtliche Stehtische besetzt. Jenny hatte also doch nicht übertrieben, was die viele Arbeit in der Brûlerie betraf. Als LaBréa den Raum betrat, wäre er beinahe mit Alissa zusammengeprallt, die ein Tablett mit Limoflaschen und zwei Tassen Espresso vor sich herbalancierte und nach draußen wollte.

»Vorsicht, Monsieur!«, rief sie, und LaBréa machte ihr gerade noch rechtzeitig Platz. Alissas Mutter kassierte an einem der Tische ab, und Jenny stand an der Espressomaschine.

»Hallo Papa«, rief sie und winkte ihm kurz zu.

»Hallo, Chérie.«

»Das ist ja mal 'ne Überraschung!« Sie ließ Kaffee in zwei Tassen laufen. »Willst du was essen? Oder nur einen Espresso?«

»Mal schauen, was ihr so habt.«

LaBréa ging zum Tresen und warf einen Blick auf die Sandwiches und Quiches in der Auslage. Eigentlich hatte er noch keinen Hunger und auf Sandwiches schon gar nicht. Sie waren die ebenso ungeliebte wie unvermeidliche Grund- und Notnahrung aller Polizeibeamten. Doch er wollte Jenny nicht enttäuschen.

»Ich nehme eine Quiche mit Schinken und Ziegenkäse«, sagte er. Jetzt betrachtete er seine Tochter genauer. Ihr Gesicht war vor Eifer und Anstrengung gerötet. Schnell und routiniert hantierte sie an der großen Espressomaschine. Beim Anblick ihres T-Shirts schmunzelte er. Ein brandneues Teil, und Jenny hatte es offensichtlich am gestrigen Abend nach dem Konzert erstanden. Es war schwarz mit der senkrechten Aufschrift in roten Buchstaben *Tokio Hotel*. Auf der rechten Seite ein stilisiertes Bild von Bill, dem Schwarm aller Mädchen.

Als Alissa jetzt von draußen zurückkam und am Tresen die beiden Espressi holte, bemerkte LaBréa, dass sie das gleiche T-Shirt trug.

Jenny schnitt ein Stück von der Quiche ab und platzierte sie auf einem Teller in der Mikrowelle. Während er auf sein Essen wartete, wechselte er ein paar belanglose Worte mit Alissas Mutter.

Die Quiche schmeckte gut, und nach dem Essen ließ LaBréa sich von Jenny einen starken Espresso zubereiten. Er lobte die schöne Crema, und seine Tochter strahlte. Dann standen die nächsten Bestellungen an, und Jenny nahm zwei Flaschen Bier aus dem Kühlschrank. Der Ferienjob hier in der Brûlerie machte ihr großen Spaß, das sah man.

Zehn Minuten später verließ er die Brûlerie. Jenny hatte sogar Zeit gefunden, ihm drei schnelle Küsschen auf die Wangen zu hauchen und ihn daran zu erinnern, dass er am Abend mit ihr und Céline essen gehen wollte.

LaBréa überquerte die Place des Vosges durch die Grünanlage. Auf dem Rasen lagerten ein paar mutige junge Leute, denen die Hitze nichts auszumachen schien. An der Reiterstatue Ludwigs XIV. blieb LaBréa einen Moment stehen. Jemand hatte mit grüner Farbe das Wort »fuck« auf die Schmalseite des Sandsteinsockels gesprüht. Die Schmiererei würde keine vierundzwanzig Stunden überleben. Peinlich genau achtete die Pariser Stadtreinigung darauf, dass Denkmäler und Standbilder, ebenso wie die Fassaden des Louvre und anderer Sehenswürdigkeiten, möglichst schnell von jeglichen Graffiti gereinigt wurden.

Die Wohnung des Schauspielers und der Agentin lag an der Ecke Rue de Béarn, gleich neben einem Blumengeschäft. LaBréa hatte den Namen von Chantal Coquillon am Morgen ebenfalls gegoogelt und sich mit ihrem beruflichen Werdegang vertraut gemacht. Geboren und aufgewachsen war sie in Nantes. Auch Yves Ribanville hatte in dieser Stadt das Licht der Welt erblickt. Chantal Coquillon war zwanzig Jahre älter als der Moderator. Unwahrscheinlich, dass die beiden sich von früher kannten, eine gemeinsame Jugend verbracht hatten. Bei Wikipedia war ein Foto der Agentin gespeichert, auf dem sie unglaublich jung aussah. Eine attraktive, dunkelhaarige Frau mit Modelfigur. Sicher keine Aufnahme aus jüngster Zeit.

Gegen zehn Uhr hatte er bei ihr angerufen und sein Kommen angekündigt. Sie hatte ihm den vierstelligen Türcode genannt, den LaBréa jetzt ins Tableau neben der Haustür eingab. Er durchquerte eine dunkel getäfelte Eingangshalle und stieg die Treppe hoch. Die Wandmalereien im Treppenhaus mit ihren verblassten Farben verströmten den Atem der Geschichte, der diesem Gebäude seine spezielle Note gab. Ein leichter Geruch von Feuchtigkeit lag in der Luft. Das konnte am alten Gemäuer liegen. Die Häuser rund um die Place des Vosges, zu Beginn des siebzehnten Jahrhunderts auf Anordnung von Heinrich IV errichtet, standen immer noch auf ihren jahrhundertealten ursprünglichen Fundamenten. Alle Gebäude waren einheitlich dreigeschossig angelegt und dienten seinerzeit Adel und Klerus als Stadtpalais. Später wohnten hier auch namhafte Schriftsteller und Künstler. In ihrer Symmetrie und mit den durchlaufenden Arkaden im Erdgeschoss war die Architektur dieses Platzes die erste dieser Art in Europa.

Im zweiten Stock angekommen, klingelte LaBréa an der hohen Eichentür ohne Namensschild. Wenig später wurde geöffnet, und er stand einer äußerst fülligen Frau gegenüber. Mit dem Menschen auf dem Foto bei Wikipedia hatte sie kaum noch Ähnlichkeit. Chantal Coquillon bat LaBréa herein und führte ihn in einen Salon mit Empiremöbeln und Stuckaturen an der Decke. LaBréa bemerkte, dass ihr Gang in den flachen Ballerinas ein wenig schleppend wirkte. Der trübe Glanz ihrer Augen, die ihn nur kurz angesehen hatten, sowie ihre verlangsamte Mimik ließen den Schluss zu, dass die Frau Drogen oder Medikamente nahm.

Sie bot ihm an, auf einem der Sessel Platz zu nehmen. Auf einem Tischchen daneben standen eine Flasche Mineralwasser und ein Glas.

»Bedienen Sie sich, Commissaire. Sie können aber auch gern einen Kaffee bekommen«, sagte Chantal Coquillon.

»Nein danke, ich habe gerade in der Brûlerie einen Espresso getrunken.«

»Wie Sie möchten.« Ihre Stimme war die einer starken Raucherin. Und als gälte es, das zu bestätigen, fischte sie aus einem Päckchen Pall Mall eine filterlose Zigarette.

»Es stört Sie hoffentlich nicht.« Ihr Feuerzeug schnappte auf, und ein erster Schwall Rauch stieg empor.

Chantal Coquillon schien darauf vorbereitet zu sein, dass die Polizei sie befragen würde. Wenn sie tatsächlich Tabletten oder andere Drogen nahm, hatte sie sich jetzt gut im Griff. Auf LaBréas Fragen antwortete sie kurz und präzise. Ja, sie war zur Aftershowparty eingeladen worden und wollte ursprünglich auch zusammen mit ihrem Mann ins Ritz fahren. Am Abend hatte sie jedoch heftige Kopfschmerzen verspürt und sich unwohl gefühlt. Die große Hitze dieses Sommers machte ihr stark zu schaffen. Sie hatte sich kurz vor halb zehn zu Bett gelegt. Da sie jedoch nicht einschlafen konnte, war sie wieder aufgestanden und hatte in ihrem Arbeitszimmer an ihrer Autobiografie geschrieben.

»Obwohl Sie unter starken Kopfschmerzen litten?« LaBréa blickte sie skeptisch an. Ein müdes Lächeln erschien auf ihren welken Lippen.

»Ich leide schon sehr lange unter starken Kopfschmerzen. Sie haben Jahre meines Berufslebens begleitet. Sie sind lästig und schmerzhaft, aber deswegen schreibe ich trotzdem an meinem Buch.«

»Nehmen Sie keine Schmerzmittel?«

»Doch, natürlich. Die üblichen Hämmer. Aber oft wirken sie nicht.«

LaBréa blickte sie prüfend an. Es stand ihm nicht zu, Chantal Coquillon zu fragen, ob sie noch andere Mittel nahm. Beruhigungstabletten, Barbiturate … Doch er hätte darauf gewettet. Vielleicht war sie Alkoholikerin? Als sie sich vor wenigen Minuten ein Glas Mineralwasser einschenkte, hatte ihre Hand stark gezittert.

LaBréa räusperte sich und setzte seine Befragung fort.

»Sie waren also den ganzen gestrigen Abend hier in Ihrer Wohnung und haben das Haus nicht mehr verlassen?«

»Nein, natürlich nicht!«

»Kann das jemand bezeugen, Madame?«

Halb erstaunt, halb ironisch musterte sie ihn.

»Wer soll das denn bezeugen können, Commissaire? Mein Mann war auf der Party. Und wenn ich am Abend noch Besuch empfangen hätte oder ausgegangen wäre, hätte ich Ihnen das gesagt.«

»Das ist die übliche Routinefrage«, erwiderte LaBréa mit ruhiger Stimme. »Sie waren der einzige geladene Gast, der in letzter Minute nicht zur Party kam.«

»Reden wir nicht um den heißen Brei herum, Commissaire. Sie suchen einen Mörder. Es geht Ihnen um mein Alibi. Nun, ich kann keines aus dem Hut zaubern.«

LaBréa wechselte das Thema.

»Wissen Sie, ob es in der Ehe von Ribanville Schwierigkeiten gab?«

»Welcher Art?« Ihre Stimme klang vorsichtig, als wäre sie vor irgendetwas auf der Hut.

»Hatte er eine Geliebte?«

Chantal brach in ein kehliges Lachen aus.

»Woher soll ich das wissen, Commissaire? Solche Dinge interessieren mich nicht.«

LaBréas Handy klingelte. Das Display zeigte Francks Nummer.

»Entschuldigen Sie«, sagte er zu Chantal Coquillon und nahm das Gespräch an. Franck teilte ihm mit, dass die Freundin von Michel Delpierre dessen Alibi bestätigt hatte. Jetzt wartete Franck in einem Café in der Nähe der Wohnung von Yves Ribanville, wo LaBréa ihn treffen wollte.

»Ich komme in ungefähr einer halben Stunde«, sagte LaBréa und steckte sein Handy wieder ein. Er entschied sich, vorerst keine weiteren Fragen zu Ribanvilles Ehe zu stellen. Es gab andere Wege, mehr darüber in Erfahrung zu bringen. Er warf einen Blick auf die Aufzeichnungen in seinem Notizbuch.

»Sie sind also gestern Abend früh schlafen gegangen. Daraus schließe ich, dass Sie sich die Jubiläumssendung von Monsieur Ribanville nicht angesehen haben. Warum nicht?«

Chantal Coquillon zündete sich eine neue Zigarette an.

»Ich interessiere mich nicht für Quizsendungen und Rateshows.«

»Auch nicht, wenn der Moderator ein guter Freund ist?«

Sie zog ihre Mundwinkel ein wenig verächtlich nach unten und sagte leise: »Yves Ribanville ist kein guter Freund von mir. Er gehört zum Freundeskreis meines Mannes.«

»Dann kannten Sie ihn nur flüchtig?«

»Das trifft es nicht ganz, Commissaire. Ich bin ihm ja sehr oft bei offiziellen Anlässen und gesellschaftlichen Ereignissen begegnet. Wir kannten uns natürlich.« Es klang so, als wäre diese Bekanntschaft ein notwendiges Übel für sie gewesen.

»Mochten Sie ihn, Madame? War er Ihnen sympathisch?«

Chantal Copquillon zog an ihrer Zigarette und überlegte offenbar, was sie antworten sollte. Trotz des perfekten Make-ups wirkte ihr Gesicht müde und angestrengt. Ihre Augen blickten starr.

Tote Augen, dachte LaBréa spontan. Erloschen in einem Meer von Einsamkeit. Ein Spiegel ihrer Seele.

»Er war mir nicht unsympathisch. Trotzdem habe ich ihn nicht besonders gemocht. Er war ein Parvenü.«

LaBréa lachte und schüttelte verständnislos den Kopf.

»Eine merkwürdige Begründung, jemanden nicht zu mögen, Madame. Monsieur Ribanville hat eine steile Karriere hingelegt, viele haben ihn dafür bewundert.«

»Ich aber nicht. Ich weiß, wo er herkommt.« Mit einer langsamen Bewegung, wie in Trance, drückte sie ihre Zigarette im Aschenbecher aus.

»Ach ja?«, erwiderte LaBréa und ließ sich nicht anmerken, dass er auf Alarmbereitschaft geschaltet hatte. »Was meinen Sie denn damit? Kannten Sie ihn, bevor er nach Paris kam?«

Chantal trank erneut einen Schluck Wasser.

»Nicht persönlich. Aber ich habe einiges über ihn gehört. Genau wie er stamme ich aus Nantes. Als Siebzehnjähriger war Ribanville mit der Tochter meiner besten Schulfreundin liiert. Dieses Mädchen hieß Sandrine. Sie war damals fünfzehn Jahre alt und verschwand eines Tages spurlos. Sie wurde nie gefunden, und die Polizei hat nach ein paar Jahren die Akte geschlossen. Yves Ribanville war der letzte Mensch, mit dem sie gesehen worden war. Dadurch stand er lange im Verdacht, dass er etwas mit ihrem Verschwinden zu tun hatte. Aber man konnte ihm nie etwas nachweisen.«

»Hatte er ein Alibi?«

»Ja. Er arbeitete an dem Abend, als das Mädchen verschwand, als Barkeeper in einem Hotel. Ein Gast konnte das bezeugen. Dennoch glaubten damals alle, dass er dem Mädchen etwas angetan hatte. Die Polizei auch. Nur beweisen konnte man es nicht.«

LaBréa runzelte die Stirn. Die Geschichte, die Chantal Coquillon ihm da erzählte, warf einige Fragen auf.

»Der Name Yves Ribanville taucht aber nirgendwo im ganzen Land im Zusammenhang mit einer polizeilichen Ermittlung auf. Ich habe das bereits überprüft.«

Chantal Coquillon lachte kurz auf. LaBréa sah ihre gelben Raucherzähne.

»Kein Wunder, dass Sie nichts über ihn gefunden haben. Damals hieß er ja auch noch nicht Yves Ribanville!«

LaBréa starrte sie verblüfft an und beugte sich vor.

»Sondern?«, fragte er.

»Robert Cazeneuve. Kurz nach dieser Sache mit dem Mädchen verschwand er aus Nantes. Als ich ihn Jahre später wieder hier in Paris traf, nannte er sich Yves Ribanville und machte gerade Karriere beim Fernsehen.«

Chantal Coquillon zündete sich eine weitere Zigarette an und lehnte sich im Sessel zurück. Lag so etwas wie ein stiller Triumph in ihrem Blick? Schwer zu sagen, denn ihre Augen schienen noch immer ausdruckslos.

»Weiß Ihr Mann von dieser Geschichte?«

»Nein.« Der Rauch entwich ihrem Mund. »Ich glaube nicht, dass Yves das jemals irgendwo herumposaunt hat.«

»Warum haben *Sie* es ihm nie erzählt?«

»Mein Mann und er sind sehr lange und sehr gut befreundet. Und Freundschaften soll man nicht zerstören, Commissaire.«

»Hat Ribanville denn gewusst, dass Sie seine Vergangenheit kannten?«

»Nein. Ich habe ihn nie darauf angesprochen. Schließlich hatte man ihm damals in Nantes nichts nachweisen können.«

»Dass er einen anderen Namen angenommen hatte, hat sie nicht stutzig gemacht?«

»Doch, natürlich! Aber ich habe es mir damit erklärt, dass er nach dieser Sache mit dem verschwundenen Mädchen neu anfangen wollte.«

LaBréa blickte sie forschend an. Warum will jemand mit einem neuen Namen neu anfangen, wenn er unschuldig ist und nichts zu verbergen hat?, dachte er. Doch er behielt diesen Gedanken für sich.

»Noch eine letzte Frage, Madame. Yves Ribanville war blasenkrank. Wussten Sie das?«

Die Frau sah ihn entgeistert an.

»Das ist jetzt nicht Ihr Ernst, oder, Commissaire?« Verständnislos schüttelte sie den Kopf. »Aber um Ihnen eine klare Antwort zu geben: Über Ribanvilles Krankheiten bin ich nicht im Geringsten informiert. Und sie interessieren mich nicht so viel!« Sie schnippte mit dem Finger. LaBréa wusste nicht, ob er ihr glauben sollte. Aber es gab keinen Beweis für das Gegenteil.

Als er das noble Appartement verließ, begegnete er Chantals Mann, dem Schauspieler, der soeben die Wohnungstür aufschloss. Eric Lecadre war im Tennisdress; sein blonder Lockenschopf und das klassische Profil gaben ihm das Aussehen eines altgriechischen Olympioniken.

»Commissaire!«, begrüßte er LaBréa und zeigte seine ebenmäßigen, weißen Zähne. »Puh! Viel zu heiß für jede Art von sportlicher Betätigung.«

Er gab seiner Frau die üblichen Küsschen auf die Wangen.

»Hallo, Chérie. Was machen deine Kopfschmerzen?«

»Sind besser, Eric«, erwiderte seine Frau, ohne ihn anzublicken. »Wiedersehen, Commissaire.«

»Wiedersehen, Madame. Und danke, dass Sie sich die Zeit genommen haben.«

Als LaBréa die Treppen hinunterging, wunderte er sich. Manche Menschen passten so gar nicht zusammen. Eric Lecadre und Chantal Coquillon waren ein so ungleiches Paar, dass zwangsläufig die Frage auftauchte, was diese beiden Menschen miteinander verband.

Wenn Chantal Coquillons Erzählung stimmte, kannte sie ein Geheimnis aus Ribanvilles Vergangenheit, das er mit Sicherheit sorgfältig gehütet hatte. Nach dem mysteriösen Verschwinden eines jungen Mädchens hatte er sich abgesetzt und sich einen neuen Namen zugelegt. LaBréa musste sich nicht lange fragen, wie so etwas möglich war. Die Antwort lag auf der Hand. Jemand musste ihm dazu verholfen haben. Jemand mit Einfluss. Jemand, der ihn bereits als Jugendlichen gekannt hatte.

Hatte Chantal Coquillon den Moderator mit ihrem Wissen um seine Vergangenheit erpresst? Lag hier das Motiv für den Mord an ihm? Die Frau des Schauspielers konnte für die Mordnacht kein Alibi vorweisen. Möglicherweise wusste sie von seiner Blasenentzündung. Und ein verrosteter Hammer als Mordwaffe war schnell aufzutreiben.

Er verließ das Haus und rief Claudine an. Er gab ihr den Namen »Robert Cazeneuve« durch, damit sie bei der Polizei in Nantes Auskünfte über den damaligen Fall des verschwundenen Mädchens, in den Yves Ribanville angeblich verwickelt gewesen war, anfordern konnte. Wenn Chantal Coquillons Angaben stimmten, hatte der tote Moderator seine Vergangenheit hinter sich gelassen und die Spuren zu seiner alten Identität sorgfältig verwischt. Dafür musste es einen Grund geben. Vielleicht lag hier das Motiv seines Mörders?

15. KAPITEL

Mittagszeit. Die Sonne stand im Zenit. Die Bäume zwischen Parkstreifen und Fahrbahn auf der Avenue Montaigne spendeten nur wenig Schatten. LaBréa parkte seinen Wagen nahe des Hotels Plaza Athénée. Die Wohnung des ermordeten Yves Ribanville lag nur einige Häuser weiter. Zusammen mit Franck, der in einem Café auf ihn gewartet hatte, steuerte er darauf zu.

Schon von weitem sahen sie den Pulk von Menschen vor dem Eingang stehen. Bewaffnet mit Kameras und Fotoapparaten lauerten die Journalisten darauf, die Witwe des toten Moderators abzupassen, sollte sie das Haus verlassen.

Jetzt klingelte Francks Handy. Gilles von der Spurensicherung wartete mit einer sensationellen Nachricht auf. Franck lauschte gebannt. Als das Gespräch beendet war, sagte er zu LaBréa: »Auf dem Jackett des Opfers wurden Faserspuren gefunden. Von gelber Wolle, senfgelb.«

LaBréa schaltete schnell.

»Senfgelb? Wie der Pullover des Clochards?«

»Genau. So einen Zufall gibt's doch nicht. Erst will er auf die Party, dann verschwindet er spurlos.«

»Das bedeutet, dass er am Tatort war. Wie der Abdruck der Profilsohle, der zu seinen Schuhen passen könnte. Jetzt eine farblich zum Pullover passende Faserspur.«

»Ja. Und deshalb vermute ich …«

LaBréa unterbrach seinen Mitarbeiter.

»Dass er am Tatort war, heißt nicht, dass er der Mörder ist, Franck.«

»Aber alles weist doch darauf hin!«

»Wir müssen den Mann erst finden und hören, was er uns zu sagen hat, bevor wir irgendwelche Schlüsse ziehen.«

Franck tippte rasch eine Nummer in sein Handy ein.

»Okay, Chef. Ich gebe die Fahndung nach ihm raus. Und zwar landesweit.«

»Ja. Vielleicht hat er die Stadt bereits verlassen. Mit dreitausend Euro in der Tasche hätte er sich spielend ein Taxi leisten können.«

»Ich frage bei den Taxizentralen nach.«

Als sie vor dem Haus ankamen, stürzten die Journalisten auf sie zu und bestürmten sie mit Fragen. LaBréa ließ die Leute gar nicht erst zu Wort kommen. Er verwies auf die Pressekonferenz am Quai des Orfèvres um vierzehn Uhr.

Franck drückte den Klingelknopf der Concierge. Eine knarrende Frauenstimme ertönte über die Sprechanlage.

»Ich habe Ihnen doch gesagt, Sie sollen alle verschwinden! Hier kommt niemand ins Haus, auch wenn Sie noch so oft klingeln! Und von mir erfährt sowieso niemand was!«

LaBréa und Franck starrten sich verdutzt an. Einige Journalisten lachten schadenfroh.

»Polizei«, sagte Franck. »Bitte machen Sie auf.«

»Das kann ja jeder sagen! Aber gut, einen Moment.«

Wenig später erschien ein Kopf mit burschikos geschnittenen, grauen Haaren hinter der dicken Glasscheibe der Eingangstür, die von außen mit einem schmiedeeisernen Gitter versehen war.

Franck zeigte seinen Dienstausweis. Die Concierge beäugte ihn gründlich, warf den beiden Beamten einen skeptischen Blick zu und öffnete widerstrebend die Tür.

»Dann kommen Sie meinetwegen rein. Aber die anderen nicht!« Drohend stellte sie sich in den Türspalt und wich nur kurz zurück, um LaBréa und Franck hereinzulassen. Danach ließ sie die schwere Tür mit einem Klacken ins Schloss fallen. Sie schlurfte in ihre Conciergeloge, die sich im hinteren Teil des weitläufigen Hausflurs befand.

»Dieses Reporterpack«, murmelte sie. »Wie die Schmeißfliegen.«

Als Candice Ribanville den beiden Beamten die Tür öffnete, wirkte sie blass und übernächtigt. Sie trug eine schwarze Jeans, ein ärmelloses, dunkelgraues Top und graue Designerturnschuhe. Eine Art sportliche Trauerkleidung, wie LaBréa feststellte. Die blonden Haare hatte sie zu einem Zopf gebunden. Ihre vollen Lippen waren ungeschminkt. Ein seltsamer Ausdruck lag auf ihrem Gesicht. LaBréa konnte ihn nicht deuten. War es Trauer? Einsamkeit? Hilflosigkeit? Eine Mischung aus allem? Ihre Augen sahen nicht aus, als hätte die Witwe des Moderators in den letzten Stunden geweint.

»Nochmal mein aufrichtiges Beileid, Madame«, sagte LaBréa. »Sie haben zwei Kinder, wo sind sie?«

»In der Küche. Maria, unser Hausmädchen, hat ihnen gerade was zu essen gemacht. Eigentlich wollte ich sie zu einer Freundin bringen. Aber wir werden von den Papparazzi ja regelrecht belagert.«

LaBréa nickte.

»Ich weiß. Es gibt nachher eine Pressekonferenz. Vielleicht ziehen dann die meisten von ihnen ab.«

»Das wäre gut. Ich hoffe übrigens nicht, dass Sie meine Töchter mit Ihren Fragen behelligen wollen, Commissaire. Der Tod ihres Vaters ist ein ziemlicher Schock für sie.«

LaBréa konnte sie diesbezüglich beruhigen.

»Keine Angst, Madame. Erstens sehen wir im Moment keine Notwendigkeit dazu. Und zweitens gibt es für die Befragung von Kindern durch die Polizei bestimmte Vorschriften, nach denen wir uns selbstverständlich richten.«

Candice Ribanville nickte und schien zufrieden.

»Aber mit Ihrem Hausmädchen würden wir nachher noch gern reden. Könnten wir bis dahin einen Blick ins Arbeitszimmer Ihres Mannes werfen?«

»Natürlich, Commissaire.«

Die Wohnung schien immense Ausmaße zu haben. Hohe Flügeltüren gingen von dem großen Flur ab. Auf dem polierten Parkettfußboden lagen kostbare Teppiche. Dunkle Möbel standen dekorativ in den Räumen. An den Wänden des Flurs, die mit olivgrüner Seidentapete bespannt waren, hingen alte Stiche und mehrere Ölgemälde. Alles in dieser großzügigen Wohnung deutete auf den Reichtum seiner Bewohner hin. Über den Geschmack der Inneneinrichtung ließ sich streiten. LaBréa gefiel sie nicht. Düstere Möbel wie diese fand er bedrückend und wunderte sich, wie Menschen seiner Generation sich darin wohlfühlen konnten.

Als Franck und LaBréa das Arbeitszimmer des toten Moderators betraten, blieben sie abrupt stehen. Ihr Blick fiel sogleich auf die große Wand gegenüber der Eingangstür.

LaBréa traute seinen Augen nicht. An der ganz in Gold gestrichenen Wand hingen vom Fußboden bis unter die Decke Kruzifixe und Kreuze in verschiedener Größe. Kreuze mit Christuskörper, Wandkreuze, Priesterkreuze, Kommunionkreuze. Manche waren modern, aus Glas, Holz oder glänzendem Metall. Andere schienen antike Stücke zu sein, mit Blattgold überzogen und mit altertümlichen Farben bemalt. Sie hingen dicht an dicht auf einer Fläche, die LaBréa auf wenigstens vierzig Quadratmeter schätzte.

Die Witwe des Opfers reagierte auf das Erstaunen der Beamten mit einem Achselzucken.

»Mein Mann war Sammler«, sagte sie. »Er war sehr religiös, und christliche Kreuze und Kruzifixe haben ihn fasziniert. Einige Stücke sind sehr alt und wertvoll.«

LaBréas Blick wanderte weiter durch den Raum. Auch hier wieder antike Möbelstücke. In der Nähe des Fensters stand ein gewaltiger Schreibtisch aus dunklem Holz. In einem Vitrinenstand befanden sich allerlei Statuen und Pokale. LaBréa nahm sie näher in Augenschein. Es waren diverse Fernsehpreise und Auszeichnungen, die Ribanville im Lauf der Jahre als Moderator bekommen hatte.

Gegenüber vom Schreibtisch gab es eine wuchtige Sitzecke mit rundem Glastisch.

Der Schreibtisch wirkte penibel aufgeräumt. Ein schwerer Brieföffner und ein Paperweight lagen wie hindrapiert auf der ledernen Schreibtischunterlage. Ein Telefon und ein Faxgerät vervollständigten die Büroausstattung. Kein Terminkalender, kein Computer. In den Schubladen entdeckten sie einige Papiere. LaBréa blätterte sie durch und fand nichts von Bedeutung. Er setzte sich kurz auf den Schreibtischsessel. Wer hier Platz nahm, dessen Blick fiel unweigerlich auf die mit Kruzifixen dekorierte goldene Wand. Sie wirkte erdrückend und majestätisch zugleich, als wollte sie den Betrachter mit der Allgegenwart Gottes konfrontieren. Wie eine Mahnung, dachte LaBréa spontan. Eine Mahnung an wen? Hatte der Moderator an diesem Schreibtisch, mit Blick auf seine Kruzifixwand, die Ideen zu seinen Sendungen entwickelt? Anspruchslose Unterhaltungssendungen mit einem Schuss Zynismus … Er war einer, der bis hart an die Grenze ging, hatte der Fernsehdirektor gesagt. Wie vereinbart man eine christliche Gesinnung mit Showsendungen für ein Massenpublikum, bei denen man mit falschen Karten spielt? Einen seiner Freunde als Kandidaten präsentiert und begünstigt? Einen Obdachlosen für den Gegenwert von dreitausend Euros der Lächerlichkeit preisgibt? Oder ging es hier gar nicht um christliche Gesinnung? War diese Kruzifixwand nur die Zurschaustellung dieser Gesinnung? Der demonstrative Hinweis darauf, dass man aus tiefstem Herzen an Gott glaubte, die Gebote beachtete und ein vorbildlich christliches Leben führte? Oder hatte Ribanville Kreuze und Kruzifixe lediglich deshalb gesammelt, weil es ein exotisches und nicht alltägliches Hobby schien, mit dem man aus dem Rahmen fiel? Candice Ribanville unterbrach LaBréas Gedanken.

»Suchen Sie was Bestimmtes, Commissaire?«

»Ja«, erwiderte LaBréa. »Zunächst einmal hätten wir gern das Adressbuch Ihres Mannes mit Namen und Telefonnummern. Er hatte es nicht bei sich, als er gefunden wurde.«

Candice musterte ihn mit großen Augen.

»Es gibt keines, Monsieur. Soweit ich weiß, hatte mein Mann alle wichtigen Telefonnummern in seinem Handy gespeichert.«

»Tatsächlich?« LaBréa warf erneut einen Blick auf den Schreibtisch. »Und ich sehe weder einen Terminkalender noch einen Computer, Madame.«

»Privat besaß er keinen Computer. Er hatte einen in seinem Büro. Auf dem hat er wahrscheinlich auch seine Termine verwaltet.«

Fracasse und Schumann hatten den Computer aus Ribanvilles Büro bei TF1 mitgenommen. Vielleicht ergaben sich aus seinen Mails, Terminen oder in anderen Dateien Hinweise, die der Polizei weiterhalfen.

»Wir brauchen auch die Steuerunterlagen Ihres Mannes aus den letzten Jahren. Wissen Sie, wo sie sind?«

»Ja. Bei seinem Steuerberater. Maître Leconte auf dem Boulevard St. Michel.«

Franck notierte sich den Namen.

»Und die Auszüge seiner Bankkonten?«, fragte er.

»Die sind auch bei seinem Steuerberater. Er kümmert sich schon seit Jahren um die Finanzen meines Mannes.«

LaBréa betrachtete die schlanke Gestalt der Witwe. Candice Ribanville war in der Nähe der Tür stehen geblieben, als würde sie diesen Raum nur ungern betreten. Sie hatte die Arme vor der Brust verschränkt. Eine Geste der Abwehr. Ihr Blick schien kühl und distanziert, doch LaBréa entdeckte noch etwas anderes darin. Einen Anflug von Panik, den er sich nicht erklären konnte. Sie selbst kam als Täterin nicht in Betracht. Doch irgendetwas beunruhigte sie, das spürte LaBréa genau. Hatte es mit diesem Zimmer zu tun? Mit den religiösen Symbolen an der Wand, die diesem Raum ihren Stempel aufprägten? Bewusst ließ LaBréa einige Zeit verstreichen, bevor er sie wieder ansprach.

»Uns ist bekannt, dass Ihr Mann in letzter Zeit unter einer unangenehmen Blasenerkrankung litt. Wussten Sie das?«

Candice zögerte nicht.

»Natürlich, Commissaire. Er musste starke Medikamente einnehmen. Und mein Mann war jemand, der so was leicht vergaß. Ich habe dafür gesorgt, dass er morgens und abends daran dachte.«

»Wer hat noch von dieser Blasenerkrankung gewusst?«

Die Witwe runzelte die Stirn und blickte LaBréa erstaunt an.

»Warum ist das wichtig?«

»Beantworten Sie bitte meine Frage, Madame.«

»Mein Mann war in solchen Dingen sehr diskret. Ich kann mir nicht vorstellen, dass er irgendjemandem davon erzählt hat.«

»Aufgrund der Blasenentzündung musste er häufig die Toilette aufsuchen.«

»Das ist richtig, aber …« Sie hielt inne und starrte LaBréa einen Moment an. »Ach, Sie meinen, dass der Mörder gewusst haben muss, dass er in letzter Zeit häufig zur Toilette ging?«

»Das könnte sein. Wir versuchen, alle Möglichkeiten in Betracht zu ziehen.«

Candice Ribanville nickte vage. Immer noch stand sie mit verschränkten Armen in der Nähe der Tür.

»Sagen Sie Madame, Ihr Mann stammte doch aus Nantes. Kennen Sie seine Familie, gibt es Kontakte dorthin?«

Ihre Antwort kam spontan.

»Nein. Die Eltern meines Mannes sind schon lange tot. Und andere Verwandte hat er nicht.«

»Was wissen Sie über seine Vergangenheit?«

Mit einem Ruck hob sie den Kopf. LaBréa sah die Alarmbereitschaft in ihren Augen.

»Wie meinen Sie das, Commissaire?«

»Ich meine, ob Sie zum Beispiel wussten, dass er bis zu seinem siebzehnten Lebensjahr Robert Cazeneuve hieß?«

Ungläubigkeit und Erstaunen erschienen auf ihrem Gesicht, als hätte man ein Abziehbild darübergelegt.

»Was erzählen Sie da? Robert Cazeneuve? Diesen Namen höre ich heute zum ersten Mal!«

»Er soll damals in Nantes in eine polizeiliche Ermittlung verwickelt gewesen sein.«

Candice lehnte sich an den Türrahmen, ihre Hände fielen kraftlos herab. Sie wirkte vollkommen überrascht.

»Was für eine polizeiliche Ermittlung?« Ihre Stimme klang tonlos.

»Wir überprüfen gerade die Einzelheiten«, warf Franck ein. »Seine damalige Freundin ist spurlos verschwunden und nie wieder aufgetaucht.«

»Soweit wir bisher wissen, wurde Ihr Mann damals weder angeklagt noch verurteilt«, fügte LaBréa hinzu. »Diesbezüglich kann ich Sie beruhigen, Madame.«

Die Witwe lachte kurz auf. Es klang hilflos und beinahe hysterisch. Sie schien kurz davor, die Fassung zu verlieren.

»Danke, Monsieur, das ist *wirklich* sehr beruhigend! Mein Mann wurde letzte Nacht brutal ermordet, und wenige Stunden später erfahre ich, dass sein Name gar nicht sein richtiger Name ist und dass er in einem Vermisstenfall ins Visier der Polizei geriet! Was kommt als Nächstes?« Sie fing plötzlich an zu weinen und schlug die Hände vors Gesicht.

»Sie wussten also nichts davon, Madame?«, sagte LaBréa leise.

»Nein!« Sie schrie es fast heraus. »Das wusste ich nicht! Ich wusste nicht, dass meine Kinder und ich mit einem falschen Namen leben, weil der richtige anscheinend beschmutzt ist!«

Wenig später befragten LaBréa und Franck das Hausmädchen Maria. Die beiden Kinder der Ribanvilles bekamen sie nicht zu Gesicht. Sie waren nach dem Mittagessen gleich in ihre Zimmer gegangen.

Maria sprach mit osteuropäischem Akzent, und es stellte sich heraus, dass sie aus Serbien stammte. Sie war klein und rundlich, eine Frau mit einem derben Bauerngesicht. Seit drei Jahren arbeitete sie im Haushalt der Familie. Sie hatte ein Zimmer in der Wohnung, regelmäßige Arbeitszeiten und an den Wochenenden frei. Am Tag der Ermordung ihres Arbeitsgebers war ihr nichts Besonderes an ihm aufgefallen. Sie selbst hatte für die Mordnacht kein Alibi. Nachdem sie sich Ribanvilles Jubiläumssendung auf dem kleinen Flachbildfernseher in ihrem Zimmer angesehen hatte, hatte sich gleich danach schlafen gelegt. In der Nacht hatte sie gehört, dass die Haustür aufgeschlossen wurde, und vermutet, dass Monsieur und Madame von der Party nach Hause kamen. Wann genau das war, wusste sie nicht. Auch wo die Party stattgefunden hatte, war ihr nicht bekannt. Erst heute früh um sechs Uhr, nachdem sie aufgestanden war, hatte sie vom Tod des Moderators erfahren.

Für LaBréa gab es keinen Grund, an Marias Angaben zu zweifeln.

Als Franck und er sich von der Witwe verabschiedeten, hatte diese sich wieder gefasst. Sie fragte, wann die Leiche freigegeben würde.

»In einigen Tagen, Madame. Sie können die Bestattung für nächste Woche planen.«

Sie erklärte, dass ihr Mann auf dem Friedhof Montparnasse beerdigt und in der Kirche St. Philippe du Roule das Requiem von Gustave Fauré gespielt würde.

»Ist das die Kirche seiner Gemeinde?«, fragte LaBréa rasch.

»Ja. Er war seit vielen Jahren Mitglied.«

»Sie nicht, Madame?«

»Doch, ich auch. Aber ich bin eher etwas nachlässig und gehe nicht regelmäßig zur Messe.«

»Ihr Mann aber schon?«

»Ja. Ich habe Ihnen doch gesagt, er war ein gläubiger Christ.«

»Nennen Sie mir noch den Namen des Pfarrers von St. Philippe du Roule?«

»Natürlich. Pater Matthieu.«

»Danke.«

Sie verließen die Wohnung. Die Meute der Journalisten vor dem Hauseingang war kleiner geworden. Die anderen, die ausgeharrt hatten, bestürmten die Beamten mit Fragen. Sie erhielten keine Antworten, und Franck und LaBréa beschleunigten ihre Schritte. Um vierzehn Uhr, zeitgleich mit der Pressekonferenz, sollte die Talkrunde stattfinden, und bis dahin gab es noch eine Menge Arbeit.

16. KAPITEL

Claudine Millot parkte ihren Dienstwagen in der Rue Pierre Nicolas am Montparnasse, gleich vor dem postmodernen Glasgebäude der Musikstudios von *MediaFrance*. Der Weg vom Innenraum des Wagens, klimagekühlt, zur großzügigen Eingangshalle der Studios, ebenfalls klimagekühlt, führte durch einen Korridor heißer Straßenluft, den Claudine, so schnell sie konnte, durchquerte. Die junge Frau am Empfangstresen warf ihr einen kurzen und abschätzenden Blick zu und fragte mit neutraler Stimme: »Sie wünschen, Madame?«

Claudine zückte ihren Dienstausweis.

»Brigade Criminelle«, sagte sie. »Ich möchte zu Monsieur Dubois. Ist er da?«

»Haben Sie einen Termin?«

Claudine lächelte freundlich.

»Den brauche ich nicht, Madame. Ich ermittle in einem Mordfall. Also, ist er da?«

Die junge Frau blickte sie erschrocken an und wurde sichtlich nervös. Sie griff zum Telefonhörer.

»Ja. Ich nehme an, er ist gerade im Studio.«

Sie wählte eine Nummer, unter der sich niemand meldete, dann eine zweite Nummer.

»Frédéric?« Sie zauberte ein Lächeln auf ihr Gesicht, und ihre Stimme klang eine Spur weicher. »Hier ist eine

Dame von der Polizei, die dich sprechen möchte. Ach so … Ja, das sag ich ihr.«

Sie legte den Hörer auf.

»Monsieur Dubois bittet Sie, sich noch fünf Minuten zu gedulden. Dann hat er Zeit für Sie. Nehmen Sie doch bitte einen Moment Platz.« Sie deutete auf ein schwarzes Corbusiersofa an der Glaswand. »Wenn Sie was trinken wollen, dort hinten ist der Wasserspender.«

Claudine nickte und beschloss, sich einen Becher Wasser zu holen. Bei diesen Temperaturen konnte man gar nicht genug trinken. Sie ließ sich auf das Ledersofa fallen und blickte durch die große Glasscheibe nach draußen. Die Straße war menschenleer. Mittagshitze. Wer wagte sich da schon vor die Tür?

Sie dachte an ihren Mann Jean-Claude. Wie sie war er Polizist. Früher hatte er in einer Eliteeinheit der Gendarmerie gedient. Seit einigen Jahren gehörte er zum Personenschutz des Premierministers. Die Minister kamen und gingen, und der jetzige war ein angenehmer Chef. Jean-Claude schätzte sich glücklich, nicht zum Personenschutzkontingent des Staatspräsidenten zu gehören. Dieser galt in den Kreisen der Sicherheitsleute als launisch und sprunghaft. Seine öffentlichen Auftritte mit spontanem Bad in der Menge waren für seine Beschützer ein Alptraum. Eine gute Freundin von Claudine konnte ein Lied davon singen. Seit der Wahl des Präsidenten vor zwei Jahren beschützte sie ihn. Bisher waren ihre Anstrengungen, sich auf eine andere Stelle zu bewerben, vergeblich gewesen. »Irgendwie scheint er einen Narren an mir gefressen zu haben«, sagte sie oft etwas selbstironisch. Doch Jean-Claude war der Meinung, der Präsident spiele lediglich ein kleines Machtspiel. Nach dem Motto: Aus meinem Umfeld bewirbt man sich nicht weg. Man wird gefeuert oder bleibt.

Claudine seufzte und trank einen Schluck Wasser. Es war kalt und erfrischend. Auch in der Urlaubszeit gab es einen Dienstplan für die Personenschützer. Der Premierminister weilte mit seiner Familie auf der Belle Île in der Bretagne, und Jean-Claude war vorgestern für zwei Wochen mitgefahren. Es war nicht ganz so stressig wie bei Staatsbesuchen im Ausland oder offiziellen Terminen. Die Ferienresidenz des Ministers eignete sich gut zur Überwachung. Am Rand der Insel direkt am Strand, keine umliegenden Wälder, kein unübersichtliches Hinterland. Der Minister und seine Familie verhielten sich diszipliniert und vermieden spontane Ausflüge und Spaziergänge. Jean-Claude schob im Moment eine relativ ruhige Kugel und hatte viel Freizeit, um die Tage am Atlantik zu genießen.

Seit sieben Jahren waren sie nun verheiratet. Das verflixte siebte Jahr. Ernsthafte Probleme hatte es nie gegeben. Frühzeitig waren sie sich darin einig gewesen, dass sie keine Kinder wollten. Eine vernünftige Entscheidung, wie Claudine fand, schon aus beruflichen Gründen. Beide arbeiteten in einem Job mit viel Stress und unregelmäßigen Arbeitszeiten, und beide liebten ihren Beruf. Claudine gehörte nicht zu den Frauen, die irgendwann von Muttergefühlen überwältigt wurden und ihr Frausein durch ein Kind aufwerten mussten. Ein Kind zu gebären war nichts Besonderes. Keine außergewöhnliche Leistung, nichts, wofür man sich im Leben anstrengen musste. Es war eine natürliche Fähigkeit, eine Fähigkeit, die jede Frau von Geburt an in sich trug. Etwas, das jede (oder fast jede) Frau zustande brachte. Also gab es keinen Grund, auf das Kinderkriegen *an sich* stolz zu sein.

Mitte September wollte Claudine mit Jean-Claude nach Martinique in den Urlaub fahren. Dort lebte ihre Schwester, die als Ärztin in einem Krankenhaus arbeitete. Bis dahin vergingen noch einige Wochen, und wenn nichts dazwischenkam … Erneut seufze Claudine. In ihrem Beruf kam leider sehr oft etwas dazwischen. Doch diesmal hatte sie beinahe ein gutes Gefühl.

Fünf Minuten später hielt der Fahrstuhl mit einem dezenten Klingelton im Erdgeschoss, und heraus trat ein durchtrainierter, attraktiver Mann. Claudine schätzte ihn auf Ende zwanzig. Mit ernster Miene steuerte er auf Claudine zu, und sie ahnte, dass dies Frédéric Dubois war. Er trug ein schwarzes AC/DC-Shirt und eine schwarze Cargohose. Sein Händedruck war trocken und kräftig. In seiner Stimme schwang ein südfranzösischer Akzent mit.

»Ich kann mir denken, warum Sie hier sind, Madame. Es geht um Yves Ribanville.«

»Richtig.«

»Eine schreckliche Geschichte. Ich bin vollkommen geschockt!« Seine Betroffenheit schien ehrlich.

»Ich bin Leutnant Millot und habe in diesem Zusammenhang ein paar Fragen an Sie.«

»Bitte, kommen Sie. Wir gehen in ein leeres Büro. Gleich dort hinten.« Mit einer Geste seiner Hand deutete er die Richtung an. Dann warf er einen verstohlenen Blick auf seine Taucheruhr. Sie hatte das Ausmaß einer Espressountertasse.

Der kleine Raum in der Eingangshalle hinter dem Empfangstisch war angenehm kühl, doch bis auf einen Stuhl und einen einfachen Tisch vollkommen leer. Ein ungemütliches Ambiente, dachte Claudine. Dies ließ darauf schließen, dass Frédéric Dubois seine Besucherin möglichst bald wieder loswerden wollte. Er bot ihr den einzigen Stuhl an.

»Nehmen Sie doch Platz. Ich stehe lieber. In meinem Job verbringt man Stunden am Computer oder am Mischpult.« Er lehnte sich mit dem Rücken ans Fenster und steckte beide Hände in die tiefen Seitentaschen seiner Hose.

Claudine nahm den ungastlichen Empfang gelassen. Schließlich war sie nicht hergekommen, um es sich in einem schicken und bequemen Sessel gemütlich zu machen, während sie ihre Fragen stellte. Sie zog Stift und Notizbuch aus ihrer Umhängetasche und legte beides auf den Tisch.

»Wie lange kannten Sie Monsieur Ribanville?«

Die Antwort erfolgte so prompt, als wäre Dubois darauf gefasst gewesen.

»Seit etwa zwei Jahren.«

»Und woher kannten Sie ihn?«

»Léon Soulier hat uns einander vorgestellt. Ich bin Teilhaber in seiner Musikproduktion.«

»Uns wurde gesagt, dass Sie zum engeren Freundeskreis des Moderators gehörten.«

»Ja, so könnte man es ausdrücken.«

»Was heißt das genau, engerer Freundeskreis?«

»Wir spielen alle im selben Tennisclub. Herrendoppel. Letztes Jahr waren wir Clubmeister.«

»Wer ist ›wir‹?«

Seine dunkelbraunen Augen blickten sie aufmerksam an. Er überlegte einen Moment.

»Eric Lecadre, der Schauspieler. Dann, wie gesagt, Léon Soulier.«

»Ein Freundeskreis zu viert?«

»Warum nicht?« Er strich sich eine Haarsträhne aus der Stirn. »Der harte Kern, sozusagen. Aber Yves hatte darüber hinaus sicher einen großen Bekanntenkreis.«

»Zum Beispiel?«

Fedéric Dubois zuckte mit den Schultern.

»Der eine oder der andere Promi. Fragen Sie am besten Ribanvilles Frau, die müsste das wissen.«

»Sind Sie verheiratet?«

Er grinste kurz.

»Nein, Madame, ich bin noch zu haben.« Er warf ihr einen etwas anzüglichen Blick zu. Claudine zog genervt die Augenbrauen hoch, entschied sich jedoch, die Bemerkung zu ignorieren.

»Wo waren Sie gestern Abend, Monsieur? Genauer gesagt, zwischen halb elf und halb zwölf?«

Die Antwort kam wie aus der Pistole geschossen.

»Ich war hier. Zusammen mit einem Techniker. Wir haben bis heute früh um drei den Sicherheitsserver für unsere neue Software eingerichtet.«

»Wie heißt der Mann, und wo kann ich ihn erreichen?«

»Er heißt Armand Balard und ist vorhin gerade hierher zurückgekommen. Nachdem er zu Hause etwas Schlaf getankt hat. Er wird Ihnen alles bestätigen.«

»Warum waren Sie letzte Nacht nicht auf der Party von einem Ihrer besten Freunde?«

»Ich sagte doch schon, ich hab gearbeitet.«

»Sie hätten sich nicht für eine Stunde loseisen können, um mit ihm ein Glas Champagner auf die hundertste Sendung zu trinken?«

»Wir hatten ausgemacht, dass wir das nachholen. In dem Fall war meine Arbeit unaufschiebbar.«

Er gleitet mir aus der Hand, dachte Claudine. Wie ein glitschiger Fisch, den man nirgends zu packen kriegt. Seine Angaben schienen in sich schlüssig, ohne Haken und Widerspruch. Claudine war überzeugt, dass der Techniker sein Alibi bestätigen würde. Aber irgendwo tief im Inneren spürte Claudine ein Kribbeln. Ein Alarmsignal. Sie wusste nur nicht, warum. Sie hatte nichts, aber auch gar nichts an Dubois' Antworten auszusetzen. Das war es ja gerade. Dass alles so glatt klang. Geglättet wirkte. Wie maßgeschneidert. Sie musterte ihn scharf.

»Haben Sie eine Idee, wer ihn umgebracht haben könnte?«

Seine Augen blickten ratlos, doch sie erkannte noch etwas anderes darin. Etwas Zögerliches. Eine Art Vorsicht.

»Ich habe keine Ahnung, Madame«, sagte er und schüttelte zur Bekräftigung den Kopf.

»Wann haben Sie Monsieur Ribanville zuletzt gesehen?«

»Warten Sie mal …« Frédéric Dubois überlegte einen Moment, doch ihr kam es vor, als wollte er nur Zeit gewinnen. »Das ist schon ein paar Wochen her. In irgendeinem Restaurant. Monsieur Soulier war, glaube ich, auch dabei.« Er lächelte kurz und entblößte seine strahlend weißen Zähne. »Wenn Sie Genaueres wissen wollen, müsste ich in meinem Terminkalender nachsehen.«

»Ich denke, Sie spielten im selben Tennisclub?«, bemerkte Claudine trocken. »Haben Sie so selten zusammen gespielt?«

»Nein, aber bei den Temperaturen … ich bitte Sie, Madame! Da geht man höchstens schwimmen. Aber auch dazu hat mir in den letzten Wochen die Zeit gefehlt.«

»Wie ist denn die Kombination in Ihrem Herrendoppel? Wer spielt mit wem?«

»Yves und ich spielten zusammen.«

»Gegen Leon Soulier und Eric Lecadre.«

»Genau. Yves und ich haben uns super ergänzt.«

Sein Handy klingelte, und er fingerte es aus der Oberschenkeltasche seiner Cargohosen.

»Ja? – Nein. Warte lieber damit. Ach übrigens – könntest du in fünf Minuten mal runterkommen? Die Polizei hat ein paar Fragen an dich.« Er steckte das Handy wieder ein und sagte zu Claudine: »Sind wir bald fertig, Madame? Mein Techniker braucht mich nämlich. Aber vorher kommt er noch kurz runter, da können Sie ihn wegen letzter Nacht fragen.«

Claudine ließ sich die Handynummer des Musikproduzenten geben und notierte sie. Sie zog die Liste mit den Telefonnummern heraus, die in Yves Ribanville Handyprotokoll gespeichert waren, und verglich Dubois' Nummer damit. Sie war nicht auf der Liste.

Der Tennisclub, in dem das Freundesquartett spielte, war der Paris Golf & Country Club. Claudine wusste, dass Direktor Thibon eine Zeit lang dort Mitglied gewesen war. Eine noble und exklusive Sportanlage in einem Vorort von Paris. Das letzte Match der Freunde von Yves Ribanville schien schon Wochen zurückzuliegen.

Der Techniker Armand Balart entpuppte sich als schmieriger Typ mit langen, gegelten Haaren, der alle Aussagen von Dubois mit einem ironischen Lächeln um die Mundwinkel bestätigte. Seine Fingernägel waren schmutzig, und sein Atem roch nach Alkohol. Ein größeres Gegenstück zu dem gepflegten, gut aussehenden Frédéric Dubois konnte man sich kaum vorstellen. Computerspezialisten, noch dazu solche, die spezielle Programme erarbeiteten und Sicherheitsserver installierten, mussten sehr gut verdienen. Warum kam dieser Mann so ungepflegt und abgerissen daher, als hätte der Musikproduzent von *MediaFrance* ihn irgendwo auf dem Sperrmüll aufgelesen?

Leicht frustriert und mit einem Null-Ergebnis an neuen Erkenntnissen verließ Claudine das Gebäude und fuhr zum Quai des Orfèvres. Sie konnte das Gefühl nicht loswerden, dass dieser Frédéric Dubois ihr eine ganze Menge verschwiegen hatte.

Nick Sabatier spürte schmerzhaft die Blasen und wund gescheuerten Stellen an seinen Füßen. Der lange Marsch letzte Nacht und am heutigen Vormittag hatte Spuren hinterlassen. Ohne Strümpfe in derben Arbeitsschuhen – das musste ja schiefgehen. Nachdem er in den Park zurückgekehrt war und in aller Eile seine Sachen zusammengerafft hatte (die Pappkartons ließ er zurück), irrte er ziellos Richtung Norden. Irgendwann erreichte er den Canal de l'Ourcq im Neunzehnten Arrondissement, von da aus lenkte er seine Schritte Richtung Parc de la Villette. In dieser Gegend hielt er sich zum ersten Mal auf. Als Obdachloser liebte man normalerweise sein angestammtes Viertel und bewegte sich nie weit von dort fort.

Am Quai de la Gironde entdeckte er zufällig ein altes Lagerhaus. Der Backsteinbau wirkte verlassen. Im Eingangstor mit dem verwitterten, grünen Farbanstrich war eine Tür eingelassen. Sie stand einen Spalt offen. Als Nick sie aufstieß, brach gerade die Morgendämmerung an. Auf der gegenüberliegenden Straßenseite führte ein junges Paar ihren Hund Gassi. Rasch betrat Nick das Gebäude, damit sie ihn nicht entdeckten.

In der Tordurchfahrt stapelten sich alte Kisten neben einem Fahrrad mit verbeultem Vorderrad, ohne Sattel und Pedale. Zwischen den Steinen des Katzenkopfpflasters wuchs Gras, das gelb und verdorrt aussah. Rechts und links der Toreinfahrt führten Aufgänge ins Gebäude. Sie waren mit über Kreuz genagelten Brettern verbarrikadiert. Ein halbverwittertes Schild baumelte am linken Aufgang: *Vorsicht, Einsturzgefahr.*

Genau das Richtige für mich, dachte Nick und zwängte sich durch die Lücke in den Brettern. Im Treppenhaus türmte sich Abfall. Plastiktüten, leere Bierflaschen, ein Haufen Zeitungen. Es roch nach Verwesung. Eine tote Ratte? Eine Katze, die hier verendet war? Nick wusste es nicht. Es störte ihn auch nicht weiter, hatte er sich doch im Lauf der Jahre seines Daseins auf der Straße an strenge und üble Gerüche gewöhnt.

Vorsichtig tapste er die Treppe hoch in den ersten Stock. Von einem langen Flur, dessen Decke zum Teil eingebrochen war, zweigten Türen ab. Einige standen offen, andere waren geschlossen, zwei fehlten gänzlich. Die dahinterliegenden Räume waren leer. Abgefallener Verputz lag auf den staubigen Linoleumböden.

Ein kleiner Raum am Ende des Flurs entpuppte sich als Toilette. Erstaunlicherweise war sie nicht verstopft, sondern nur von bräunlich gelbem Urinstein verfärbt. Nick zog die Spülung. Sie funktionierte, und ein Schwall rostiges Wasser ergoss sich in die Toilettenschüssel. Nick grinste. Er hatte eine komfortable Unterkunft mit Spülklosett gefunden! Jetzt galt es nur noch, den passenden Raum auszusuchen. Er fand sich wenige Meter weiter. Ein verwinkeltes Eckzimmer. Offenbar ein ehemaliges Büro, denn ein alter Schreibtisch und ein großes, leeres Aktenregal mit hölzernen Rolltüren standen in einer Ecke des Raumes. In der Nische dahinter war genug Platz, um ein Lager aufzuschlagen. Hier drinnen war es schön kühl, und Nick glaubte nicht, dass sich je irgendwer hierher verirrte. Seit langer Zeit hatte niemand das Gebäude betreten. Die Abdrücke seiner Profilsohlen auf den jungfräulich-staubigen Fußböden waren der Beweis dafür.

Nick legte den Schlafsack auf den Boden und stellte seine wenigen Sachen ans Kopfende. Eine Plastiktüte mit zwei Flaschen billigem Rotwein, die er gestern an einer Tankstelle gekauft hatte. Ein Stück Hartkäse, schon einige Tage alt und wegen der Hitze weich und verschwitzt. Die Reste eines *Pain de Campagne* von gestern früh, erschnorrt in der Bäckerei auf der Rue Lesage. Er zog die beiden Bündel mit den Geldscheinen aus seinen Gesäßtaschen und blickte sich suchend um. Wo konnte er seine dreitausend Euro verstecken? Da Nick fürs Erste keine Lösung fand, steckte er das Geld wieder ein. Vielleicht war es ja doch am sichersten, wenn er es am Körper trug.

Er rollte seinen Schlafsack aus und ließ sich ächzend auf seine neue Lagerstatt sinken. Todmüde fühlte er sich. Und vollkommen verwirrt. Seit Stunden kreisten seine Gedanken wie flatternde Vögel um die große Erinnerungslücke, die sich letzte Nacht aus heiterem Himmel aufgetan hatte. Blut an seinen Händen und Kleidern. Eine weiße, große Fläche, auf der sich Blut in Strömen ergoss … weiter kam er nicht. Ein schwarzer Vorhang war gefallen und hatte den Rest des Geschehens verhüllt. Nick schlug sich an die Stirn. Wieso ist das alles weg?, fragte er sich und spürte erneut die Panik, die seit seiner Ankunft im Parc de Belleville immer wieder in ihm aufgestiegen war. Er schloss die Augen und atmete tief durch. Draußen auf der Straße fuhr ein Auto vorbei. Das Geräusch klang gedämpft und wie von weit her. In diesem Gebäude würde er erst einmal bleiben. Hier fühlte er sich sicher. Es war kühl, und niemand würde ihn aufspüren.

Plötzlich vernahm er ein weiteres Geräusch. Es kam nicht von der Straße. Aber auch nicht aus diesem Zimmer oder irgendwo aus dem Gebäude. Es war in seinem Kopf und setzte sich fest. Eine Tür wurde zugeschlagen. Wo war diese Tür? Hatte er sie ins Schloss fallen lassen? Es war ein durchdringender Laut, der anzuschwellen schien. Konnte er ihm dabei helfen, sich zu erinnern? Doch er erinnerte sich nicht, und jetzt war das Geräusch verschwunden. Vielleicht hatte er sich auch getäuscht und sich das Klacken der Tür nur eingebildet? Es war sinnlos, darüber nachzudenken. Sein Kopf brauchte Ruhe, sonst würde er noch verrückt werden.

Kurz darauf schlief er ein. Bevor er tief und traumlos wegsackte, sah er den Schatten einer Gestalt, die von rechts nach links an ihm vorbeihuschte. Er erkannte keine Einzelheiten; nur lange, blonde Haare, die wie windgepeitscht hin- und herwehten und das dazugehörige Gesicht verdeckten.

Ihre Schritte hallten auf dem steinernen Fußboden. Es schien wie der Klang der Ewigkeit in diesem altehrwürdigen Gemäuer. Auf den wuchtigen Sandsteinplatten gab es viele Unebenheiten. Abgetretene Stellen, Unregelmäßigkeiten in der Verfugung. Herausgebrochene Stücke. Im Lauf vieler Jahrhunderte, beinahe eines Jahrtausends, waren unzählige Menschen über sie hinweggeschritten. Hatten die Strecke vom Eingang der Kirche durch das Hauptschiff bis zum Altar zurückgelegt. Hatten sich in stiller Andacht auf die Gebetsbänke gekniet. Waren zu einer der fünf Seitenkapellen gegangen. Hatten die Beichtstühle aufgesucht, um für ihre Sünden um Vergebung zu bitten … Die Steinplatten hatten alle Wirren der Zeit überdauert. Nach Erstürmung und Plünderung der Kirche während der Revolution waren einzelne Platten herausgebrochen worden, die man später ersetzte. Insbesondere die drei Grabplatten vor der Kapelle des heiligen Paulus waren seinerzeit zerstört und nur in Bruchstücken wieder zusammengefügt worden. Die fehlenden Teile hatte man mit Mörtel aufgefüllt. Das rot aufgemalte Tatzenkreuz des Templerordens auf der Grabplatte von Guilhelm de Blonville war hingegen vollständig erhalten.

Louis Bouvier und Jean-François Kahn schritten nach vorn zum großen, steinernen Altar. Mehrere alte Kerzenleuchter standen darauf. Die Kerzen waren zur Hälfte niedergebrannt, als hätte unlängst noch ein Gottesdienst stattgefunden. In der Mitte erhob sich ein goldenes Kreuz, das in nachrevolutionärer Zeit wohl von einem der Vorbesitzer hierhergeschafft worden war. Auf einer frühen Radierung des Innenraums der Kirche, die Louis Bouvier bei einem Antiquar in Honfleur erstanden hatte, sah das Altarkreuz noch völlig anders aus.

Die beiden Männer standen einen Moment regungslos da. Ihre Gesichter wirkten im Dämmerlicht der Kirche blass. Vor einer Stunde war der Ex-Staatssekretär Kahn nach *Le Cloître* gefahren, um zusammen mit Louis Bouvier ihres gemeinsamen Freundes Yves Ribanville zu gedenken. Jetzt unterbrach Louis Bouvier die Stille.

»Irgendwie kann ich es noch gar nicht fassen.«

»Ja«, antworte JFK mit leiser Stimme. »Er könnte jeden Moment hier reinkommen und sich zu uns gesellen.«

»Hast du mit seiner Frau telefoniert?«

»Heute Vormittag. Die Leiche ist noch nicht freigegeben, wegen der Autopsie.«

»Und sonst?«

»Die Polizei ist bei ihr gewesen, kurz bevor ich anrief.«

»Weswegen denn? Steht sie unter Verdacht?«

»Das hat sie mir nicht gesagt. Aber es klang nicht so.«

»Ja eben! Léon hat mir doch heute Nacht am Telefon gesagt, Candice wäre die ganze Zeit bei der Party gewesen und hätte den Salon in der fraglichen Zeit gar nicht verlassen.«

»Ich möchte wissen, welches Schwein ihn umgebracht hat!«, sagte Louis Bouvier grimmig.

Sie schwiegen einen Moment. Von draußen war das Geräusch eines Düsenjägers zu hören. Er durchbrach die Schallmauer und einer der Kerzenhalter schepperte auf der Steinplatte des Altars. Das donnernde Geräusch verlor sich rasch in der Ferne. Der Jet würde eine Schleife über dem Meer ziehen und auf einer anderen Route zurück ins Land fliegen.

»Glaubst du, sie tauchen hier auf?«, begann JFK erneut das Gespräch.

Bouvier blickte ihn fragend an.

»Wer, die Polizei?«

»Ja.«

»Das kann ich mir eigentlich nicht vorstellen. Es sei denn …« Bouvier sprach nicht weiter.

»Bei jeder Mordermittlung wird das gesamte Umfeld des Opfers durchleuchtet, Louis«, erwiderte Kahn.

»Ich weiß. Aber was gibt es denn bei uns schon zu durchleuchten?« Er lächelte. »Die hätten längst angerufen, wenn sie was von uns wollten. Die können Telefongespräche zurückverfolgen.«

»Das ist es ja! Yves hat mich gestern fünfmal angerufen. Der Commissaire von der Brigade Criminelle hat das rausbekommen und fand das wohl eigenartig.«

»Warum denn? Schließlich hatte er gestern seine Jubiläumssendung, und ihr beide kennt euch seit Ewigkeiten!«

Jean-François Kahn seufzte. Er war kein Mann, der zu Sentimentalitäten neigte. Sein beruflicher Werdegang als Karrierebeamter und Staatssekretär zeugten von einem kühlen und nüchternen Charakter. Doch Yves Ribanvilles

Tod hatte ihn schwer mitgenommen. Das, was sie beide verband, ging weit über eine normale Freundschaft hinaus. Er spürte eine Art Wunde in seinem Herzen, die vielleicht nie heilen würde.

»Ja, das stimmt, Louis. Wir kannten uns schon sehr lange. Und über mich hast auch *du* ihn kennengelernt.« Er fuhr sich mit der Zunge über die schmalen Lippen und heftete seinen Blick auf das bunte Glasfenster im hinteren Teil der Apsis. »Jetzt ist, wie soll ich sagen, eine Lücke im System entstanden. Ein Glied der Kette fehlt.«

Louis Bouvier nickte. Sein Freund hatte Recht. Doch die Dinge waren nun einmal so, wie sie waren. Nach dem ersten Schock in der Nacht hatte er sich vorgenommen, einen kühlen Kopf zu bewahren. Das Schicksal hatte zugeschlagen, und für die anderen ging das Leben weiter. Mit all seinen schönen Seiten, mit allem, was Menschen miteinander verband. Er drehte sich vom Altar weg.

»Komm, wir gehen zurück ins Haus. Nach dem Mittagessen kannst du in einem der Gästezimmer deine Siesta halten. Und am Nachmittag werden wir uns ein bisschen ablenken. Dann sind auch die anderen da. Wir müssen nach vorn blicken, Jean-François. Nicht zurück. Niemals! Das war immer eine Devise in meinem Leben.«

Sie verließen die Kirche und lenkten ihre Schritte Richtung Klostergebäude. Die Mittagshitze sprang sie an wie ein wildes Tier. Im Innenhof von *Le Cloître* lagen die beiden Dobermannrüden mit heraushängender Zunge im Schatten der Blutbuche. Träge und lustlos folgten sie den beiden Männern durch den Kreuzgang in die Kühle der großen Halle.

17. KAPITEL

Die Messe war soeben beendet. Nur wenige Gläubige hatten sie besucht. Wie ein versprengtes Häufchen saßen sie verteilt in den Bänken des neoklassizistischen Gotteshauses, dessen Bauweise dem einer römischen Basilika glich.

LaBréa und Franck standen dezent am Eingang neben dem Weihwasserbecken. Während der Priester sich noch am Altar zu schaffen machte, entschwanden die beiden Messdiener in die Ministrantensakristei.

Die Kirchgänger verließen ihre Plätze. Zwei alte, gut gekleidete Damen mit Hüten, die einander untergehakt hatten. Eine junge Frau mit verweinten Augen. Ein Mann mittleren Alters mit wirrem Haarschopf. Vier asiatische Nonnen.

LaBréa und Franck schritten nach vorn zum Altar. »Pater Matthieu?«, fragte LaBréa.

Der Priester drehte sich um und sah die Besucher fragend an.

»Ja?«

Er mochte etwa vierzig Jahre alt sein, und mit seiner stattlichen Figur und dem wie aus Granit gemeißelten, kantigen Gesicht wirkte er imposant und verströmte eine natürliche Autorität.

»Commissaire LaBréa. Das ist mein Mitarbeiter, Hauptmann Zechira. Wir ermitteln im Mordfall Yves Ribanville.«

Der Priester nickte.

»Die Witwe hat mich heute Morgen unterrichtet. Eine entsetzliche Geschichte. Ich bete für seine Seele … und auch für die seines Mörders.«

»Wir würden Ihnen gern ein paar Fragen stellen, Hochwürden.«

»Ja, natürlich. Kommen Sie, wir gehen ins Gemeindehaus. Es liegt gleich um die Ecke, in der Rue des Courcelles.«

Nach wenigen Minuten waren sie da. Pater Matthieu führte sie in einen schlichten Raum mit dunklen Vorhängen und einfachem Mobiliar.

»Bitte nehmen Sie Platz. Wie kann ich Ihnen helfen, Commissaire?« Sie setzten sich an einen runden Tisch, der mitten im Raum stand.

»Uns wurde gesagt, dass Monsieur Ribanville ein aktives Mitglied der Gemeinde St. Philippe du Roule war. Ich nehme also an, dass Sie ihn gut gekannt haben.«

Pater Matthieu faltete seine Hände und legte sie auf die Tischplatte. Die Hände passten in ihrer Größe perfekt zur Statur des Geistlichen.

»Ja, das stimmt. Er war nicht nur ein aktives Mitglied. Er hat die Kirche außerdem mit sehr großzügigen Spenden unterstützt.«

»In welcher Art?«

»Finanziell, aber auch durch Sachspenden. Zum Beispiel hat er im letzten Jahr die neue Kirchenglocke gestiftet. Eine nicht unerhebliche Investition, für die in der Gemeinde keine Mittel zur Verfügung standen.«

»In welcher Höhe bewegten sich seine Geldspenden?«

»Das ist kein Geheimnis, Commissaire. Es waren häufig vier- bis fünfstellige Beträge. Da müsste ich im Einzelnen in den Unterlagen nachsehen. Aber er hat regelmäßig gespendet. Mindestens einmal im Jahr. Wir haben ihm darüber stets eine Spendenquittung ausgestellt.«

»Hm.« LaBréa blickte Franck an, der nickte unmerklich. Die Unterlagen Ribanvilles, die sich beim Steuerberater befanden, würde man gezielt danach durchforsten. LaBréa lehnte sich zurück.

»Besuchte er regelmäßig die Messe?«

»Ja. Man könnte sagen, ein über den anderen Tag.«

LaBréa blickte den Pater aufmerksam an.

»Ungewöhnlich für einen Mann seines Alters, finden Sie nicht? Und für jemanden, der im Showgeschäft tätig war.«

Pater Matthieu verzog sein Gesicht zu einem Lächeln, das ihm etwas fast Lausbubenhaftes verlieh.

»Nun, Commissaire, warum nicht? Monsieur Ribanville hatte ein starkes Bedürfnis nach der Nähe Gottes. Den Wunsch, ihm zu dienen. Und ich glaube, das hat er voller Demut und erfüllt vom Glauben auch getan.«

»Wie lange ist er schon Mitglied in Ihrer Gemeinde?«

»Oh, sehr lange, Commissaire. Länger als ich hier Seelsorger bin. Und das ist seit fünfzehn Jahren. Seine älteste Tochter kam vor zwei Jahren zur Heiligen Kommunion, und die Kleinere ist im kommenden Jahr an der Reihe.«

»Wann war er das letzte Mal hier?«

Der Priester überlegte nicht lange.

»Das war gestern Nachmittag. Ich kam aus der Sakristei und sah ihn rein zufällig. Er kniete in einer der Bänke und hat gebetet.«

»War er allein?«

Der Priester musterte laBréa verwundert.

»Ja. Monsieur Ribanville kam immer allein. Warum fragen Sie?«

»Haben Sie mit ihm gesprochen?«

»Nur ganz kurz. Er sagte mir, er wolle Gottes Segen für seine Sendung.«

Franck warf LaBréa aus den Augenwinkeln einen ironischen Blick zu. Er dachte dasselbe wie sein Chef. Ein Mensch, der ein solches Getue um seinen Glauben veranstaltet, hat irgendetwas zu verbergen.

»Hat er Ihnen gegenüber geäußert, dass er sich bedroht fühlte? Angst um sein Leben hatte?«

»Nein, Commissaire. Im Gegenteil: Er schien sehr heiter und mit sich und der Welt im Reinen.«

»Glauben Sie, Pater, dass jemand mit sich im Reinen sein kann, der mit einer dunklen Vergangenheit lebt und seinen Namen, seine Identität gewechselt hat?«

Der Priester zog die buschigen Augenbrauen zusammen und blickte LaBréa verständnislos an.

»Was meinen Sie mit ›dunkler Vergangenheit‹?«

Franck schaltete sich ein.

»Wir haben Erkundigungen eingezogen und ein paar Ungereimtheiten im Lebenslauf von Monsieur Ribanville festgestellt.«

»Ach, und da meinen Sie, dass diese Ungereimtheiten und ein ehrlicher, christlicher Glaube einander ausschließen?« Der Geistliche klang distanziert, ja sogar ein wenig abwehrend.

»Nein, natürlich nicht, Hochwürden«, erwiderte LaBréa. »Uns interessiert nur, ob er Ihnen gegenüber einmal irgendwas gesagt hat, was uns hilft, seinen Mörder zu finden. Das Motiv des Mörders könnte schließlich mit der Vergangenheit von Monsieur Ribanville zusammenhängen. Hat er irgendwann einmal von früher gesprochen? Von seiner Zeit in Nantes?«

»Ich kann Ihnen da gar nichts sagen. Monsieur Ribanville hat sich mir mehrfach in meiner Eigenschaft als Priester anvertraut. Ich bin an das Beichtgeheimnis gebunden.«

Eine solche Antwort hatte LaBréa befürchtet.

Jean-Marc wischte sich die Schweißperlen von der Stirn. Im Computerraum der Abteilung vier, intern »Giftkeller« genannt, stand die Luft wie gezuckert. Die Hochleistungsrechner liefen auf vollen Touren und strahlten die Wärme in den Raum ab. Es gab keine Fenster, keine Klimaanlage. Wer hier im Hochsommer arbeiten musste, sollte eigentlich eine Erschwerniszulage verlangen, dachte der Paradiesvogel.

Drei Kollegen der Sonderkommission *Lilliput* saßen an ihren Rechnern. *Lilliput* war vor einem Jahr ins Leben gerufen worden, als die pädosexuellen Delikte im Land immer mehr zunahmen. Tausende einschlägig interessierter Männer tummelten sich im Netz. Als private Anbieter und Nutzer von Fotos und Videos benutzten sie irreführende Header, legten sich Tarnnamen zu. Das Material gelangte über ausländische Server ins Netz. Von Europa aus hatte man keinen Zugriff darauf. Die Server wechselten ständig. Hinzu kam, dass die Anbieter entsprechende Filterprogramme geschickt umschifften. Mit einem Wort: Der Sumpf breitete sich immer weiter aus, und die Strafverfolgungsbehörden waren machtlos. Wer lediglich pädosexuelles Material aus dem Internet herunterlud und privat betrachtete, blieb meistens straffrei. Polizei und Justiz ging es in erster Linie um die Urheber und Hersteller des Materials. Sie waren diejenigen, die sich die Kinder beschafften, sie missbrauchten und ihr verbrecherisches Tun übers Netz und über Handys verbreiteten. Die Nachfrage war groß, und dementsprechend gab es einen immer stärker explodierenden Markt, dessen Akteure mit immer neuen Tricks versuchten, die Polizei auszuhebeln.

Johan Schlick war der Chef der Sondergruppe *Lilliput*. Er stammte aus einem kleinen Ort im Elsass und sprach mehrere Sprachen, darunter Deutsch und Spanisch. Der große Coup gegen einen international operierenden Kinderpornoring vor einigen Wochen ging maßgeblich auf sein Konto. In zäher Kleinarbeit hatte er über Monate einen Internetanbieter identifiziert, der unter dem Namen »Stille Post« operierte und sich als Briefmarkentauschbörse getarnt hatte. Auf den ersten Blick eine harmlose Angelegenheit. Da die Kontaktadresse über einen Server in Russland lief, wurde Schlick jedoch misstrauisch. Zusammen mit Kollegen des deutschen Bundeskriminalamtes in Wiesbaden, wo Schlick mehrmals dienstlich hinflog, gelang es ihm, die wahre Bedeutung von »Stille Post« aufzudecken. In einer sorgfältig geplanten Aktion wurden dann zeitgleich in Frankreich, Deutschland, Spanien und den Niederlanden Hausdurchsuchungen durchgeführt. Knapp viertausend Computer waren beschlagnahmt worden. Die Ausbeute war ebenso ergiebig wie schockierend. Der Betreiber von »Stille Post«, ein einschlägig vorbestrafter, ehemaliger Erzieher aus einem Kaff an der deutsch-luxemburgischen Grenze, hatte selbst gedrehtes Filmmaterial aus Thailand gegen Bezahlung im Netz angeboten. Auf den Videos sah man einen Mann in sexueller Aktion mit sieben- bis zehnjährigen Thaimädchen. Nie zeigte er sein Gesicht, denn er hatte eine Clownsmaske über den Kopf gestülpt. Die kleinen Mädchen wirkten ruhiggestellt, wie unter Drogen. Dennoch erkannte man die Angst in ihren weit aufgerissenen Augen und die schreckliche Gewissheit, dass ihnen niemand helfen würde. Ein Ring mit einem geschnitzten Karniol, den der Mann an der linken Hand trug, gab den entscheidenden Hinweis auf die Identität des Ex-Erziehers. Nun saß er in Deutschland in Untersuchungshaft, und die Staatsanwaltschaften in allen betroffenen Ländern ermittelten gegen die Männer, die das Material als User heruntergeladen und möglicherweise weiterverbreitet hatten. Bei den meisten von ihnen wurden Hunderte Dateien mit Tausenden einschlägiger Kinderpornofotos und Videos sichergestellt. Hinzu kamen die Mailadressen anderer Pädosexueller. Ein Schneeballsystem, das noch weitere Ermittlungen nach sich ziehen würde.

In der Abteilung *Lilliput* wurden die in Frankreich beschlagnahmten Computerfestplatten auch nach einem möglichen Foto des toten Jungen aus der Seine durchsucht. Doch dies würde bei der Fülle des Materials einige Zeit dauern.

Als Sofortmaßnahme ermittelte Johan Schlick online. Konzentriert und schnell surfte er durchs Netz. Er loggte sich in verschiedene Chats im Internet Relay Chat ein, klickte Newsgroups an. Der Paradiesvogel saß neben ihm und starrte auf den Bildschirm.

»Sisyphus ist nichts dagegen«, meinte er und trank eine Schluck Wasser aus der Flasche, die er sich mitgebracht hatte. »Wie bringst du nur die Geduld dafür auf, Johan?«

Schlick warf ihm einen kurzen Blick zu. Mit seinem Gesicht voller Sommersprossen und den rötlich blonden Haaren sah er aus wie ein Engländer oder Ire.

»Nur so kommen wir ans Ziel. Aber im Fall eures toten Jungen aus der Seine könnten wir Pech haben. Ich hab alle Suchbegriffe, die mir dafür eingefallen sind, schon eingegeben. Bisher alles Fehlanzeige. Die Typen werden immer schlauer. Die sind vorsichtig, lassen so schnell keine neuen User zu.«

»Du hast doch gesagt, du kannst es mit einem Fake-Bild versuchen?«

»Als letzte Möglichkeit. Juristisch betrachtet, ist die Sache schwierig und an der Grenze dessen, wo wir uns strafbar machen. Ich hab aber schon mal vorsichtshalber ein entsprechendes Foto präpariert.« Er klickte auf eine Datei. Jean-Marc sah ein farbiges Bild von guter Qualität. Es zeigte einen etwa zwölfjährigen, nackten Jungen, der von einem nicht identifizierbaren Mann anal penetriert wurde. Seine Hände waren über der Brust mit einer Nylonschnur gefesselt, wie sie zum Festmachen von Segelbooten benutzt wurde. Der Mann trug eine schwarze Kapuze über dem Kopf. Das Foto war so gestaltet, dass man das Gesicht des Jungen genau erkennen konnte. Es zeigte blasse, mädchenhafte Züge und einen sensiblen Mund. Besonders deutlich waren die geschminkten Augen zu erkennen. Interessant war der Hintergrund auf dem Bild: Meer, blauer Himmel und ein paar Boote. Das Foto hätte auf einem Bootssteg oder auf Deck eines Bootes aufgenommen worden sein können.

»Oh Mann«, sagte Jean-Marc und ächzte voller Abscheu. »Sieht total echt aus. Wie hast du das denn hingekriegt?«

»Routine und ein gutes Fotobearbeitungsprogramm. Ein Kollege vom BKA in Wiesbaden hat es entwickelt. Wir nehmen Versatzstücke einschlägig sichergestellten Materials und verändern es so, dass Opfer und Täter der Originalfotos durch nichts mehr zu identifizieren sind. Wir produzieren also eigens und nur für diesen Zweck manipuliertes Bildmaterial, um bestimmte Usergruppen anzulocken. Die Schlüsselbotschaft hier in diesem Fake ist der Hinweis auf die Fesselung und das Meer. Der zusätzliche Kick für die, die das Bild haben wollen, liegt darin, dass bei Tageslicht und in einem scheinbar schönen Ambiente aufgenommen wurde. Damit suggeriere ich quasi eine normale Situation, die völlig legal erscheint. Weit weg von verbotenen, unscharfen Schmuddelbildern in einer düsteren Billighotelatmosphäre.«

»Und du meinst, da beißt jemand an?«

»Ich kann es nur hoffen. Weißt du, Jean-Marc, in neunundneunzig Fällen ist unsere Suche ein Schlag ins Wasser. Aber dieses eine Prozent … das ist immerhin eine Chance.«

»Wie schaffst du es, dass jemand Kontakt mit dir aufnimmt? Riechen die nicht schon zehn Kilometer gegen den Wind, dass du von der Polizei bist?«

»Meine Tarnung ist perfekt. Details brauchst du nicht zu wissen. Nur so viel: Wenn jemand auf gefesselte Jungs mit geschminkten Augen bei Sonnenschein am Meer steht, wird er mich vielleicht kontaktieren.«

»Und dann?«

»Dann kommt es eventuell zum Tausch von Fotos. Ich fungiere als Tauschbörse. Und wenn jemand im Besitz eines Fotos eures ermordeten Jungen sein sollte, wird er es mir vielleicht anbieten. Im Tausch gegen mein Fake, das er für echt hält. Dann haben wir einen Fuß in der Tür. Und können möglicherweise einen persönlichen Kontakt herstellen.«

»Bei einer Chance von einem Prozent.« Jean-Marc schüttelte skeptisch den Kopf.

»Besser als gar keine Chance. Ihr sucht doch einen Mörder, oder? Vielleicht haben der oder die Täter noch ganz anderes Material hinsichtlich dessen, was mit dem Jungen geschehen ist.«

»Du meinst, ein Snuff-Video?«

»Zum Beispiel. Wissen wir, unter welchen Umständen er ins Meer geworfen wurde, und was kurz zuvor noch passiert ist?«

Jean-Marc schwieg einen Moment. Johan hatte Recht. Das Fake-Foto war einen Versuch wert. Die Polizei musste nach jedem Strohhalm greifen. Er blickte auf die Uhr. Es war kurz nach zwei. In einer Stunde begann die Talkrunde, und bis dahin wollte Jean-Marc noch einige Telefonate erledigen. Er gab Johan Schlick einen leichten Klaps auf die Schulter.

»Ich muss los, Johan.«

»Okay, Jean-Marc. Dann stelle ich jetzt das Fake-Foto ins Netz.«

»Ja, tu das. Obwohl ich mir, ehrlich gesagt, nicht viel davon verspreche.« Jean-Marc stand auf und streckte sich.

»Unbequem, eure Stühle. Ihr solltet euch mal ein paar neue anschaffen!«

»Bei uns gibt's eindeutige Prioritäten. Lieber die neuesten Computer als die bequemsten Stühle.«

Jean-Marc lachte. Johan drehte sich zu ihm.

»Ach, noch eines, Jean-Marc. Ich brauche einen guten Nickname, unter dem ich das Fake-Foto anbiete. Fällt dir da was ein?«

Wie zufällig fiel Jean-Marcs Blick auf seinen linken Oberarm.

»Schmetterling«, sagte er spontan und grinste.

Das knatternde Geräusch der Rotorenblätter wurde lauter und lauter. Es zerschnitt die mittägliche Stille, unter der das Land sich duckte, und verschluckte das Geschrei der Möwen, das vom Meer herüberwehte.

Louis Bouvier legte schützend die Hand über die Stirn und blickte in den hitzegeschwängerten, blassblauen Himmel. Der Hubschrauber näherte sich von Süden, doch die große Blutbuche verdeckte die Sicht. Bouvier erhob sich aus dem Korbsessel und ging rasch in die Halle.

»Sie kommen«, rief er Jean-François Kahn zu. Der saß mit einer Zeitschrift im kühlen Halbdunkel und trank einen Whisky. Er stand auf und folgte seinem Freund, der *Le Cloître* durch den Haupteingang verließ.

Jetzt war der Hubschrauber zu sehen. Wie der Schatten eines großen Insekts schob er sich ins Bild. Gleich darauf blitzte sein silberfarbener Leib im Sonnenlicht. Der Helikopter schwebte über dem Platz vor dem Hauptgebäude des Klosters und senkte sich langsam. Louis Bouvier und JKF warteten in gebührendem Abstand. Sanft setzte die Maschine auf dem Boden auf. Staub wirbelte empor, vermischte sich mit verwelktem Laub des letzten Herbstes. Der Motor wurde gedrosselt, die Rotorenblätter drehten sich langsamer. Die Tür wurde geöffnet. In geduckter Haltung verließen Léon Soulier, Frédéric Dubois und Eric Lecadre den Hubschrauber. Léon Soulier gab dem Piloten ein Zeichen, das dieser mit lässiger Handbewegung erwiderte. Als die drei Männer außerhalb der Reichweite der Rotorenblätter waren, schraubte sich der Hubschrauber wieder in die Luft, flog eine steile Rechtskurve und war kurz darauf verschwunden.

JFK und Bouvier gingen auf die Angekommenen zu und begrüßten sie.

»Wie war der Flug?«, wollte JFK wissen.

»Okay«, sagte Léon Soulier. »Aber John ist ja auch ein erfahrener Pilot. Zehn Jahre Coast Guard am Golf von Mexico. Vor ein paar Jahren beim Hurrikan ›Kathrina‹ wurde er für seine Einsätze ausgezeichnet.«

Bouvier verzog spöttisch den Mund.

»Diese Story erzählst du uns jetzt mindestens zum zehnten Mal, Léon.«

Soulier ging nicht darauf ein.

»Jedenfalls fliegt John jetzt erst mal zurück nach Paris und holt uns Sonntagabend hier ab.«

Eric Lecadre öffnete die Knöpfe seines Polohemdes.

»Puh!«, stöhnte er. »Hier ist es ja keinen Deut kühler als in Paris.«

»Lasst uns schnell ins Haus gehen«, erwiderte Louis Bouvier. »War die Polizei schon bei euch?«

Alle drei nickten. Frédéric Dubois grinste.

»Bei mir war's eine unbedarfte Bullenmieze. Ich weiß nicht, was die inzwischen für Leute bei der Mordkommission einstellen. Sie hat mein Alibi gecheckt und ist dann beruhigt abgezogen.«

»Wir müssen trotzdem vorsichtig sein«, warf Eric Lecadre ein. »Sie haben Chantal gelöchert.«

»Und Candice?«

Léon Soulier zuckte mit der Schulter.

»Keine Ahnung.« Er wandte sich an JFK. »Hast du nicht versucht, sie zu erreichen?«

»Doch. Sie sagte, sie will mit den Kindern gleich nach der Beerdigung zurück nach Texas.«

Lecadre nickte zufrieden.

»Gute Idee. In Paris hat sie sich sowieso nie richtig wohlgefühlt.«

Die fünf Männer betraten die große Halle in *Le Cloître*. Ajax und Achill, die Dobermannrüden, lagen auf den kühlen Fliesen und hoben aufmerksam ihre Köpfe. Die drei Männer aus Paris waren ihnen vertraut. Eric Lecadre beugte sich zu Ajax und streichelte ihm den Kopf. Eifersüchtig streckte Achill seine Schnauze vor.

»Ja, du natürlich auch!«, schmeichelte Eric und legte die andere Hand auf Achills Hals. »Ihr seid die Besten! Gute Hunde, ja, das gefällt euch ...«

»Habt ihr zu Mittag gegessen?«, wollte JFK wissen.

»Kurz vor dem Abflug«, entgegnete Léon Soulier.

Bouvier nickte.

»Gut. Dann schlage ich vor, dass ihr euch erst mal frischmacht. Eure Zimmer im Ostflügel sind bereit. Wenn es euch recht ist, treffen wir uns am späten Nachmittag hier in der Halle. Sagen wir, gegen halb fünf?«

18. KAPITEL

Die nachmittägliche Talkrunde fand im Mitarbeiterbüro statt. Claudine hatte sich entschuldigt und gesagt, sie käme einige Minuten später. Die Staatsanwaltschaft in Nantes suchte noch nach der Akte Robert Cazeneuve alias Yves Ribanville.

Neben LaBréa, Franck und Jean-Marc nahmen mehrere Kollegen der Abteilung zwei daran teil. Yvonne Lacarpe, eine unscheinbare Blondine undefinierbaren Alters, aber mit einem scharfen Verstand ausgestattet, hatte sich seit dem Morgen die lange Liste der Handynummern vorgenommen, die in Ribanvilles Anrufprotokoll gespeichert waren. Sie hatte noch nicht alle Nummern gecheckt. Viele waren vermutlich diversen beruflichen Kontakten des Moderators zuzuordnen. Yvonne Lacarpe hatte zunächst einmal geprüft, welche Nummern besonders häufig angerufen worden waren. Es ergab sich kein auffälliges Muster. Abgesehen von den fünf Gesprächen mit dem Ex-Staatssekretär Jean-François Kahn hatte der Ermordete unregelmäßig und, wie es schien, willkürlich Gespräche geführt. Im Privatbereich gab es in den letzten vier Wochen zwei Telefonate mit Eric Lecadre, sechs mit seinem Kandidaten Léon Soulier, eins mit Louis Bouvier in Blonville-sur-Mer, und zwar um dreizehn Uhr dreißig am gestrigen Tag. Mit dem Ex-Staatssekretär Kahn gab es insgesamt fünfundzwanzig

Telefonate von Ribanvilles Handy aus, und dreizehn von Festnetz und Handy des Staatssekretärs.

»Das ist die wirklich einzige Auffälligkeit, Chef«, sagte Yvonne Lacarpe zum Abschluss ihrer Ausführungen. »Und natürlich die Tatsache, dass er kaum mit seiner Frau telefoniert hat und nur wenige Male mit seinen beiden Töchtern.«

LaBréa nickte.

»Ich wüsste gern, was einen Ex-Staatssekretär mit einem Mann verbindet, der plötzlich seinen Namen geändert hat? Wie auch immer, das werden wir rausfinden. Sonst noch irgendwas Auffälliges, Yvonne?«

»Ich vermute, dass der Mann einiges auf seinem Handy gelöscht hatte. Claudine hatte mir nämlich gesagt, ich solle mal beim Paris Golf & Country Club nachfragen, wann Ribanville als Mitglied des dortigen Tennisclubs das letzte Mal dort war.«

»Und?«

»Na ja, er war wohl das letzte Mal vor etwa fünf Wochen auf dem Gelände. Zusammen mit Eric Lecadre, Léon Soulier und dem Partner von Soulier, Frédéric Dubois. Sie haben zusammen Doppel gespielt. Aber jetzt kommt's: Ribanville hat vor zwei Tagen im Club angerufen und nach Monsieur Lecadre gefragt. Der hatte wohl sein Handy nicht eingeschaltet, weil er auf dem Platz stand. Ribanville wollte ihn dringend sprechen. Aber das Gespräch ist weder auf Ribanvilles Festnetzanschluss noch auf seinem Handy registriert. Er muss es gelöscht haben.«

»Oder er hat ein zweites, nicht registriertes Handy«, meinte Franck.

»Wer hat den Anruf im Club entgegengenommen?«

»Der Barkeeper in der Bar, Chef.«

»Hat Ribanville ihm gesagt, warum er Lecadre so dringend sprechen wollte?«

»Nein. Er trug dem Barkeeper auf, raus auf den Platz zu gehen und Lecadre zu bitten, ihn sofort zurückzurufen. Mehr wusste der Mann nicht.«

Franck sah LaBréa vielsagend an.

»Alle Wege führen immer wieder zu derselben Freundesclique, Chef.«

»Sie sagen es, Franck.«

»Und einer von ihnen hat für die Mordnacht kein Alibi Frédéric Dubois.«

Jetzt betrat Claudine den Raum. Sie hielt einige DIN-A4-Blätter in der Hand. Etwas außer Atem setzte sie sich auf ihren Schreibtischsessel und wandte sich den anderen im Raum zu. LaBréa sah ihr an, dass sie Neuigkeiten mitbrachte, und warf ihr einen ermutigenden Blick zu. Claudine deutete auf die Unterlagen, die sie auf ihrem Schreibtisch ausgebreitet hatte.

»Das kam eben per Fax aus Nantes, Chef. Die Akte der Staaatsanwaltschaft zum Vermisstenfall Sandrine Loisir enthält die Vernehmungsprotokolle von Robert Cazeneuve, wie Ribanville damals hieß. Und die Zeugenaussage des Mannes, der ihm für den Zeitraum, in dem das Mädchen damals verschwunden ist, ein Alibi gegeben hat.«

»Der Mann in der Bar, wo Cazeneuve an dem besagten Abend gearbeitet hat?«

»Genau. Und wissen Sie, wer dieser Mann war?«

Claudine blickte ihren Chef bedeutungsvoll an. LaBréa hob ungeduldig die Augenbrauen.

»Jean-François Kahn. Damals noch leitender Ministerialbeamter im Kulturministerium. Er war auf einer Dienstreise in Nantes und ist in dem Hotel abgestiegen, in dem Robert Cazeneuve gejobbt hat.«

»Interessant!« LaBréa war hellwach. »Und die beiden blieben all die Jahre befreundet. Und zwar so eng, dass der Showmaster den inzwischen pensionierten Kulturstaatssekretär am Tag seiner Jubiläumssendung fünfmal anruft.«

»Wow!«, sagte Franck und schnalzte mit der Zunge. »Wird Zeit, dass wir uns diesen Knaben einmal näher ansehen, Chef.«

»Ich könnte mir vorstellen, dass er es war, der Robert Cazeneuve damals zu einer neuen Identität verholfen hat. Ein leitender Ministerialbeamter verfügt über allerlei Verbindungen. Die Frage ist nur, warum er das getan hat? Für mich ist das mehr als merkwürdig. Der Mann fährt auf Dienstreise nach Nantes. Er nimmt einen Drink oder auch mehrere in der Bar seines Hotels und bezeugt später, dass der minderjährige Freund eines verschwundenen Mädchens den ganzen Abend über dort gearbeitet hat. Damit ist Cazeneuve aus dem Schneider. Das Mädchen wird nie gefunden. Keine Leiche, kein Lebenszeichen. Kurz darauf verschwindet Cazeneuve aus der Stadt und taucht knapp fünf Jahre später unter seinem neuen Namen Yves Ribanville in Paris auf.«

»Das heißt, er muss astreine neue Papiere bekommen haben«, meinte Franck.

»Richtig. Und wenn Monsieur Kahn ihm die besorgt hat, ist der Mann ein hohes Risiko eingegangen. Dafür muss es einen handfesten Grund gegeben haben.«

»Eben.« Franck kratzte sich am Kinn. »Vielleicht sind die beiden gemeinsam in die Sache mit dem Mädchen verwickelt? Haben sich gegenseitig gedeckt?«

LaBréa wandte sich an Claudine.

»Gibt es jemand, der bestätigen kann, dass Jean-François Kahn und Robert Cazeville den ganzen Abend zusammen in der Hotelbar gewesen sind?«

»Anscheinend nicht«, erwiderte Claudine. »Als ich die Unterlagen eben überflog, war das auch meine erste Frage. Ich habe in Nantes angerufen. Es gibt keine weitere diesbezügliche Zeugenaussage.«

»Das dachte ich mir schon.« La Bréa lehnte sich zurück und schlug die Beine übereinander. »Die Aussage eines Pariser Ministerialbeamten war für die Polizei in Nantes wahrscheinlich so überzeugend, dass da gar nicht weiter nachgeforscht wurde. Sonst noch was Interessantes in der Akte Sandrine Loisir, Claudine?«

»Ich habe nichts weiter entdeckt.«

»Gut. Wenigstens wissen wir jetzt, wo sich die Wege von Ribanville alias Cazeneuve und seinem Busenfreund Kahn zum ersten Mal gekreuzt haben.«

LaBréa drehte sich zu Jean-Marc.

»Was sagt Schlick im Fall unseres toten Jungen aus der Seine?«

In kurzen Worten berichtete der Paradiesvogel von seinem Besuch im »Giftkeller«.

»Pädosex – das ist ein riesiges Fass ohne Boden«, begann er. »Die Zahlen sind total erschreckend. Johan hat gesagt, Frankreich stand im letzten Jahr an zweiter Stelle aller europäischen Länder, in denen Kinderpornographie im Netz konsumiert wird. Und weltweit gesehen an vierter Stelle!«

»Das wusste ich nicht.« LaBréa verzog angewidert den Mund.

»Ich auch nicht, Chef. In der SoKo *Lilliput* könnten tausend Kollegen arbeiten, die hätten immer noch genug zu tun. Wir reden hier nicht von Zehntausenden, die diese Seiten anklicken. Die Fotos und Filme tauschen oder verkaufen. Sich gegenseitige Tipps geben, wie man sich noch besser tarnen kann, und so weiter. Es sind Hunderttausende allein in unserem Land!«

»Ein riesiger Markt«, warf Claudine dazwischen. »Da braucht man Nachschub, neue Kinder. Immer neue Kicks.«

»Und es geht um wahnsinnig viel Geld«, fügte Jean-Marc hinzu. Er erzählte von dem Fake-Foto. Franck zeigte sich skeptisch.

»Das ist ja wie die Suche nach der Nadel im Heuhaufen!«

Jean-Marc stimmte zu.

»Das hab ich auch gesagt. Ehrlich gesagt, glaube ich nicht, dass das was bringt.«

»Lassen wir uns überraschen«, sagte LaBréa und blickte auf die Uhr. »Wann ist Ribanvilles Steuerberater in seinem Büro, Franck?«

»Eigentlich gar nicht. Er macht Urlaub. In Versailles, im Haus seiner Eltern. Ich habe ihm gesagt, er soll in die Stadt kommen. Aber vor morgen früh geht es nicht. Er hat eine pflegebedürftige Mutter. Und die Pflegerin kommt erst heute Abend aus dem Urlaub zurück.«

»Dann warten wir bis morgen.«

LaBréas Handy klingelte. Es war die Gerichtsmedizinerin.

»Brigitte«, sagte LaBréa. »Was hast du für mich?«

»Eine ganze Menge interessanter Dinge, was den toten Jungen betrifft, Maurice.«

»Kannst du auf Claudines Festnetznummer anrufen? Wir sitzen gerade in der Talkrunde. Dann können die anderen mithören.«

»Natürlich.«

Gleich darauf klingelte das Telefon auf Claudines Schreibtisch. Claudine nahm den Hörer ab und drückte auf die Lautsprechertaste.

»Wir hören dich, Brigitte«, sagte LaBréa und schlug sein Notizbuch auf.

»Hier sind einige Laborergebnisse, die euch ein Stück weiterbringen. Wir haben zusätzlich eine spezielle Haaranalyse gemacht. Damit können wir genau nachweisen, seit wann der Junge Valium oder andere Beruhigungsmittel bekommen hat. Jeder Zentimeter Haar steht für einen Monat Lebenszeit. Im letzten Zentimeter Haar, der aus der Kopfhaut des Jungen gewachsen ist, war eindeutig Valium nachzuweisen.«

»Das heißt also, dass er im letzten Monat vor seinem Tod kontinuierlich mit Valium ruhiggestellt wurde?«, fragte LaBréa.

»Genau. Und zwar mit erheblichen Mengen. Der Junge war wohl die meiste Zeit weggetreten.«

»Und vermutlich seit einem Monat in der Gewalt der Täter.«

»Wie auch immer, Maurice. Ich habe noch was für dich. Aus einem Stück Haut und einigen Haaren wurde eine

C12-Analyse gemacht. Damit kann man feststellen, wie ein Mensch sich in den letzten Wochen vor seinem Tod ernährt hat.«

»Und?« LaBréa beugte sich gespannt vor und tauschte einen raschen Blick mit Franck.

»Bei dem Kleinen war es Mangelernährung. Zu wenig Proteine, kaum Vitamine und schlechte Kohlehydrate. Vielleicht verdorbene Lebensmittel.«

»Hört sich ganz so an, als sei das Kind irgendwo gefangen gehalten worden«, sagte Franck.

»Das vermute ich auch, Hauptmann Zechira«, erwiderte die Gerichtsmedizinerin. »Diese Annahme wird noch erhärtet durch die Tatsache, dass ich in seiner Lunge Schimmelpilze gefunden habe. Der Lungenabstrich hat ergeben, dass die Lunge sich entzündet hatte. All das weist zusätzlich darauf hin, dass das Kind sich in den letzten Wochen seines Lebens wahrscheinlich in einer feuchten und lichtarmen Umgebung aufgehalten hat.«

»Er war ja ziemlich abgemagert, Brigitte. Das ergibt jetzt einen Sinn. Schlechte Ernährung, eine feuchte Unterkunft.«

»Ja, und ein fast rachitisches Aussehen, Maurice.« Am anderen Ende der Leitung war es still.

»War's das, Brigitte?«

»Ja, das war's.«

»Danke. Tolle Arbeit. Du hast was gut bei mir.«

Brigitte Foucart lachte.

»Schon wieder? Wie willst du diese ganzen Esseneinladungen eigentlich abarbeiten?«

»Gib mir eine Chance, Brigitte!« LaBréa lächelte.

»Immer, mein Lieber. Aber wenn du sie nie wahrnimmst … Also, hoffentlich bringt euch das weiter. Schönen Tag noch.« Die Leitung war tot, und Claudine stellte die Lautsprechertaste aus.

LaBréa blickte in die Runde.

»Claudine, rufen Sie diesen Ex-Konsul Kahn in Blonville-sur-Mer an und bitten Sie ihn, nach Paris zu kommen. Wenn das aus irgendeinem wichtigen Grund nicht möglich sein sollte, fahren wir zu ihm in die Normandie. Ich will die Hintergründe zu der Geschichte damals in Nantes wissen. Franck, Sie recherchieren im Innenministerium. Da muss es einen Vorgang ›Robert Cazeneuve‹ geben, als Ribanville vor mehr als zwanzig Jahren seine Identität gewechselt hat.«

»Wenn ich da heute überhaupt jemanden erreiche«, brummte Franck. »Vor uns liegt ein langes Wochenende. Und die Bürohengste im Innenministerium sind sowieso nicht berühmt für ihre Einsatzfreudigkeit.«

»Irgendwas rausgefunden über diesen Kaplan Coulon?«, fragte LaBréa den Paradiesvogel.

»Noch nicht, Chef. Ich hab mich erst mal mit Johan Schlick zusammengesetzt.«

LaBréa nickte.

»Das hat ja auch Vorrang. Aber vergessen Sie es nicht!«

»Auf keinen Fall, Chef. Der Nachmittag ist ja noch lang.«

»Und verdammt heiß«, fügte Franck hinzu und gähnte verhalten. »Keine Ahnung, warum ich bei diesem Wetter ständig müde bin.«

»Schon was Neues wegen der Fahndung nach dem Clochard?«

Franck grinste etwas gequält.

»Schön wär's. Der Typ hat sich komplett in Luft aufgelöst.«

»Dranbleiben, Franck!«

»Klar, Chef! Was denn sonst?«

Die Talkrunde war beendet. LaBréa wählte Direktor Thibons Nummer, doch der Schöngeist war gleich nach der Pressekonferenz verschwunden, von der LaBréa nicht wusste, wie sie verlaufen war.

Er verließ sein Büro und ging hinüber in den Justizpalast, wo sich das Büro von Ermittlungsrichter Couperin befand.

In Joseph Couperins Büro stand ein großer Ventilator auf dem Schreibtisch. Sein träges Surren wirkte einschläfernd.

LaBréa saß dem Ermittlungsrichter gegenüber. Dessen mit Pinguinen bedruckte Krawatte war korrekt gebunden. Der Kragen des weißen, langärmeligen Oberhemdes steif und wie aus einer anderen Zeit. Als Zugeständnis an die mörderische Hitze hing das beigefarbene Sommerjackett ordentlich auf dem Kleiderbügel an einem Haken an der Wand. Ermittlungsrichter Couperin war mit Sicherheit der Einzige im Justizpalast und im Polizeipräsidium, der in diesen Hundstagen mit Anzug und Krawatte zum Dienst erschien. Nicht einmal der Schöngeist, als Liebhaber teurer, maßgeschneiderter Anzüge, war in den letzten Tagen seinen Gewohnheiten treu geblieben. Er hatte auf leichte Polohemden und Chinos umgeschaltet und seine Jacketts im Schrank gelassen.

Couperins Haare lagen eng und sorgfältig gescheitelt am Kopf. Auf seiner Stirn sah LaBréa nicht die geringsten Anzeichen von Schweiß. Während er selbst sich den Nacken mit einem Papiertaschentusch abtupfte und den lauwarmen Luftzug des Ventilators als bescheidene, doch willkommene Erfrischung begrüßte, schien Couperin immun gegen die Hitze.

Die beiden waren mitten im Gespräch. Skeptisch wiegte Couperin den Kopf hin und her.

»Einen Durchsuchungsbeschluss, Commissaire? Aufgrund welcher Verdachtsmomente?«

LaBréa knüllte das Papiertaschentuch zusammen und steckte es in die Tasche seiner Leinenhose.

»Monsieur Kahn kannte das Opfer seit langem. Er hat am gestrigen Tag mehrfach mit Ribanville telefoniert. Vor Jahren hat er ihm in einer Vermisstensache ein Alibi gegeben. Und ihm vermutlich zu einer neuen Identität verholfen.«

»Können Sie Letzteres beweisen?« Couperins Stimme klang ungewohnt scharf.

»Meine Leute recherchieren das gerade.«

»Dann warten wir ab, was dabei herauskommt. Der Mann ist ein ehemaliger Ministerialbeamter und späterer Staatssekretär. Der kennt sich im Gesetz bestens aus. Einen Durchsuchungsbeschluss auf der Grundlage von Vermutungen kann ich Ihnen nicht geben, LaBréa. Das wissen Sie doch. Versuchen Sie, mit ihm zu reden. Und wenn sich daraus etwas ergeben sollte, das wirklich Ihre Aufmerksamkeit erregt, kommen Sie wieder.«

»Jean-François Kahn ist telefonisch nicht zu erreichen. Claudine Millot hat es versucht. Sein Handy ist abgestellt, und auf dem Festnetzanschluss läuft der Anrufbeantworter.«

»Vielleicht ist er bei seinem Nachbarn. Wie heißt der doch gleich? Sie haben ihn doch vorhin erwähnt.«

»Louis Bouvier. Auch da meldet sich niemand.«

»Dann haben Sie eben Pech! Mein Gott, LaBréa, es ist Hochsommer. Wenn ich pensioniert wäre und an der Küste wohnen würde, wäre ich bei so einem Wetter am Meer.« Er schniefte leicht und warf einen verstohlenen Blick auf seine Uhr. »Bringen Sie mir den Beweis, dass Monsieur Kahn zur Tatzeit in Paris war, dann bekommen Sie von mir, was Sie wollen.« Er beugte sich nach vorn. Die Spitze seiner Krawatte berührte den Schreibtisch.

»Seien Sie doch ehrlich, LaBréa. Sie tappen im Dunkeln. Es gibt keine heiße Spur, keinen Verdächtigen im Mordfall Ribanville. Dann wollen wir auch nicht künstlich jemanden als solchen aufbauen.« Er lehnte sich wieder zurück und verschränkte die Hände über der Brust. »Im Fall des toten Jungen sind Sie ja auch noch nicht weiter. Mein Gespräch mit dem Ezbischof war sehr unangenehm. Kaplan Coulon ist ein enger Freund von ihm. Die beiden waren zusammen im Priesterseminar in Rom. Solche Freundschaften halten ein Leben lang.«

»Ich weiß, Monsieur.«

Couperin schob seinen Stuhl zurück.

»Ich habe jetzt einen Termin beim Gerichtspräsidenten. Wenn Sie mich entschuldigen würden ...«

LaBréa nickte und stand auf. Noch nie hatte er Couperin so abweisend erlebt. Er fand keine Erklärung für das Verhalten des Ermittlungsrichters. Vielleicht eine Laune? Oder doch das extreme Wetter, das sich bei ihm auf diese Weise auswirkte?

Wenig später verließ LaBréa das Präsidium und ging nach Hause. Selten hatte er sich so auf eine Dusche gefreut. Den Staub und die Hitze des Tages abspülen. Und all den Dreck abwaschen, den insbesondere der Mordfall des toten Jungen mit sich brachte.

Auf der Straße schlug ihm ein heißer Wind entgegen. Im flirrenden Licht des späten Nachmittags suchte LaBréa den Schatten der Häuser, als er auf die Rue des Blancs Manteaux zusteuerte. Die Hitze schnitt wie mit Messern in seinen Körper. Unablässig waren die Signalhörner der Krankenwagen zu hören. Die Hundstage forderten ihre Hitzeopfer.

19. KAPITEL

Die Entdeckung von Yves' Tagebuch in den frühen Morgenstunden und der Besuch der Polizei am Vormittag hatten Candice Ribanville in eine tiefe Krise gestürzt. Die Bezeichnung »Depression« traf ihren inneren Zustand bei weitem nicht. Vielmehr hatte sich vor ihr der Boden geöffnet und den Blick in einen gähnenden Abgrund freigegeben, an dessen Rand sie balancierte und krampfhaft versuchte, ihre Schwindelgefühle unter Kontrolle zu bekommen. Es galt, zu überleben, doch bei der fieberhaften Suche nach einer Strategie war sie immer mehr in einen Strudel hineingezogen worden, der sie zu vernichten drohte.

Dass Yves in all den Jahren Geheimnisse vor ihr verborgen hatte, ahnte sie schon lange. Nun lagen diese Geheimnisse vor ihr ausgebreitet. Eine brutale Wahrheit, die wie ein Tornado in ihr Leben eingebrochen war und eine Schneise der Vernichtung hinterlassen hatte.

Die Lektüre von Yves' Aufzeichnungen in den frühen Morgenstunden hatte sie immer wieder unterbrechen müssen. Zu ungeheuerlich erschien ihr das, was sie las. Das zweite Leben des Yves Ribanville, ihres Ehemannes. Penible Notizen eines völlig Fremden, mit dem sie seit Jahren ihr Leben geteilt hatte. Ein paralleles Universum, von dessen Ausmaß sie nie etwas geahnt hatte. Oder hatte sie es verdrängt, die Zeichen nicht erkannt? Weggeschaut, weil es zu unfassbar schien?

Im ersten Telefonat mit ihrem Vater in Corpus Christi/ Texas hatte sie den Versuch unternommen, davon zu erzählen. Doch klare Worte wollten ihr nicht über die Lippen kommen, und aus dem wirren Gestammel, vermischt mit langen Weinkrämpfen, hatte ihr Vater sich keinen Reim machen können. In der Annahme, Yves' Tod hätte sie derart aus der Bahn geworfen, versuchte er, ihr Trost zuzusprechen. Sie hatte es nicht fertiggebracht, ihrem geliebten Dad die Wahrheit zu sagen. Vermutlich hätte er sie sowieso nicht geglaubt.

Tatsächlich waren in der Mittagszeit die meisten Journalisten, die den Hauseingang in der Rue Montaigne bewachten, verschwunden. Nur einige besonders hartnäckige Paparazzi harrten aus. Candice hatte den VIP-Fahrdienst am Etoile angerufen, mit der resoluten Hilfe der Concierge ihre Kinder in die Limousine mit den abgedunkelten Scheiben gesetzt und sie in die Privatresidenz des Botschafters chauffieren lassen. Dort würde sich die Botschaftersgattin, Mrs Farmer, um die Mädchen kümmern. Ihr zwölfjähriger Enkelsohn Alex weilte zusammen mit einem gleichaltrigen Freund zurzeit in Paris. Candice' Töchter hätten also zwei Spielkameraden und wären, da die Residenz rund um die Uhr überwacht wurde, vor der Journalistenmeute erst einmal sicher.

Dem Hausmädchen Maria hatte Candice für den Rest des Tages freigegeben. Zusammen mit ihrem Cousin Rado, der wie sie aus Serbien stammte, wollte sie sich am Nachmittag ins Getümmel von *Paris Plage* am Ufer der Seine stürzen.

Als alle aus dem Haus waren und in dem riesigen Appartement eine bedrückende Stille herrschte, brach Candice zusammen. Der Gedanke an Selbstmord tauchte wie ein Gespenst auf, das sich schwer verscheuchen ließ. Nur das Verantwortungsgefühl für ihre Kinder hielt Candice davon ab, dem Wunsch nach einem tiefen und immerwährenden Schlaf, der sie von allem erlösen würde, nachzugeben.

Wut.

Wut würde helfen, das wusste sie. Wut auf Yves, der sie so schamlos hintergangen und sie in diesem Trümmerhaufen zurückgelassen hatte.

Hass.

Auch Hass würde guttun. Hass auf einen Mann, dessen Maske durch das Ereignis seines gewaltsamen Todes jäh heruntergerissen worden war. Der ihr sein Geheimnis hinterlassen hatte, an dem sie zu zerbrechen drohte …

Doch Wut und Hass, starke Gefühle als Heilmittel gegen die Verletzungen der Seele, stellten sich nicht ein, sosehr Candice es sich auch wünschte. Stattdessen hatten Ohnmacht und Schmerz sie umwoben wie ein dichtes Spinnennetz, das sie gefangen hielt. Was sollte sie tun? Wo war der Weg, der da herausführte?

Rasende Kopfschmerzen erschwerten jeden Gedanken. Mit rotgeweinten Augen und einer tiefsitzenden Angst im Herzen lag Candice seit dem frühen Nachmittag im abgedunkelten Schlafzimmer, dessen Klimaanlage eine angenehme Kühle verströmte. Wenigstens das.

Immer wieder klingelte das Telefon. Sie ignorierte es. Der Anrufbeantworter schaltete sich ein. Das Bestattungsunternehmen, Pater Matthieu, die Familie aus Corpus Christi,

Mrs Farmer und die Kinder … Es gab Dinge zu regeln. Aber all das würde Zeit haben. Es musste Zeit haben!

Langsam reifte in Candice ein Plan. Zunächst hatte sich alles gegen diesen Gedanken gesträubt. Doch jetzt … Es schien ihr die einzige Möglichkeit, den schweren Stein von ihrer Seele zu wälzen, den Yves dorthin gerollt hatte. Vielleicht war es der falsche Weg? Doch was hatte sie noch zu verlieren? Sie musste sich Gewissheit verschaffen. Vor allem musste sie mit jemandem reden, der ebenfalls betroffen war.

Es war kurz vor achtzehn Uhr, als sie ihr Schlafzimmer verließ und ins Bad ging, um sich frischzumachen. Wenig später rief sie ein Taxi.

Lisa Breton hielt inne und wischte sich den Schweiß von der Stirn. Den ganzen Nachmittag hatte sie in der Küche geschuftet. Hier war es zwar angenehm kühl. Doch wenn man neunzig Kilo mit sich herumschleppte und knapp fünfundvierzig Jahre zählte, artete die Tätigkeit einer Köchin zuweilen in Schwerstarbeit aus, der man Tribut zollen musste.

Am meisten machten Lisa ihre Beine zu schaffen. Trotz der Kompressionsstrümpfe, die sie wegen ihrer Krampfadern tragen musste, spürte sie, wie sich das Blut in den Oberschenkeln staute und eine bleierne Kraft ihren Körper nach unten zog.

Schwer atmend ließ sie sich auf einen der Küchenstühle sinken. Der Blick ihrer wasserblauen Augen ruhte auf dem großen Herd. Ein Profiherd, wie in einem Sternerestaurant. Er beherrschte die geräumige ehemalige Klosterküche und verfügte über acht Gasflammen verschiedener Größe. Nur eine von ihnen, die kleinste, war angeschaltet. In einer Kupferpfanne köchelte auf kleiner Flamme die Soße für die Seezungenfilets. Monsieur Bouvier, Lisas Arbeitgeber, hatte schon vor Tagen das Menü für den heutigen Abend zusammengestellt. Als Horsd'œuvres gab es ein großes Plateau mit Meeresfrüchten sowie eine Hummermousse mit Calvados, die Lisa bereits am Morgen zubereitet hatte und die kalt serviert wurde. Danach folgten Seezungenfilets in eben jener Estragon-Zitronensoße, die auf dem Herd simmerte. Nach dem Verveine-Sorbet, das im Hause Bouvier stets nach dem Fischgang gereicht wurde, warteten zwei herrliche Lammkeulen auf die Gäste. Fleisch von Milchlämmern aus der Herde von Lisas Bruder Félix. Die Keulen waren gut abgehangen und hatten über Nacht in einer Marinade aus Rotwein, Schalotten, Knoblauch und Minze gelegen. Nun schmorten sie seit zweieinhalb Stunden auf kleiner Flamme im Backofen. In einer guten Stunde wären sie auf den Punkt gegart und würden auf der Zunge zergehen.

Lisa erhob sich ächzend und ging zu einem der Küchenschränke, holte ein Glas und eine angebrochene Flasche Calvados heraus und genehmigte sich einen kräftigen Schluck. Auch wenn es heute, bedingt durch die Hitze, besonders anstrengend in der Küche war – sie liebte ihre Tätigkeit in *Le Cloître*. Monsieur Bouvier war ein großzügiger Arbeitgeber, der ihr ein festes Gehalt von zweitausend Euro im Monat zahlte und die Sozialabgaben übernahm. Und das, obwohl sie gar nicht jeden Tag bei ihm in der Küche stand. Eigentlich arbeitete sie höchstens fünfzehn Tage im

Monat im ehemaligen Kloster. Trotzdem wartete im Küchenschrank stets eine Flasche Calvados auf sie, als kleine Stärkung … Ja, mit dem Job hier hatte sie mehr als Glück gehabt.

Lisa leerte ihr Glas und goss sich noch einen kleinen Schluck nach. Die große Wanduhr neben der Küchentür schlug einmal. Gleich halb acht. In einer halben Stunde würden die Herren sich zu Tisch begeben. Die Tafel in der großen Halle war bereits gedeckt. Lisa, die vom Tod des Moderators Yves Ribanville am Morgen durch Monsieur Bouvier erfahren hatte, war aus mehreren Gründen über sein gewaltsames Ableben betroffen. Zum einen war sie ein Fan seiner Sendung, die sie sich auch am gestrigen Abend angesehen hatte. Zum anderen hatte Ribanville bei seinen Besuchen im Kloster noch nie vergessen, ihr eine kleine Aufmerksamkeit mitzubringen. Mal war es ein entzückendes Votivbildchen aus Lourdes, mal ein besonders schöner Rosenkranz. Er wusste, dass Lisa in einer festen Zwiesprache mit Gott lebte, genau wie er auch. Obendrein war Ribanville einer von der Sorte Gäste, die selbst einem schnellen Butterbrot noch ein Lob abgewinnen konnten. Ein charmanter, liebenswürdiger Mann. Welch ein Jammer, dass ihn ein solches Schicksal ereilt hatte!

Nun fehlte er in der Runde der Herren. Das Diner würde ohne ihn stattfinden. Auf Anweisung von Monsieur Bouvier hatte sie dennoch ein Gedeck für ihn aufgelegt. Am üblichen Platz, zwischen dem Hausherrn und Monsieur Kahn. Neben dem Teller stand eine kleine Vase mit einer blassrosa Rose der Sorte Pierre de Ronsard. Sie wuchs in üppiger Fülle im ehemaligen Klostergarten.

Lisa stellte das Glas auf den Tisch, die Flasche zurück in den Schrank und öffnete den Backofen, dem ein sanfter, köstlicher Duft entwich. Der Bratensud war bereits gut eingekocht, doch es blieb noch genügend übrig, um später die Soße zu montieren. Jetzt wurde es Zeit, sich um die Meeresfrüchte zu kümmern. Lisa nahm als Erstes die Austern aus dem großen Kühlschrank und griff nach dem Austernmesser. Mit geübter Hand öffnete sie die Schalentiere. Auf einem Plateau mit zerstoßenem Eis, zwischen Muscheln und Wasserschnecken, würden sie mit geviertelten Zitronen und einer schönen Seegrasdekoration serviert werden. Bis auf Monsieur Dubois, den jüngsten der Gäste, liebten alle in der Herrenrunde Meeresfrüchte. Der smarte Junggeselle, dessen Lächeln sie an den jungen Alain Delon erinnerte, aß Fisch und Meeresgetier hingegen nur in gekochter oder gebratener Form. Für ihn gab es anstelle der Meeresfrüchte eine Schale eisgekühlte Gazpacho.

Ihr Blick fiel aus dem Küchenfenster in den Innenhof des Klosters. Dort saßen die Herren im Schatten der Blutbuche auf bequemen Stühlen. Sie waren beim Apéritif und schienen trotz des Verlustes ihres Freundes Yves Ribanville nicht gerade Trübsal zu blasen. Sie unterhielten sich lebhaft, wobei Lisa natürlich nichts verstand. Deutlich sah sie das Lachen auf Eric Lecadres Gesicht. Irgendjemand hatte wohl etwas Lustiges zum Besten gegeben. Nicht die schlechteste Art, mit dem Tod eines Freundes fertigzuwerden, dachte Lisa. Sie erinnerte sich an die Todesfälle in ihrer Familie. Zuerst die Großeltern, als sie noch ein Kind war. Dann ihre Mutter und ein Onkel. Tagelang hatte man sie in der Scheune des Bauernhofes aufgebahrt. Alle, auch die Kinder, mussten Abschied nehmen. Bis zum Begräbnis wurde im Haus und auf den Feldern nur mit gedämpfter Stimme gesprochen. Lachen war eine Todsünde, für die man den Kindern den Hintern versohlte und sie dazu verdonnerte, zehn Ave-Maria zu beten. Doch dann, nach dem Begräbnis, waren Trauer und ernste Gesichter vergessen. Beim Leichenschmaus wurde getafelt, was Küche und Keller hergaben. Und das Lachen kehrte zurück, wenn jemand eine lustige Geschichte über den Verstorbenen erzählte und Erinnerungen die Runde machten.

Jetzt strich Eric Lecadre sich eine Locke aus seiner Stirn. Ein schöner Mann, dachte Lisa und stieß einen kleinen Seufzer aus. Sie dachte an ihren Jean-Paul und musste unwillkürlich lächeln. Er war rothaarig, mit Händen wie Schraubstöcke und einem Gebiss, das nie ein Zahnarzt zu Gesicht bekommen hatte. Aber sie liebte ihn. Männer wie Eric Lecadre waren für Frauen wie Lisa unerreichbar. Wie von einem anderen Stern. Man konnte sie bewundern und als das betrachten, was sie waren: ein kostbares Kleinod, eine Art seltenes Kunstwerk, an dem man sich erfreuen und das man unentwegt betrachten konnte. Ob ein so schöner Mann seiner Ehefrau treu blieb?, fragte sich Lisa manchmal. Dass der Schauspieler verheiratet war, wusste Lisa. Doch seine Frau hatte sie nie gesehen. Ebenso wenig wie Ribanvilles Gattin, die nach Aussage von Lisas Brotherrn aus Amerika kam und eine ehemalige Miss Texas war.

Monsieur Bouvier erzählte oft und viel von seinen Freunden. Lisa kannte deren Lebens- und Familiengeschichten beinahe bis ins Detail. Einmal waren laut Monsieur Bouvier auch sämtliche Damen nach Blonville mitgekommen und hatten im Kloster gewohnt. Und zwar an einem Oktoberwochenende vor einigen Jahren. Zu der Zeit musste Lisa mit ihrem kranken Vater zwei Tage nach Le Havre zum Spezialisten fahren. Wie lange war das her? Zwei, drei Jahre? Dabei hätte sie damals so gern Ribanvilles Kinder kennengelernt, von denen er immer so viel erzählt hatte und die seinerzeit auch mit dabei gewesen waren.

Jetzt deutete Eric Lecadre in ihre Richtung und alle Köpfe drehten sich zum Küchenfenster. Monsieur Bouvier hob die Hand. Dies war das Zeichen, dass die Herren sich in den nächsten zehn Minuten zu Tisch begeben würden. Zeit für Lisa, sich zu sputen! Ich könnte eine Hilfe gebrauchen, dachte sie. Wenigstens zum Servieren und Abdecken. Sie nahm sich vor, bei Gelegenheit mit Monsieur darüber zu reden und ihm ihre Nichte Nadine zu empfehlen. Die Abende mit großen Essen in *Le Cloître* fanden immer öfter statt, und Lisas Beine schwollen immer mehr an. Demnächst würde sie einen Spezialisten in der Stadt aufsuchen. In einer Sendung hatte sie gesehen, dass es ein neues Verfahren gegen Krampfadern gab, für das die Krankenkasse die Kosten trug.

Nach zweiundzwanzig Uhr, wenn die Herren fertig mit Tafeln waren, würde Lisa zurück ins Dorf fahren. Der kleine, gebrauchte Clio, von Monsieur zur Verfügung gestellt, damit sie mobil war, stand einsam und grasgrün leuchtend vor dem Kücheneingang. Nach dem Essen wollten die Herren ungestört sein bei ihren geschäftlichen Besprechungen und dem Bridgespiel. Erst am nächsten Morgen würde Lisa die Küche aufräumen. Dann wurde den Herren auch ihr

Frühstück serviert; meistens erst gegen elf, weil es in der Nacht spät geworden war.

Kurz darauf brachte Lisa das Plateau mit den Meeresfrüchten und zwei Eiskübel mit Champagnerflaschen in die Halle. Als sie zurück in die Küche ging, folgten ihr die beiden Dobermannrüden. Sie würden jetzt zu fressen bekommen, bevor sie dann in der Nacht das Gelände bewachten. Lisa hatte einige besondere Leckerbissen für sie vorbereitet. Die Hunde ahnten das und hechelten voller Vorfreude.

Obwohl er lange geduscht hatte, fühlte LaBréa sich nicht erfrischt. Seine Wohnung mit dem gläsernen Dach war total aufgeheizt. Am Nachmittag hatte Céline einen großen Standventilator besorgt. Sie hatte Glück gehabt, denn nicht nur die Klimaanlagen waren bei allen Händlern ausverkauft. Auch Ventilatoren gab es kaum noch in Paris. Jetzt wirbelte die Neuerwerbung auf höchster Stufe die heiße Luft durch den Salon.

Ein paar Spritzer seines Eau de Toilette, und LaBréa ging ins Schlafzimmer. Er wählte ein dunkelblaues Lacostehemd und nahm die blauweiß gestreifte Sommerhose aus dem Schrank. Kaum war er angekleidet, schwitzte er bereits wieder unter den Achseln und im Nacken.

Mit Céline war er um halb acht verabredet. Sie stand bereits fertig vor ihrer Wohnung und erwartete ihn in einem geblümten Sommerrock mit champagnerfarbenem Top. Mit ihren dunklen Haaren, den roten Lippen und dem leicht gebräunten Teint, ihrer natürlichen Hautfarbe, sah sie hinreißend aus. La Bréa hatte das Gefühl, sich jedes Mal wieder aufs Neue in sie zu verlieben. Céline schien das zu spüren und gab ihm einen zärtlichen Kuss.

Sie verließen das Haus durch den Innenhof. Monsieur Hugo, der Concierge, saß in Unterhemd und beigefarbenen Shorts, die an die kurzen Hosen englischer Kolonialherren erinnerten, auf einem Stuhl an der schattigen Hausmauer. Seine dünnen, gänzlich unbehaarten Spatzenbeine leuchteten kalkweiß. Er sah mitgenommen aus. Sein bleiches Gesicht wirkte abgemagert. Die Hitze machte ihm zu schaffen. Seine kleine Wohnung im Erdgeschoss verließ er in diesen Hundstagen nur in den frühen Morgenstunden und am Abend, und auch dann bloß für eine halbe Stunde.

Müde hob er seine Hand, als er LaBréa und Céline erkannte.

»Alles in Ordnung, Monsieur Hugo?«, wollte LaBréa wissen.

»Mehr oder weniger, Commissaire. Eher weniger. Ich bete jeden Abend, dass ein Gewitter kommt. Aber das Barometer sagt leider was anderes.« Erschöpft ließ er den Kopf sinken, als fiele ihm das Sprechen schwer.

»Trinken Sie denn auch genug?«, fragte Céline besorgt.

»Ach, und wie!« Er deutete auf eine große Plastikflasche mit Wasser, die neben seinem Stuhl stand. Sie war leer. »Mindestens drei Liter am Tag. Aber nach neunzehn Uhr höre ich auf mit Trinken. Weil nämlich … na ja, Sie wissen schon. Dann muss man nachts ewig raus.«

LaBréa schmunzelte.

»Geht mir genauso, Monsieur Hugo. Also, schönen Abend noch.«

»Ihnen auch. Sie gehen sicher irgendwo essen. Ist Jenny zu Hause geblieben?«

»Nein. Wir holen sie jetzt ab. Sie jobbt doch in der Brûlerie.«

»Stimmt. Das hatte ich ganz vergessen! Ich find's gut, dass sie sich in den Ferien ein bisschen Taschengeld verdient! Das stärkt den Charakter. Die Kinder sind heutzutage viel zu verwöhnt.«

»Da haben Sie Recht, Monsieur.«

LaBréa griff nach Célines Hand, und die beiden gingen Richtung Place des Vosges.

20. KAPITEL

Wieso kommen Sie ausgerechnet zu mir?«

Mit einer routinierten Bewegung drückte Chantal Coquillon ihre Zigarette im Aschenbecher aus. Ihr Blick streifte die Frau, die ihr gegenübersaß. Sie war bleich im Gesicht. Das blonde Haar hing ihr in die Stirn, der Eyeliner war zu hastig aufgetragen. Die rötlich geschwollenen Augenlider deuteten darauf hin, dass Candice Ribanville an diesem Tag häufig und lange geweint hatte. Dies konnte ihr gutes Aussehen mit den ebenmäßigen Zügen und der erstklassigen Figur jedoch nur wenig beeinträchtigen. Bloß ihr amerikanisches Lächeln, das Markenzeichen all dieser Frauen, die mit einem goldenen Löffel im Mund geboren wurden und sich Wunder was auf ihr Aussehen einbildeten, war verschwunden.

Vor einer halben Stunde war Ribanvilles Ehefrau plötzlich an der Place des Vosges aufgetaucht. Chantal hasste überraschenden Besuch. Nie käme es *ihr* in den Sinn, irgendwelche Menschen unangemeldet zu Hause zu überfallen. Insbesondere nicht, wenn man zu diesen Menschen ein eher gespaltenes Verhältnis hatte. Candice Ribanville und Chantal Coquillon standen sich nicht nahe. Schon gar nicht verband beide so etwas wie Freundschaft. Ihre Ehemänner waren befreundet. Das war das einzige Bindeglied zwischen ihnen.

Aufgrund ihrer langjährigen Berufserfahrung verfügte Chantal über eine untrügliche Menschenkenntnis. Sofort hatte sie gesehen, dass Candice Ribanville einen triftigen Grund haben musste, Chantal einen Tag nach der Ermordung ihres Mannes Yves spontan aufzusuchen. Daher war sie vom ersten Moment an auf der Hut. Was wollte diese Frau von ihr? Nach ein paar Warming-up-Floskeln und Chantals Kondolenzbezeugungen saßen die beiden Frauen nun im Salon. Chantal hatte eine Flasche Weißwein geöffnet, doch ihr Gegenüber trank bis jetzt nur Mineralwasser. Vor wenigen Minuten hatte Candice von Yves Vergangenheit in Nantes erzählt und der Tatsache, dass er in jungen Jahren seinen Namen geändert hatte.

»Ich denke, dass Sie das vielleicht gewusst haben«, fügte Candice abschließend hinzu.

»Ich kannte Yves doch kaum«, erwiderte Chantal ausweichend.

»Aber Eric kannte ihn. Hat er das nicht gewusst?«

»Fragen Sie ihn selbst. Ich jedenfalls hatte keinen blassen Schimmer. Dass Yves früher Robert Cazeneuve hieß und später seinen Namen geändert hat, höre ich jetzt von Ihnen zum ersten Mal.«

»Der Commissaire hat was von einer polizeilichen Ermittlung damals in Nantes gesagt. Dort ist offenbar ein Mädchen verschwunden. Yves soll darin verwickelt gewesen sein.«

Chantals Miene blieb ausdruckslos.

»Hat der Commissaire nichts Genaueres gesagt?«

»Nein.«

»Dann ziehen Sie doch Erkundigungen ein.«

Candice schüttelte den Kopf.

»Ich werde mich hüten! Jetzt, nachdem Yves tot ist, interessiert mich das alles nicht mehr.«

»Und warum haben Sie mir dann davon erzählt?« Chantal nahm eine filterlose Pall Mall aus dem Päckchen, zündete sie an und betrachtete ihr Gegenüber abschätzend.

Candice beugte sich vor. Ihr Gesicht verhärtete sich.

»Es gibt da noch etwas, das Sie wissen sollten. Es hat auch mit Eric zu tun.«

»Mit Eric? Da bin ich aber gespannt!« Chantal drehte den Kopf zum Fenster. Durch die heruntergelassenen Jalousien drangen schmale Lichtstrahlen in den Raum. Hätte ich diese Person bloß nicht in meine Wohnung gelassen, dachte sie und sog heftig an ihrer Zigarette.

Candice Ribanville stieß einen tiefen Seufzer aus. Neben ihrem Sessel stand eine große Leinentasche. Sie öffnete sie und zog ein Buch heraus. Es war in altes Leder gebunden und mit einem eisernen Verschluss versehen. Candice klopfte mit der Hand auf den Buchdeckel.

»Yves' Tagebuch. Ich habe es heute Morgen gefunden. Hier steht alles drin. Lesen Sie!«

Sie reichte Chantal das Buch. Diese zögerte zunächst. Doch als sie den Ausdruck nackter Angst in Candices Augen sah, nahm sie es und legte es auf ihre Knie. Sie griff nach ihrer Lesebrille, schlug die erste Seite auf und begann zu lesen. Nach wenigen Zeilen spürte sie, wie ihre Finger zu zittern begannen. Eine Viertelstunde lang sagte keine von ihnen ein Wort. Candice schenkte sich jetzt doch ein Glas Wein ein und trank es in einem Zug leer.

Seite um Seite las Chantal in Yves Ribanvilles Tagebuch. Sie hatte sich so gut gefühlt am heutigen Tag. Keine Kopfschmerzen, und der Kreislauf hatte trotz unverminderter Hitze erstaunlich gut durchgehalten. Doch jetzt fiel alles wie ein Kartenhaus zusammen. Sie spürte die Schweißbäche, die ihr über den Rücken liefen, und das Herz, das in ihrer Brust hämmerte. Candice Ribanville blickte sie unverwandt an, beobachtete jede kleinste Reaktion.

Als Chantal die Lektüre beendet hatte, klappte sie das Buch zu und ließ es auf ihren Knien liegen. Mit tonloser Stimme, die ihr nicht gehorchen wollte, sagte sie: »Oh mein Gott … Wie entsetzlich! Das habe ich nicht gewusst!«

Candice zeigte auf den Umschlag des Tagebuchs.

»Ach ja? Aber da steht drin, dass Eric gesagt hat, Sie hätten mal irgendeine Andeutung gemacht! Dann müssen Sie doch was geahnt haben!«

Chantal ballte ihre Hand, bis die Knöchel weiß hervortraten.

»Geahnt, was heißt geahnt? *Das hier …*« Sie deutete auf das Tagebuch. »Das habe ich nicht gewusst, das müssen Sie mir glauben!«

»Wie auch immer. Yves ist tot, und die Polizei wird in seinem Leben herumwühlen.«

Chantal nahm sich zusammen und versuchte, entspannt zu wirken. Jetzt hieß es, einen kühlen Kopf zu bewahren. Was hatte Candice Ribanville vor? Bestand die Gefahr, dass sie die Nerven verlor? So dumm konnte sie nicht sein. Chantal griff nach ihrem Weinglas und trank einen Schluck.

»Die Polizei darf dieses Tagebuch nicht in die Finger bekommen«, sagte sie betont ruhig. »Am besten vernichten Sie diese Aufzeichnungen. Das ist in unser beider Interesse.«

»Ja, Eric steckt tief mit drin. Wo ist er eigentlich hingefahren?«

Ja, wo ist er hingefahren?, dachte Chantal. Er hatte es ihr nicht gesagt, als er am Mittag, mit einer kleinen Reisetasche bewaffnet, die Wohnung verlassen hatte. Nur, dass er Sonntagabend wieder zurück sein würde. Chantal hatte nie nachgefragt in all den Jahren. War das ein Fehler gewesen? Bekam sie jetzt die Quittung dafür, dass sie alles toleriert und geschluckt hatte?

Candice nahm das Tagebuch von Chantals Schoß und steckte es zurück in die Leinentasche.

»Wollen Sie es nicht hierlassen?«, fragte Chantal rasch und streckte die Hand danach aus. »Falls die Polizei auf die Idee kommen sollte, Ihre Wohnung auf den Kopf zu stellen. Bei mir würde es keiner vermuten.«

Candice lachte. Es klang spitz und hysterisch.

»Damit Sie es vernichten? Für wie blöd halten Sie mich eigentlich? Nein, ich bringe es an einen sicheren Ort. Wer weiß, wozu ich es noch brauche.«

»Ja, wer weiß. Aber ich warne Sie, Candice: Was immer Sie damit vorhaben, lassen Sie Eric aus dem Spiel! Lösen Sie die Seiten heraus, wo es um ihn geht.«

»Keine Angst, Chantal. Erpressung liegt mir nicht. Und Eric ist mir vollkommen egal. Es geht einzig und allein um meine Familie und um das Andenken meines Mannes. Und darum, wer alles Kenntnis davon hatte.«

»Ich jedenfalls nicht.«

»Nächste Woche ist die Beerdigung. Ich rechne fest damit, dass Sie und Eric Yves die letzte Ehre erweisen. Ganz gleich, was in diesem Tagebuch steht.«

»Selbstverständlich, Candice.«

»Wir sitzen in einem Boot, Chantal. Vergessen Sie das nicht. Es kann weder in Ihrem noch in meinem Interesse liegen, dass unsere Familien zerstört werden. Aber ich wollte Sie wenigstens in Kenntnis setzen. Ich überlasse es Ihnen, ob Sie mit Eric darüber reden oder nicht. Ich an Ihrer Stelle würde es tun.«

Sie erhob sich, nahm die Leinentasche und ging zur Tür.

Zwei Minuten später stand Chantal noch immer wie betäubt auf dem Flur. Mit Eric reden? Das würde sie sich gründlich überlegen, Vorteile und Nachteile eines solchen Gesprächs genau abwägen. Warum hatte Candice sie in diese dreckige Geschichte hineingezogen? Vor zwei Stunden hätte Chantal sich noch nicht träumen lassen, dass sie jemals ein Geheimnis mit dieser Amerikanerin teilen würde. Noch dazu eines, das sie automatisch zu einer Komplizin werden ließ.

Wohin war Eric gefahren? Sie ging zum Telefon. Es gehörte nicht zu ihren Angewohnheiten, hinter ihm herzutelefonieren. Heute tat sie es zum ersten Mal. Sie tippte seine Handynummer ein und lauschte dem Klingelzeichen. Nach wenigen Sekunden meldete sich Eric.

»Hallo, Chérie?«, sagte er erstaunt. »Das ist ja eine Überraschung!«

Chantal griff zu einer schnellen Notlüge.

»Ja, ich rufe dich an, weil es vielleicht wichtig ist. Die Polizei hat sich nochmal gemeldet und gefragt, wo du bist. Sie müssen dich dringend sprechen, konnten dich aber nicht erreichen. Dein Handy war abgeschaltet.«

»Nur zeitweise.« Am anderen Ende der Leitung hörte Chantal gedämpfte Stimmen und das Klappern von Geschirr. »Ich bin mit ein paar Freunden an der Küste. Wir essen gerade. Léon ist auch hier. Er hat einen Riesendeal mit Sony Entertainment vor. Die übernehmen den Filmbestand mehrerer Verleihfirmen, bei denen er Teilhaber ist. Meine Filme sind auch dabei. Weltweite DVD-Vermarktung. Léon beteiligt mich mit fünf Prozent.«

»Fantastisch, Eric! Dann will ich dich nicht weiter stören.«

»Ich melde mich bei der Polizei, sobald ich Montag zurück bin. Ich weiß gar nicht, was die noch wollen. Ich habe ein astreines Alibi.«

Ja, für den Mord an Ribanville, dachte Chantal, als das Gespräch beendet war. Und für alles andere?

Ihr Mann tafelte irgendwo an der Küste mit Leuten, die ihm beruflich nützlich waren ... Chantal ahnte bereits, wo das sein konnte. Und sie ahnte auch, dass ihr Mann sie wieder einmal belogen hatte. Warum beteiligte ein knallharter Geschäftsmann wie Léon Soulier plötzlich einen Schauspieler an der Vermarktung älterer Filme?

Eine schreckliche Vorahnung stieg in ihr auf. Sie weigerte sich, sie vollends zuzulassen. Wie wenn man einen Deckel auf einen dampfenden Topf stülpt und fest zudrückt, verschloss Chantal in sich die Angst, die plötzlich ihr Herz umklammerte.

»Heute war unser Mathelehrer in der Brûlerie«, sagte Jenny mit vollem Mund. »Der hat vielleicht geguckt, als er Alissa und mich in *action* sah.« Es klang wie »Äktschen«.

LaBréa verkniff sich ein Lächeln und wechselte einen schnellen Blick mit Céline.

»Hat er irgendwas gesagt?«, fragte Céline.

Jenny schob sich einen Bissen Hühnerbrust in den Mund.

»Er hofft, dass wir uns nicht verrechnen, wenn wir abkassieren, hat er gemeint. Damit abends die Kasse stimmt. So ein Blödmann! Dabei weiß er doch genau, dass Alissa in Mathe die Beste ist. Und ich bin auch nicht gerade 'ne Null.«

Jenny schob ihren Teller ein Stück beiseite.

»Ich kann nicht mehr, Papa. Willst du es haben?«

LaBréa langte mit seiner Gabel auf Jennys Teller und holte sich den Rest Hühnerbrust. Die Pommes frites hatte Jenny alle verputzt, ebenso wie den Salat, der als Vorspeise gekommen war.

»Ich bin pappsatt«, fuhr sie fort. »Aber für Nachtisch ist auf jeden Fall noch Platz.« Sie grinste spitzbübisch.

Sie saßen in einem ihrer Stammlokale, dem *Gamin de Paris*. Hier erfüllte die Wirtin gern Jennys Sonderwünsche. Hühnerbrust mit Pommes frites stand nicht auf der Speisekarte. Dafür gab es *Poulet au Citron*. Das hatte Céline sich bestellt, während LaBréa nach langer Zeit einmal wieder Appetit auf ein Steak verspürte. A point gebraten, mit einem Klecks Kräuterbutter obenauf. Ein klassisches Gericht ohne besondere Raffinesse, das hauptsächlich durch die Qualität des Fleisches und die richtige Garzeit bestach.

»Wisst ihr, was unser Mathelehrer zu essen bestellt hat?«, fuhr Jenny in ihrer Erzählung fort. »Den kleinsten Salat, den wir haben, aber mit ganz viel Baguette.«

»Vielleicht hatte er nicht so viel Hunger?«, meinte La-Bréa und spießte den letzten Bissen von Jennys Huhn auf.

»Ach Quatsch! Das hat er nur genommen, weil er so geizig ist.«

»Wieso geizig?«

»Weil der Salat nur sechs Euro kostet und das Brot natürlich umsonst ist. Und wenn einer zwei Körbe Brot bestellt, hat er Hunger, will aber nicht mehr für ein richtiges Essen hinblättern.«

»Sehr schlau kombiniert, Jenny!« LaBréa lachte.

»Du brauchst dich gar nicht über mich lustig zu machen.«

»Tu ich doch gar nicht.«

»Der ist sogar zu geizig, in Urlaub zu fahren, und bleibt die ganze Zeit in Paris.«

»Vielleicht hat er niemanden, mit dem er wegfahren kann? Und allein hat er keine Lust.«

Jenny machte eine wegwerfende Handbewegung.

»Alissas Mutter hat gesagt, solche Gäste sind der Untergang der französischen Gastrologie.«

»Gastronomie, Schatz.«

»Meinetwegen, ich hab mich nur versprochen!«

Céline schaltete sich ein.

»Und, hat er wenigstens noch einen Nachtisch und einen Kaffee bestellt?«, erkundigte sie sich schmunzelnd.

»Von wegen! Nicht mal Trinkgeld hat er dagelassen. So ein Geizkragen. Pierre-Michel hat mal gesagt, seine Frau hätte ihn deshalb verlassen.« Pierre-Michel war einer von Jennys Klassenkameraden.

»Woher will Pierre-Michel das denn wissen?«

Jenny zuckte mit den Schultern.

»Keine Ahnung. Jedenfalls hat er's gewusst.«

Die Wirtin räumte den Tisch ab und fragte nach den Wünschen für einen Nachtisch. Jenny zögerte nicht.

»Für mich Tarte aux Pommes.«

»Für mich auch«, sagte LaBréa. Céline entschied sich für ein Sorbet.

»Was gab's sonst noch Interessantes in der Brûlerie?«, fragte Céline.

»Eigentlich nichts. Außer, dass der Kaffeegroßhändler im Krankenhaus liegt. Papa, was ist 'ne Prostaoperation?«

LaBréa druckste herum.

»Na ja, wie soll ich das erklären … Erstens heißt es Prostata, nicht Prosta, und zweitens …«

Céline legte LaBréa die Hand auf den Arm und sagte rasch: »Das ist bei Männern eine sehr intime Stelle, Jenny. Du kannst dir denken, was ich meine.«

Jenny stutzte einen Moment, dann nickte sie heftig mit dem Kopf.

»Ach so, ja, so was ist das.« Ihre Wangen waren plötzlich leicht gerötet und sie trank hastig einen Schluck Mineralwasser.

LaBréa warf Céline einen Blick aus den Augenwinkeln zu und sagte kaum hörbar: »Danke, meine Liebe.« Er wandte sich wieder an Jenny.

»Hat Madame Dalzon denn keinen anderen Kaffeegroßhändler?«

»Doch. Aber der hat im Moment nur noch Brasil auf Lager, keine Arabica. Und das kaufen die Leute am meisten.« Es klang wie aus dem Mund einer Kennerin, und erneut musste LaBréa sich ein Grinsen verkneifen.

Als die Teller mit dem Dessert auf dem Tisch standen, klingelte LaBréas Handy. Es war Franck.

»Große Neuigkeiten, Chef. Wir haben den Clochard. Er sitzt seit einer halben Stunde hier im Präsidium. Ich hab als Erstes nachgeprüft, ob seine Fingerabdrücke mit denen vom Tatort übereinstimmen.«

»Und?«

»Tun sie. Sie waren am Türrahmen der Herrentoilette im Ritz.«

»Warten Sie mit der Vernehmung, bis ich da bin. Ich brauche eine Viertelstunde.« LaBréa steckte sein Handy ein und biss hastig in seine Tarte aux Pommes.

»Ich wusste es!«, sagte Jenny genervt und verdrehte die Augen. Sie wandte sich an Céline. »Jedes Mal, wenn wir zusammen essen gehen, kommt was dazwischen.«

LaBréa schob seinen Stuhl zurück.

»Sei froh, dass wir es diesmal wenigstens bis zum Dessert geschafft haben.« Er beugte sich zu seiner Tochter, die abwehrend die Hände vors Gesicht hielt.

»Dein blöder Beruf. Ich bin echt sauer, Papa! Wir wollten doch nachher noch Monopoli spielen.«

»Ein andermal, Chérie.« Er gab ihr zwei Luftküsschen, küsste dann Céline und verließ das Restaurant.

Lisa Breton warf einen letzten Blick auf den Herd, um sich zu vergewissern, dass alle Gasflammen ausgestellt waren.

Ein Routinecheck, der ihr in Fleisch und Blut übergegangen war. Sie nahm ihre Tasche, löschte das Licht in der Küche und verließ *Le Cloître* durch den Dienstboteneingang. Den würde Monsieur nachher noch von innen verschließen. Mehrfach hatte Lisa Monsieur Bouvier gebeten, ihr einen Schlüssel für diesen Eingang zu überlassen, damit sie absperren konnte, wenn sie ging, und er sich nicht die Mühe machen musste. Doch der Hausherr hatte abgewiegelt und gemeint, er überzeuge sich lieber selbst, ob alle Türen zum Haus nachts verschlossen waren.

Die Sichel des Mondes, der am südlichen Himmel stand, warf einen schmalen Lichtstreifen auf den Kiesweg vor dem Eingang, wo der grasgrüne Clio parkte. Schwerfällig schob Lisa sich hinters Steuer und legte die Tasche auf den Beifahrersitz. In Gedanken weilte sie schon zu Hause. Ob Jean-Pierre noch vor dem Fernseher hockte? Donnerstags gab es auf fast allen Kanälen spannende Krimis, und Jean-Pierre war ein Fan solcher Filme. Obgleich er immer zeitig aus den Federn musste, ging Lisas Mann spät zu Bett. Er brauchte wenig Schlaf. Genau wie sie selbst auch. Der Wecker klingelte sommers wie winters um halb sechs. Dies würde auch morgen, am Feiertag Mariä Himmelfahrt, nicht anders sein. Lisa wollte sogar noch eine halbe Stunde früher aufstehen und für die Gäste in *Le Cloître* ein Blech frische Brioches backen. Monsieur Ribanville hatte ihr einmal gesagt, ihre Brioches wären die besten und lockersten, die er je im Leben gegessen hätte. Auf dieses Kompliment aus dem Munde eines Mannes von Welt war sie besonders stolz.

Mit knirschenden Reifen rollte der Clio über den Kiesweg hinaus auf die gepflasterte Allee, die an der Kirche vorbei nach einem Kilometer durch das große, schmiedeeiserne Tor auf die Départementstraße führte. Das Tor war in die hohe Außenmauer eingelassen, die *Le Cloître* umgab. Mit Hilfe von Lisas Fernbedienung öffnete es sich automatisch und schloss sich danach wieder geräuschlos.

Der Klosterbau lag jetzt rechter Hand. In der großen Halle im Erdgeschoss waren die Fenster erleuchtet. Der Lichtschein durchdrang die schweren Brokatvorhänge, die von innen vorgezogen waren.

Die Herren saßen noch beisammen. Das Diner war ein voller Erfolg gewesen, und die Gäste hatten Lisas Kochkünste überschwänglich gelobt. Monsieur Bouvier hatte ihr nach dem Abdecken der Dessertteller und der Kaffeetassen einen Hunderteuroschein zugesteckt und ihr für ihre Mühe gedankt.

Lisa ließ die Fensterscheibe ein Stück herunter. Der laue Nachtwind roch nach Meer und blies sanft durch ihre Haare. Wie erfrischend das war! Schwimmen gehen müsste man jetzt, dachte Lisa spontan und seufzte sehnsüchtig. Den Strand von Blonville kannte sie seit ihrer Kindheit. Ein feiner Sandstrand, an dem die Kinder an schulfreien Tagen und in den Ferien Muscheln und Seesterne suchten und die großen Passagierschiffe beobachteten, die nach Le Havre fuhren. Wie lange war das alles her? Die Tage ihrer Kindheit. Eine glückliche Kindheit, die ein jähes Ende fand, als die Mutter innerhalb einer Woche an einem Nierentumor starb. Da war Lisa elf Jahre alt, ihr Bruder Félix neun und die kleine Anne-Marie sieben.

Im Licht der Autoscheinwerfer tauchten jetzt die Umrisse der alten Klosterkirche aus dem Dunkel der Nacht auf. Jeder in Blonville kannte die historische Bedeutung von *Le Cloître* und seine Vergangenheit als Zentrum des Templerordens. Die düsteren Umrisse des Gotteshauses wirkten fremd und abweisend. Das Innere dieser Kirche hatte Lisa nie gesehen. Sie war Monsieur Bouviers Privateigentum. Hier fanden keine Messen mehr statt, es gab keinen Pfarrer, keine Gemeinde.

Plötzlich stutzte Lisa. Hatte sie sich getäuscht, oder schimmerte da ein Licht in der Kirche? Ein schwacher Schein, der durch die Rosette im Seitenschiff nach draußen drang? Unmöglich, das war sicher der Mond, der sich im bunten Fensterglas gespiegelt hatte. Da war es wieder. Ein flackernder Lichtschein, er tanzte auf und ab wie eine Laterne.

Lisa bremste und brachte den Wagen zum Stehen. Sie starrte auf die Kirche, die sich nur wenige Meter abseits der Allee befand. Da, jetzt war das Licht auf einmal erloschen. Sie wartete einige Sekunden, doch das Rosettenfenster blieb dunkel.

Allerlei Gedanken schossen ihr durch den Kopf. Allen voran der an alte Legenden und Geschichten, die man sich in Blonville über *Le Cloître* erzählte. Vom Geist Guilhelms de Blonville, des letzten Templerritters. Guilhelm war von der Inquisition als Ketzer gehängt worden. Später hatte man seinen Leichnam in der Kirche begraben. Doch sein Geist konnte keine Ruhe finden, und in besonderen Nächten entschwand er seiner Gruft und trieb sein Unwesen. Lisa glaubte nicht an solche Gespenstergeschichten. Gleichwohl beschlich sie ein unheimliches Gefühl, und Angst stieg in ihr auf. Bloß weg hier!, dachte sie und warf einen letzten Blick auf das Rosettenfenster. Kein Lichtschein war zu erkennen.

Plötzlich prallte ein Schatten hart gegen die Fahrertür. Zu Tode erschrocken, zuckte Lisa zusammen. Als sie die beiden Dobermannrüden sah, die mit den Vorderpfoten gegen Tür und Fahrerfenster schlugen, wie wild bellten und sie nicht zu erkennen schienen, verstärkte sich ihre Angst. Wieso reagierten die Hunde so? Sie kannten sie doch! Oder stürzten sie sich als abgerichtete Wachhunde auf jeden, der sich nachts draußen auf dem Gelände aufhielt? Es war das erste Mal, dass Ajax und Achill ihr begegneten, wenn sie *Le Cloître* mit dem Wagen verließ. Lisa versuchte, beruhigend auf die Tiere einzuwirken. Doch sie schienen wie von Sinnen, und Lisa legte rasch den Gang ein und gab Gas. Sie hörte nicht das scharfe Geräusch der Reifen auf dem Kopfsteinpflaster. Ebenso wenig, wie sie das Bellen der Hunde vernahm, die dem Wagen noch eine Weile nachrannten. Auch die Geräusche der Nacht drangen nicht an ihr Ohr. Der Ruf eines Käuzchens im nahen Eichenwald. Der Wind, der in den Baumkronen sang. Das Rauschen der Brandung an den Klippen, die nur wenige Hundert Meter entfernt steil zur Küste abfielen. Nichts konnte die immerwährende Stille, die sie umgab, durchbrechen. Seit ihrer Geburt hatte Lisa nicht hören können. Deshalb vernahm sie auch nicht, wie von fern eine scharfe Stimme die Hunde zurückrief. Sie sah nur im Rückspiegel, wie die Rüden abrupt stehen blieben, sich umwandten und plötzlich verschwunden waren.

Die Dunkelheit flirrte wie eine Lüge.

21. KAPITEL

Das Taxi hielt vor dem Eingang Quai des Orfèvres Nummer sechsunddreißig. LaBréa bezahlte den Fahrer, sprang aus dem Wagen und eilte ins Gebäude.

Unterwegs hatte ihn ein weiterer Anruf erreicht. Er kam von Brigadier Valdez. Nach landesweiter Ausstrahlung eines Fotos von dem toten Jungen aus der Seine in den Abendnachrichten der TV-Hauptprogramme hatten sich einige Zuschauer bei der Polizei gemeldet.

»Irgendwas Brauchbares darunter, Valdez?«, hatte LaBréa sich erkundigt.

»Kann ich noch nicht sagen, Chef. Ein Mann wollte beobachtet haben, wie der Junge vom Pont Mirabeau in die Seine geworfen wurde. Eine Frau meinte, das Kind sähe aus wie ein Junge aus der Nachbarschaft. Und so weiter. Ein paar Kollegen und ich überprüfen die Angaben.«

»Anonyme Anrufe?«

»Auch. Ein Typ mit ausländischem Akzent behauptete, er selbst sei der Mörder und würde sich noch weitere Opfer suchen. Der Anruf kam von einem Prepaidhandy.«

»Vergessen Sie's, Valdez. Das war nicht der Mörder, sondern einer der üblichen Trittbrettfahrer. Kinderschänder melden sich nicht bei der Polizei. Rufen Sie mich an, wenn sich irgendwas Konkretes aus den Anrufen ergibt.«

»Mach ich, Chef.«

Im Treppenhaus kam LaBréa der Paradiesvogel entgegen.

»Chef, ich hab was. Es geht um Kaplan Coulon.«

»Ich höre, Jean-Marc.«

»Wissen Sie, wo Coulon vor seiner Tätigkeit als Heimleiter der *Maison de Dieu* gewesen ist? Vor fünfzehn Jahren war er Pfarrer in der Kirchengemeinde St. Philippe du Roule.«

LaBréa blickte den Paradiesvogel überrascht an.

»Was für ein merkwürdiger Zufall. Dann haben er und Ribanville sich doch sicher gekannt. Pater Matthieu hat gesagt, Ribanville sei schon vor seiner Zeit Mitglied der dortigen Gemeinde gewesen. Wir fahren morgen früh in die *Maison de Dieu* und unterhalten uns mal mit dem Kaplan.«

Nick Sabatier hatte noch immer Durst. Die junge Polizistin reichte ihm eine neue Flasche Mineralwasser, und Nick schenkte sich ein.

Seit gut einer Stunde saß er nun hier in diesem stickigen Raum. Die Polizistin und ihr Kollege hatten ihm gegenüber Platz genommen und ließen ihn nicht aus den Augen.

Es war Pech, nichts als Pech. Sein Versteck am Kanal war so schön gewesen! Er hatte sich sicher gefühlt, ungestört, und war bald nach seiner Ankunft dort in einen tiefen Schlaf gefallen. Allerlei Träume hatten ihn heimgesucht. Er rannte durch dunkle Straßen auf der Flucht vor dem Blut, das hinter ihm herschwappte. Wenn er stehen blieb, würde er darin ertrinken. Immer weiter hastete er, und die Häuserschluchten füllten sich mit dunkler Flüssigkeit … Einige Male war er schweißgebadet aufgewacht, doch bald wieder eingeschlafen. Die Träume setzten dort wieder ein, wo sie vor dem Aufwachen geendet hatten. Wie ein Fortsetzungsroman, der stets mit einer neuen Folge aufwartete.

Als er laute Stimmen hörte und mehrere Personen in seine Unterkunft eindrangen, hielt er dies zunächst für eine weitere Variante seiner wirren Träume. Doch die beiden Bullen, die sich plötzlich vor ihm aufbauten, kamen aus der realen Welt. Die Dämmerung war bereits angebrochen, und Nick konnte die Gesichter der Bullen nicht erkennen. Doch er sah ihre Uniformen und die Pistole, die einer von ihnen auf ihn gerichtet hatte.

»Los, aufstehen, na mach schon«, hatte der andere gesagt. Er war größer und dicker als der mit der Pistole. Seine Stimme klang irgendwie gemütlich, doch da konnte man sich täuschen.

Sie zogen ihn hoch. Schlaftrunken fragte er sie, was sie wollten.

»Du weißt doch genau, was wir wollen«, sagte der mit der gemütlichen Stimme und legte ihm Handschellen an. »Das Spiel ist aus, du Ratte. Jemand hat dich hier reingehen sehen und dich erkannt.«

»Erkannt?«, fragte Nick, immer noch benommen.

»Dein Fahndungsfoto hängt überall aus. Los, beweg dich.«

Sie hatten ihn aufs nahe gelegene Kommissariat geschleppt und von dort aus einige Telefonate geführt. In einem Wagen war er mitten in der Nacht von zwei Leuten abgeholt und durch die halbe Stadt kutschiert worden. Nun hockte er hier in einem Raum zusammen mit dem Zivilbullen, der den Wagen gelenkt hatte, und dessen Kollegin.

Er war müde. Was wollten sie von ihm? Er hatte nichts getan. Oder doch? Wie eine Flutwelle rollten die Versatzstücke seiner Erinnerung heran. Das Blut auf dem weißen Fußboden. Die Spuren an seinen Händen und auf den Klamotten … Seine Sachen hatten sie ihm vorhin abgenommen und ihm stattdessen einen grauen Overall gegeben. Ein Uniformierter hatte seine diversen Kleiderschichten mit spitzen Fingern und Handschuhen an den Händen in einem Müllsack verstaut. Nick sah, wie er dabei den Atem anhielt und den Kopf zur Seite drehte.

»Ich möchte jetzt gehen«, sagte Nick und trank einen weiteren Schluck aus der Wasserflasche.

Die beiden Zivilbullen wechselten einen Blick, und die Frau zuckte mit den Schultern.

»Tut mir leid, Monsieur. Wir können Ihnen was zu essen kommen lassen, wenn Sie wollen.«

Er schüttelte den Kopf, obgleich der Hunger immer mehr an ihm nagte. Doch wenn er sich auf das Angebot einließ, kam er erst recht nicht hier raus.

Jetzt ging die Tür auf, und ein weiterer Mann erschien. Er blickte Nick kurz, aber nicht unfreundlich an und sagte: »Ich bin Commissaire LaBréa. Sie wissen, warum Sie hier sind, Monsieur Sabatier?«

Nick schwieg.

Der Commissaire, offensichtlich der Chef der beiden anderen, nahm ihm gegenüber Platz. Er schaltete ein Tonbandgerät ein, das auf dem Tisch stand, und sprach einige Worte in das Mikrofon.

»Vernehmung von Nick Sabatier am Donnerstag, den 14. August um zweiundzwanzig Uhr dreißig. Anwesend: LaBréa, Zechira und Millot.« Erneut wandte er sich an Nick.

»Also, noch einmal: Sie wissen, warum Sie hier sind?«

»Nee, weiß ich nicht.« Nick fühlte, wie ihm der Schweiß unter den Achseln ausbrach. »Ich will jetzt gehen.«

»Nicht so schnell, Monsieur. Erst mal unterhalten wir uns ganz ausführlich.«

»Worüber?«

»Darüber, was Sie in der letzten Nacht auf der Herrentoilette des Hotel Ritz gemacht haben.«

Nick starrte ihn entgeistert an.

»*Wo* soll ich gewesen sein?«

»Auf der Toilette eines Hotels an der Place Vendôme. Dort wurde ein Mann ermordet. Der Moderator der Sendung, in der Sie an diesem Abend zu Gast waren und dreitausend Euro gewonnen haben.«

»Ja, das stimmt. Dreitausend Euro.« Er klopfte die Taschen des Overalls ab. »Wo ist das Geld denn jetzt?« Seine Stimme klang aufgeregt.

»Keine Bange, Monsieur. Es wird sicher für Sie aufbewahrt. Die Polizei hat kein Interesse an Ihrem Gewinn. Wir wollen nur wissen, warum Sie den Moderator ermordet haben.«

»Ich hab niemanden ermordet.«

»Aber Sie waren auf dieser Herrentoilette, oder?«

Nick fing an zu zittern. Die Bilder überfluteten ihn. Plötzlich wurden einige von ihnen klarer, als hätte jemand die Schärfe eingestellt. Der Commissaire beugte sich vor und setzte nach.

»Wo hatten Sie den Hammer her, Nick? Haben Sie ihn mitgebracht oder irgendwo gefunden?«

»Ich hab keinen Hammer mitgebracht oder gefunden!«

»Ihre Fingerabdrücke wurden auf der Toilette sichergestellt. An dem Tatort, wo der Moderator erschlagen wurde. Das ist der Beweis, dass Sie dort waren. Wollen Sie das leugnen?«

Nick schlug sich die Hand vor den Mund. Sein Atem ging rasend schnell, und ihm war schwindelig. Ja, er war in diesem weißen Raum gewesen. Aber nicht allein. Da lag jemand in diesem See von Blut, jemand, den er kannte. Oder kannte er ihn doch nicht? Und dann ... ganz deutlich sah er jetzt, was dann geschehen war. Mit einer heftigen Bewegung fuhr Nicks Körper nach vorn. Seine Rastalocken fielen ihm ins Gesicht, und seine Hände schlugen auf die Tischplatte.

»Ja ich war da! Jetzt weiß ich es wieder! Da war Blut auf dem Boden. Und jemand lag dort. Und dann ...« Er stockte und wischte sich über die Stirn. Sie war schweißüberströmt. »Dann kam plötzlich jemand aus dem Klo und rannte weg. So an mir vorbei.« Nick Sabatier deutete mit seiner Hand von rechts nach links.

»Wer rannte weg?« Die Stimme des Commissaire war ganz nah.

»Ich hab die nicht gekannt.«

»*Die?* War es eine Frau?«

»Ja, eine Frau.«

»Wie sah sie aus?«

»Sie war jung, und sie hatte lange blonde Haare.«

LaBréa und Franck starrten sich verblüfft an.

Eine Viertelstunde später wurde der Clochard in eine Zelle gebracht. Vergeblich hatte er protestiert. LaBréa hatte ihm klargemacht, dass er vorerst dableiben musste. Nun saßen LaBréa und Franck in LaBréas Büro. Dort waren die Fenster weit geöffnet, doch die Luft drängte heiß und stickig herein und brachte keine Abkühlung.

»Ich weiß nicht, Chef. Diese Geschichte kenne ich aus tausend Vernehmungen.« Franck schenkte sich einen Becher Kaffee ein. *»Ja, ich war am Tatort, aber als ich dort hinkam, lag er schon tot da.* Ich glaube dem Mann kein Wort.«

»Er sagte, er wollte auf die Party. Er wäre am Portier vorbei in die Halle gegangen und schnell in einem der Flure verschwunden.«

»Wir haben seine Fingerabdrücke; die Faserspur von seinem Pullover und das Blut auf seiner Kleidung werden gerade im Labor untersucht. Aber ich geh jede Wette ein, dass es Ribanvilles Blut ist.«

»Als er auf die Toilette kam, um zu pinkeln, hat Ribanville angeblich in seinem Blut gelegen. Da hat er sich über ihn gebeugt, ist dann in Panik geraten und weggelaufen. Theoretisch könnte es sich so abgespielt haben, Franck.«

»Aber praktisch gesehen, ist er unser Tatverdächtiger Nummer eins. Die Tatwaffe hat er wahrscheinlich irgendwo unterwegs weggeworfen.«

»Und das Motiv? Welches Motiv sollte er haben?«

»Das wird er uns schon noch verraten, Chef.«

»Es ergibt doch keinen Sinn, Franck. Woher sollte er wissen, dass Ribanville genau in diesem Moment die Toilette aufsucht? Der Clochard ist reingegangen, weil er selbst ein dringendes Bedürfnis verspürte.«

»Sagt er.«

»Es war Zufall, dass er anscheinend kurz nach dem Mord dort auftauchte. Zur falschen Zeit am falschen Ort.«

»Und die blonde junge Frau? Mademoiselle Unbekannt? Wer soll denn das gewesen sein?«

»Tja, Franck. Dafür werden wir bezahlt, dass wir das rausfinden.«

Franck stöhnte und verschränkte die Arme hinter dem Kopf.

»Ich fange nochmal ganz von vorn an. Berufliches Umfeld, Privatleben …«

»Tun Sie das. Solange wir die Tatwaffe nicht haben, sind die Beweise gegen den Clochard jedenfalls ziemlich dürftig.«

»Trotzdem würde ich ihn gern weiter in die Mangel nehmen.«

»Ja. Aber nicht mit der Brechstange. Der Mann ist geistig eingeschränkt, das müssen Sie bedenken.«

»Ist vielleicht alles nur Theater. 'ne tolle Masche, um den Kopf aus der Schlinge zu ziehen.«

»Wie auch immer. Rufen Sie bei seiner nächsten Vernehmung einen Psychologen dazu. Das ist Vorschrift, wenn ein Verdacht auf geistige Einschränkung oder Behinderung besteht.«

Franck verzog das Gesicht.

»Wenn Sie meinen, Chef. Ich frage Dr. Messier. Der wird sich freuen, dass wir ihn morgen am Feiertag herzitieren.«

»Für uns ist morgen auch kein Feiertag.«

»Stimmt.«

»Okay, das war's dann für heute, Franck. Wir gehen nach Hause. Ist Claudine schon weg?«

»Nein. Sie recherchiert noch im Internet wegen Frédéric Dubois. Dem Typen aus Ribanvilles Freundesclique, der kein Alibi für die Mordnacht hat.«

Die Tür wurde aufgerissen. Jean-Marc klang aufgeregt.

»Johan Schlick hat einen Treffer gelandet. Kommt und seht euch das mal an!«

Wenig später betraten LaBréa und seine Mitarbeiter den Giftkeller der SoKo *Lilliput*. Schlick und zwei weitere Kollegen saßen an ihren Computern. Auf Schlicks Bildschirm sah man das Foto eines Jungen, dessen Gesicht nicht genau zu erkennen war. Seine Hände waren mit einem Gürtel über der Brust gefesselt. Zwei Männer machten sich an ihm zu schaffen. Der eine vergewaltigte ihn anal, der andere zwang den Kopf des Kindes an sein entblößtes Geschlechtsteil. Die Gesichter der Männer waren mit schwarzen Halbmasken verdeckt, ihre Körper nackt. Das Foto war an einem Strand aufgenommen. Einzelheiten waren keine zu erkennen. Nur im Hintergrund ein Stück Ozean, und eine rotweiß gestreifte Windboje, wie es sie an allen Stränden im Land gab.

»Bingo«, meinte Franck, doch LaBréa schüttelte skeptisch den Kopf.

»Können Sie das Gesicht mal vergrößern, Johan?«

»Klar kann ich das.« Nach wenigen Mausklicks wurden die Züge des Jungen näher ins Bild gerückt. LaBréa beugte sich vor.

»Er ist meines Erachtens jünger als das Opfer aus der Seine«, stellte er sachlich fest. »Und seine Haut ist viel heller.«

»Sie haben Recht, Commissaire«, sagte Johan Schlick. »Aber seine Augen sind geschminkt.«

Deutlich sah LaBréa einen bläulichen Lidschatten auf den Augenlidern des Kindes.

»Wir sollten vielleicht mit einem kleinen Missverständnis aufräumen, Commissaire«, fuhr Johan Schlick fort. »Ich habe überhaupt nicht erwartet, dass das Bild des Jungen aus der Seine auftaucht. Das wäre ein außerordentlicher Glücksfall, an den ich einfach nicht glaube. Etwas anderes hatte ich erhofft, und das ist eingetreten: Nachdem ich mein Fake-Foto angeboten habe, hat mir jemand geantwortet, der ein ähnliches Foto offeriert. Darum ging es mir. Kontakt zu jemandem zu finden, der eine ähnliche Vorliebe für die Inszenierung des Missbrauchs und das Meeres-Ambiente hat, in dem der Junge auf meinem Fake-Foto und unser Junge aus der Seine zu Opfern wurden.«

»Ob unser Opfer am Meer missbraucht wurde, wissen wir doch gar nicht«, gab LaBréa zu bedenken. »Wir wissen lediglich, dass er gefesselt ins Meer geworfen wurde und dass er da noch gelebt hat.«

»Richtig. Mir ist klar, dass es eine Chance unter Tausenden ist, über diesen Kontakt hier an die Mörder des Jungen zu kommen. Aber es ist die Einzige, wenn ich das richtig sehe.«

»Er hat Recht, Chef«, sagte der Paradiesvogel. »Wir haben nicht die geringste konkrete Spur.«

»Ich weiß.« LaBréa schwieg einen Moment und betrachtete erneut das Bild des gequälten Jungen. Wer war das? Wann wurde dieses Foto aufgenommen? Lebte dieses Kind noch? Sollte man nicht schon deshalb dieser Spur nachgehen, um ihn aus den Fängen seiner Peiniger zu befreien? Erneut spürte LaBréa lodernde Wut in sich aufsteigen. Hinzu kamen Abscheu und ein Gefühl der Ohnmacht. Konnte man solchen Tätern jemals das Handwerk legen? Hier bot sich die Möglichkeit dazu. Selbst wenn Johan Schlicks Kontakt nicht zu den Mördern des Jungen aus der Seine führte, konnte man *diese* Täter hier vielleicht ausschalten und das Martyrium dieses Kinds beenden, sofern es noch am Leben und aufzufinden war. Johan Schlick riss LaBréa aus seinen Gedanken.

»Der Typ tummelt sich in einem Chatroom mit dem Namen *Tiffauges*.« Er blickte LaBréa an. »Sie wissen, was *Tiffauges* ist, Commissaire?«

»Nein.« LaBréa forschte in den Gesichtern seiner Mitarbeiter und entdeckte ebenfalls nur Ratlosigkeit.

»*Tiffauges* ist ein Schloss im Département Vendée«, sagte Schlick. »Bekannt ist es unter dem Namen *Blaubarts Schloss*. Hier hat Gilles de Raïs im fünfzehnten Jahrhundert seine Gräueltaten begangen. In seinem Auftrag wurden mindestens einhundertvierzig Kinder, zumeist Jungen, entführt und aufs Schloss geschafft. Dort hat Gilles de Raïs sie gefoltert, missbraucht und umgebracht.«

Niemand sagte zunächst ein Wort. Schließlich brach LaBréa das Schweigen.

»Ein Chatroom mit einem Namen, der auf einen Massenmörder hinweist … ich fass es nicht!«

»Der Chatter, der mir das Foto geschickt hat, benutzt den Nickname ›Lachmöwe‹.«

LaBréa horchte auf.

»Liegt dieses Schloss *Tiffauges* denn am Meer?«

»Nicht direkt, Commissaire. Aber der Atlantik ist nicht weit. Fünfzehn Minuten bis ans Meer. Das Schloss ist heute eine Ruine.«

»Und ein Deckname für pädosexuelle Verbrechen. Sie haben Recht. Dann sollten wir die Spur ›Lachmöwe‹ weiter verfolgen.«

»Sag ich ja, Commissaire. Die Chance ist da.«

»Wie würden die nächsten Schritte aussehen, um an den Absender dieses Fotos ranzukommen?«

Johan lehnte sich auf seinem Stuhl zurück, blickte in die Runde und erwiderte: »Ich versuche, einen direkten Kontakt zu ›Lachmöwe‹ herzustellen. Gelingt mir das, muss jemand von uns undercover gehen. Und ich würde vorschlagen, dass Jean-Marc es macht.«

Franck grinste, beäugte den Paradiesvogel und meinte zweideutig: »Genau, weil du mit deinem Schwulenoutfit am überzeugendsten wirkst!«

Der Paradiesvogel musterte ihn eisig und sagte mit leiser Stimme: »Noch ein Wort, Franck, und ich hau dir eine in die Fresse!«

Johan Schlick seufzte laut auf.

»Sehr sensibel von dir, Franck, wirklich!«

»Ich hab's doch nicht so gemeint.«

»Na klar hast du's so gemeint!«, fauchte Jean-Marc.

Der Paradiesvogel war ganz weiß im Gesicht geworden.

»Schluss jetzt mit diesem Blödsinn!«, sagte LaBréa scharf. »Seid ihr verrückt geworden? Lassen Sie Ihre verdammten Anspielungen, Franck!«

Franck begriff, dass sein Chef richtig sauer war. Er zog es vor, lieber nichts darauf zu antworten. LaBréa wandte sich an Johan.

»Undercover, sagen Sie? Und wie soll das Ganze vonstattengehen?«

»Mit so was haben wir hier bei *Lilliput* Routine. Vorausgesetzt, Jean-Marc ist einverstanden und Sie als Chef segnen es ab, kann ich Jean-Marc vielleicht schon in wenigen Stunden einschleusen.«

»Und wie? Das wüsste ich gern, Johan.«

»Besser, Sie wissen es nicht.«

»Kann es gefährlich für ihn werden?«

»Nicht, wenn er sich genau so verhält, wie ich es ihm sage. Aber eine hundertprozentige Garantie kann ich natürlich nicht geben.«

Fragend blickte LaBréa den Paradiesvogel an.

»Sie müssen das selbst entscheiden, Jean-Marc.«

»Ich mach es. Aber wenn Franck noch einmal …«

LaBréa unterbrach ihn.

»Das wird er nicht.«

»Was ist mit dem Schöngeist?«, meinte Franck jetzt. Seine Stimme klang kleinlaut. »Muss er die Sache nicht auch absegnen, Chef?«

»Das nehm ich auf meine Kappe.«

Eine Viertelstunde später machte sich LaBréa auf den Heimweg. Es war kurz vor ein Uhr morgens. Ein langer Tag, wieder einmal. Einige neue Spuren, neue Zusammenhänge hatten sich ergeben. Zum Beispiel, dass Kaplan Coulon vor fünfzehn Jahren Pfarrer in der Gemeinde war, der Ribanville seit langer Zeit als aktives Mitglied angehörte.

Dass der Clochard den Mord an Ribanville begangen haben konnte, schien sich durch Fakten zu erhärten. Gilles von der Spurensicherung hatte LaBréa vorhin angerufen und berichtet, dass das Blut auf Nick Sabatiers Kleidung das des Ermordeten war. Die Beweislage gegen den Clochard wirkte erdrückend. Doch ein untrügliches Gefühl sagte LaBréa, dass die Dinge weitaus komplizierter lagen, als er ahnte. Wer konnte die junge Frau mit blonden Haaren gewesen sein, die der Clochard angeblich in der Toilette gesehen hat? Falls die Angaben des Clochards stimmten, schied Chantal Coquillon, die kein Alibi für die Mordnacht vorweisen konnte und Ribanvilles Vergangenheit kannte, als Tatverdächtige definitiv aus. Candice Ribanville hingegen war zwar blond, und der Begriff »junge Frau« schien dehnbar und lag im Auge des Betrachters. Doch die Ehefrau des ermordeten Moderators hatte ein hieb- und stichfestes Alibi. Wie man es auch drehte und wendete, sie konnte ihren Mann nicht umgebracht haben.

Wer dann? Eine Geliebte des Moderators? Hatte er überhaupt eine Geliebte? Bis jetzt gab es keinerlei Beweise dafür. In seinem beruflichen Umfeld wusste niemand etwas von einer Freundin oder von Affären. Seine Frau Candice hatte angedeutet, dass es eine Geliebte geben könnte, doch nichts Genaues gewusst.

Als er zu Hause eintraf, schlief Jenny tief und fest. Kater Obelix hatte sich am Fußende ihres Bettes zusammengerollt und hob nur kurz den Kopf, als LaBréa leise ins Zimmer trat.

Céline war in ihre Wohnung gegangen. Wie immer, wenn LaBréa erst spät nach Hause kam und die Ermittlungen am nächsten Tag auf Hochtouren weitergingen, zog sie sich diskret zurück. Mit dem Gedanken an sie schlief LaBréa ein. Bald würden sie gemeinsam in Urlaub fahren. Hoffentlich waren die beiden Mordfälle bis dahin gelöst.

22. KAPITEL

Kurz nach fünf war LaBréa bereits wach. Er hatte unruhig geschlafen. Die Luft in seinem Schlafzimmer war stickig, und LaBréas Nachtwäsche, Boxershorts und ein T-Shirt, klebte ihm am Körper, als er erwachte. Leise, um Jenny nicht aufzuwecken, ging er in die Küche. Dort lag Kater Obelix auf den Steinfliesen und hob den Kopf. La Bréa öffnete die Tür zu dem kleinen Garten, und Obelix nahm sofort die Gelegenheit wahr und schlüpfte hinaus ins Freie.

LaBréa brühte sich eine Tasse Kaffee auf, verließ die Wohnung und ging in den Hof. Draußen war der Tag noch nicht angebrochen. Ein Blick auf das Thermometer im Hof, das gleich neben dem Wetterbarometer an der Schuppenwand angebracht war, zeigte ihm die morgendliche Temperatur an.

Exakt neunundzwanzig Grad. Bis mittags würde sie noch um viele Grad steigen.

Von fern hörte LaBréa jetzt den ersten Morgenverkehr. Er setzte sich auf die Eingangsstufen, die zu seiner Wohnung führten, und trank seinen Kaffee. Im Nu brach ihm der Schweiß aus. Doch das heiße Getränk weckte seine Lebensgeister und verscheuchte die letzten Reste von Müdigkeit.

Aus den Hinterhöfen der angrenzenden Häuser erklang erstes Vogelgezwitscher. Eine Amsel segelte im Tiefflug an den Mülltonnen vorbei und ließ sich bei einem der Hortensientöpfe nieder, die Céline im Frühjahr zur Verschönerung des Innenhofes aufgestellt hatte. LaBréa beobachtete, wie der Vogel nach Insekten suchte und sich immer wieder nach allen Seiten absicherte, ob Gefahr drohte.

Das Geräusch eines Fensters, das geöffnet wurde, zog jetzt LaBréas Aufmerksamkeit auf sich. Céline steckte ihren Kopf durchs Atelierfenster, spähte nach allen Seiten und entdeckte LaBréa.

»Guten Morgen Maurice!«, sagte sie leise und lächelte. Ihr Haar war zerwühlt, ihr dünnes Nachthemd mit Ausschnitt gab den Blick auf ihr schönes Dekolleté frei. LaBréa erhob sich.

»Morgen, meine Liebe. Gut geschlafen?« Er stellte die Kaffeetasse auf die Steinstufe und schlenderte zum Atelierfenster.

»Ja, stell dir vor, trotz der Hitze. Aber ich könnte noch einen Nachschlag gebrauchen.« Ihre dunklen Augen waren wie ein Meer aus Samt.

LaBréa lächelte, beugte sich ins Fenster und gab ihr einen langen Kuss.

»Dann machen wir das doch einfach«, sagte er zärtlich. »Noch ein bisschen schlafen, meine ich.« Erneut küsste er sie, diesmal heftiger und leidenschaftlicher.

»Komm rein«, sagte Céline mit rauer Stimme, und mit einem Satz sprang LaBréa auf den Fenstersims.

Wenig später lagen sie eng umschlungen in Célines Bett. Ihre Leidenschaft trug sie davon. Raum und Zeit wurden bedeutungslos, nur dieser Augenblick zählte. Ihre

Körper bewegten sich in perfekter Harmonie. Immer zielgerichteter wurden ihre Bewegungen. Dann war es so weit.

Als sie erschöpft voneinanderließen, brach draußen gerade der Tag an.

Obwohl die Brûlerie am heutigen Feiertag geschlossen blieb, verließ Jenny zeitig das Haus. Sie wollte zunächst mit Alissa in der Brûlerie frühstücken. Ein kräftiges Müsli mit Milch und eine eisgekühlte Limo. Anschließend hatte Alissas Mutter Francine Dalzon mit den beiden Mädchen eine Radtour entlang des Canal St. Martin geplant. Weil wieder ein extrem heißer Tag bevorstand, wollten die drei möglichst früh aufbrechen.

Jenny holte ihr Mountainbike aus dem Schuppen und radelte davon. LaBréa blickte ihr auf der Straße nach, bis sie um die Ecke verschwunden war. Dann schlug er den Weg Richtung Rue St. Antoine ein. Seine Gedanken weilten bei der Liebesstunde mit Céline, und ein begehrliches Gefühl durchzog erneut seinen Körper.

Er ging zur Métrostation St. Paul und fuhr zur Place Vendôme, um sich noch einmal den Tatort im Hotel Ritz anzusehen. Von der Métrostation Concorde waren es nur ein paar Schritte zu Fuß bis ins Hotel.

»Der Hoteldirektor ist aber noch nicht da«, meinte der Portier, als LaBréa die Halle betrat.

»Danke, ich brauche ihn auch nicht.«

An der Rezeption herrschte bereits lebhaftes Treiben. Gäste checkten aus. An den Seiten stand Gepäck. Hatte Franck schon die Gäste im Hotel überprüft? Anscheinend nicht, denn LaBréa hatte noch keine diesbezügliche Rückmeldung erhalten.

Er entfernte das Polizeisiegel und öffnete die Tür zur Herrentoilette. Leise schloss er sie hinter sich. Er ging einige Schritte, blickte sich um und ließ den weißen Raum auf sich wirken. Dort vorn, vor dem zweiten Urinal, hatte die blutüberströmte Leiche des Moderators gelegen. Links davon befand sich ein Waschbecken mit einem großen Spiegel. Rechts hinter LaBréas Standort lagen drei abschließbare Toilettenkabinen. Sie waren von hier aus im Spiegel zu sehen. Auch als LaBréa einige Schritte nach vorn trat, blieben sie im Blickfeld des Spiegels.

Der Clochard Nick Sabatier hatte angegeben, zunächst an der Eingangstür stehen geblieben zu sein. Dann habe er einige Schritte nach vorn gemacht, sich über den Leichnam des Ermordeten gebeugt und ihn berührt. Danach sei er entsetzt zurückgewichen.

LaBréa ging zurück zur Tür und spielte die Bewegungen des Clochards nach. Als er dort stand, wo die Leiche gelegen hatte, wich er einige Schritte zurück und stellte sich vor, wie eine der drei Toilettenkabinen geöffnet wurde und jemand ganz schnell den Raum verließ. Dies würde sich hinter seinem Rücken abspielen – und hatte sich demnach auch hinter dem Rücken des Clochards abgespielt. Hätte dieser sich nach der Gestalt umgedreht, als er das Geräusch der Toilettentür hörte, wäre sie aus seiner Perspektive von links nach rechts Richtung Ausgangstür gelaufen.

Nick Sabatier hatte aber fest behauptet, die blonde Frau wäre von rechts nach links zum Ausgang gerannt. Also musste er die Frau im Spiegel gesehen haben, als sie die Toilette verließ. Von einem Spiegel hatte er nichts erzählt. Weil er in Panik geriet und sich nur darauf konzentrierte, so schnell wie möglich das Weite zu suchen?

Eine Frau auf der Herrentoilette.

Die Mörderin?

War sie ein Phantom, das nur in der Fantasie eines geistig verwirrten Obdachlosen existierte?

LaBréas Leute mussten noch einmal das Hotelpersonal befragen, ob jemand am Abend der Tat eine blonde, junge Frau im Hotel beobachtet hatte. Jede Person, auf die diese vage Beschreibung zutraf, würde nach ihrem Alibi befragt werden.

LaBréa wählte die Nummer von Fracasse, dem Kollegen aus der Abteilung zwei. Er und Schumann sollten sich gleich darum kümmern.

Als er den Tatort verließ, brachte er ein neues Polizeisiegel an der Tür an.

Mit falschen Papieren auf den Namen Yann Perche und einem präparierten Handy versehen, sollte Jean-Marc undercover gehen. Johan Schlick hatte ihn bestens vorbereitet und ihm die Spielregeln eingebläut, die in Pädophilenkreisen gelten.

Frag nie nach den richtigen Namen der Leute.

Erzähl nichts Privates von dir, aber viel von deinen sexuellen Vorlieben, das wollen sie hören.

Sag ihnen, dass der Name des Chatrooms, Tiffauges, dich neugierig gemacht hat und dass du dir davon einiges versprichst.

Schaffe Vertrauen, indem du gestehst, du hättest schon mal wegen einschlägiger Sachen Schwierigkeiten mit der Polizei gehabt.

Rede über Reisen in Pädophilenparadiese. Thailand, Südamerika, Marokko.

Brüste dich mit deiner Sammlung einschlägiger Fotos und Filme, bring Samples mit. (Johann hatte ihm ein paar aussagekräftige Fotos auf das neue Handy geladen.)

Und was auch immer du zu sehen und zu hören bekommst – zeige nie Abscheu, Befremden oder Ähnliches. Du bist neugierig auf alles Neue. Je ausgefallener, desto besser.

Die intensiven Gespräche mit Johan, die bis zum Morgengrauen andauerten, hatten zeitweise Zweifel in Jean-Marc geweckt. War er wirklich der Richtige für diese Aktion? Wäre jemand wie Franck nicht besser geeignet? Cooler, abgebrühter?

»Nein«, hatte Johan gesagt. »Franck sieht man schon meilenweit den Bullen an. Du passt vom Typ her einfach besser ins Bild. Pardon, Jean-Marc, aber das meine ich wirklich nicht persönlich.«

Der Paradiesvogel musste sich eingestehen, dass ihm mulmig zumute wurde, wenn er an seinen Auftrag dachte. Sich in ein Milieu zu begeben (wenn auch nur zum Schein), das ihm zutiefst zuwider war. Bei einem Spiel mitmischen, deren Akteure für ihn zur schlimmsten Sorte Verbrecher zählten.

Erst gegen fünf Uhr früh war er nach Hause gekommen und hatte sich aufs Ohr gelegt. Er musste fit sein, wenn es losging. Noch war nicht sicher, ob und wann er überhaupt zum Einsatz kam. Johan Schlick wollte am Morgen Kontakt zu »Lachmöwe« aufnehmen und ein Treffen am Square Beaudelaire im Elften Arrondissement vorschlagen. Dort gab es Kinderspielplätze, das ideale Ambiente.

»Darauf wird er zwar nicht sofort einsteigen, Jean-Marc. Aber so läuft das Spiel. Du marschierst zum Square Beaudelaire. Oder auch zu einem anderen Treffpunkt. Einem, den ›Lachmöwe‹ selbst bestimmt. Er wird dich dann beobachten, dich auf dem Handy anrufen und dir einen neuen Treffpunkt nennen. Das geht vielleicht drei- oder viermal so, bis er sicher ist, dass du allein kommst und er nicht in irgendeine Falle tappt.«

»Und wenn er gar nicht auftaucht?«

»Dann haben wir Pech gehabt. Dann hat er den Braten irgendwie gerochen.«

Kurz nach neun erwachte Jean-Marc. Er bereitete sich ein schnelles Frühstück zu und rief sich noch einmal all das ins Gedächtnis, was Johan ihm gesagt hatte.

Dann setzte er sich auf seine Wohnzimmercouch und wartete. Johan würde ihn anrufen, wenn der Kontakt hergestellt war. Er schaltete den Fernseher an. Im ersten Programm wurde eine Messe aus der Kathedrale von Reims übertragen. Die anderen Programme brachten zumeist Animationsfilme. Ideal für alle Eltern, die an Sonn- und Feiertagen ausschlafen wollten, während ihre Kinder mit Walt Disney und Co. beschäftigt waren.

Während Franck sich gegen neun auf den Weg zu Ribanvilles Steuerberater begab, fuhren LaBréa und Claudine ins Dreizehnten Arrondissement. In den innerstädtischen

Bezirken hatte die Stadtreinigung am Morgen die Straßen gesäubert und teilweise mit Wasser gesprengt. Doch hier, in der Rue Baudricourt, lagen alte Plastiktüten, Zeitungen, Getränkedosen und andere Verpackungen auf dem Bürgersteig und im Rinnstein. Der Staub der letzten Tage hatte alles in ein schmutziges Grau getaucht.

Claudine parkte den Wagen gegenüber der *Maison de Dieu*, direkt vor dem Collège Flaubert. Das Zufahrtstor zum Waisenhaus war verschlossen. Neben dem Messingschild mit dem Namen der Einrichtung gab es eine Klingel. Energisch drückte Claudine den Knopf. Nach einer Weile ertönte durch die Sprechanlage eine männliche Stimme.

»Ja?«

»Polizei«, sagte Claudine. »Brigade Criminelle. Wir möchten zu Kaplan Coulon.«

Gleich darauf wurde der Summer betätigt, und die beiden Beamten betraten den Innenhof. Von dort aus führte eine Eingangstür ins Hauptgebäude der *Maison de Dieu*. Sie wurde geöffnet, und ein junger, schlanker Priester in Soutane erwartete sie. LaBréa stellte sich vor.

»Ich bin Commissaire LaBréa. Und das ist Leutnant Millot.«

»Pater Francis. Kommen Sie wegen Joseph?«

»Nein. Aber ihren Worten entnehme ich, dass der Junge immer noch vermisst wird?«

Der Priester nickte. LaBréa blickte in seine grauen Augen, die bekümmert wirkten.

»Bringen Sie uns bitte zum Kaplan.«

»Selbstverständlich.« Pater Francis trat zur Seite und machte Platz. LaBréa und Claudine betraten den dämmrigen Korridor. An dessen Ende wurde jetzt eine Tür geöffnet, und Kaplan Coulon steckte seinen Kopf heraus. Als er die beiden Beamten erkannte, stutzte er.

»Commissaire?«, sagte er. Dann verdüsterte sich seine Miene, und seine Stimme klang besorgt. »Sind Sie hier, weil Sie unseren Joseph gefunden haben?«

»Nein, Hochwürden. Wir kommen aus einem anderen Grund.«

»Doch hoffentlich nicht, um erneut meine Angaben zu hinterfragen, wie gestern Ihr junger Kollege! Sie wissen ja, wo das hingeführt hat!«

LaBréa ging nicht darauf ein. Doch er war hellwach. Die Tatsache, dass der Kaplan erneut mit seinen Beziehungen zur Kirchenhierarchie drohte, machte LaBréa stutzig.

»Können wir uns irgendwo ungestört unterhalten?«

Coulon zögerte kurz.

»Hier in meinem Büro. Kommen Sie bitte herein.«

LaBréa und Claudine folgten ihm, während Pater Francis lautlos in die entgegengesetzte Richtung davonging. Coulon schloss die Tür.

»Ich hoffe nicht, dass es lange dauert, Commissaire. Heute ist Mariä Himmelfahrt, ein ganz besonderer Feiertag. Um zehn Uhr muss ich in die Messe.«

Er bot den beiden nicht an, sich zu setzen. Stattdessen blickte er auf seine Uhr und seufzte nervös.

»Also, worum geht es diesmal, Commissaire?«

»Um Yves Ribanville, Hochwürden.«

»Um wen?« Der Kaplan beugte seinen Kopf ein Stück nach vorn, als hätte er den Namen nicht richtig verstanden.

»Yves Ribanville«, sagte Claudine laut und deutlich. »Er wurde vorletzte Nacht ermordet.«

»Ich kenne niemanden, der so heißt, Madame. Dennoch – Gott sei seiner Seele gnädig.«

»Der Mann war ein bekannter Fernsehmoderator«, sagte LaBréa ruhig. »Jemand, der seit Jahren auf dem Bildschirm präsent war. Ein Promi, Monsieur.«

»Nun, das mag schon sein.« Der Kaplan lächelte dünn. »Aber erstens sehe ich nur in den seltensten Fällen fern, und zweitens kenne ich keine … *Promis* aus dieser Branche.«

»Sie waren doch vor fünfzehn Jahren Pfarrer in der Gemeinde St. Philippe du Roule.« LaBréa ließ den Mann nicht aus den Augen.

»Ja, das ist richtig. Warum fragen Sie?«

»Monsieur Ribanville war seit vielen Jahren Mitglied in dieser Gemeinde. Aktives Mitglied, Hochwürden. Sie müssten ihn eigentlich kennen.«

Urplötzlich verwandelte sich das Gesicht des Geistlichen. Als holte er die Erinnerung tief aus einer Ecke seines Gedächtnisses, murmelte er wie zu sich selbst: »Ribanville … Ribanville … ein Mann vom Fernsehen …« Sein Augenlid begann zu zucken. »Ja! Ich glaube, ich erinnere mich an ihn! Jetzt fällt es mir wieder ein. Er kam regelmäßig zur Messe. Wissen Sie, Commissaire, als Seelsorger begegne ich so vielen Menschen, da erinnert man sich manchmal nicht gleich.«

LaBréa glaubte ihm kein Wort, ließ sich jedoch nichts anmerken. Sein Jagdinstinkt war geweckt.

»Die Nachricht von seiner Ermordung kam gestern in allen Medien, Monsieur«, sagte Claudine. »Im Fernsehen, im Radio, als Schlagzeile in allen Zeitungen.«

»Ich habe nichts davon mitbekommen.«

LaBréa schlenderte zum Fenster und warf einen Blick auf die Straße. Der Priester namens Francis schob einen Rollstuhl. Darin saß ein etwa fünfzehnjähriger Junge, dessen Gesicht auf die Brust gesunken war, so dass laBréa es nicht richtig sehen konnte. Er drehte sich vom Fenster weg.

»Also, Sie kannten Ribanville. Wie gut kannten Sie ihn?«

»So, wie man ein Gemeindemitglied kennt, Commissaire. Aber ich könnte Ihnen nicht mehr genau sagen, wie er ausgesehen hat. Er kam sicher einige Male zu mir in den Beichtstuhl. Doch Sie wissen ja ...« Erneut huschte ein Lächeln über Coulons Lippen. »Es gibt das Beichtgeheimnis. Darüber hinaus könnte ich mich nach all den Jahren wirklich nicht mehr daran erinnern, was er mir anvertraut hat. Nur Gott wird es im Gedächtnis behalten haben.«

»Wann haben Sie Monsieur Ribanville denn zum letzten Mal gesehen? Oder mit ihm gesprochen?«

Der Kaplan blickte ihn erstaunt an.

»Ist das wirklich Ihr Ernst, Commissaire? Ich kann mich kaum an den Mann erinnern, und Sie fragen mich, wann ich ihn das letzte Mal gesehen oder mit ihm gesprochen habe? Das muss gewesen sein, als ich noch Pfarrer in St. Philippe du Roule gewesen bin. Vor zig Jahren also.« Er schüttelte den Kopf und straffte seine kleine, gedrungene Gestalt. »Worauf zielen Ihre Fragen eigentlich ab, Commissaire?«

»Wir ermitteln in einem brutalen Mordfall, Monsieur.«

Coulon lachte kurz und blickte LaBréa ungläubig an.

»Und da gehöre ich zu Ihren Verdächtigen?«

»Das habe ich nicht gesagt. Unsere Fragen sind reine Routinefragen. Sie haben den Ermordeten gekannt. Meine Hoffnung war, dass Sie uns vielleicht weiterhelfen könnten.«

»Nun, das kann ich nicht.« Erneut blickte Coulon auf seine Uhr. In dem Moment klingelte LaBréas Handy. Auf dem Display erkannte er die Nummer von Franck.

»Ja?«

»Ich bin gerade bei Ribanvilles Steuerberater, Chef. Raten Sie mal, was ich rausgefunden habe.« In wenigen Worten erzählte ihm Franck, was er in Ribanvilles Steuerunterlagen entdeckt hatte. Und das war geradezu sensationell.

Als das Gespräch beendet war, stand Coulon bereits ungeduldig an der Tür, die Hand auf der Klinke. Er wollte seine Besucher so schnell wie möglich loswerden.

»Einen Moment, Monsieur Coulon«, sagte LaBréa und nahm jetzt auf einem der Sessel Platz, die um einen runden Tisch standen. »Wir sind hier noch nicht fertig. Setzen Sie sich bitte.«

Der Kaplan starrte ihn entgeistert an, dann lief sein Gesicht rot an. Im nächsten Moment legte er los.

»Was erlauben Sie sich! Ich werde …«

LaBréa unterbrach ihn brüsk.

»Setzen Sie sich, Hochwürden!« LaBréas Stimme war schneidend. »Warum haben Sie uns belogen?«

»Belogen? Ich muss doch sehr bitten!«

»Jetzt steigen Sie endlich von Ihrem hohen Roß herunter, Monsieur! Und erklären Sie uns bitte, warum Sie sich nur unter Mühen an einen Mann erinnern, der seit Jahren große Spendenbeträge auf ein Konto in Liechtenstein überweist, das auf den Namen der *Maison de Dieu* läuft?! Vier- bis fünfstellige Beträge, Monsieur Coulon! Die letzte Überweisung kam vor zwei Wochen. Zweiunddreißigtausend Euro. Der Mann war ein Großspender Ihrer Einrichtung, und Sie wollen sich nicht an ihn erinnern?«

Vollkommen perplex starrte Coulon LaBrea an und überlegte fieberhaft. Sein Augenlid zuckte immer stärker.

»Ich kann Ihnen das erklären, Commissaire«, sagte er schließlich mit belegter Stimme.

»Da bin ich aber gespannt!«

»Monsieur Ribanville wollte es nicht an die große Glocke hängen. Er hat mich gebeten, diskret damit umzugehen.«

»Warum?«, warf Claudine ein. »War es schmutziges Geld?«

LaBréa legte ihr kurz die Hand auf den Arm.

»War es nicht, Claudine«, sagte er leise. »Franck hat die Bankauszüge gecheckt. Alles ganz legal aus seinen Fernsehhonoraren. Und die waren ja sehr hoch.« Er wandte sich wieder an Coulon.

»Wo waren Sie vorgestern Abend zwischen elf und Viertel nach elf, Hochwürden?«

Auf den Wangen und am Hals des Geistlichen hatten sich hektische, rote Flecken gebildet.

»Ich war hier, Commissaire. Den ganzen Abend.«

»Kann das jemand bezeugen?«

»Das wird sicher schwierig.« Die Stimme des Kaplans klang unsicher. »Nach der Abendandacht habe ich mich in mein Arbeitszimmer zurückgezogen, um mich auf die heutige Messe vorzubereiten.«

»Sie haben die *Maison de Dieu* in jener Nacht also nicht mehr verlassen.«

»Nein! Das habe ich nicht. Gott ist mein Zeuge!«

Fünf Minuten später verließen LaBréa und Claudine die *Maison de Dieu.*

»Auch wenn Gott sein Zeuge ist, er lügt«, sagte Claudine. »Irgendwas verschweigt er uns.«

»Das glaube ich auch. Rufen Sie Yvonne Lacarpe an. Sie soll uns sagen, ob Coulons Handynummer zufällig in Ribanvilles Handyprotokoll vermerkt ist. Oder die Festnetznummer der *Maison de Dieu.*« Claudine hatte sich von Coulon dessen Visitenkarte geben lassen, auf der alle Telefonnummern vermerkt waren. Sie holte ihr Handy aus der Tasche.

LaBréa drehte sich um und blickte zurück zur *Maison de Dieu.* Hatte sich dort, wo das Büro des Kaplans lag, nicht gerade die Gardine bewegt? Niemand war zu sehen.

Gleich darauf hatten sie einen weiteren Beweis für die dreisten Lügen, die Kaplan Coulon ihnen aufgetischt hatte. Drei Tage vor seiner Ermordung hatte Yves Ribanville einen Anruf von Coulons Handy erhalten.

»Na bitte!«, sagte LaBréa. »Für wie blöd hält dieser Kaplan uns eigentlich?«

LaBréa nahm sein Handy und wählte die Privatnummer seines Vorgesetzten. Erst nach mehrmaligem Klingeln wurde geantwortet.

»LaBréa?« Roland Thibons Stimme klang ungehalten. »Ich hoffe, Sie haben einen triftigen Grund, mich heute am Feiertag so früh anzurufen.«

»Den habe ich, Monsieur le Directeur.«

In wenigen Worten berichtete LaBréa dem Schöngeist von seinem Besuch in der *Maison de Dieu* und Coulons Telefonanruf bei Ribanville.

»Ich glaube, das reicht, um Kaplan Coulon einer Vernehmung zu unterziehen und einen Durchsuchungsbeschluss zu bewirken«, sagte LaBréa abschließend.

»Ob Couperin da mitspielt, LaBréa? Coulon hat einen direkten Draht zum Erzbischof, und Ermittlungsrichter Couperin ist mit diesem befreundet. Eine Clique gläubiger Katholiken. Die hacken sich gegenseitig kein Auge aus. Wie hat La Rochefoucauld einmal so schön gesagt? *Es ist beschämender, seinen Freunden zu misstrauen, als von ihnen getäuscht zu werden.* Viel Glück, LaBréa. Und halten Sie mich auf dem Laufenden.«

»Moment, Monsieur. Was machen wir, wenn Couperin nicht mitspielt?«

»Da habe ich eine glänzende Idee, LaBréa. Ich rufe den Gerichtspräsidenten an. Es wird mir ein Vergnügen sein, Couperin wegen Befangenheit beziehungsweise Interessenkonflikt für diese Ermittlung abzulehnen.«

LaBréa sah förmlich, wie sein Vorgesetzter genüsslich den Mund verzog. Jeder im Juzstizpalast wusste um die Feindschaft zwischen dem Schöngeist und dem Ermittlungsrichter. Schon lange wartete Thibon auf eine passende Gelegenheit, Couperin eins auszuwischen.

Sei's drum, dachte LaBréa, als das Gespräch beendet war. Er selbst würde Couperin nur sehr ungern dem Direktor zum Fraß vorwerfen. Doch er und seine Leute hatten einen Mordfall aufzuklären. Dieser Aufgabe musste alles andere untergeordnet werden.

23. KAPITEL

Auf dem Handy von Ermittlungsrichter Couperin schaltete sich die Mailbox ein. Auch auf seinem Festnetzanschluss war Couperin nicht zu erreichen. LaBréa vermutete, dass er an diesem hohen Feiertag, wie auch an den normalen Sonntagen, in der Kirche St. Eustache die Orgel spielte. LaBréa hinterließ ihm eine Nachricht und bat um schnellen Rückruf.

Es war elf Uhr. Die Talkrunde fand heute ohne den Paradiesvogel statt.

»Ist der Kontakt schon hergestellt?«, wollte LaBréa von Franck wissen.

»Wohl noch nicht. Aber Johan ist dran und sagt mir Bescheid«, erwiderte Franck. Er berichtete von seinem Besuch bei Ribanvilles Steuerberater.

»Der Mann hat wie ein Verrückter gespendet. Alles für kirchliche Zwecke. Für Missionsprojekte in Afrika, die Kirche St. Philippe du Roule, und für die *Maison de Dieu*. In den letzten beiden Jahren waren es insgesamt dreihunderttausend Euro. Davon neunzigtausend für die *Maison de Dieu*. Alles steuerlich absetzbar.«

»Der gute Samariter«, bemerkte Claudine sarkastisch.

»Und sonst? Sind seine Steuerunterlagen in Ordnung, Franck?«

»Ja, vollkommen. Keine Konten im Ausland, keine dunklen Einnahmequellen. Vor einem halben Jahr hatte er eine unangemeldete Steuerprüfung. Sie verlief nach Aussage des Steuerberaters ohne Probleme.«

»Checken Sie das am Montag mit der Finanzbehörde. Mal sehen, ob die das auch so beurteilt haben. Was ist mit Nick Sabatier?«

»Dr. Messier kommt in einer halben Stunde, dann vernehme ich den Clochard in dessen Beisein.«

LaBréa wandte sich an Fracasse aus der Abteilung zwei. Er hatte sich den Dienst-Computer des Opfers vorgenommen.

»Irgendwas auf Ribanvilles Festplatte, Fracasse?«

»Nichts. Wenn Dateien gelöscht wurden, dann so, dass wir sie mit keinem unserer Daten-Wiederherstellungsprogramme zurückholen können. Hier kommen wir nicht weiter.«

»Was ist mit den Kollegen und Mitarbeitern im Sender? Gibt's da jemanden, auf den die Beschreibung der jungen blonden Frau zutrifft?«

»Schumann checkt das gerade, Commissaire. Aber heute ist Feiertag. Und der Beginn eines langen Wochenendes. Da haben viele Leute die Stadt verlassen.«

»Also gibt es noch keine brauchbaren Resultate.«

»Leider nicht. Aber wir bleiben dran.«

LaBréa wandte sich erneut an Franck.

»Die nigerianische Putzfrau, Franck. Haben Sie sie schon erreicht?«

»Noch nicht, Chef. Da läuft nur der Anrufbeantworter. Ich hab schon mehrere Nachrichten hinterlassen. Was die Hotelgäste im Ritz angeht: Da bin ich heute Nachmittag. Die Leute an der Rezeption wissen Bescheid und machen mir entsprechende Computerausdrucke. Namen der Gäste, Nationalität, An- und Abreise, und so weiter.«

»Gut. Irgendeine Spur von der Tatwaffe?«

»Gilles und seine Leute haben das ganze Hotel auf den Kopf gestellt«, sagte Claudine. »Die Tatwaffe war nirgends zu finden. Auch nicht in den Müllcontainern.«

LaBréa nickte und wechselte das Thema.

»Ich hoffe, dass Couperin sich bald bei mir meldet, damit wir mit Kaplan Coulon und der *Maison de Dieu* weiterkommen.« Er blickte Claudine an. »Wir beide machen das, sobald wir grünes Licht haben. Und Valdez kommt mit. Dann sind wir zu dritt.«

Um elf erschienen die ersten Herren zum Frühstück. Nachdem Lisa kurz nach halb neun gekommen war, das Geschirr vom Vorabend in die Spülmaschine geräumt und die Küche in Ordnung gebracht hatte, deckte sie in der Halle den Tisch. Auf einem Sideboard baute sie das Frühstücksbuffet auf. Ihre frisch gebackenen Brioches, knuspriges Bauernbrot, gesalzene Butterstückchen in Eiswasser, diverse Sorten Konfitüre, eine große Schale mit Obst und mehrere Thermoskannen mit Kaffee. Niemand der Herren wollte schon am Morgen deftige Kost. Daher wurden weder Schinken noch Käse, Pâté oder Ähnliches angeboten. Manchmal gab es den Wunsch nach einem Omelett oder einem weichgekochten Ei. Insbesondere Monsieur Kahn liebte Omelett mit frischen Kräutern. Er war in der Nacht nicht zurück in sein wenige Kilometer entferntes Haus gefahren, sondern hatte, wie die anderen Herren auch, in einem der Gästezimmer im Ostflügel übernachtet.

Monsieur Kahn kam in Begleitung des jungen Mannes mit dem Alain-Delon-Lächeln. Letzterer meinte, er sei ein ausgesprochener Frühstücksmuffel und habe wenig Hunger. Monsieur Kahn bestellte seine übliche Eierspeise, die Lisa ihm wenig später servierte.

Fast gleichzeitig mit dem Hausherrn erschien auch Monsieur Soulier. Die Frühstücksrunde war nun komplett, und Lisa konnte sich ihren anderen Aufgaben widmen.

Im Ofen brieten bereits drei Perlhühner. Lisa machte sich an die Zubereitung eines Zucchinigratins, das man auch kalt verspeisen konnte. Sie schnippelte Obst für einen bunten Obstsalat und stellte mehrere Flaschen Champagner kalt. Von zu Hause hatte sie frischen Schafskäse mitgebracht. Vermischt mit Knoblauch, Kerbel und einem Hauch Cayennepfeffer ergab dies eine Käsespezialtität, die besonders Monsieur Bouvier schätzte. Frisches Bauernbrot passte am besten dazu, und Lisa hatte es in ausreichender Menge beim Bäcker gekauft.

Die Herren hatten das ganze lange Wochenende zu arbeiten und wollten sich weitgehend selbst versorgen. Auch ein Restaurantbesuch in Deauville war geplant. Der Hausherr hatte gesagt, Lisa brauche erst übermorgen für zwei bis drei Stunden zu kommen, um in der Küche und den Gästezimmern für Ordnung zu sorgen.

Ihr konnte es nur recht sein. Heute war Feiertag, und ihre jüngere, unverheiratete Schwester Marie-Anne bereitete ein Festessen vor. Am Morgen hatte Lisa bereits die Acht-Uhr-Messe in ihrem Heimatort Champs-Rabat besucht. Der Pfarrer, ein junges Bürschchen, seit drei Monaten Nachfolger von Pater Grégoire, war nach Meinung aller ein schlechter Prediger. Doch das kümmerte Lisa wenig, hörte sie doch gar nicht, was der Mann sagte. Ihre Zwiesprache mit Gott fand in der Stille ihres gehörlosen Daseins statt.

Am morgigen Sonnabend wollten Lisa und Jean-Pierre zu den Schwiegereltern nach Beaumont. Und am Sonntag stand das Sommerfest in Le Havre auf dem Programm. Die Regatta der Windjammer und zum Abschluss der Ball mit großem Muschelessen und anschließendem Tanz im *Comptoir des Îles,* direkt am Hafen.

Die beiden Dobermannrüden kamen in die Küche getrottet. Lisa strich ihnen über die Köpfe, lammfromm blickten die Augen der Tiere. Einige Male noch in der Nacht und auch am heutigen Morgen hatte Lisa an die merkwürdige Begebenheit an der alten Klosterkirche gedacht. Hatte sie wirklich ein Licht im Innern des Gotteshauses gesehen? Lisa war sich jetzt nicht mehr so sicher. Doch plötzlich spürte sie, wie ihr erneut ein Schauer über den Rücken lief. Nein, sie hatte sich nicht getäuscht! Ebenso wenig wie es eine Täuschung war, dass die beiden Hunde sie sicher zerfleischt hätten, wenn sie letzte Nacht aus dem Wagen gestiegen wäre.

Ob sie Monsieur Bouvier von dem Vorfall erzählen sollte? Lieber nicht. Bei dem Gedanken daran blinkte in ihrem Innern ein Warnsignal auf, sie wusste nicht, warum. Ihr Instinkt hatte sie noch nie in ihrem Leben getäuscht. Auch diesmal würde sie auf ihre innere Stimme hören.

Lisa öffnete die Tür des großen Backofens. Die Perlhühner nahmen bereits Farbe an. Noch zehn Minuten, dann waren sie gar. Danach kam das Gratin in den Ofen. Lisa schmeckte den Obstsalat ab. Er war beinahe perfekt. Ein Gläschen Calvados würde ihn abrunden. Ein Cassis-Sorbet befand sich in der Tiefkühltruhe und stellte die ideale Ergänzung zu dem Obstsalat dar. Lisa holte die Flasche aus dem Schrank und verteilte einige Spritzer Calvados über die Schüssel. Dann holte sie sich ein Glas und schenkte sich einen Schluck ein. Ein guter Tropfen. Monsieur Bouvier bezog ihn direkt von einem Obstbauern außerhalb von Blonville.

Durch die halboffene Küchentür wehte das Lachen der Herren herein. Sie schienen gut gelaunt und genossen ihr Frühstück. Lisa holte zwei Leckerli aus der großen Blechdose, die immer griffbereit stand, und gab sie den beiden Hunden. Zufrieden trotteten sie zurück in die Halle. Lisa blickte auf ihre Armbanduhr. Gleich halb zwölf. In einer knappen Stunde würde sie *Le Cloître* verlassen.

Ermittlungsrichter Couperins Stimme klang ungehalten, als er sich gegen Mittag bei LaBréa meldete.

»Was gibt es denn so Eiliges, Commissaire?«

LaBréa setzte ihn über den Stand der Ermittlungen im Mordfall Ribanville in Kenntnis und erklärte ihm sein Anliegen. Couperin hörte schweigend zu. Dann sagte er: »Dass ein Kirchenmann den Namen eines Großspenders nicht an die große Glocke hängt, kann ich verstehen. Gut, er hat Ihnen nicht gleich gesagt, dass er Ribanville kannte. Aber geleugnet hat er es letzten Endes nicht. All das weist nicht darauf hin, dass er als Mörder in Betracht kommt.«

»Vergessen Sie nicht das Telefonat, das er mit dem Opfer wenige Tage vor dessen Tod geführt hat.«

»Das beweist gar nichts, LaBréa.«

»Vorher hatte er noch behauptet, sein letzter Kontakt mit Ribanville läge fünfzehn Jahre zurück.«

»Glauben Sie etwa, Kaplan Coulon hat sich in der Mordnacht in die Herrentoilette des Hotel Ritz geschlichen, um Ribanville mit einem rostigen Hammer zu erschlagen?« Couperin lachte ironisch. »Sie haben doch selber gesagt, der Clochard hätte eine junge Frau gesehen, die die Toilette verlassen hat?«

»Bisher kann die Aussage des Clochards weder bestätigt noch verworfen werden, Monsieur.«

»Und deshalb suchen Sie dringend einen weiteren Verdächtigen. Ich sage Ihnen was, LaBréa. Auch wenn wir in unserem Land die Trennung von Kirche und Staat praktizieren – mit Vermutungen, die sich auf so dünnem Eis bewegen, bekommen Sie von mir keinen Durchsuchungsbeschluss gegen eine kirchliche Einrichtung und deren Leiter. Wir wollen doch keine Lawine lostreten und riskieren, dass sich womöglich der Heilige Vater einschaltet! Die *Maison de Dieu* liegt dem Erzbischof von Paris sehr am Herzen. Hier werden Kinder aus dem sozialen Randfeld aufgenommen. Sie erhalten eine vernünftige Schulbildung und erlernen einen ordentlichen Beruf. In der *Maison de Dieu* werden Nächstenliebe und soziales Engagement praktiziert und gelebt. Über Ribanville mag man sagen, was man will. Mit seinen großzügigen Spenden gehörte er jedenfalls zu denen, die ein solches Engagement erst möglich machen.«

Amen, dachte LaBréa und spürte, wie Zornesröte sein Gesicht überzog. Warum engagierte sich Couperin derart? Kaplan Coulons Verhalten war höchst suspekt und alarmierend. Wieso ignorierte der Ermittlungsrichter das? LaBréa zwang sich zur Gelassenheit, als er in ruhigem Ton antwortete. »Vor dem Gesetz sollten alle gleich sein, Monsieur le Juge. Bei jedem anderen würden Sie nicht zögern, mir den Durchsuchungsbeschluss zu geben. Warum zögern Sie hier?«

»Weil ich nicht sehe, welches Motiv Kaplan Coulon haben sollte, einen großzügigen Spender wie Yves Ribanville zu töten. Niemand sägt sich den Ast ab, auf dem er sitzt.«

»Vielleicht steckt ja was ganz anderes dahinter? Warum hat Coulon uns so offenkundig belogen? Das muss doch einen Grund haben! Eine Durchsuchung der Räume und Unterlagen in der *Maison de Dieu* würde da vielleicht Klarheit bringen.«

»Mit mir nicht, LaBréa. Das ist mein letztes Wort. Schönen Tag noch.«

LaBréa starrte auf sein Handy. Nun war der Moment gekommen, wo Couperin aus dem Spiel genommen werden musste. LaBréa gab sich einen Ruck und wählte die Nummer von Roland Thibon. Er berichtete ihm von Couperins Weigerung, den Durchsuchungsbeschluss auszustellen. Selten hatte LaBréa eine solch tiefe Befriedigung in der Stimme seines Vorgesetzten vernommen wie jetzt.

»Ich habe es fast geahnt, LaBréa. Na, dann setze ich mich mal mit dem Gerichtspräsidenten in Verbindung. Sobald die Angelegenheit in trockenen Tüchern ist und wir einen neuen Ermittlungsrichter zugeteilt bekommen, rufe ich Sie an.«

Um kurz nach zwölf war es endlich so weit. Jean-Marc hatte sich bis dahin immer wieder durch die Fernsehprogramme gezappt und war zum Schluss bei der Wiederholung einer amerikanischen Seifenoper hängen geblieben. Gerade, als er sich in der Küche eine Kleinigkeit zu essen machen wollte, rief Johan Schlick an. Jean-Marcs Herz klopfte heftig, als er die Stimme seines Kollegen hörte.

»Es kann losgehen, Jean-Marc. Bist du bereit?«

Der Paradiesvogel schluckte und sagte mit fester Stimme: »Ja klar. Am Square Beaudelaire?«

»Nein. Er hat was anderes vorgeschlagen. Jardin du Luxembourg. Um vierzehn Uhr an der Bronzestatue *Der Maskenhändler*.«

»Der Maskenhändler … das passt ja. Die beiden Typen auf dem Foto von ›Lachmöwe‹ tragen Masken.«

»Hm. Wie wir inzwischen wissen, hat ›Lachmöwe‹ ein Faible für klare Symbole.«

»Ich bin zwar waschechter Pariser, aber diese Statue im Jardin kenne ich nicht. Wie finde ich sie?«

»Du nimmst am besten den östlichen Eingang an der Place Rostand. Ich mail dir eine Skizze auf dein normales Handy. Aber lass dieses Handy bloß zu Hause!«

»Keine Angst, Johan.«

»Ich habe unter deinem Nicknamen ›Schmetterling‹ nochmal ganz deutlich gemacht, wie sehr mich *Tiffauges* anmacht. Er hat geschrieben, dass er eine Überraschung für ›Schmetterling‹ hat.«

»Was meinst du, was das sein könnte?«

»Keine Ahnung, Jean-Marc. Vielleicht ein heißes Video, das er dir anbietet, falls du ihm ebenfalls was überlässt. Vielleicht will er dir auch was verkaufen. Oder er nimmt dich irgendwo mit hin, wo er dir einschlägiges Material zeigt. Lass dich überraschen. Viel Glück, Jean-Marc. Der erste Kontakt ist der wichtigste. Darauf kannst du dann aufbauen. Also, ab jetzt ist Funkstille. Du gibst deine falsche Identität erst auf, wenn du was in der Hand hast. Aber melde dich auf jeden Fall vor morgen früh. Möglichst aus einer Telefonzelle. Damit wir wissen, dass alles okay ist.«

Zehn Minuten später verließ Jean-Marc seine Wohnung. Noch einmal checkte er sicherheitshalber die Taschen seiner Kleidung. Sein Dienstausweis lag ebenso wie seine Waffe in der Schublade des Flurschränkchens. Den Wohnungsschlüssel warf er in seinen Briefkasten. Zu seiner neuen Identität gehörte laut den Angaben in seinem falschen Personalausweis auch eine Wohnung im Siebzehnten Arrondissement mit einem gefakten Schlüsselbund, an dem er jetzt seinen Briefkastenschlüssel befestigte. Nichts verriet seine wahre Identität. Für seinen Undercovereinsatz hatte er hellblaue Bermudashorts und ein lilaweiß gestreiftes, ärmelloses, eng anliegendes Shirt gewählt. Seine Füße steckten in knallgelben Sneakers. Sein Haar hatte er am Morgen mit einer hellen Strähne versehen. Das Klebetattoo mit dem bunten Schmetterling auf seinem Oberarm war deutlich zu sehen.

Aus dem Schatten seines Hausflurs trat er hinaus in die Gluthitze des Tages. Es war Feiertag, und es herrschte kaum Verkehr in der Stadt. Die Metroschächte boten nur wenig Kühlung. Er nahm die Linie vier und stieg an der Station Odéon aus. Ein einsamer Gitarrenspieler saß am Ausgang. In dem Pappbecher, der neben ihm stand, lagen nur wenige Münzen. Durch die schmalen Gassen und Straßen schlug Jean-Marc den Weg zum Jardin du Luxembourg ein. Alles war wie ausgestorben. Als er den Jardin betrat und auf das große Wasserbecken mit der Fontäne zusteuerte, bemerkte er, dass sich hier viele Kinder aufhielten. Es gab einen Verleih von Mini-Segelbooten, und die Kinder hatten ihren Spaß.

Ein wunderbares Terrain für Pädophile, dachte Jean-Marc. Hier konnten sie Kinder jeden Alters ungestört beobachten, sich ihre Kicks holen und ihren kranken Fantasien freien Lauf lassen.

Er ging nach links, und wenig später entdeckte er die Statue des Maskenhändlers. Umgeben von vielen Bäumen befand sie sich in einer weniger belebten Ecke des Jardin. Betont lässig schritt Jean-Marc darauf zu. Er betrachtete die etwa einen Meter siebzig hohe Jünglingsfigur, die eine Maske des Dichters Viktor Hugo in der ausgestreckten Hand hielt. Um den Sockel herum, auf der die Bronzefigur stand, waren die Gesichter anderer französischer Berühmtheiten als Masken angeordnet. Unter ihnen erkannte Jean-Marc Alexandre Dumas und Balzac.

Jean-Marc spähte unauffällig umher. Niemand war zu sehen. Er setzte sich auf den unteren Teil des Sockels, streckte die Beine aus und wartete.

Nach kurzer Zeit klingelte sein Handy. Auf dem Display erschien keine Nummer.

»Ja?«, meldete er sich.

Eine weiche Männerstimme sagte: »Steig auf dem Boulevard St. Michel in ein Taxi und fahr in den Parc de Monceau. Treffpunkt ist die Rotonde.«

Ehe Jean-Marc etwas erwidern konnte, hatte der Anrufer aufgelegt.

Eine Allerweltsstimme. Kein Akzent. Kein junger, aber auch kein älterer Mann. Zwischen dreißig und vierzig, schätzte Jean-Marc.

Er erhob sich und ging mit zügigen Schritten den Weg zurück, den er gekommen war. An der Fontäne blieb er einen Moment stehen und beobachtete die Kinder. Wurde er selbst auch beobachtet? Hatte sein unbekannter Chat-Partner ihn im Blick?

»Vor allem dreh dich nicht suchend um«, hatte Johan Schlick ihm noch eingeschärft. »Der Typ wendet sich an dich, wenn er wirklich den Kontakt aufnehmen will. Wenn er sieht, dass du gezielt Ausschau nach ihm hältst, wird er verschreckt.«

Deshalb beobachtete Jean-Marc seine Umgebung und die Menschen, die durch den Jardin liefen, nur aus den Augenwinkeln. Auf dem Weg zur Métro fiel ihm nichts Besonderes auf. Soweit er es beurteilen konnte, folgte ihm niemand.

Er musste einige Minuten warten, bis ein Taxi vorbeikam. Er nannte dem Fahrer die Adresse. Der Parc de Monceau lag im Achten Arrondissement.

Nach einer schnellen Fahrt durch die Stadt setzte ihn der Taxifahrer am Parkeingang Boulevard des Courcelles ab. Die Rotonde befand sich gleich hinter dem schmiedeeisernen Eingangstor. Jean-Marc blickte auf die große Uhr im Säulenrundgang. Es war halb drei. Ein Pärchen mit Kinderwagen und zwei kleinen Mädchen betraten den Park. Der Paradiesvogel schaute ihnen nach. In dem Moment legte sich eine Hand auf seine Schulter.

»Schmetterling …«, sagte die Stimme, die vorhin aus dem Handy erklungen war.

Jean-Marc drehte sich um. Vor ihm stand ein mittelgroßer, unscheinbarer Mann mit gescheitelten, dunkelblonden Haaren. Er trug Jeans und ein grünes T-Shirt.

»Lachmöwe?«, fragte Jean-Marc leise und gab seinen Augen einen gleichermaßen interessierten wie komplizenhaften Ausdruck.

Der Mann nickte und berührte ihn leicht am Arm. Er warf einen Blick auf das Tattoo und lächelte.

»Hast du was Interessantes dabei?«, fragte er.

»Auf meinem Handy. Kleine Diashow. Zu Hause habe ich natürlich mehr. 'ne Riesensammlung. Hab ich von einem Freund übernommen, der kürzlich gestorben ist. Er hat lange in Thailand gelebt. Aber ich bin vorsichtig.« Er musterte sein Gegenüber. »Hab mal 'ne schlechte Erfahrung gemacht. Mit 'nem Bullen, der undercover war.«

»Ja, vorsichtig bin ich auch. Kommst du mit?«

»Wohin?«

»Zu einem Freund. Der chatted auch bei *Tiffauges*. Er hat gestern eine heiße Ladung Ware bekommen. Ganz junges Fleisch. Nicht älter als acht.«

Anerkennend pfiff Jean-Marc durch die Zähne.

»Genau meine Richtung«, sagte er und wunderte sich, wie glatt und routiniert ihm das über die Lippen kam. »Wo wohnt dein Freund?«

»Nicht weit von hier. Im Siebzehnten. Mein Wagen steht gleich draußen vor dem Eingang.«

Wie zwei gute Bekannte verließen Schmetterling und Lachmöwe den Parc Monceau. Der Wagen des Mannes entpuppte sich als nagelneuer Mercedes der C-Klasse.

»Super Wagen!«, meinte Jean-Marc voller Bewunderung, als er auf dem Beifahrersitz aus grauem Leder Platz nahm. Lachmöwe grinste breit und zeigte eine Reihe strahlend weißer Zähne.

»Ich verkaufe auch ab und zu mal was. Spitzenmaterial zu Spitzenpreisen.«

»Für wirklich heiße Ware zahle ich auch Spitzenpreise«, sagte Jean-Marc.

»Delphin, mein Freund, zu dem wir jetzt fahren, hat solche Ware. Aber erst wollen wir sehen, was du zu bieten hast.«

Delphin, dachte Jean-Marc. Er war gespannt, was für ein Typ sich hinter diesem Nickname verbarg.

Lachmöwe startete den Wagen. Kurz darauf bogen sie in den Boulevard Malsherbes ab.

24. KAPITEL

Wieder einmal hatte Chantal Coquillon eine schlaflose Nacht hinter sich. Eine zusätzliche Valiumtablette um zwei Uhr früh war reine Verschwendung gewesen. Stundenlang grübelte sie darüber nach, was zu tun sei. Viele Möglichkeiten gab es nicht. Sie konnte weiterhin ihren Kopf in den Sand stecken oder endlich der Wahrheit ins Auge blicken. Eric Lecadre, ihr Ehemann, war möglicherweise im Begriff, sein ganzes Leben zu ruinieren und damit auch das von Chantal. Der Besuch von Ribanvilles Witwe Candice am gestrigen Abend hatte Chantal aufs Höchste alarmiert.

Gegen sechs Uhr heute Morgen war sie aufgestanden. Völlig zerschlagen, mit verquollenem Gesicht und verlangsamten Bewegungen, hatte sie sich ein Frühstück zubereitet. Obwohl sie sich zwang, ein paar Bissen ihres Croissant zu essen, ließ sie es zur Hälfte auf dem Teller. Der starke Kaffee jedoch tat gut, so gut, dass Candice endlich einen Entschluss fasste.

Sie musste Eric warnen. Das kompromittierende Tagebuch Ribanvilles in den Händen seiner Witwe war wie eine Ladung Dynamit. Sie musste entschärft werden, so oder so. Eric, der sich gut mit Candice Ribanville verstand und dessen Charme und blendendes Aussehen bei dieser Amerikanerin ihre Wirkung nie verfehlten, konnte sie vielleicht dazu überreden, die Aufzeichnungen ihres Mannes zu vernichten.

Nach dem Frühstück begab sich Chantal in Erics Arbeitszimmer. Sie betrat es äußerst selten, eigentlich nie. An den Wänden hingen gerahmte Plakate seiner Theateraufführungen und der Filme, in denen er mitgespielt hatte. Eine Kopie von Cocteaus Totenmaske stand auf seinem Schreibtisch. Dort stapelten sich Manuskripte, Drehbücher, Theatertexte. Eric war kein ordentlicher Mensch. Er brauchte ein gewisses Chaos, aus dem heraus sich seine künstlerische Persönlichkeit entfalten konnte. Zudem war Eric jemand, der penibel alles aufhob. Jede Rechnung; die Arbeitsbücher von Theateraufführungen, die Jahrzehnte zurücklagen; Briefe und alte Kritiken. Zu seinen Angewohnheiten gehörte es, bei seinen Telefonaten kurze Notizen zu schreiben. Name des Anrufers, Anlass des Gesprächs und so weiter. Eine Marotte, die er nie abgelegt hatte. Diese Zettel wanderten dann in eine kleine Holzkiste, die seitlich auf dem Schreibtisch stand. Chantal nahm an, dass Eric die Kiste hin und wieder leerte, die Zettel entweder wegwarf oder irgendwo in einen Ordner räumte.

Nie hatte Chantal einen Blick auf diese Notizen geworfen. Sie war keine, die in den Unterlagen ihres Mannes herumschnüffelte. Dazu liebte sie Eric viel zu sehr, auch wenn sie ihm wenig Vertrauen schenkte. Der Pakt zwischen ihnen war jedoch nicht auf Vertrauen gegründet, sondern zum gegenseitigen Nutzen und Vorteil geschlossen worden. Chantal war klar, dass Eric diesen Vorteil in all den Jahren weidlich ausgenutzt hatte. Doch das wahre Ausmaß dessen hatte sie erst in dem gestrigen Gespräch mit Candice Ribanville begriffen. Es hatte sie schockiert und zutiefst verstört, aber dann auch ihren Beschützerinstinkt geweckt. Sie konnte Eric nicht fallenlassen. Gerade jetzt nicht.

Wahllos lagen die Zettel in der Holzkiste. Chantal nahm den ganzen Stapel heraus und legte ihn auf den Schreibtisch. Sie blätterte den Packen durch. Irgendwo musste es doch einen Hinweis geben, wo Eric sich über das lange Wochenende aufhielt …

Schneller als gedacht entdeckte sie etwas, das sie stutzig machte. Einen blauen Zettel, abgerissen von dem großen Block auf dem Schreibtisch. Ein Name. Das Datum – dreizehnter August. Das war vorgestern. Den Namen kannte sie. Sie war dem Mann sogar einmal begegnet. Eric hatte ihn vor wenigen Monaten hierher zum Essen gebeten, zusammen mit Léon Soulier und Ribanville. Ein Mensch, der ihr auf Anhieb unsympathisch erschien. Vielleicht auch deshalb, weil Eric und er sich so blendend verstanden? An jenem Abend war sie sich vollkommen überflüssig vorgekommen und hatte sich bald zurückgezogen.

Sie erinnerte sich genau daran, wo er lebte. Schließlich hatte er ausführlich davon erzählt, und sie sogar zusammen mit Eric dorthin eingeladen.

»Da kann man herrlich entspannen, gnädige Frau«, hatte er voller Überschwang erklärt. Doch Chantal hatte seine Art, sich zu geben und zu sprechen, gleichermaßen als aufgesetzt und schmierig empfunden.

Zu einem Besuch war es nie gekommen. Abgesehen davon, dass Eric die Sache nie wieder erwähnte, hätte Chantal selbst auch keinerlei Interesse gehabt, Gast dieses Mannes zu sein.

Alles schien zusammenzupassen. Chantal hatte das untrügliche Gefühl, dass sie richtiglag. Die Notiz vom 13. August war der Hinweis darauf, wo Eric sich mit Léon Soulier aufhielt. In einem Ort an der Küste. Vielleicht waren noch andere dabei? Die alte Freundesclique? Zu der auch Ribanville gehört hatte.

Gegen neun versuchte Chantal, ihren Mann auf dem Handy zu erreichen. Es war abgestellt.

Entschlossen marschierte sie ins Bad, um sich in Form zu bringen. Sie duschte ausgiebig, wusch sich die Haare. In ihrem Schlafzimmerschrank stöberte sie nach bequemer Kleidung. Eine helle Leinenhose und ein passendes, weites Hemd mit langen Ärmeln. Damit die schlaffe Haut an den Oberarmen verdeckt wurde. Sie föhnte ihr Haar und legte Make-up auf. So waren die Spuren einer schlaflosen Nacht einigermaßen kaschiert. Danach fuhr sie ihren Computer hoch und suchte über Google Maps nach der besten Straßenverbindung.

Kurz vor zwölf nahm Chantal einen kleinen Imbiss zu sich. Dann holte sie ihren BMW aus der nahe gelegenen Garage in der Rue des Francs Bourgeois und fuhr los. Die Klimaanlage stellte sie auf die höchste Stufe. So war die Reise einigermaßen angenehm, zumal Chantal in der heißen Mittagszeit startete. Eine halbe Stunde später bog sie in die Auffahrt zur Autobahn ein. Vor ihr lag – je nach Verkehrsdichte – eine etwa zweistündige Fahrt.

Der neue Ermittlungsrichter war eine Frau namens Virginie Allard. Jung, aufstrebend und ehrgeizig hatte sie sich bei einem spektakulären Mordfall in einem Provinznest im

Südwesten des Landes einen Namen gemacht. Vor wenigen Monaten war sie nach Paris gekommen, und es wurde gemunkelt, dass der Gerichtspräsident persönlich ihre Versetzung betrieben habe.

Eine knappe Stunde nach LaBréas Telefonat mit dem Schöngeist rief sie an und bat LaBréa in ihr Büro.

»Sie haben Glück, Commissaire«, sagte sie, als er eintrat. »Ich war fast schon auf dem Weg zu Freunden aufs Land.«

LaBréa kannte sie bisher noch nicht persönlich. Er sah eine zierliche Frau, deren waghalsig hohe Absätze sie größer erscheinen ließen, als sie war. Mit ihrem flotten Pagenhaarschnitt und dem frischen, dezent geschminkten Gesicht wirkte sie wie eine Studentin. Thibon hatte ihm verraten, dass Virginie Allard seinerzeit landesweit das beste Juraexamen ihres Jahrgangs hingelegt hatte. Eine Frau mit Aussicht auf eine steile Karriere. Die energisch blickenden Augen und der resolute Zug um dem Mund ließen eine starke Persönlichkeit vermuten, mit der man sich besser nicht anlegte.

LaBréa reichte ihr die Hand.

»Freut mich, Madame. Danke, dass Sie so rasch gekommen sind!«

»Bitte nehmen Sie Platz. Ich habe natürlich noch keinen Blick in die Akte werfen können. Erzählen Sie mir die Einzelheiten.«

LaBréa berichtete ihr vom Mordfall Ribanville und dem bisherigen Stand der Ermittlungen. Aufmerksam hörte die junge Richterin zu und machte sich hin und wieder Notizen. Als LaBréa seinen Bericht beendet hatte, blickte Virginie Allard ihn einen Moment intensiv an, dann sagte sie entschlossen: »Ich gebe Ihnen Recht, Commissaire. Kaplan Coulons Verhalten ist mehr als auffällig. Es gibt unter den zehn Geboten Gottes auch eines, das ausdrücklich die Lüge verbietet. Also – ein Mann der Kirche, der so offenkundig lügt … da werde ich neugierig und möchte wissen, weshalb. Sie bekommen Ihren Durchsuchungsbeschluss. Und ich begleite Sie persönlich in dieses Waisenhaus.«

»Meinen Sie, dass das nötig ist?«

Die junge Frau lächelte, was ihr ein unerwartet kindliches Aussehen verlieh.

»Eine Hausdurchsuchung in einer konfessionellen Einrichtung ist eine delikate Angelegenheit. Das wissen Sie, Commissaire. Ich will nur sichergehen, dass dabei nicht die geringsten Schnitzer passieren.«

Was für Schnitzer?, war LaBréa versucht zu fragen. Wollte dieses junge Ding ihm etwa erklären, wie er seine Arbeit zu verrichten hatte? Doch er schob seinen Ärger beiseite und verkniff sich eine entsprechende Replik. Hier galt es nur, das Ziel im Auge zu behalten.

Aus der Schublade ihres Schreibtisches nahm die Ermittlungsrichterin jetzt ein vorgedrucktes Formular.

»In zehn Minuten bin ich so weit. Haben Sie noch Platz in Ihrem Wagen? Sonst rufe ich die Fahrbereitschaft an.«

»Nicht nötig, Madame. Sie können bei mir mitfahren.«

»Wie stellen Sie sich die Vernehmung des Kaplans vor? Wollen Sie ihn aufs Präsidium bringen?«

»Ich versuche es erst mal vor Ort. Wenn sich allerdings ein dringender Tatverdacht ergeben sollte, nehmen wir ihn mit.«

»Genau das dachte ich auch. Ich sehe, wir verstehen uns, Commissaire.« Sie blickte ihn kühl, aber nicht unfreundlich an. Ihre Hände lagen auf der Unterlage ihres Schreibtisches. Sie trug keinen Ehering.

»Also gut. Holen Sie mich in zehn Minuten hier ab.«

Mit leisem Surren glitt der Mercedes über die Place de Wagram Richtung Boulevard Berthier. Strikt hielt Lachmöwe sich an die Geschwindigkeitsbegrenzung, obgleich nur wenig Verkehr herrschte und die Versuchung, aufs Gaspedal zu drücken, sicher groß war. Nur nicht in eine Radarfalle geraten, war sicher die Devise. An Sonn- und Feiertagen, wenn niemand damit rechnete, lag die Polizei besonders gern auf der Lauer.

»Ist es noch weit?«, fragte Jean-Marc und blickte aus dem Fenster. Auf der rechten Seite des Boulevards befanden sich Lagerhäuser. Eine heruntergekommene Gegend. Menschenleer. Die Straßen verschmutzt. Eine stillgelegte Tankstelle. Zwei schwarze Jugendliche mit schief aufgesetzten Baseballkappen warfen Bälle in einen Korb, der an ein Garagentor montiert war. Die brüllende Hitze schien ihnen nichts auszumachen. Als sie den silbermetallicfarbenen Mercedes entdeckten, starrten sie dem Wagen nach. So einen Luxusschlitten sah man hier nicht alle Tage.

»Nicht so ungeduldig, Schmetterling!« Zu der sanften Stimme von Lachmöwe gesellte sich erneut ein Lächeln. »Es lohnt sich, verlass dich drauf.« Über seine Freisprechanlage nahm er jetzt telefonisch Kontakt auf.

»Delphin? Hier Lachmöwe. Wir sind in drei Minuten da. Machst du das Tor auf?«

Der Wagen bog von der Straße in eine Seitengasse ab. Nach etwa hundert Metern bemerkte Jean-Marc ein graues, massives Eisentor, das in eine Mauer eingelassen war. Als der Mercedes sich näherte, wurde es automatisch geöffnet. In einem großen Innenhof lag ein altes Fabrikgebäude. Dort standen zwei weitere Wagen, allerdings von bescheidenerer Klasse als der Mercedes. Ein kleiner Opel und ein Renault-Kastenwagen. Das Tor schloss sich lautlos.

»Voilà, wir sind da«, sagte Lachmöwe und brachte den Mercedes vor einer kleinen Seitentür zum Stehen. Jean-Marc stieg aus und prägte sich die Nummer des Mercedes ein. Er sah sich unauffällig um. Niemand in der Nähe. Auf was hatte er sich da eingelassen? Ein mulmiges Gefühl ergriff Besitz von ihm. Er ließ sich nichts anmerken und gab sich weiter cool und abgeklärt.

»Klasse Location«, sagte er und warf Lachmöwe einen anerkennenden Blick zu.

»Und fantastisch ausgestattet. Riesige Flachbildschirme, leistungsstarke Computer. Ein wahres Paradies.«

Jetzt wurde die kleine Tür geöffnet und ein langer, hagerer Mann mit Glatze erschien. Er war älter als Lachmöwe und trug einen kleinen Oberlippenbart. Er ging auf Jean-Marc zu und reichte ihm die Hand.

»Ich bin Delphin. Willkommen im Club!« Sein Händedruck war warm und fest. Mit einer freundschaftlichen Umarmung begrüßte er Lachmöwe.

»Kommt rein. Ich hab ein paar echte Leckerbissen.«

Jean-Marc und Lachmöwe betraten einen kleinen Korridor. Er war weiß getüncht und führte in einen länglich geschnittenen Raum. Von dort gab es einen Durchgang zu einem weiteren Raum, der abgedunkelt war. Hier standen zwei große Bildschirme, wie Jean-Marc sie von Public-Viewing-Veranstaltungen kannte.

»Eine kleine Erfrischung?«, fragte Delphin und reichte ein Tablett mit Gläsern. »Champagner«, fügte er hinzu und griff nach einem Glas. Lachmöwe und Jean-Marc taten es ihm gleich.

»Prost!«, sagte Lachmöwe. »Auf das, was wir lieben!« Sie stießen miteinander an und tranken.

»Oh, das tut gut …« Delphin stellte sein Glas auf den großen Tisch in der Mitte des Raumes und wandte sich an Jean-Marc. »Jetzt zeig mal, was du hast.«

Jean-Marc zog sein Handy aus der Tasche und bemerkte: »Im Original sind die Bilder von einer Superqualität. Hier auf dem Handy kommen sie natürlich nicht so gut.«

Lachmöwe winkte ab.

»Wissen wir. Aber du hast ja die Originale, oder?«

»Ja. Von einen Freund und von mir abwechselnd aufgenommen. Vor vier Monaten in Tanger. Einer von uns jeweils in action. Ich hab auch entsprechende Filmaufnahmen. Aber ich wollte euch erst mal kennenlernen.«

Jean-Marc tippte auf die Menütaste seines Handys. Nach einigen weiteren Befehlen erschienen die Fotos, die Johan auf das Gerät geladen hatte. Jean-Marc hatte sie sich am Vormittag mehrfach angesehen, um sich damit vertraut zu machen. Gefakte, aber nichtsdestoweniger äußerst abscheuliche Bilder voller Gewalt, in deren Mittelpunkt ein etwa siebenjähriger Araberjunge stand. Die Fotos waren als Diashow angelegt, mit Überblendungen und ausreichend vielen Großaufnahmen.

Jean-Marc gab Lachmöwe das Handy. Die beiden Männer betrachteten die Bilder. Delphin stieß einen anerkennenden Pfiff aus.

»Nicht schlecht, Schmetterling!« Er lächelte, und Jean-Marc bemerkte ein Grübchen in seiner linken Wange. Delphin verschränkte die Arme über der Brust und musterte Jean-Marc. »Ich frage mich nur, warum du als Nickname ausgerechnet ›Schmetterling‹ gewählt hast? Wegen dem Tattoo auf deinem Arm?«

»Genau«, sagte Jean-Marc. Worauf wollte der Typ hinaus?

»Das lässt aber doch eher auf ein Landei schließen, findest du nicht? Auf ein anderes Ambiente, als wir es mögen, hab ich Recht? Mit der Romantik am Meer hast du anscheinend gar nichts am Hut.«

Jean-Marc sah, wie die beiden Männer einen vielsagenden, ironischen Blick tauschten. Blitzschnell wurde ihm klar, was hier lief. Johan und er hatten einen Riesenfehler begangen, doch jetzt war es zu spät.

Am Ortsausgang von Blonville zweigte eine kleine Straße ab. Dort entdeckte Chantal Coquillon das verwitterte Hinweisschild »Le Cloître 2 km«. Die Straße war mit alten Kopfsteinen gepflastert. Rechts und links säumten Kastanienbäume den Weg. Dahinter lagen Felder, Waldstücke und Wiesen, bräunlich verfärbt durch die Hitze der letzten Wochen. Mit gedrosselter Geschwindigkeit lenkte Chantal den BMW über die unebene Strecke. Das gleißende Nachmittagslicht blitzte durch das Laubwerk. Am Straßenrand lagen vertrocknete Blätter. Ein aufgeschrecktes Kaninchen flitzte über die Straße und verschwand in der Weite des angrenzenden Feldes.

Die Fahrt auf der Autobahn im klimatisierten Wagen war einigermaßen angenehm verlaufen. Keine Staus, wenig Baustellen, nur mäßiger Verkehr. Die meisten Menschen, die Paris für das verlängerte Wochenende verlassen hatten, um an die Küste zu fahren, waren vermutlich zeitig am Morgen aufgebrochen. Nur einmal hatte Chantal an einer Autobahnraststätte gehalten, um Benzin nachzutanken. Da hatte sie erneut versucht, Eric über dessen Handy zu erreichen. Doch immer noch kam keine Verbindung zustande.

War ihr Entschluss, sich auf den Weg nach *Le Cloître* zu machen, wirklich richtig gewesen? Unterwegs hatte Chantal einige Male daran gezweifelt. Doch welche Alternative hätte sie gehabt?

Nach einer scharfen Kurve erblickte Chantal die hohe Granitsteinmauer des ehemaligen Klosters. Ein großes, eisernes Tor war darin eingelassen. Als unüberwindliche Barriere blockierte es die Weiterfahrt. Chantal ahnte, dass die Straße auf der anderen Seite des Tors weiterging und bis zur Klosteranlage führte.

Sie stoppte den Wagen, stellte das Automatikgetriebe auf »P« und stieg schwerfällig aus. Die Hitze schlug ihr wie eine Faust gegen die Brust und schnürte ihr beinahe den Atem ab. Seitlich an der Toreinfahrt entdeckte Chantal einen Klingelknopf und eine Sprechanlage. Unwillkürlich fiel ihr Blick auf das Stück angrenzende Mauer. Sie mochte etwa drei Meter hoch sein, und obenauf war eine Videokamera montiert. Chantal drückte auf den Klingelkopf und wartete. Eine ganze Weile geschah nichts. Aus den Augenwinkeln sah sie, dass an der Videokamera ein kleines rotes Licht blinkte. Wurde sie beobachtet? Wusste man bereits, wer vor dem Tor stand? Ein knackendes Geräusch in der Sprechanlage, und Chantal hörte eine Männerstimme.

»Ja? Gnädige Frau?«

Die Stimme des Hausherrn Louis Bouvier, wenn Chantal sich nicht täuschte. Die Videoanlage hatte also ihr Bild übermittelt, und Bouvier hatte sie sogleich erkannt.

Chantal räusperte sich.

»Guten Tag, Monsieur Bouvier. Sagen Sie, ist Eric zufällig bei Ihnen? Ich müsste ganz dringend mit ihm reden. Und über sein Handy konnte ich ihn nicht erreichen.«

Einen Moment lang war es still. Dann kam die Antwort.

»Ja, er ist hier, Madame. Ich mache Ihnen das Tor auf. Folgen Sie der gepflasterten Allee, sie führt direkt zum Hauptgebäude.«

»Danke!«

Chantal ging zurück zum Wagen. Einerseits fühlte sie sich erleichtert, weil sie mit ihrer Vermutung richtiggelegen hatte. Eric hielt sich tatsächlich in *Le Cloître* auf. Andererseits beschlich sie ein eigenartiges Gefühl. Was machte er hier? Wieso hatte er die ganze Zeit sein Telefon abgestellt? Sie beschloss, ihn nicht danach zu fragen, sondern ihm nur die Warnung zukommen zu lassen, wie sie es sich vorgenommen hatte. Er musste mit Candice Ribanville reden! Das Tagebuch des Moderators durfte nicht länger in Candice' Besitz bleiben.

Danach würde sie Bouviers Anwesen rasch wieder verlassen. Vielleicht einen kleinen Umweg über Deauville einplanen, wo ihre alte Freundin Yvonne eine schöne Villa an der Uferpromenade besaß. Wer weiß, vielleicht würde sie sogar die Nacht dort verbringen und erst morgen zurückfahren? Yvonne war immer zu Hause. Mit ihrer leichten Gehbehinderung verreiste sie nicht mehr. Erst vor wenigen Tagen hatten sie miteinander telefoniert, und Yvonne hatte gemeint, Chantal müsse sie unbedingt mal wieder besuchen. Nun, heute wäre die passende Gelegenheit dazu. Gleich nachher würde sie Yvonne anrufen und ihr Kommen ankündigen.

Kaum saß Chantal wieder im Wagen, öffnete sich geräuschlos das Tor. Wie sie bereits vermutet hatte, ging die Kastanienallee auf der anderen Seite der Mauer weiter. Nach einigen Hundert Metern tauchte links des Weges die alte Klosterkirche auf. Der kleine Vorplatz lag schutzlos im Sonnenlicht. Eine Schar Tauben flog jetzt auf die Kirchturmspitze zu und ließ sich auf dem steilen Schieferdach nieder.

Als Chantal kurz darauf das Kloster erreichte, beschlich sie erneut ein eigenartiges Gefühl. Hellrot leuchtete das steinerne Templerkreuz an der Außenfassade neben der Eingangstür. Die grauen Quadersteine der Außenmauer des Gebäudes wirkten abweisend, verströmten eine diffuse Aura von Gefahr. Neben dem Eingang parkte ein roter Peugeot 407.

Niemand war zu sehen. In einem ersten Impuls war Chantal versucht, sofort zurückzufahren. Doch das ging nicht, das Tor war ja verschlossen!

Nimm dich zusammen, dachte sie. Diese Angst ist doch kindisch und völlig unbegründet ... Wie zur Bestätigung dieser beruhigenden Gedanken traten jetzt Eric, Louis Bouvier und ein anderer älterer Mann, den Chantal nicht kannte, aus der Eingangstür des Klosters. Erics Gestalt hob sich dunkel gegen das helle Sonnenlicht ab. Einige Strahlen fielen in sein blondes Haar. Erneut war Chantal fasziniert von seiner Erscheinung, seiner einmaligen Schönheit. Selbst in diesem Moment konnte sie sich Erics magischer Ausstrahlung nicht entziehen.

Sie brachte den Wagen zum Stehen und ließ das Fahrerfenster herunter. Eric kam mit langsamen Schritten auf sie zu. Die beiden anderen Männer blieben am Eingang stehen.

Chantal lächelte, doch Eric lächelte nicht zurück. Er sagte kein Wort. Sein Gesicht wirkte hermetisch verschlossen. So hatte Chantal ihn noch nie gesehen. Blitzartig schoss ihr der Gedanke durch den Kopf, dass Eric wie eine jener Jünglingsgestalten des Nazi-Bildhauers Arno Breker aussah. Ein grausamer Zug von Unnachgiebigkeit lag um seinen Mund. Härte spiegelte sich in seinen hellen Augen, und sein Blick führte direkt in einen Abgrund.

In diesem Augenblick wusste Chantal, dass der Empfang in *Le Cloître* alles andere als freundlich ausfiel. Im Bruchteil einer Sekunde traf sie die Erkenntnis, dass dies der Beginn eines Alptraums war.

25. KAPITEL

Die beiden Zivilfahrzeuge der Polizei parkten außer Sichtweite der *Maison de Dieu.* Claudine und Brigadier Valdez warteten bereits, als LaBréa und die Ermittlungsrichterin zu ihnen stießen.

Kurz nach fünfzehn Uhr. Die Luft flimmerte. Gleißendes Sonnenlicht fiel auf die Straßenseite, die nicht im Schatten lag. Es war die Seite, wo auch das Waisenhaus stand. Als die kleine Gruppe das Eingangstor erreichte, klebte LaBréa das Lacostehemd bereits am Körper. Es war wie in einer Sauna. Jede Bewegung zog einen Schweißausbruch nach sich.

Das Eingangstor war verschlossen. Brigadier Valdez betätigte den Klingelknopf. Erneut war die Stimme von Pater Francis zu vernehmen. Als er hörte, dass die Polizei vor der Tür stand, sagte er rasch: »Kaplan Coulon macht gerade seine Siesta. Nachmittags um diese Zeit schläft er meistens.«

»Dann wecken Sie ihn auf!«, sagte Claudine. »Und öffnen Sie bitte die Tür, Pater.«

Wenig später betraten die Polizeibeamten und die Ermittlungsrichterin das Waisenhaus. Kurz darauf kam ihnen Kaplan Coulon auf dem Flur entgegen. Er schien höchst aufgebracht. LaBréa ließ ihn gar nicht erst zu Wort kommen und hielt ihm den Durchsuchungsbeschluss unter die Nase.

»Eine richterliche Anordnung auf Durchsuchung Ihrer Einrichtung, Hochwürden.« Er deutete auf die Ermittlungsrichterin. »Ausgestellt von der Ermittlungsrichterin.«

Virginie Allard nickte knapp und sagte zu Coulon: »Wir würden uns gern in Ihrem Büro umsehen und auch einen Blick in die allgemeinen Unterlagen Ihrer Einrichtung werfen. Steuerunterlagen, Bankauszüge, Spendenbelege.«

Unaufhörlich zuckte das Augenlid des Geistlichen. Sein Gesicht war bleich. Immer wieder blickte er Pater Francis an, der das Geschehen wortlos und mit großen Augen verfolgte.

»Leutnant Millot«, fuhr die Ermittlungsrichterin fort. »Sie und Brigadier Valdez nehmen sich die allgemeinen Unterlagen vor. Wo befinden sie sich, Hochwürden?«

Der Kaplan schluckte einige Male und sagte dann: »Mit welcher Begründung dringen Sie hier ein?«

»Wir ermitteln in einem Mordfall«, erwiderte LaBréa. »Sie haben uns belogen und sich dadurch verdächtig gemacht. Wir möchten wissen, warum Sie geleugnet haben, Monsieur Ribanville zu kennen.«

»Sie haben kein Recht, unsere Unterlagen einzusehen. Wir sind eine kirchliche Einrichtung. Ich werde unverzüglich den Erzbischof unterrichten!«

»Tun Sie das, Hochwürden!«, erwiderte LaBréa. »Aber das wird uns nicht davon abhalten, Madame Allards Beschluss umzusetzen. Sie und ich werden einen gründlichen Blick in Ihre persönlichen Unterlagen werfen.« Er wandte sich an Pater Francis. »Bitte führen Sie meine Kollegen in die Verwaltungsräume der *Maison de Dieu*.«

Nach einem kurzen Zögern und einem hilfesuchenden Blick zu seinem Vorgesetzten zuckte Pater Francis resigniert mit den Schultern und bat Claudine und Valdez, ihm zu folgen.

LaBréa gab der Ermittlungsrichterin ein Zeichen, und beide lenkten ihre Schritte Richtung Coulons Büro. Dem Kaplan blieb nichts anderes übrig, als ihnen zu folgen.

Während Virginie Allard sich den Terminkalender des Heimleiters vornahm, begann LaBréa rasch und routiniert mit der Durchsuchung von Coulons Schreibtisch. Dort fand sich neben einigen persönlichen Dingen sein Adressbuch. LaBréa blätterte es durch. Namen und Telefonnummern waren alphabetisch geordnet und mit kleiner, akkurater Handschrift eingetragen. Ribanvilles sämtliche Telefonnummern waren hier verzeichnet, ebenso wie die Telefonnummer des Erzbischofs von Paris. Die meisten anderen Namen kannte LaBrea nicht. Als er weiterblätterte, stieß er unter dem Buchstaben »S« auf einen Eintrag, der ihn stutzen ließ. Er wandte sich an Coulon.

»Sie kennen den *MediaFrance*-Chef Léon Soulier?«, fragte er erstaunt.

Coulon verschränkte die Arme über der Brust.

»Ich werde Ihnen nicht antworten, Commissaire. Ihre Vorgehensweise ist so ungeheuerlich, dass ich darauf bestehe, einen Anwalt anzurufen.«

Die Ermittlungsrichterin hob den Kopf und sagte: »Aber bitte, wir haben nichts dagegen! Rufen Sie einen Anwalt an, wenn Sie wollen!« Sie deutete auf das Telefon.

Bevor Coulon den Hörer abnehmen konnte, kam LaBréa ihm zuvor.

»Moment, Hochwürden!« Er griff nach dem Hörer und drückte die Taste »Wahlwiederholung«. Auf dem Display erschienen die zuletzt gewählten Nummern. LaBréa blätterte sie durch und notierte sie in seinem Notizbuch.

»Bitte, jetzt können Sie telefonieren«, meinte er dann und übergab Coulon den Hörer. Dessen Hand zitterte so stark, dass er ihm beinahe aus der Hand geglitten wäre. Er blätterte im Menü gespeicherter Nummern und drückte schließlich auf die grüne Taste. Doch anscheinend meldete sich niemand, denn nach einer Weile legte Coulon den Hörer wieder auf und strich sich nervös über den kahlen Schädel; offenbar überlegte er fieberhaft. Dann schien er einen Entschluss zu fassen und griff erneut zum Telefon. Er wählte eine Nummer, die er auswendig kannte. Nach einer Weile war die Verbindung hergestellt.

»Pater Thomas?«, sagte er und versuchte, seiner Stimme Festigkeit zu verleihen. »Hier ist Kaplan Coulon. Ich hätte gern mit seiner Eminenz gesprochen. – Ja, es ist eilig. Die Polizei ist in unserer Einrichtung, sie durchsuchen unsere Unterlagen. – Ja, ein richterlicher Beschluss. Ich habe schon versucht, Maître Martial zu erreichen, aber … Ach so? Seine Eminenz hat die Stadt verlassen? Gestern meinte er doch noch … Verstehe, Pater. Nun, da kann man nichts machen. Wiederhören.«

Langsam legte der Kaplan den Hörer auf die Ladestation. Sein Blick streifte durch den Raum und blieb an dem hölzernen Kruzifix an der Schmalseite des Büros hängen. Als ob er nicht anders konnte, faltete er die Hände, als erflehte er sich vom Gekreuzigten die Hilfe, die ihm der Erzbischof nicht geben wollte, da er sich soeben ganz offensichtlich hatte verleugnen lassen.

Ermittlungsrichterin Allard klappte den Terminkalender des Geistlichen zu.

»Auf den ersten Blick nichts Auffälliges«, sagte sie zu LaBréa. »Aber wir nehmen den Kalender mit. Das Adressbuch auch.«

LaBréa stimmte ihr zu. Er fuhr mit der Durchsuchung fort. In einem Regal entdeckte er einige Aktenordner. Sie enthielten Unterlagen über die Chronik der *Maison de Dieu* und eine nach Jahrgängen abgeheftete Namensliste aller Kinder und Jugendlichen, die diese Einrichtung seit ihrer Entstehung durchlaufen hatten. Er setzte sich an Coulons Schreibtisch und blätterte die Akte durch. Die Ermittlungsrichterin gesellte sich zu ihm und blickte ihm über die Schulter. Nach einer Weile schlug LaBréa die Akte zu. Er hatte darin nichts entdeckt, was für die Polizei von Interesse sein konnte.

Claudine und Valdez hatten die Verwaltungsunterlagen der *Maison de Dieu* unter die Lupe genommen und herausgefunden, dass Léon Soulier im vergangenen Jahr ebenfalls eine Großspende an die Einrichtung überwiesen hatte. Es handelte sich um die Summe von zweiundzwanzigtausend Euro. Das Geld war ordentlich verbucht worden, der Spender bekam eine Spendenquittung fürs Finanzamt. Alles schien seine Ordnung zu haben, nichts Illegales konnte festgestellt werden. Die Buchhaltungsunterlagen des Waisenhauses wurden ordentlich und offenbar umfassend geführt.

Es war vielmehr die Verbindung zwischen den Personen, die LaBréa eigenartig fand.

Léon Soulier – Yves Ribanville – Kaplan Paul Coulon.

Alle Indizien ließen darauf schließen, dass es zwischen diesen drei Männern regelmäßige Kontakte gegeben haben musste. Der Medienmogul war ein Freund des ermordeten Yves Ribanville. Beide hatten der *Maison de Dieu* große Summen gespendet. Doch nichts wies eindeutig darauf hin, dass Kaplan Coulon etwas mit dem Mord an Ribanville zu tun hatte. Diese Erkenntnis war für LaBréa frustrierend, bedeutete sie doch, dass er in den Ermittlungen keinen Schritt weitergekommen war. Eine erneute Vernehmung des Kaplans erübrigte sich daher. Zusammen mit seinen Kollegen und der Ermittlungsrichterin verließ er das Waisenhaus.

Auf dem Weg zum Wagen fragte er Claudine: »Hat Jean-Marc schon was von sich hören lassen?«

»Nein, Chef. Der meldet sich aber auch erst, wenn er irgendwas Wichtiges zutage gefördert hat. Sonst riskiert er seine Tarnung.«

Hauptmann Franck Zechira war es endlich gelungen, Kontakt mit der nigerianischen Putzfrau aufzunehmen. Auf dem Weg ins Hotel Ritz, wo er sich die Liste der Hotelgäste ansehen und ihre An-und Abreisedaten überprüfen wollte, hatte ihn die Frau angerufen. Sie habe seine Nachrichten erhalten, sei aber erst jetzt von einem Besuch bei ihrer Schwester in der Banlieue Nord zurückgekehrt. Gestern und am heutigen Feiertag arbeitete sie nicht und konnte sich gerne mit ihm in einem kleinen Café im Zwölften Arondissement treffen. Es lag ganz in der Nähe ihrer Wohnung.

Am Mittag hatte Franck versucht, Dr. Messier, einen Gutachter und Psychologen zu erreichen. Er hatte kein Glück. Die erneute Vernehmung des Clochards musste warten. Laut gesetzlicher Vorschrift konnte die Polizei einen Verdächtigen achtundvierzig Stunden in Gewahrsam halten, bevor er einem Richter vorgeführt werden musste, der über das weitere Vorgehen entschied. Im Fall von Nick Sabatier war diese Frist noch längst nicht abgelaufen.

Das kleine Café *Atalante* befand sich direkt am Boulevard Diderot, der am heutigen Feiertag wie ausgestorben wirkte. Ein Wunder, dass das Café überhaupt geöffnet hatte. Doch die Putzfrau war sich dessen offenbar sicher gewesen, deshalb hatte sie Franck auch hierher bestellt.

Als Franck das Café betrat, wartete sie bereits auf ihn. Sie war eine etwa dreißigjährige Frau namens Myriam Oudoungo. Ihre dunkle Haut war übersät mit Aknepusteln. Dies trübte den Gesamteindruck ihres Gesichtes mit den ebenmäßigen Zügen und den sanften, großen Augen, die treuherzig und ohne Argwohn in die Welt blickten. Franck begrüßte sie, bestellte für beide eine Limonade mit Eis und kam ohne Umschweife auf das Wesentliche zu sprechen.

»Sie haben in der Nacht vom 13. auf den 14. August im Ritz als Putzfrau gearbeitet. Die Hausdame sagte mir, Sie hätten das Hotel kurz vor elf Uhr verlassen.«

»Das ist richtig, Monsieur.« Sie sprach ein beinahe akzentfreies Französisch. »Ich bin gleich zur Métro Concorde gegangen und nach Hause gefahren.«

»Haben Sie im Zeitraum zwischen halb elf und kurz vor elf in der Herrentoilette beim *Salon d'Été* gearbeitet?«

»Nein. Dort war ich viel früher. Am Abend, so gegen sieben. Ich habe gründlich saubergemacht und bin dann auf den anderen Stockwerken gewesen.«

»Ist Ihnen zu dem Zeitpunkt in der Toilette irgendwas aufgefallen? Jemand, der sich dort aufhielt?«

»Nein. Ich bin niemandem begegnet.«

»Und später? Waren Sie da nochmal auf dem Flur, der zur Herrentoilette führt?«

»Nein, warum sollte ich? Ich hatte sie ja schon saubergemacht und wusste, dass am Abend eine große Gesellschaft erwartet wird.«

»Schildern Sie mir bitte genau, welchen Weg Sie genommen haben, als Sie das Hotel nach der Arbeit verließen.«

Die junge Frau überlegte einen Augenblick.

»Ich habe meinen Gerätewagen in die Abstellkammer geschoben. Die ist gleich hinter der Hotelhalle. Dann bin ich in die Personalgarderobe gegangen und hab mich umgezogen.«

»Wo befindet sich diese Garderobe?«

»Auch im Erdgeschoss. In einem Seitengang in der Nähe der Hemmingway-Bar.«

»Und dann?«

»Dann habe ich das Hotel verlassen. Durch den Angestellteneingang in der Rue des Capucines.« Sie zögerte einen Moment. »An der Tür bin ich gestolpert und beinahe hingefallen. Ein sehr netter Mann hat mir geholfen und mich in letzter Minute aufgefangen.«

»Ein Mann? Jemand aus dem Hotel?«

»Nein, den kannte ich nicht. Er hat mich gefragt, ob das der Lieferanteneingang ist. Er musste irgendwas liefern, für die Party des Quizmasters.«

Franck wurde hellhörig.

»Für die Party des Quizmasters? Die war doch schon in vollem Gange, als Sie das Hotel verlassen haben!«

Myriam Oudoungo starrte ihn mit großen Augen an.

»Ja, das stimmt. Daran hab ich in dem Moment gar nicht gedacht.«

»Betrat der Mann dann durch den Angestellteneingang das Hotel?«

»Ja. Er sagte noch, er kennt sich aus.«

War das der Clochard?, dachte Franck. Hatte er sich zum Nebeneingang geschlichen und war auf diese Weise ins Hotel gelangt?

»Wie sah der Mann aus?«

Die Beschreibung, die die Frau ihm lieferte, traf nicht im Geringsten auf Nick Sabatier zu. Im Gegenteil – sie hätte nicht unterschiedlicher sein können.

Franck war wie vom Donner gerührt. Er kannte den Mann, der gegen elf Uhr in der Mordnacht durch den Lieferanteneingang des Hotels geschlüpft war. Plötzlich hatte er es eilig, die Zeugin loszuwerden. Er dankte ihr, erklärte, dass sie ihre Aussage später auf dem Polizeipräsidium wiederholen und unterschreiben müsse, und verließ rasch das Café.

Auf dem Weg zum Wagen, der an der nächsten Straßenecke stand, wählte er LaBréas Handynummer. Sein Chef befand sich soeben auf dem Weg zum Quai des Orfèvres. Franck berichtete ihm von der Aussage der Zeugin.

»Sieht so aus, als hätten wir eine heiße Spur, was Ribanvilles Mörder angeht«, bemerkte LaBréa, und Franck hörte die Erregung in der Stimme seines Chefs. »Glücklicherweise sitzt die Ermittlungsrichterin neben mir. Da können wir die Formalitäten schnell erledigen.«

Jean-Marc erwachte mit rasenden Schmerzen. Er spürte jede Faser seines Körpers. Um ihn herum herrschte absolute Dunkelheit. Er lag bäuchlings auf der nackten Erde, im Staub. Als er den rechten Arm bewegte, um sich aufzurichten, stieß er einen Schmerzensschrei aus und brach zusammen. Seine Haare klebten am Kopf, der Geruch von Blut lag in der Luft.

Stöhnend versuchte Jean-Marc erneut, sich aufzurichten. Was war passiert? Wo befand er sich? Wie war er hierhergekommen?

Filmriss.

Die letzte Erinnerung war die an ein Glas Champagner, das er mit Lachmöwe und Delphin getrunken hatte. Champagner … Was hatten sie ihm da reingeschüttet? Und wo hatten sie ihn anschließend hingebracht?

Verzweifelt versuchte er, sich das Geschehen danach ins Gedächtnis zu rufen. Es gelang ihm nicht. Jetzt galt es, einen kühlen Kopf zu behalten. Jean-Marcs Überlebensinstinkt war geweckt. Er wusste nicht, welche Verletzungen er davongetragen hatte. Zweifellos war er von den beiden Männern brutal zusammengeschlagen worden. Möglicherweise hatten sie ihm etwas gebrochen. Jeder Atemzug tat höllisch weh.

Erneut versuchte er, seinen Arm zu bewegen. Wo war das Handy? Hatte er es in die Hosentasche gesteckt? Er wusste es nicht. Jede Bewegung ließ eine Feuerwalze über ihn hinwegrollen. Dennoch gelang es Jean-Marc nach einer

Weile, sich auf die Seite zu drehen und die rechte Hosentasche abzutasten.

Nichts.

Natürlich – sie hatten ihm das Handy abgenommen.

Und dann? Was war danach geschehen? Seine Gedanken kreisten um ein dunkles Loch, das sich immer weiter zu öffnen schien, aber nichts preisgab.

Wie spät mochte es sein?

Seine Uhr mit dem Stahlarmband am linken Handgelenk war ebenfalls verschwunden.

Vor Erschöpfung und Schmerzen brach Jean-Marc erneut zusammen. Einige Minuten lag er so da, das Gesicht auf der Erde. Der staubige Boden roch nach Unrat und altem Motorenöl.

Ich darf hier nicht liegen bleiben!, dachte Jean-Marc voller Verzweiflung. Panik stieg in ihm hoch. Ihr durfte er sich keinesfalls ausliefern, sonst war er verloren.

Irgendwo musste es hier einen Ausgang geben.

Erneut richtete er sich ein Stück auf. Mit zusammengebissenen Zähnen wartete er, bis die Welle aus Schmerz abgeklungen war. Langsam drehte er seinen Körper in alle Richtungen.

Etwas weiter entfernt erkannte er plötzlich einen schmalen Lichtstreifen. Eine Tür, die ins Freie führte? Minutenlang starrte er auf die Stelle. Ja, das sah aus wie ein Türspalt, durch den Tageslicht fiel. Jean-Marc versuchte, die Entfernung abzuschätzen. Wenn er all seine Kraft bündelte und den Schmerz zurückdrängte, konnte er es schaffen.

Eine Tür. Was, wenn sie verschlossen war?

Jean-Marc ließ sich zurück auf den Boden gleiten. Eine ganze Weile lag er so da, um sich von den Anstrengungen zu erholen. Den rechten Arm spürte er kaum noch. Wahrscheinlich war er gebrochen. Hinzu kamen jetzt starke Kopfschmerzen. Sie hämmerten in seinen Schläfen und vernebelten jeden Gedanken.

Langsam begann Jean-Marc, sich auf dem Bauch liegend vorwärtszurobben. Jede Bewegung war eine Pein. Nur zentimeterweise kam er voran. Den Blick starr auf den Lichtspalt gerichtet, dachte er plötzlich an den Film mit Grace Kelly und James Stewart. Vor einigen Wochen war er im Fernsehen wiederholt worden.

Das Fenster zum Hof.

Der Lichtspalt unter der Tür, der plötzlich verschwand …

Keuchend hielt Jean-Marc inne, zwang sich jedoch sofort, weiterzukriechen, auf den Lichtschein zu, der keineswegs verschwand, sondern langsam näher rückte.

Es war tatsächlich eine Tür. Der Spalt an der Unterseite mochte mehrere Zentimeter hoch sein. Mühsam hob Jean-Marc die linke Hand und ertastete das grobe Holz des Türrahmens.

Er wollte sich aufrichten, sehen, ob es eine Klinke gab. Doch als er seinen Körper nach oben zwang, schrie er erneut vor Schmerz auf und fiel zurück. Mit letzter verzweifelter Kraft schob er seine Hand nach vorn, bis seine Finger unter dem Türspalt lagen.

Dann verlor er erneut das Bewusstsein.

26. KAPITEL

Die Rue Chaptal im Neunten Arrondissement war eine ruhige Einbahnstraße in einer bürgerlichen Wohngegend. Es gab eine École Primaire für die Kinder des Viertels, und das Restaurant *Annexe* bot eine gute und preiswerte Küche.

Franck parkte den Wagen in einiger Entfernung zur Hausnummer sieben. Er, LaBréa und Claudine gingen auf den Hauseingang zu. Eine unscheinbare Tür mit roter, verblasster Farbe. Es gab keinen Türcode, aber ein Klingelschild mit den Namen der acht Wohnparteien. Claudine betätigte einen der Klingelknöpfe, und kurz darauf ertönte die Stimme einer Frau.

»Ja bitte?«

»Polizei«, sagte Claudine. »Bitte öffnen Sie die Tür.«

Ein dunkles Treppenhaus führte zu der Wohnung im zweiten Stock. Eine etwa fünfunddreißigjährige Frau stand im Türrahmen, als die Beamten oben ankamen.

»Véra Marchand?«, fragte LaBréa und zeigte seinen Dienstausweis. Die Frau nickte. »Ich bin Commissaire LaBréa von der Brigade Criminelle.« Er deutete auf Claudine und Franck. »Meine Kollegen kennen Sie ja bereits. Ist Michel Delpierre zu Hause?«

Véra Marchand schluckte, und ein Ausdruck von Bestürzung überzog ihr Gesicht wie eine zweite Haut. Ihr Blick flackerte unruhig. Sie wirkte nervös und verunsichert.

»Er ist kurz zur Gare St. Lazare gefahren. Eine Zeitung holen. Worum geht es denn?«

»Ich glaube, Sie wissen sehr gut, worum es geht, Madame«, erwiderte LaBréa ruhig. »Schließlich haben Sie Ihrem Freund ja ein falsches Alibi verschafft, oder nicht? Dürfen wir reinkommen?«

Die Frau trat zögernd zur Seite, um die drei in die Wohnung zu lassen. Dort zeigte Franck ihr den Durchsuchungsbeschluss der Ermittlungsrichterin und sagte: »Wir nutzen die Zeit, bis Monsieur Delpierre zurückkommt, und werden uns mal ein bisschen umsehen.«

Er gab Claudine einen Wink, und die beiden anderen begannen mit der Durchsuchung der Wohnung. Véra Marchand wollte protestieren, doch LaBréa ergriff ihren Arm.

»Kommen Sie, Madame, wir beide setzen uns, und dann erzählen Sie mir, warum Sie uns belogen haben.«

Véra Marchand schien durch den Besuch der Polizei wie gelähmt. Sie führte LaBréa in die Küche, einen hellen und freundlichen Raum. Beide nahmen am Tisch Platz.

»Es geht um die Nacht vom dreizehnten auf den vierzehnten August. Die Nacht, in der der Chef Ihres Freundes auf der Herrentoilette des Ritz ermordet wurde. Sie haben uns gesagt, Michel Delpierre wäre so gegen halb elf zu Ihnen nach Hause gekommen und danach nicht mehr weggegangen.«

Die Frau schwieg und betrachtete nervös ihre Fingernägel.

»Er ist in jener Nacht aber doch nochmal weg gewesen«, fuhr LaBréa fort. »Oder nach der Jubiläumssendung gar nicht erst heimgekommen. Er wurde nämlich gegen dreiundzwanzig Uhr am Lieferanteneingang des Ritz gesehen, als er das Hotel betrat.«

Véra Marchand schüttelte den Kopf. Eine Geste der Verzweiflung. Sie wusste offensichtlich nicht, was sie sagen sollte. LaBréa beugte sich vor.

»Warum hat er Sie gebeten, ihm ein falsches Alibi zu geben?«

Erneut schluckte Véra Marchand und rang um Fassung. In ihren Augen glitzerten jetzt Tränen, und sie begann zu weinen.

»Fragen sie ihn selbst«, sagte sie mit erstickter Stimme. »Es ist alles ganz anders, als Sie denken!«

»Wir denken gar nichts«, sagte LaBréa leise. »Wir ermitteln in einem Mordfall, und da ist Ihr Freund für uns der Verdächtige Nummer eins.« Er machte eine Pause und sah sein Gegenüber prüfend an. Immer noch weinte die Frau.

»Wie lange kennen Sie Michel Delpierre schon?«

»Wir sind seit zwei Jahren zusammen.« Véra Marchand schniefte, stand auf, ging zur Anrichte und riss ein Stück von der Küchenpapierrolle ab. Sie schnäuzte sich und ließ sich wieder auf ihren Stuhl gleiten. »Er ist der sanfteste und fürsorglichste Mann, den man sich vorstellen kann.«

LaBréa nickte.

»Das glaube ich gern, Madame Marchand. Das eine hat aber mit dem anderen nichts zu tun.« Sein Blick ruhte unverwandt auf der Frau. »Haben Sie gewusst, dass er in der besagten Nacht im Ritz war?«

Erneut schüttelte die Frau vage den Kopf. Dies konnte alles bedeuten. Zustimmmung, Verneinung, Nichtwissen.

Claudine betrat jetzt die Küche. Sie sagte nichts. In der rechten Hand hielt sie eine blonde Langhaarperücke, die sie leicht hin- und herschwenkte.

»Das war im Kleiderschrank, Chef«, sagte sie.

»Na bitte.« LaBréa lehnte sich zurück und warf Véra Marchand einen Blick zu. Die Frau begann erneut zu schluchzen.

In diesem Moment hörte man das Geräusch des Schlüssels an der Wohnungstür.

»Chérie? Ich bin wieder da«, ertönte die Stimme von Michel Delpierre. »Mit den Parkplätzen bei uns wird es immer schlimmer. Ich bin dreimal …«

Jetzt stand er mit einer Zeitung unterm Arm in der Küchentür, und seine Stimme brach jäh ab. Michel Delpierres Blick wanderte von der Perücke in Claudines Hand weiter zu LaBréa und blieb bei Véra hängen, die jetzt die Hände vors Gesicht schlug und immer heftiger schluchzte. Mit zwei Schritten war Delpierre bei ihr, beugte sich zu ihr und legte ihr den Arm um die Schultern.

»Es wird alles gut, Chérie«, flüsterte er. »Mach dir keine Sorgen. Ich bin froh, dass es vorbei ist.« Sanft drückte er seine Lippen auf ihr Haar. »Ich liebe dich, Véra«, fügte er leise hinzu. »Mehr als alles andere auf der Welt.«

Dann straffte er seine Gestalt. Noch einmal streiften seine Augen flüchtig die blonde Perücke, dann sagte er zu LaBréa: »Ich wusste, dass dieser Augenblick kommen würde. Wir können gehen, Commissaire.«

LaBréa tauschte einen erstaunten Blick mit Claudine und Franck, der inzwischen ebenfalls in die Küche getreten war. Das Verhalten Delpierres kam einem Geständnis gleich.

LaBréa war verblüfft, wie schnell der Mordfall Ribanville eine Wende genommen hatte.

Wenig später verließen die Beamten und Michel Delpierre das Haus Nummer sieben.

Es war später Nachmittag. Die Rue Chaptal lag bereits im Schatten. Sie war menschenleer. Vor der École Primaire hatte der Asphalt auf dem Bürgersteig Blasen geschlagen. Versehentlich trat LaBréa auf die Stelle, und sein Schuh blieb kleben. Mit einer raschen Bewegung befreite LaBréa sich, doch die zähe Masse verschwand erst nach einigen Schritten von seiner Schuhsohle.

Innerhalb der nächsten beiden Stunden überstürzten sich die Ereignisse. Zunächst wurden zwei verschiedene Gegenüberstellungen organisiert. Die nigerianische Putzfrau vom Hotel Ritz erkannte Michel Delpierre zweifelsfrei als denjenigen, der in der Mordnacht um dreiundzwanzig Uhr das Hotel durch den Lieferanteneingang betreten hatte.

Nick Sabatier hingegen war sich nicht so sicher. Durch die verspiegelte Scheibe betrachtete er die sechs jungen Männer mit blonder Perücke, unter ihnen Michel Delpierre. Alle trugen Jeans und ein neutrales T-Shirt. Auf den ersten Blick war nicht zu erkennen, dass es Männer waren.

»Ich kann es nicht genau sagen«, meinte der Clochard und wurde zunehmend nervöser. »Es ging ja so schnell! Blitzschnell war die Frau verschwunden!« Er deutete auf die Gestalten. »Jede von denen könnte es gewesen sein.«

»Schauen Sie genau hin, Monsieur«, sagte LaBréa geduldig.

»Das tu ich, Commissaire.«

Doch eine eindeutige Identifizierung wollte Nick nicht gelingen. Ungeachtet dessen war durch die Zeugenaussage der Putzfrau bewiesen, dass Michel Delpierre sich in der Mordnacht kurz vor der Tat ins Hotel begeben hatte. La-Bréa ordnete die sofortige Freilassung von Nick Sabatier an. Dem Clochard wurde sein Gewinn ausgehändigt. Dann brachte Brigadier Valdez ihn mit einem Zivilfahrzeug zum Parc de Belleville, wo er sein Lager wieder am angestammten Platz aufschlagen wollte.

»Fripou, komm her! Wo willst du denn hin?«

Der Hund, eine undefinierbare Promenadenmischung, raste davon. An der nächsten Ecke war er verschwunden. Seine Besitzerin, die Rentnerin Claire-Lise Fénin, rief ihn zurück, doch umsonst. Mit energischen Schritten folgte sie ihm. Mit ihren beinahe siebzig Jahren war sie ausgesprochen rüstig und flink auf den Beinen. Die täglichen Spaziergänge mit ihrem Hund hielten sie fit. Bei Wind und Wetter führte sie Fripou Gassi, und auch die Hitze der letzten Wochen hatte ihr wenig ausgemacht. Gegen die heißen Temperaturen wappnete sie sich regelmäßig mit einer großen Wasserflasche. Als Schutz gegen die Sonne trug sie einen alten Strohhut. Er stammte aus dem Nachlass ihres älteren Bruders Gérard, der vor zwei Jahren verstorben war. Bis dahin hatten die Geschwister, die beide unverheiratet geblieben waren, in der kleinen Wohnung in der Rue de Saussure zusammen gewohnt. Nach Gérards Tod wurde Claire-Lise das Alleinsein bald zur unerträglichen Last. Die Anschaffung von Fripou, den sie vor der lebenslangen Gefangenschaft im Tierheim rettete, löste das

Problem zwar nicht ganz, aber doch teilweise. Fripou war ein gutmütiges, geselliges Tier, ihr treu ergeben und normalerweise absolut gehorsam. Was war bloß heute mit ihm los?

Erneut rief Claire-Lise seinen Namen. Von dem Hund keine Spur. Claire-Lise trank im Gehen einen Schluck Wasser aus der Plastikflasche und erreichte die Ecke Boulevard Pereire Nord. Dort gab es eine verlassene Tankstelle und ein Backsteingebäude, das früher als Autoreparaturwerkstatt gedient hatte. Die Werkstatt war längst geschlossen, und die Zapfsäulen der alten Tankstelle waren mit Graffiti beschmiert.

Claire-Lisa blickte sich suchend um. Das Spätnachmittagslicht flirrte auf dem Asphalt. Das Werkstattgebäude warf einen Schatten dorthin, wo sich das Eingangstor befand. Fripou stand mit gespreizten Vorderpfoten davor und bellte wie wahnsinnig.

»Fripou, was ist denn los?«, rief Claire-Lise und steuerte auf die Werkstatt zu. Der Hund rührte sich nicht vom Fleck, sondern blickte nur aufgeregt sein Frauchen an und bellte weiter.

»Ganz ruhig, Fripou«, sagte Claire-Lise mit energischer Stimme. »Was hast du denn?«

Ihr Blick fiel nach unten auf den Spalt unter dem Tor. Unwillkürlich trat sie einen Schritt zurück und umklammerte die Wasserflasche. Das Herz klopfte ihr plötzlich bis zum Hals.

Unter der Tür sah sie fünf Finger einer Hand. Sie war groß, verschmutzt und blutbeschmiert, und plötzlich bewegte sie sich.

Claire-Lise riss den Hund zurück, der wie auf Knopfdruck aufgehört hatte zu bellen. Eine unheimliche Stille lag über dem alten Tankstellengelände. Sie wurde nur unterbrochen durch das Geräusch eines vorbeifahrenden Zuges am nahe gelegenen Bahnhof Pont Cardinet. Claire-Lise starrte auf die Hand unter dem Torschlitz. Erneut bewegte sie sich. Jetzt hörte sie hinter der Tür ein leises Stöhnen.

»Ist da jemand?«, fragte Claire-Lise laut und erschrak beim Klang ihrer Stimme.

Niemand antwortete. Doch erneut war das Stöhnen zu hören, und die Finger bewegten sich jetzt schneller als zuvor, ein Flehen um Hilfe und letzte Rettung.

Rasch nahm Claire-Lise ihren Hund an die Leine, machte auf dem Absatz kehrt und rannte mit Fripou und der Wasserflasche im Arm davon. Sie besaß kein Handy. Aber in ihrer Wohnung stand ein Telefon, und bis nach Hause war es nicht weit.

Die Vernehmungszimmer am Quai des Orfèvres glichen einander wie ein Ei dem anderen. Klein, stickig und ohne Tageslicht waren dies Räumlichkeiten, in denen LaBréa sich nur ungern aufhielt. Doch es war üblich, einen Mordverdächtigen hier zu vernehmen. Im Raum gab es Tonbänder und Mikrofoninstallationen, und aus bestimmten Vernehmungszimmern konnten die Gespräche in angrenzende Räume übertragen werden. Dort saßen dann gewöhnlich der Ermittlungsrichter, und, in besonderen Fällen, auch Direktor Thibon.

Wie zum Beispiel heute. Roland Thibon hatte die Nachricht von der Verhaftung Michel Delpierres auf der Mailbox seines Handys vorgefunden. Innerhalb einer Viertelstunde traf er im Präsidium ein, wo er sich gegenüber der jungen Ermittlungsrichterin Allard äußerst charmant zeigte. Nun saßen die beiden hinter der verspiegelten Scheibe neben Raum drei und wohnten LaBréas Vernehmung bei. Dieser hatte, zusammen mit Claudine, dem Assistenten des ermordeten Moderators Ribanville gegenüber Platz genommen. Der junge Mann wirkte blass, aber relativ gefasst. Dass die Polizei ihn verhaftet hatte, schien ihn nicht in Unruhe oder Panik zu versetzen. Im Gegenteil: Aus seinem Verhalten konnte LaBréa schließen, dass er sich geradezu wie befreit fühlte.

Das Tonband war eingeschaltet. Nach den üblichen Formalitäten wie Nennung des heutigen Datums, der Anwesenden und Grund der Vernehmung begann LaBréa mit den Fragen.

»Sie haben vorhin bereits zugegeben, in der Nacht vom dreizehnten auf den vierzehnten August um dreiundzwanzig Uhr das Hotel Ritz durch den Lieferanteneingang betreten zu haben. Bleiben Sie bei dieser Aussage?«

»Ja.«

»Was wollten Sie im Hotel?«

»Ich wollte meinen Chef, Yves Ribanville, töten.«

»Sie gingen dann auf die Herrentoilette beim *Salon d'Été*. Woher wussten Sie, dass Sie Monsieur Ribanville wenig später dort antreffen würden?«

»Weil er in letzter Zeit sehr häufig und in regelmäßigen Abständen zur Toilette ging.«

LaBréa tauschte einen Blick mit Claudine. Diese sagte: »Wussten Sie von seiner Blasenentzündung?«

Der junge Mann nickte und strich sich mit der Hand über das kurzgeschnittene Haar.

»Ja. Er hat es mir vor einigen Tagen erzählt.«

»Haben Sie da den Entschluss gefasst, ihn zu töten?«, fragte LaBréa.

»Nein, Commissaire.« Michel Delpierre lächelte ein verlorenes, beinahe wehmütiges Lächeln. »Das stand für mich schon lange fest. Ich habe nur auf eine passende Gelegenheit gewartet.«

»Und die schien sich an dem Abend der Party zu bieten?«

»Ja, genau.«

»Sie haben sich ein falsches Alibi besorgt und sind ins Hotel geschlichen. Mit einer Perücke als Frau verkleidet, haben sie Ihrem Opfer auf der Toilette aufgelauert. Woher hatten Sie die Tatwaffe, den Hammer?«

»Der lag bei uns in der Rue Chaptal im Keller. Vermutlich hatten unsere Vormieter ihn dort vergessen.«

»Was haben Sie nach dem Mord mit dem Hammer gemacht?«

»Ich habe ihn vom Pont Royal in die Seine geworfen.«

Claudine machte sich eine Notiz. Später würden die Taucher der Wasserschutzpolizei an dieser Stelle nach der Tatwaffe suchen.

»Schildern Sie uns doch bitte ganz genau, was passiert ist, nachdem Sie die nigerianische Putzfrau getroffen hatten und ins Hotel gelangt waren.« LaBréa verschränkte die Arme vor der Brust und blickte verstohlen zur verspiegelten Scheibe. Er wusste, dass Madame Allard und der Schöngeist im Raum nebenan das Geschehen verfolgten.

Michel Delpierre zögerte nicht lange.

Nachdem er durch den Lieferanteneingang ins Hotel gelangt war, hatte er darauf geachtet, dass ihn niemand mehr entdeckte. Einmal konnte er in letzter Sekunde noch rasch in eine Wäschekammer schlüpfen, als zwei Zimmermädchen über den Flur kamen. Aufgrund der Vorbereitungen für die Party zur Jubiläumssendung, die er organisiert hatte, kannte er sich im Hotel bestens aus. Er wusste, wo die Toiletten beim *Salon d'Été* lagen, und dass sie an dem Abend nur von den geladenen Gästen benutzt wurden. Den Hammer und die Blondhaarperücke hatte er in einer Umhängetasche verstaut. Wenige Minuten, nachdem er durch den Lieferanteneingang gekommen war, betrat er die Toilette, versteckte sich in der ersten Kabine und zog die Perücke mit den langen, blonden Haaren über den Kopf. Mit dem Hammer in der Hand wartete er etwa fünf Minuten, dann wurde die Eingangstür geöffnet. Durch einen Spalt in der Kabinentür erkannte Michel den Moderator. Er trat zum Urinal und öffnete den Reißverschluss seiner Hose. Leise und rasch schlüpfte Delpierre aus der Kabinentür. Ribanville hörte ihn nicht, und Delpierre stürzte sich auf sein Opfer.

»Wo trafen Sie ihn mit dem Hammer?«

»Zuerst am Hinterkopf. Ribanville war vollkommen überrascht«, sagte der junge Mann gelassen. LaBréa wunderte sich, wie unberührt der Mörder das Geschehen schilderte.

»Und dann?«

»Er ging sofort zu Boden. Ich hab nochmal zugeschlagen, aber da war schon alles voller Blut. In dem Moment hörte ich draußen vor der Tür laute Schritte. Ich lief sofort in die Kabine zurück, schloss die Tür und hielt den Atem an. Durch den Türspalt sah ich, wie der Clochard aus unserer Sendung reinkam. Er war ziemlich erschrocken, als er Ribanville daliegen sah. Dann ging er zu ihm hin und bückte sich kurz. Da hab ich mich entschieden, sofort das Weite zu suchen. Ich nahm den Hammer und meine Umhängetasche und lief los.«

»Hat der Clochard Sie gesehen, als Sie rausliefen?«

»Das nehme ich an. Und mir war klar, dass er sofort Alarm schlagen würde!«

LaBréa lächelte.

»Nun, das hat er nicht, Monsieur. Er ist kurz darauf aus dem Hotel geflüchtet, so wie Sie auch.«

Michel Delpierre starrte LaBréa einen Moment an, dann fuhr er in seiner Schilderung der Ereignisse fort. Kaum hatte er die Toilette verlassen, riss er sich die Perücke vom Kopf und rannte zu dem Flur, der zum Lieferantenausgang führte.

»Sind Sie da noch jemandem begegnet, Monsieur Delpierre?«

»Nein. Ich hatte Glück. Von der Rue des Capucines bin ich direkt durch die Tuilerien zur Seine und habe den Hammer ins Wasser geworfen.«

»Aber die Perücke haben Sie mit nach Hause genommen. Warum?«

»Sie wäre ja nicht untergegangen, sondern auf der Wasseroberfläche getrieben. Außerdem – ich konnte ja nicht ahnen …« Er brach ab und zuckte mit den Schultern.

»Und dann? Was haben Sie anschließend gemacht?«, fragte Claudine.

»Dann bin ich zu meinem Wagen gelaufen, den ich vorsorglich in der Nähe des Ufers geparkt hatte, und fuhr nach Hause.«

»Zu Ihrer Freundin«, sagte LaBréa nachdenklich. »Die Ihnen danach ein falsches Alibi geliefert hat. Warum hat sie das Risiko einer Falschaussage auf sich genommen und Sie gedeckt?«

Michel Delpierre atmete tief durch und blickte LaBréa geradewegs in die Augen.

»Weil sie gewusst hat, warum ich es getan habe. Warum ich es tun *musste*!«

»Damit wären wir bei dem Motiv für Ihre Tat, Monsieur Delpierre. Warum haben Sie Yves Ribanville ermordet?«

»Das ist eine lange Geschichte, Commissaire.« Ein gequältes Lächeln huschte über das Gesicht des Assistenten, verschwand jedoch sogleich wieder. »Wenn ich sie Ihnen erzähle, werden Sie mich vielleicht besser verstehen.«

Zunächst begann er etwas stockend. Dann sprudelten die Worte aus ihm heraus, als müsste er sich von einer schweren Last befreien.

Was er erzählte, war so ungeheuerlich, dass niemand, der ihm zuhörte, es zunächst glauben konnte. Doch als Michel Delpierre seinen Bericht beendet hatte, sah LaBréa endlich klar. Alles griff plötzlich ineinander. Ein Tor hatte sich sperrangelweit geöffnet, und dahinter lag die Wahrheit ausgebreitet wie ein großes, detailliertes Gemälde.

Ein Gemälde, das in einen Abgrund führte und in dem auch das Kontefei von Kaplan Coulon zu erkennen war.

27. KAPITEL

Eine Viertelstunde später führte ein Uniformierter den Mörder des Quizmasters in eine Arrestzelle. Das Geständnis des Assistenten erforderte rasches Handeln. Kaplan Coulon wurde verhaftet und in Handschellen aus der *Maison de Dieu* ins Polizeipräsidium gebracht. Als LaBréa ihn vernahm, schwieg er. Sosehr LaBréa und Franck ihm auch zusetzten, zu den ungeheuerlichen Vorwürfen, mit denen Coulon konfrontiert wurde, sagte er kein Wort. Er würde achtundvierzig Stunden in Gewahrsam bleiben. Genug Zeit, sich über die Lage, in der er sich befand, Gedanken zu machen.

LaBréa hatte Johan Schlick von der SoKo *Lilliput* ersucht, sich unbedingt mit Jean-Marc in Verbindung zu setzen. Für die geplante Aktion der Polizei wurde er dringend gebraucht. Doch Schlick hatte LaBréa klargemacht, dass er keine Möglichkeit besaß, Jean-Marc zu kontaktieren. Es war vereinbart, dass sich der Paradiesvogel spätestens morgen melden sollte, möglichst von einem öffentlichen Fernsprecher aus.

In LaBréas Büro begann am frühen Abend eine Talkrunde, an der auch Ermittlungsrichterin Allard und der Schöngeist teilnahmen. Während die Ermittlungsrichterin entschlossen war, einen Durchsuchungsbeschluss auszustellen und die von LaBréa vorgeschlagene Überraschungsaktion ausdrücklich befürwortete, äußerte Roland Thibon Bedenken.

»Dieser Schlag kann nach hinten losgehen, LaBréa. Wer sagt uns, dass die Angaben dieses Assistenten wirklich der Wahrheit entsprechen?«

»Weil sich hier der Kreis schließt, Monsieur. Michel Delpierres Motiv ist schlüssig, und die Rolle von Kaplan Coulon dürfte wohl klar sein. Die hohen Geldspenden von Ribanville und Soulier, das alles lässt auf ein perfides und ausgeklügeltes Komplott schließen.«

»Michel Delpierre hat schon vor einiger Zeit herausgefunden, dass Yves Ribanville und Ex-Staatssekretär Kahn sich aus Nantes kannten«, fügte Franck hinzu. »Und Ex-Konsul Louis Bouvier ist Kahns Nachbar.«

Thibon wiegte skeptisch den Kopf.

»Ich weiß nicht ... zwei alte Männer in einem Dorf in der Normandie ... honorige Männer, wohlgemerkt! Menschen mit Reputation, LaBréa. Ehemalige hohe Staatsdiener! Und vergessen Sie nicht, Kaplan Coulon hat einen direkten Draht zum Erzbischof!«

»Der wird sich ganz schnell von Coulon distanzieren, wenn er die Wahrheit erfährt«, warf die Ermittlungsrichterin vehement ein. »Monsieur Thibon – diskutieren wir hier nicht lange herum. Je eher wir handeln, desto besser.«

»Ich will keinen Ärger auf der politischen Ebene, und der könnte mit Wucht über uns hereinbrechen. Handfeste Beweise für Delpierres Behauptungen haben wir bisher schließlich nicht.«

»Aber genügend Hinweise!« LaBréa war fassungslos angesichts der Zögerlichkeit seines Vorgesetzten. Natürlich lag es auf der Hand, warum Thibon die geplante Aktion möglichst verhindern wollte. Er hatte Angst, dass seine Karriere Schaden nehmen könnte, wenn die Polizei in ein solches Wespennest stach. LaBréa schaltete bewusst auf Angriff und sagte laut und mit erregter Stimme: »Wollen Sie sich etwa mitschuldig machen, Monsieur le Directeur?«

Der Schöngeist war einen Moment perplex. So kannte er LaBréa nicht. Dann entgegnete er mit scharfer Stimme: »Was erlauben Sie sich, LaBréa?«

»Wissen wir, was dort in Blonville geschieht?«, fuhr LaBréa unbeirrt fort. »Die letzte Nummer auf Coulons Festnetz heute war die Nummer von *LeCloître*, dem Anwesen von Ex-Konsul Bouvier!«

»Was wollen Sie damit sagen?«

»Dass wir keine Minute zu verlieren haben, Monsieur!«

Der Schöngeist schnappte nach Luft. Bevor er etwas erwidern konnte, wurde die Tür aufgerissen und Brigadier Valdez platzte in LaBréas Büro.

»Chef, eben kam ein Anruf. Von Kollegen im Siebzehnten Arrondissement. Die sind von einer Frau alarmiert worden. Man hat Jean-Marc gefunden. In einer alten Werkstatt. Diese Kontaktleute haben ihn offenbar brutal zusammengeschlagen! Er ist schwer verletzt und wurde ins Krankenhaus Bichat gebracht.«

»Was?« Voller Bestürzung sah LaBréa den Brigadier an.

»Seinen Freund hab ich schon benachrichtigt«, fügte dieser hinzu.

»Seinen Freund?«, sagte Franck leise zu Claudine und grinste dämlich. »Also doch! Hast du das gewusst, Claudine, dass er ...«

Heftig stieß Claudine ihm den Ellbogen in die Rippen. »Halt bloß die Klappe, Franck«, zischte sie. »Sonst hau ich dir hier vor allen eine rein!« Ihre Augen blitzten zornig, und Franck zog es vor, keine weitere Bemerkung zu machen. LaBréa warf den beiden einen unwilligen Blick zu.

»Sagen Sie Johan Schlick Bescheid, Valdez.« La Bréa stand auf. »Ich fahre sofort in die Klinik. Franck und Claudine, Sie bereiten alles Notwendige vor.« Er wandte sich an den Schöngeist. »Ich gehe davon aus, dass Sie uns für die geplante Aktion die nötige Rückendeckung geben, Monsieur.«

»Moment mal, was geht denn hier eigentlich vor? Wieso treibt sich Leutnant Lagarde in einer alten Werkstatt herum? Und was für Kontaktleute haben ihn zusammengeschlagen?!«

LaBréa war bereits an der Tür.

»Das erkläre ich Ihnen später, Monsieur. Jetzt fahre ich erst mal ins Krankenhaus.«

Die Tür fiel ins Schloss. Der Schöngeist war außer sich.

»Hat Ihr Commissaire mal wieder eigenmächtig gehandelt, hinter meinem Rücken?«, blaffte er Franck an. Der zuckte nur mit den Schultern.

Die Ermittlungsrichterin seufzte und erhob sich.

»Sagen Sie, Monsieur Thibon, geht es in Ihrer Abteilung immer so turbulent zu? Ich könnte auch sagen: chaotisch!« Sie lächelte ironisch. »Nun, egal. Die geplante Aktion findet statt. Als zuständige Ermittlungsrichterin ordne ich das hiermit an.«

Sie nickte Franck und Claudine zu und verließ LaBréas Büro.

Als hätten sie sich abgesprochen, folgten ihr Francks und Thibons Blicke. Sie hefteten sich an die schlanken Beine mit den hohen Stöckelschuhen. Die Ermittlungsrichterin ließ die Tür offen, und ihre Schritte hallten draußen auf dem Korridor. Franck und Thibon tauschten einen flüchtigen Blick. Den Blick von Männern, die dasselbe dachten. Dann räusperte sich der Schöngeist kurz, schob seinen Stuhl zurück und rauschte davon.

»Die Schlappe, die er da gerade eingesteckt hat, vergisst er so schnell nicht«, murmelte Franck und schickte ihm einen spöttischen Blick nach.

Claudine stieß einen langen Puster aus.

»Verdammter Mist! Irgendwas muss bei Jean-Marc schiefgelaufen sein.« Sie drehte sich zu Franck und stieß ihn mit der flachen Hand gegen die Brust. »Und du, du bist ein riesengroßes Arschloch! Du fragst nicht als Erstes, wie es Jean-Marc wohl gehen mag. Nein! Das ist dir anscheinend völlig egal …«

»Ist es nicht, Claudine!«

»… du geilst dich lieber an seinem Privatleben auf!«

»Ich wusste doch gar nichts davon!«, brauste Franck auf.

»Ja eben! Weil du viel zu blöd und borniert bist! Unsensible Typen wie du checken nie irgendwas.«

Damit ließ sie ihn stehen und ging rasch aus dem Raum. Franck blickte ihr konsterniert nach. Dann schlug er mit der Faust auf den Konferenztisch und sagte voller Wut: »So eine Scheiße!«

Doch er wusste selbst nicht, was er damit meinte.

LaBréa hatte das Blaulicht aufs Dach seines Zivilfahrzeuges gestellt und raste über den Pont au Change Richtung Rue de Rivoli. Die sonst so belebte Geschäftsstraße zeigte sich am heutigen Feiertag beinahe menschenleer. Nur in den Cafés und Bistros herrschte Betrieb. Bei einem kühlen Getränk erholten sich Einheimische und Touristen von der Hitze des Tages, die die Stadt unverändert im Griff hatte.

Es war achtzehn Uhr dreißig. Nur wenige Autos waren unterwegs. Auf Höhe der Tuilerien klingelte LaBréas Handy.

»Ja?«, sagte er in seine Freisprechanlage.

»Hier ist Madame Ribanville.«

LaBréa wurde hellhörig.

»Ja, Madame? Ist Ihnen noch irgendwas Wichtiges eingefallen?« Er wusste inzwischen sehr viel mehr über den ermordeten Moderator und war gespannt, weshalb seine Witwe sich plötzlich bei ihm meldete.

»Ich habe einen Anruf bekommen. Von Monsieur Lecadre. Dem Freund meines Mannes.« Am anderen Ende der Leitung war ein Moment Stille. Dann fuhr Candice Ribanville fort. »Er hat mich … bedroht.«

»Bedroht?«, fragte LaBréa. »Weswegen?«

»Das möchte ich Ihnen lieber nicht am Telefon sagen. Aber es hat mit dem Tagebuch meines Mannes zu tun.«

»Sie haben sein Tagebuch gefunden?«, meinte LaBréa überrascht.

»Ja. Und ich habe mich jetzt, nach dem Anruf von Monsieur Lecadre, dazu entschlossen, es der Polizei zu übergeben.«

Blitzschnell überlegte LaBréa.

»Hat Monsieur Lecadre denn Kenntnis von diesem Tagebuch?«

Die Antwort kam zögerlich.

»Nein, er nicht …«

»Sondern?«, hakte LaBréa nach. »Wer weiß davon?«

»Seine Frau, Chantal Coquillon. Ich habe ihr gestern davon erzählt.«

LaBréa war aufs Höchste alarmiert. Nach allem, was er bisher wusste, konnte er sich denken, welche Informationen und Geheimnisse in Ribanvilles Tagebuch zu finden sein mochten.

»Wo sind Sie im Augenblick, Madame?«

»In meiner Wohnung.«

»Gut. Ich schicke einen Mitarbeiter vorbei. Dem können Sie das Tagebuch aushändigen.«

»Das würde ich lieber nicht, Commissaire. Ich möchte gern mit Ihnen persönlich sprechen.«

»Es tut mir leid, Madame Ribanville. Heute wird das unmöglich sein. Ich kann mich morgen mit Ihnen treffen. Aber ich bitte Sie dringend, uns das Tagebuch Ihres Mannes zu übergeben. Und zwar heute. Es ist ein Beweisstück, und es uns vorzuenthalten, könnte für Sie ernsthafte Konsequenzen haben!«

»Gut, wenn Sie darauf bestehen«, erwiderte die Witwe leise.

»Ich schicke gleich jemanden vorbei. Vielen Dank, dass Sie angerufen haben!«

Im Anschluss an dieses Gespräch beauftragte er Brigadier Valdez, das Beweisstück in der Rue Montaigne abzuholen. Dann wählte er die Festnetznummer von Chantal

Coquillon, die er in seinem Handy gespeichert hatte. Es meldete sich niemand. Ein Anrufbeantworter war nicht eingeschaltet. Auch die Handynummer der Frau war tot.

LaBréa dachte scharf nach. Candice Ribanville hatte sich aus irgendeinem Grund Chantal Coquillon anvertraut, obwohl sie und die ehemalige Agentin sich nicht ausstehen konnten. Das musste bedeuten, dass Ribanvilles Tagebuch Dinge enthielt, die seine Witwe zutiefst beunruhigten. Vielleicht Dinge, die auch Eric Lecadre betrafen? Hatte Chantal Coquillon ihrerseits ihren Mann von dem Gespräch mit Candice Ribanville unterrichtet? Und wo war Eric Lecadre? LaBréa versuchte, ihn auf seinen beiden Nummern zu erreichen, doch vergeblich. Der Mann war spurlos verschwunden.

Genau wie auch seine Frau ...

Doch darum musste er sich später kümmern. Jetzt gab es andere Prioritäten. Die Sorge um seinen verletzten Mitarbeiter und die geplante Aktion, die in wenigen Stunden starten würde.

Krankenhausflure hatten überall auf der Welt denselben, typischen Geruch. So schien es jedenfalls LaBréa, als er im dritten Stock der Klinik aus dem Fahrstuhl stieg. Das ferne Klappern von Geschirr und die eiligen Schritte des Pflegepersonals begleiteten ihn auf seinem Weg in den dritten Stock.

Die automatische Tür zur Intensivstation schloss sich hinter LaBréa. Der Korridor war lang, und an seinem Ende gab es eine Milchglastür mit roter Aufschrift »*OP-Bereich. Zutritt verboten*«. Ein paar Stühle standen an der Wand, die mit Landschaftsplakaten französischer Provinzen dekoriert war, wodurch die sterile Atmosphäre auf dieser Station ein wenig freundlicher wirkte.

Auf einem der Stühle saß ein Mann mit dunklem, kurzgeschnittenem Haar und randloser Brille. Er trug einen legeren hellen Leinenanzug zu einem dunkelblauen T-Shirt. Als LaBréa sich näherte, hob er den Kopf. LaBréa blickte in ein Paar hellblaue Augen, die ernst und sehr besorgt wirkten. Er ahnte, um wen es sich bei dem Mann handelte. Auch dieser schien zu wissen, wer vor ihm stand. Denn er erhob sich und streckte LaBréa die Hand entgegen.

»Commissaire LaBréa? Ich bin Cyril Potassier. Jean-Marcs Lebensgefährte.« Sein Händedruck war warm und fest.

»Freut mich, Sie kennenzulernen, Monsieur«, sagte LaBréa und zog sich einen Stuhl heran. »Allerdings hätte ich mir andere Umstände dafür gewünscht.«

»Ich auch, Commissaire.« Cyril Potassier biss sich auf die Lippen. »Ich wusste ja, dass Jean-Marc undercover geht. Aber dass es so enden würde …« Er schüttelte den Kopf.

»Wie geht es ihm?«, fragte LaBréa besorgt.

»Er ist schwer verletzt. Sie haben ihn in ein künstliches Koma versetzt.«

»Haben Sie mit dem Arzt gesprochen?«

»Ja. Zufällig kenne ich ihn. Wir haben unsere Assistenzzeit in derselben Klinik absolviert.«

»Sie sind Arzt?«, fragte LaBréa überrascht.

»Ja. Arzt für Allgemeinmedizin. Jean-Marc hat mehrere Knochenbrüche. Schlüsselbein, Rippen. An der rechten Hand einen komplizierten Trümmerbruch. Sie operieren ihn gerade.« Er blickte auf die Uhr. »Schon seit über einer Stunde, aber es müsste eigentlich gleich vorbei sein.«

»Knochenbrüche heilen zum Glück relativ rasch«, sagte LaBréa.

»Stimmt. Aber außerdem hat er am ganzen Körper schwere Prellungen. Riesige Hämatome. Und eine Leberruptur. Das ist wirklich ernst. Infolge des Blutverlusts bekam er einen hämorrhagischen Schock. Diese Typen, mit denen er sich getroffen hat, müssen ihn brutal getreten und misshandelt haben. Und ...« Er stockte und blickte LaBréa flüchtig an. Dann sagte er leise: »Vermutlich haben sie ihn auch vergewaltigt.«

»Um Gottes willen!« LaBréa starrte ihn entsetzt an. »Hat Ihr Kollege das gesagt?«

Cyril Potassier nickte.

»Er hat es angedeutet. Aber Jean-Marc wird nichts davon mitgekriegt haben. Die haben ihn anscheinend mit K.-o.-Tropfen außer Gefecht gesetzt.«

Er legte LaBréa kurz die Hand auf den Arm.

»Aber behalten Sie das bitte für sich! Kann sein, dass Jean-Marc sich an nichts erinnert. Und falls doch – ich glaube nicht, dass es ihm recht wäre, wenn seine Kollegen davon wissen.«

»Sie können sich auf mich verlassen, Monsieur. Von mir wird niemand irgendwas erfahren.«

»Danke, Commissaire.«

LaBréa dachte an Franck und dessen homophobes Verhalten. Immer wieder stichelte er gegen den Paradiesvogel. Selbst vorhin in der Talkrunde, als die schlimme Nachricht kam, Jean-Marc liege schwer verletzt im Krankenhaus, hatte er sich seine dummen Bemerkungen nicht verkneifen können. LaBréa selbst und auch die anderen Mitarbeiter vermuteten schon lange, dass Jean-Marc schwul war.

Wenig später erschien der Chirurg, ein untersetzter Mann mit Oberlippenbärtchen. Er trug noch die OP-Kleidung. LaBréa stellte sich vor und erfuhr, dass Jean-Marc die Operation an der Hand gut überstanden hatte.

»Du kannst gleich zu ihm, Cyril«, wandte sich der Arzt an seinen Studienkollegen. »Er wird noch eine Weile bei uns bleiben. Wenn seine Schmerzen nachlassen, holen wir ihn aus dem Koma.«

LaBréa blickte auf die Uhr. Es war kurz nach halb acht. Zeit für ihn zu gehen. Jean-Marc befand sich in guten Händen und würde bald gesund werden. Sein Lebensgefährte, der glücklicherweise selbst Arzt war, kümmerte sich um ihn und stand ihm zur Seite. Dennoch – LaBréa kam nicht umhin, sich schwere Vorwürfe zu machen. Die Undercoveraktion war auf der ganzen Linie ein Schlag ins Wasser gewesen. Jean-Marcs Leben war leichtsinnig aufs Spiel gesetzt worden, und er, LaBréa, trug dafür die Verantwortung. Es würde eine interne Untersuchung geben, wie immer in derartigen Fällen. Von seinem Vorgesetzten Thibon konnte LaBréa sich keine Schützenhilfe erhoffen. Das, was mit Jean-Marc geschehen war, ging einzig und allein auf seine Kappe. Er hätte seinem Gefühl folgen und die Zustimmung zu der Undercoveraktion verweigern sollen. Nun war es zu spät.

Mit schwerem Herzen verließ LaBréa die Klinik. Draußen empfing ihn helles, drückendes Licht. In etwa eineinhalb Stunden würde die Dunkelheit hereinbrechen.

Und dann war es Zeit für die spektakulärste Aktion in LaBréas Karriere. Lief die Sache schief, war er seinen Job los. Und falls er und seine Leute die Beweise fanden, nach denen sie suchten, würde der Schöngeist den Erfolg für sich verbuchen.

Eines stand schon jetzt fest: In den nächsten Tagen würden alle Medien davon berichten. So oder so – ein Skandal ließ sich nicht vermeiden.

28. KAPITEL

Vom Krankenhaus Bichat fuhr LaBréa nach Hause in die Rue des Blancs Manteaux. Dort wollte er eine Kleinigkeit essen und sich umziehen. Für die nächtliche Aktion war dunkle Kleidung angesagt.

Céline schlug ihm drei Spiegeleier in die Pfanne und kochte einen starken Kaffee. Jenny war vom gemeinsamen Ausflug mit Alissa und ihrer Mutter an den Canal St. Martin noch nicht zurückgekehrt. Als LaBréa sie jetzt zu erreichen versuchte, hatte sie ihr Handy ausgeschaltet. Wahrscheinlich waren die Mädchen nach der Fahrradtour noch ins Kino gegangen.

LaBréa erzählte Céline von der geplanten Aktion. Als er fertig war, schwiegen sie beide einen Moment

»Ziemlich gefährliche Angelegenheit«, sagte Céline besorgt. »Und du willst wirklich kein Sondereinsatzkommando dabeihaben?«

»Nicht gleich zu Anfang. Als kleine Gruppe von vier, fünf Leuten sind wir beweglicher. Wir kennen ja das Gelände nicht. Aber die SEK-Leute sind in Alarmbereitschaft. Wenn wir Hilfe brauchen, sind sie in fünf Minuten vor Ort.«

Er aß den letzten Bissen und trank einen großen Schluck Wasser.

»Für heute Nacht haben sie Gewitter angekündigt«, meinte Céline und räumte seinen Teller ab.

LaBréa lachte kurz auf.

»Mal wieder! Selbst wenn es für Paris stimmen sollte, an der Küste ist das Wetter immer etwas anders. Kennst du übrigens die Normandie, Céline?«

»Überhaupt nicht. Aber vielleicht fahren wir mal hin. Ein Wochenende oder so?«

»Ja, das machen wir, Chérie.«

Er stand auf und ging ins Bad, wo er sich rasch duschte.

Anschließend zog er ein Paar dunkelgraue Cargohosen mit geräumigen Taschen und ein schwarzes T-Shirt an, dazu schwarze Turnschuhe.

LaBréa steckte seine Beretta 92 ins Gürtelhalfter. Ein zweites Magazin mit fünfzehn Schuss Munition 9 mm Parabellum verstaute er in einer der Hosentaschen, ebenso wie die lichtstarke Taschenlampe. Der Akku seines Handys war voll aufgeladen.

Kurz nach halb neun. Es wurde Zeit, aufzubrechen.

»Also dann, Chérie«, sagte er zu Céline und nahm sie in die Arme. »Ich denke, dass ich spätestens morgen früh zurück bin.«

»Pass auf dich auf!« Céline strich ihm zärtlich über die Wange.

»Mach dir keine Sorgen.«

Sie küssten sich lange und intensiv.

»Grüß Jenny von mir«, sagte LaBréa, als er zur Tür ging. »Wenn heute Nacht alles klargeht, steht unserer Ferienreise ans Mittelmeer nichts mehr im Weg.«

Der erste, graue Schleier der Nacht senkte sich über die Stadt. In den Cafés, Restaurants und Wohnungen gingen die Lichter an. Schon wurden die Straßenlaternen eingeschaltet. Als LaBréa über den Pont Notre Dame ins Präsidium fuhr, sah er die bunten Lichterketten der Ausflugsboote, die auf dem Fluss dahinglitten. Zwei Brücken weiter östlich, am Pont Neuf, hatte die Polizei vor wenigen Tagen die Leiche des unbekannten Jungen aus dem Wasser gefischt. Inzwischen ahnte LaBréa, auf welchem Weg er vermutlich in die Seine gelangt war. Alle Spuren führten nach Norden, zu einem Hafen am Atlantik.

Was für seltsame Zufälle es doch gibt!, dachte LaBréa, als er in die Tiefgarage des Justizpalastes abtauchte. Als ob eine lenkende Hand im Spiel wäre und zwei Dinge zusammenführte, die auf den ersten Blick nichts miteinander zu tun hatten ... Die Hand Gottes? LaBréa glaubte nicht an Gott, doch auf eigenartige Weise hatte der Mordfall Ribanville weitere Kreise gezogen. Eines folgte aus dem anderen, und der Assistent und Mörder des Quizmasters war die Figur, bei der die Fäden zusammenliefen.

Der Bauer auf dem Schachbrett, der den König mattsetzt.

Hätte Delpierre nicht vor wenigen Tagen ein Telefonat von Ribanville belauscht und gäbe es Delpierres überraschende Verbindung zur *Maison de Dieu* nicht, wäre die Polizei vermutlich keinen Schritt weitergekommen.

Auf dem Hof des Polizeipräsidiums warteten bereits Franck, Claudine, Schumann und Fracasse. LaBréa wandte sich an Claudine.

»Hat Valdez Ribanvilles Tagebuch bei seiner Witwe abgeholt? Auf dem Flug will ich einen Blick reinwerfen.«

»Er ist sofort hingefahren«, erwiderte Claudine. »Aber da war niemand zu Hause.«

»Wahrscheinlich hat sie es sich anders überlegt«, warf Franck ein.

Enthielt das Tagebuch Informationen, die für die geplante Aktion von entscheidender Bedeutung waren? LaBréa glaubte das nicht.

»Wir kümmern uns morgen darum. Was auch immer in dem Tagebuch stehen mag – wir haben auch so genug Anhaltspunkte für unsere Aktion.«

Die fünf Beamten stiegen in einen Mannschaftswagen. Mit eingeschaltetem Blaulicht fuhren sie zum Hubschrauberlandeplatz im 15. Arrondissement. Dieser Heliport wurde sowohl von Rettungs- und Zivilhubschraubern benutzt als auch von Maschinen der Polizei und der Armee.

Zwei Heilkopter der Polizei standen mit laufenden Rotorblättern neben einem abseits gelegenen Hangar. Ein Sondereinsatzkommando mit zehn schwer bewaffneten Beamten befand sich bereits vor Ort und saß in einem der Hubschrauber. Nach einer kurzen Absprache mit dem Kommandeur des SEK, einem Major namens Tourin, stiegen LaBréa und seine Leute in den zweiten Hubschrauber. Wenig später hoben die Maschinen vom Boden ab, flogen eine scharfe Rechtskurve und verließen Paris in südöstlicher Richtung, um bald darauf nach Norden abzudrehen.

In einer halben Stunde würden sie an ihrem Ziel eintreffen.

Ein Wind kam plötzlich auf und wirbelte einige Blätter der Blutbuche, von der Hitze des Sommers frühzeitig verdorrt, durch den Innenhof von *Le Cloître*.

Die Tische und Korbstühle im Kreuzgang waren verwaist. Bis vor einer Viertelstunde hatten hier Louis Bouvier und seine Gäste bei einem Glas Rotwein und den Speisen, die die Köchin Lisa Breton am Morgen zubereitet hatte, den Tag ausklingen lassen. Jetzt waren die Männer verschwunden.

Den ganzen Abend über hatte Eric Lecadre versucht, noch einmal die Witwe seines ermordeten Freundes Ribanville in Paris zu erreichen. Nachdem er sie am frühen Abend das erste Mal angerufen und sie aufgefordert hatte, ihm das Tagebuch ihres Mannes auszuhändigen, wollte er weiter Druck auf sie ausüben. Doch sie nahm das Telefon danach nicht mehr ab. Würde sie die Polizei einschalten?

»Nie und nimmer!«, hatte Jean-François Kahn mit Entschiedenheit erklärt. »Ich glaube, da können wir ganz beruhigt sein.«

Und Léon Soulier hatte hinzugefügt: »Sicherheitshalber solltest du morgen früh gleich nach Paris fliegen und bei ihr vorbeischauen, Eric. Ich sage John Bescheid, er bringt dich hin. Wenn die Sache mit Candice in trockenen Tüchern ist, kommt ihr wieder zurück.«

Aus der großen Eingangshalle des alten Klosters drang Lichtschein nach draußen. Zwei Fenster waren geöffnet, die Brokatvorhänge wiegten sich heftig im Wind, der immer stärker wurde. Jetzt ertönte im Kreuzgang ein Klirren. Ein leeres Weinglas war vom Tisch gefegt worden. Bald darauf zerbrachen weitere Gläser und Geschirr, als hätte jemand mit einer einzigen, schnellen Bewegung alles vom Tisch gestoßen.

Kein Mond am Himmel. Von Süden her war erstes Donnergrollen zu vernehmen. Vereinzelt zuckten Blitze in der Ferne und erhellten eine schwarze Wolkenwand, die sich rasch näherte. Der Wind nahm weiter zu. Er verfing sich in der Blutbuche und den Kastanien der Zufahrtsallee, riss Zweige und kleine Äste von den Bäumen.

Kein Mensch war zu sehen. Das Licht in der Halle flackerte einige Male. Durch das nahende Gewitter wurde immer wieder für Sekundenbruchteile die Stromzufuhr unterbrochen. Fenster schlugen zu, eine Scheibe ging zu Bruch.

Vor dem Eingang des Klosters standen ein dunkelblauer BMW und ein roter Peugeot. Etwas weiter entfernt, auf der Allee zur Klosterkirche, tauchten im Licht der Blitze die beiden Dobermannrüden Ajax und Achill auf. Lautlos streiften sie über das Gelände. Sogleich hatte die Dunkelheit sie wieder verschluckt. Ein erneuter Donnerschlag, heftiger als der vorangegangene, vermischte sich mit dem Heulen des Windes, der immer wieder Staub aufwirbelte und welke Blätter vor sich hertrieb. Ein neues Geräusch war zu hören, noch ganz leise. Das Knattern eines Hubschraubers. Doch es war so schwach, dass die Hunde es im zunehmenden Donnergrollen nicht bemerkten.

Die beiden Polizeihubschrauber flogen eine Schleife und näherten sich von der Seeseite her dem kleinen Ort Blonville-sur-Mer. Der starke Wind machte dem Piloten, einem Leutnant der Luftwaffe, schwer zu schaffen.

»Wird Zeit, dass wir runtergehen, Commissaire«, sagte er zu LaBréa. »Sehen Sie die Wolkenwand, die von Osten auf uns zurast? Da zieht ein Unwetter auf, und was für eines!«

LaBréa nickte. Er saß vorn neben dem Piloten und spürte das starke Schaukeln der Maschine. Ein flaues Gefühl machte sich in seinem Magen breit. Er war froh, wenn sie endlich landen konnten. Er blickte nach unten, aufs Meer. Die See war aufgewühlt. Schaumkronen tanzten im Dunkel der Nacht auf den Wellen. Im Licht der immer dichter aufeinanderfolgenden Blitze sah LaBréa den breiten Sandstreifen an der Küste. Hier würden die Hubschrauber landen. Gleich nach der letzten Talkrunde in LaBréas Büro hatte Franck den Gendarmerieposten Bénerville kontaktiert und zwei Mannschaftswagen zum Strand von Blonville beordert. Durch die Mithilfe der einheimischen Polizei würden LaBréa und seine Leute rasch nach *Le Cloître* gelangen.

Das Landemanöver der Hubschrauber war nicht ungefährlich. Beide Maschinen schwankten heftig im Wind und wurden immer wieder abgetrieben. Doch endlich setzten sie auf dem sandigen Untergrund auf. An der Uferpromenade warteten schon die Wagen der Gendarmerie. In geduckter Haltung verließen die Beamten der Brigade Criminelle und die SEK-Leute die Hubschrauber. Der Sturm peitschte in heftigen Böen über sie hinweg. LaBréas Hosenbeine flatterten, als er auf die Wagen zurannte. Als alle vollzählig in den Autos saßen, fuhren sie los. Die beiden Hubschrauber erhoben sich in die Luft. Sie flogen weiter nach Le Havre, bis es neue Anweisungen gab. Sie würden den Landeplatz gerade noch erreichen, bevor das Unwetter losbrach.

Der Ort Blonville mit seinen schönen Ferienvillen, den kleinen Fischlokalen und der breiten Strandpromenade lag wie ausgestorben da. Die Menschen hatten sich vor dem heranziehenden Sturm in Sicherheit gebracht. Die Laternen schwankten bedrohlich hin und her. Am Ortsausgang, an der Abbiegung zu einer mit Kastanienbäumen gesäumten Kopfsteinpflasterallee, hörte die Straßenbeleuchtung auf. Während die Wagen durch die Dunkelheit fuhren, die immer wieder von Blitzen erhellt wurde, sprach LaBréa mit dem Hauptmann der Gendarmerie von Bénerville. Jeder in der Gegend kannte das alte Kloster, doch seit Jahren hatte niemand aus den umliegenden Orten das Gelände betreten.

»Abgesehen von der Köchin, die Monsieur Bouvier dort zeitweilig beschäftigt«, sagte der Hauptmann. Er war ein hochgewachsener Mann mit hellblonden Haaren. »Sie heißt Lisa Breton. Ich war vor einer Stunde bei ihr, sie wohnt im nächsten Ort.«

»Was hat sie Ihnen gesagt?«, wollte LaBréa wissen.

Der Hauptmann warf ihm einen kurzen Blick zu.

»Gesagt hat sie gar nichts. Sie ist nämlich taubstumm. Aber wenn man langsam spricht, kann sie die Worte von den Lippen ablesen. Und ihr Mann beherrscht die Gebärdensprache. Allerdings habe ich sie nicht angetroffen. Es war niemand zu Hause.«

»Schade. Dann wissen wir nicht, wann diese Frau das letzte Mal im Kloster gearbeitet und möglicherweise irgendetwas beobachtet hat.«

»Da kann man leider nichts machen, Commissaire.«

»Sagen Sie, den ehemaligen Staatssekretär Kahn, kennt man den hier in der Gegend?«

»Ja, natürlich. Aber der Mann lebt sehr zurückgezogen«, erwiderte der Hauptmann. »Seine Frau ist in der Psychiatrie. Das hat sich damals hier auf dem Land schnell herumgesprochen.«

Der Hauptmann bremste den Wagen und blickte auf den Tacho im Armaturenbrett.

»Wir müssten gleich da sein. Zwei Kilometer sind es von der Abzweigung ... Die Zufahrt ist vielleicht noch fünfzig Meter entfernt. Am besten steigen wir hier aus. Wer weiß, vielleicht ist das Anwesen videoüberwacht.«

Er täuschte sich nicht. Als die Beamten sich vorsichtig dem großen, eisernen Tor und der hohen Mauer näherten, entdeckte LaBréa die Videokamera als Erster. Sie war oben auf einem Mauervorsprung montiert. Deutlich sah man das blinkende Rotlicht. LaBréa und die anderen suchten hinter den Bäumen Deckung.

Fracasse schlich sich von der linken Seite her durch dichtes Unterholz ans Tor. Hier konnte das Kameraauge ihn nicht erfassen. Die Gendarmen hatten eine Aluminiumleiter mitgebracht und mit ihrer Hilfe stieg Fracasse auf die Mauer. Er brauchte nur wenige Sekunden, um die Anlage außer Gefecht zu setzen. Das Rotlicht an der Kamera erlosch. Den Ausfall der Videoüberwachung, sofern er ihn bemerkte, würde der Hausherr Louis Bouvier den Wetterverhältnissen zuschreiben.

Auf dem Flug von Paris an die Küste hatte LaBréa sich mit Lageplan und Grundriss des alten Klosters vertraut gemacht. Beides war der Brigade Criminelle vom Gendarmeriehauptmann in Blonville nach Paris gemailt worden.

Einer nach dem anderen kletterten LaBréa und seine Leute über die Leiter auf die andere Seite der Klostermauer. Die SEK-Leute würden zunächst außerhalb der Mauern warten, ebenso wie die Gendarmen aus Bénerville. Nur auf ausdrücklichen Befehl von LaBréa sollten sie auf das Klostergelände vordringen. Ein großes Polizeiaufgebot würde möglicherweise den Überraschungseffekt vereiteln, auf den LaBréa hoffte.

Sie teilten sich auf. Wichtig war, die Kastanienallee, die zum Hauptgebäude führte, zu vermeiden. Fracasse und Schumann sollten das Klostergebäude von Osten her erreichen, Franck und Claudine von westlicher Seite. LaBréa würde durch das Waldstück neben der Kastanienallee vordringen. Während die anderen vier das Kloster von der Rückseite her ins Visier nahmen, wollte LaBréa sich vorsichtig auf den Haupteingang an der Vorderseite zubewegen.

»Alles bereit? Die Handys sind ausgeschaltet?«, fragte er leise. Der Sturm war so stark geworden, dass er LaBréas Worte beinahe verschluckte. »Dann los!«, fügte er etwas lauter hinzu. »Wir treffen uns beim Kreuzgang. Und seid vorsichtig!«

Es war kurz vor elf.

Jetzt fielen die ersten, schweren Regentropfen. Blitze und Donner folgten dicht aufeinander.

Das Unwetter stand genau über dem kleinen Küstenort und dem Kloster. LaBrea wusste, wie gefährlich das für ihn und seine Leute sein konnte. Andererseits bot ihnen das Gewitter die beste Tarnung, um sich dem Kloster ungesehen zu nähern.

Rasch wurde der Regen stärker, der Himmel öffnete seine Schleusen. Das Waldstück bot LaBréa ein wenig Schutz, dennoch klebte ihm sein T-Shirt schon nach wenigen Schritten am Leib.

Der alten Klosterkirche, die linker Hand plötzlich auftauchte, schenkte LaBréa wenig Beachtung. Im Licht der zuckenden Blitze stach das Kreuz auf dem massiven, gedrungenen Turm scharf vom Himmel ab. LaBréa rannte weiter. Die Haare hingen ihm tropfend in die Stirn. Der Regen perlte von seinem Gesicht, rann den Nacken hinunter und über LaBéas nackte Arme. Inzwischen war seine gesamte Kleidung vollkommen durchnässt.

Kurz darauf entdeckte er das Klostergebäude. Der Komplex wirkte auf LaBréa größer, als er vermutet hatte. Eine Fensterfront war hell erleuchtet. Vor dem Eingang standen zwei Wagen.

Als LaBréa sich vorsichtig auf den Eingang zubewegte, dabei immer wieder Deckung hinter Bäumen und Sträuchern suchte, fiel sein Blick auf das rote Templerkreuz an der Hauswand neben der massiven Eingangstür. Die wechselhafte Geschichte dieses historischen Gebäudes wurde nun um eine Variante reicher.

Hinter dem ersten Wagen, einem BMW mit Pariser Nummernschild, fand er erneut Deckung. Um wessen Fahrzeug handelte es sich? Der Peugeot daneben war im Département Basse Normandie zugelassen.

Aber nur zwei Wagen?, fragte sich LaBréa erstaunt. Der Peugeot gehörte vermutlich dem Hausherrn. Und der BMW?

Das Unwetter tobte jetzt mit voller Wucht. Es wurde Zeit, dass LaBréa Schutz vor den Wasserfluten suchte, die in peitschenden Fontänen vom Himmel stürzten. Angestrengt lauschte er in die Nacht und spähte zu den erleuchteten Fenstern hinüber, von denen zwei sperrangelweit offen standen. Schwere Vorhänge blähten sich nach außen, bauschten sich regennass im Wind. Ein Signal für LaBréa, dass sich niemand in diesem Raum aufhielt. Jeder hätte bei einem solchen Wolkenbruch sofort die Fenster geschlossen. Aber warum brannte dann Licht? Es flackerte immer wieder, wie von kurzen Stromunterbrechungen.

In geduckter Haltung lief LaBréa unter den Fenstern entlang zur Eingangstür. Sie war verschlossen. Er sah sich um. Er musste versuchen, zur Rückseite des Gebäudes zu gelangen. Waren Claudine, Franck und die beiden anderen dort schon eingetroffen?

Inzwischen hatten sich überall große Pfützen gebildet. Das Wasser spritzte an seinen Beinen hoch, als LaBréa dicht an der Wand entlang zur hinteren Seite des Kloster lief. Seine Turnschuhe hatten sich komplett vollgesogen. Das schmatzende Geräusch, das jeder Schritt auslöste, ging im prasselnden Regen und den pausenlosen Donnerschlägen unter.

Als er um die Ecke bog, erreichte er eine kleine Passage, die zum Kreuzgang des Klosters führte. Er hielt einen Moment inne, hier war er vom Regen geschützt. Er lauschte und spähte in die Nacht. Unentwegt zuckten Blitze. Von seinen Mitarbeitern war nichts zu entdecken. LaBréa hastete weiter durch den Regen und kam an eine kleine Tür. Offenbar der Dienstboten- oder Lieferanteneingang. Die Tür war nicht verschlossen. Langsam drückte LaBréa sie auf. Der vor ihm liegende Flur hüllte sich in dämmriges Licht. Es roch nach Essen und schwüler, feuchter Luft. Vorsichtig bewegte LaBréa sich vorwärts. Vor ihm lag die Küche, deren Tür offen stand. Ein großer Raum mit herrschaftlichem Ambiente. Er warf einen raschen Blick hinein. Niemand da.

Wo blieben seine Leute? Waren sie bereits im Gebäude? Er ließ die Küche links liegen und ging weiter. Durch eine große Flügeltür fiel ein Lichtspalt. Dahinter musste sich der hell erleuchtete Raum mit den geöffneten Fenstern befinden, der auf den Klostervorplatz führte. LaBréa steuerte leise auf die Flügeltür zu. Doch bevor er sie erreichte, hörte er hinter sich ein Geräusch. Blitzschnell fuhr er herum, doch es war zu spät. Ein schwarzes Etwas sprang auf ihn zu, lautlos und schnell.

Ein Hund.

Zu Tode erschrocken, zuckte LaBréa zusammen. Wieso hatten sie nicht daran gedacht, dass es einen scharfen Wachhund in *Le Cloître* geben könnte? Wie konnte ihm ein solcher Fehler unterlaufen?! Er hätte sich verfluchen können.

Er kreuzte die Arme vor dem Gesicht, um sich zu schützen. Jetzt sah er hinter dem ersten Hund einen zweiten auftauchen.

Dobermänner, auf den Mann dressiert. Bluthunde, die nicht anschlugen, sondern sich hinterrücks auf ihre Beute stürzten.

LaBréa wurde durch die Wucht des Hundekörpers gegen die Wand geschleudert. Zum Glück war der Flur so eng, dass der zweite Dobermann nicht auch noch angreifen konnte. Der, der ihn angesprungen hatte, biss LaBréa in den linken Arm. Er unterdrückte einen Schmerzenslaut und wehrte das Tier mit aller Kraft ab.

In seinem Rücken spürte er plötzlich etwas Hartes. Den Knauf einer Tür. Hastig griff er danach, und die Tür öffnete sich. Gerade wollte der erste Dobermann sich erneut auf ihn stürzen, da schlüpfte LaBréa mit letzter Kraft durch die Tür und schlug sie zu. Schwer atmend lehnte er sich dagegen. Auf der anderen Seite hörte er das erregte Schnaufen der beiden Hunde. Ihre Pfoten kratzten an der Tür. Immer noch bellten sie nicht. Eine unheimliche Stille umgab LaBréa – und absolute Dunkelheit. Obwohl seine Kleidung und sein Körper nass vom Regen waren, spürte er das Blut an seinem Oberarm. Er tastete nach der Wunde. Sie schien oberflächlicher zu sein, als er angesichts der stechenden Schmerzen vermutet hatte.

Mit der rechten Hand suchte er nach der Taschenlampe in der Seitentasche der Cargohose und fingerte sie heraus. Zum Glück funktionierte sie, der Regen hatte ihr nichts anhaben können.

Wo befand er sich? Auf einem Treppenabsatz. Steinstufen führten nach unten, ausgetreten und steil. Nach wenigen Metern gab es eine Biegung. Was dahinter lag, konnte man nicht sehen.

Ein Keller?

LaBréa begutachtete seinen verletzten Arm. Die Blutung war schwächer geworden. Halb so schlimm wie befürchtet! Erleichtert atmete er auf.

Er drehte sich zur Tür und ließ den Strahl der Taschenlampe darübergleiten. Augenblicklich fuhr ihm der Schreck in die Glieder, und sein Herz begann zu rasen.

Es gab keine Klinke, keinen Türknopf. Nur einen Vierkantstift, zu dem man einen speziellen Schlüssel brauchte, um die Tür von dieser Seite her zu öffnen.

LaBréa saß in der Falle.

29. KAPITEL

Franck und Claudine erreichten das Klostergebäude auf der westlichen Seite, wo sie die erleuchteten Fenster der Vorderfront nicht sehen konnten. Beide waren vom Regen völlig durchnässt. Sie hatten ein freies Feld überqueren müssen, und an ihren Schuhen klebten dicke Erdklumpen.

»So ein verdammtes Scheißwetter!«, sagte Franck leise. Der Wind riss ihm die Worte vom Mund. Claudine und er drängten sich dicht an die Mauer, die von einem Grasstreifen gesäumt wurde. Hier säuberten sie ihre Schuhe, damit wenigstens der gröbste Dreck verschwand.

Auf dieser Seite der Klosteranlage gab es nur wenige Fenster. Sie waren länglich geschnitten und sehr schmal, beinahe wie Schießscharten. Claudine und Franck bogen um die Ecke und standen nun auf der Südseite. Von dort führte eine Passage zum Kreuzgang und Innenhof. Als sie sich vorsichtig heranschlichen, entdeckten sie zwei Gestalten, die sich von der anderen Seite her näherten. Franck griff nach Claudines Arm. Geduckt blieben sie stehen.

Dann atmete Claudine auf. »Es sind Schumann und Fracasse«, flüsterte sie erleichtert. Die beiden anderen hatten sie jetzt ebenfalls erspäht. Schumann hob kurz den Arm. Der nächste Blitz erhellte die Nacht, und ihre Kollegen leuchteten kurz wie Spukgestalten auf, um sogleich wieder zu verschwinden.

»Da vorn muss es irgendwo einen Zugang ins Gebäude geben«, sagte Franck.

In der Mitte der westlichen Seite des Kreuzganges befand sich eine große, mit Eisen beschlagene Holztür. Sie war verschlossen. Von der anderen Seite stießen jetzt Schumann und Fracasse zu ihnen. Die vier Beamten gingen rechts und links der Tür in Deckung und lauschten.

»Wo ist der Chef?«, flüsterte Claudine. Sie blickte sich suchend um. »Wir wollten uns doch hier treffen!«

»Er ist vielleicht schon drinnen«, meinte Schumann.

»Das sehen wir ja gleich.« Franck nahm einen kurzen Schraubenzieher aus seiner Hosentasche und machte sich an der Tür zu schaffen. Nach wenigen Augenblicken sprang sie auf. Von innen war kein Laut zu hören.

»Hier ist alles so verdammt still. Irgendwie gefällt mir das nicht.«

»Stimmt.« Claudine stand dicht hinter ihm. »Vielleicht sind die Typen gar nicht hier?«

»Du meinst, das Ganze ist 'ne Fehlanzeige, und dieser Delpierre hat uns geleimt?«

»Keine Ahnung. Obwohl ich mir das ...« Claudine zögerte und schüttelte den Kopf.

»Wie auch immer.« Franck klang entschlossen. »Los, kommt!«

Sie betraten einen großen Raum. Fracasse schaltete seine Taschenlampe ein. Der Lichtschein fiel auf Wände, die mit Fresken bemalt waren. Ein riesiger Kamin stand an einer der Längsseiten. Darüber hing ein Gemälde, das einen Ritter in voller Rüstung zeigte, dessen Mantel und Schild das rote Templerkreuz zierte. Vor dem Kamin gab es eine Sitzecke mit einem antiken Sofa und großen Ohrensesseln. Der Fußboden bestand aus hellen, quadratischen Steinplatten. Jenseits der Fenster an der rechten Schmalseite lagen Kreuzgang und Innenhof. Durch die geschlossenen Scheiben, gegen die der Regen prasselte, sah man im Zucken der Blitze die Blutbuche, die vom Wind hin und her geschüttelt wurde.

Claudine deutete auf die Tür.

»Da geht's weiter«, sagte sie leise. »Wenn ich den Grundriss richtig im Kopf habe, liegt dahinter so eine Art Vestibül.«

Schumann nickte. Alle hatten sich auf dem Flug von Paris mit dem Gebäudegrundriss vertraut gemacht. Ans Vestibül grenzte ein schmaler Korridor an, von wo aus linker Hand eine kleine Tür ins Freie ging. Ein paar Meter weiter auf dem Korridor führte eine Tür zur Küche. Danach gelangte man vom Ende des Korridors in eine große Halle. Von dort aus ging es über eine breite Treppe ins obere Stockwerk und über lange Flure in den Ost- und Westflügel des Klosters.

Eine Bewegung direkt vor ihm ließ Franck zusammenzucken. Er wich zurück.

»Vorsicht! Hunde!«, sagte er lauter als beabsichtigt. Doch es war bereits zu spät. Die beiden Dobermannrüden stürzten aus dem Vestibül in den Freskenraum und attackierten Franck und Fracasse. Beide versuchten, die Hunde abzuwehren.

»Scheiße!«, keuchte Schumann und kam Fracasse zu Hilfe. Claudine zog ihre Waffe aus dem Gürtelholster.

»Nicht schießen, Claudine!«, rief Schumann.

»Wofür hältst du mich? Man muss sie auf die Schnauze schlagen!« Sie griff nach dem Halsband des Hundes, der nach Francks rechtem Arm schnappte. Mit einem Ruck zerrte sie das Tier zurück. Bevor es sich auf Claudine stürzen konnte, schlug sie ihm mit der Pistole kräftig auf die Schnauze. Sie traf, und der Hund stieß einen Schmerzenslaut aus. Claudine ließ das Halsband los, der Hund wich zurück.

»Aus!«, sagte Claudine mit entschiedener Stimme und ging drohend auf das Tier zu, das vor Schmerzen winselte.

Schumann hatte ebenfalls seine Waffe gezogen und dem zweiten Hund einen kräftigen Hieb auf die Schnauze verpasst. Der winselte nun ebenfalls und drängte sich dicht an seinen Artgenossen.

»Aus!«, rief Claudine erneut und hob drohend die Waffe. Beide Hunde wichen immer weiter zurück.

»Wir müssen sie irgendwo einsperren.« Entschlossen folgte Claudine den Tieren, die nicht wussten, wie sie sich verhalten sollten. Dressiert auf den Angriff fremder Eindringlinge, hatten sie empfindliche Schläge auf Nase und Schnauze bekommen. Claudine war klar, dass schnelles Handeln erforderlich war.

Schumann und sie drängten die Hunde in den kleinen Flur. Die Flügeltür an dessen anderem Ende war verschlossen. Ein Lichtspalt drang heraus. Ist dort jemand?, fragte sich Claudine. Der Hausherr oder seine Freunde? Sie verwarf den Gedanken sofort wieder. Dass die Hunde nicht laut anschlugen und sich sogar zurücktreiben ließen, bedeutete, dass sich kein Mensch dort aufhielt.

»Da rein!«, sagte sie energisch und deutete mit dem ausgestreckten Arm zur offenen Küchentür. Die Hunde gehorchten, als hätte Claudines Stimme sie hypnotisiert. Kaum waren die Tiere in der Küche, zog Schumann rasch die Tür zu. Das schwere, alte Schloss rastete ein. Gleich darauf warfen sich die beiden Hunde gegen die Tür und fingen wütend an zu bellen.

Claudine und ihre Kollegen erstarrten. Sie lauschten auf Schritte und Geräusche im Haus. Nichts rührte sich. Das heisere Bellen der Dobermänner wurde immer rasender.

»Hier unten ist niemand«, sagte Schumann. »Und oben oder in den Seitenflügeln hört man das Bellen vielleicht nicht.«

Ein heftiger Donnerschlag verschluckte seine letzten Worte.

Franck hielt sich den Arm. Fracasse war an der rechten Hand gebissen worden. Die Wunde blutete leicht.

Claudine wandte sich an Franck, der sich den verletzten Arm hielt.

»Hat's dich schwer erwischt?«, fragte Claudine. »Zeig mal her.«

»Halb so schlimm.« Franck machte eine wegwerfende Handbewegung. »Ich bin hart im Nehmen.«

Die Zähne des Hundes waren zwar durch den dicken Stoff des kurzärmeligen, dunklen Canvas-Hemdes gedrungen, hatten jedoch nur einen tiefen Abdruck hinterlassen. Eine offene Wunde gab es nicht.

»Du hast Glück gehabt«, sagte Claudine und inspizierte dann die Hand von Fracasse. »Du auch.«

Fracasse nickte. Mit einem Stofftaschentuch, das er aus seiner Hosentasche zog, wischte er das Blut ab und umwickelte die Hand. Er schob die Kapuze seines Pullis zurück. Seine lockigen, braunen Haare klebten nass am Kopf.

»Lasst uns weitergehen«, sagte er.

»Sollen wir nicht lieber auf den Chef warten?«, gab Claudine zu bedenken.

Franck überlegte und warf einen Blick auf die verschlossene Küchentür, hinter der immer noch die Hunde anschlugen. »Ich frag mich, wo er bleibt?«

»Vielleicht ist er von der Vorderseite her reingegangen?«, meinte Schumann. »Oder er war früher am Kreuzgang als wir und ist schon im Haus. Sein Weg war ja der kürzere.«

Franck, Rangältester der Gruppe, traf eine Entscheidung.

»Wir gehen weiter und verteilen uns auf die verschiedenen Flügel des Gebäudes. Irgendwo müssen die Typen ja sein. Und wer weiß – vielleicht ist der Chef schon dort und braucht unsere Hilfe!«

Die in der Küche eingesperrten Hunde hörten plötzlich auf zu bellen. Vermutlich hatten sie sich in ihr Schicksal gefügt oder etwas zu fressen gefunden, wodurch sie abgelenkt waren.

Claudine und ihre drei Kollegen verließen den kleinen Flur, öffneten vorsichtig die Flügeltür zur hell erleuchteten Halle und lauschten einen Moment. Kein Laut war im Haus zu vernehmen. Draußen tobte noch immer das Gewitter. Eines der geöffneten Fenster in der Halle schlug zu und klemmte den Brokatvorhang ein.

Die kleine Tür im schmalen Flur hatten sie übersehen. Eine Tapetentür, deren goldener Türknauf sich nahtlos einpasste in das rotgoldene florale Muster der Tapete.

Nachdem er eine Weile abgewartet und gelauscht hatte, fasste LaBréa einen Entschluss.

Immer noch war das Hecheln der beiden Hunde hinter der Tür zu hören. Hin und wieder knurrten sie leise. Sie warteten darauf, dass er herauskam. Doch eines war klar: Selbst wenn die Hunde wie durch ein Wunder verschwanden, saß LaBréa auf dem steinernen Treppenabsatz in der Falle. Ohne einen Vierkantschlüssel ließ sich die Tür nicht öffnen. Hilfe konnte er nicht herbeirufen. Als er sein Handy anschaltete, um den Major des SEK zu kontaktieren, musste er feststellen, dass es keinen Empfang gab.

Er steckte das Handy in die Tasche und stieg die Treppen hinab. Das Licht der Taschenlampe wies ihm den Weg. Nach der Biegung führte eine weitere Treppe noch tiefer nach unten. LaBréa sah einen langen Gang, der sich in der Dunkelheit verlor. Die Wände waren grob aus Sandsteinen gemauert. In regelmäßigen Abständen entdeckte LaBréa verrostete Halter aus Eisen, die in die Wände eingelassen waren. Vermutlich hatte man dort in früheren Zeiten Fackeln hineingesteckt, um den Gang zu beleuchten. Die Decke bestand aus rohen Quer- und Längsbalken, darüber eine Schicht aus Ziegelsteinen. Überall bemerkte LaBréa dicke Spinnweben. Die Luft roch modrig. Vom festgetretenen Erdreich des Bodens stieg Feuchtigkeit auf.

Wohin verlief dieser Gang?

Zunächst einmal geradeaus. Der erdige Boden ging zeitweilig in grobes Felsgestein über, blankgescheuert von den Fußspuren längst verstorbener Menschen.

Dieser geheime Gang musste irgendwo enden, wo es einen Ausstieg nach draußen gab. Wahrscheinlich diente er den Tempelrittern, die *Le Cloître* erbaut hatten, als Fluchtweg für den Fall, dass Feinde ins Kloster eindrangen. Normalerweise endeten Geheimgänge aus alten Burgen, Festungen und Wehrdörfern irgendwo in einem Wald, in sicherer Entfernung zu den Gebäuden, denen in früheren Zeiten immer wieder Gefahr gedroht hatte.

Nach etwa hundert Metern wurde der Stollen plötzlich breiter. Eine steinerne Gewölbedecke löste die Balken- und Ziegelsteinbauweise ab. Jetzt war der Boden nur noch mit Erde bedeckt, Felsgestein war nicht mehr zu sehen. An einigen Stellen liefen schmale Wasserrinnsale über die Wand. Die Luft war feucht und sehr kühl. LaBréas spürte seine klammen Finger.

Mit einem Mal tauchte rechts eine Wandnische auf, in der eine etwa einen Meter hohe Madonnenfigur stand. Im Strahl der Taschenlampe fiel LaBréa die dunkle Staubschicht auf, mit der sie überzogen war. Die Farben waren verblasst und zum Teil abgeblättert. Marias Nase war abgeschlagen, und dem Christuskind fehlte gleich der ganze Kopf. Wie alt mochte diese Figur sein? Stammte sie noch aus der Gründungszeit des Klosters? Ein Kunsthistoriker hätte die Figur zeitlich ziemlich genau datieren können. Céline möglicherweise ebenfalls.

Céline …

Für einen flüchtigen Augenblick eilten LaBréas Gedanken nach Paris. Zu Céline und Jenny, die um diese Uhrzeit sicher schon im Bett lag … Seine Familie und sein Zuhause schienen unendlich weit entfernt.

LaBréa blickte auf seine Uhr. Es war kurz nach elf. Er musste weiter, damit er den Ausgang aus diesem Stollen fand und die Mission erfüllte, die ihn und seine Kollegen hierher geführt hatte.

Wo mochten seine Mitarbeiter inzwischen sein? Sicher hatten sie sich gewundert, dass LaBréa nicht zum Treffpunkt am Kreuzgang erschienen war. Momentan gab es keine Möglichkeit, irgendjemanden über Handy zu kontaktieren. Franck, Claudine und die anderen würden hoffentlich auch ohne ihn ins Kloster vorrücken und nach den Männern suchen, die sich dort befanden. Die Hunde!, durchfuhr es ihn plötzlich mit Schrecken. Sie würden sich auf jeden Fremden stürzen, der ins Haus eindrang, auch auf seine Mitarbeiter. LaBréa hoffte inständig, dass es ihnen gelang, die beiden Dobermänner auszuschalten. Immerhin waren sie zu viert und hatten von daher größere Chancen als er vorhin.

Er ließ die Madonnenstatue in der Dunkelheit zurück und marschierte weiter. Um die Wegstrecke einschätzen zu können, die er hier unten zurücklegte, begann er seine Schritte zu zählen. In regelmäßigen Abständen blieb er stehen. Die Architektur des Stollen hatte sich nicht weiter verändert. Ein Gewölbegang, schätzungsweise zwei Meter breit.

Nach weiteren hundert Metern hielt er inne. Jetzt war er ungefähr zweihundert Meter vom Treppenabsatz im Kloster entfernt. Immer noch hatte LaBréa keine Biegung, keine wie immer geartete Abzweigung oder gar Treppenstufen erreicht, die nach oben oder ins Freie gingen. Es war, als führte dieser Gang schnurgerade in die ewige Dunkelheit. Hier unten herrschte absolute Stille. Nur LaBreas Schritte und seine Atemzüge waren zu hören.

Er ging weiter.

Urplötzlich stieß er auf eine scharfe Rechtsbiegung. Gleich dahinter folgte eine Weggabelung. Der Gewölbegang erstreckte sich weiter geradeaus, links zweigte ein kleinerer und niedrigerer Gang ab. LaBréa bemerkte gleich, dass er dort nur in gebückter Haltung vorankam. Er zögerte nicht lange und setzte seinen Weg durch den Gewölbegang fort.

Plötzlich zuckte er zusammen. Er hatte ein Geräusch gehört. Es kam eindeutig aus der Richtung, in die er seine Schritte lenkte. Noch einmal zögerte er.

Da war es wieder. Ein Stöhnen. Hier unten befand sich jemand! Ein Mensch? LaBréa war aufs Höchste alarmiert. Er deckte das Licht der Taschenlampe mit der Hand ab und bewegte sich vorsichtig weiter. Nach wenigen Schritten spürte er eine Berührung an seinem Bein und blieb abrupt stehen. Etwas huschte über den Boden und verschwand in einer Spalte des Mauerwerks. Eine Ratte?

LaBréa schlich weiter. Erneut vernahm er das Stöhnen. Es klang, als hätte jemand starke Schmerzen.

Wieder machte der Gang eine Biegung und wurde sehr viel breiter. Im nächsten Moment sah es LaBréa.

Auf der nackten Erde, dicht an der Mauer des Gangs, lag tatsächlich ein Mensch. LaBréas Herz klopfte ihm bis zum Hals. Er trat vorsichtig näher und beugte sich über die Gestalt. Der Lichtstrahl seiner Taschenlampe fiel auf das Gesicht.

Es war Chantal Coquillon.

Die Haare hingen ihr wirr über die Stirn. Sie hatte die Augen geschlossen und stöhnte. LaBréa bemerkte eine Schürfwunde auf ihrer Wange. Das Blut war bereits verkrustet. Es sah dunkel und schmutzig aus. Das helle, langärmelige Hemd, das die Frau des Schauspielers trug, war an der Schulter eingerissen.

Wie kam sie hierher? Was hatte man mit ihr gemacht?

Vorsichtig berührte LaBréa sie am Arm. Der Stoff ihres Hemdes fühlte sich klamm an.

»Madame Coquillon? Können Sie mich hören?«

Erneut ein Stöhnen, aber keine Bewegung.

»Wie kommen Sie hierher? Was ist passiert?«, fragte LaBréa leise und eindringlich.

Ein undefinierbares Lallen drang aus dem Mund der Frau und erstarb sogleich wieder. Sie öffnete kurz die Augen, doch ihr Blick war vollkommen erloschen.

LaBréa leuchtete den Boden um sie herum ab. An der Wand entdeckte er eine leere Kanüle. Rasch untersuchte er den linken Arm von Chantal; dort war ein frischer Einstich zu sehen. Irgendjemand hatte ihr etwas gespritzt. Eine Droge? Ein Beruhigungsmittel? Ein tödliches Gift, das langsam wirken würde?

LaBréa rüttelte an ihrer Schulter.

»Madame Coquillon! Hören Sie mich?«

Diesmal kam nicht einmal mehr ein Stöhnen aus ihrem Mund.

Vorsichtig zog LaBréa mit dem Zeigefinger das rechte Augenlid der Frau zurück. Die Pupille blickte starr. LaBréa fühlte ihren Puls. Er war sehr schwach. Sie lebte noch, aber offenbar hatte sie jetzt das Bewusstsein verloren.

Fieberhaft überlegte er, was zu tun war. Hier lag ein Mensch in einem unterirdischen Gang in völliger Dunkelheit, dem auf irgendeine Weise Gewalt angetan worden war. Er musste Hilfe holen, ganz gleich, ob dadurch die geplante Aktion im Kloster gefährdet wurde.

Er holte sein Handy aus der Tasche und hoffte inständig, dass es diesmal funktionierte.

Umsonst. Auf dem Display las er die Meldung »Kein Funksignal«.

LaBréa stieß einen leisen Fluch aus. Es gab nur eine Möglichkeit, Chantal Coquillon zu helfen.

Er musste so schnell wie möglich herausfinden, wo dieser Geheimgang endete.

Während Claudine und Fracasse in den Ostflügel des Klosters vordrangen, um die dort gelegenen Räume unter die Lupe zu nehmen, gingen Franck und Schumann über einen langen Korridor in den Westflügel.

Sie merkten bald, dass dies ein stillgelegter Trakt war. Vereinzelt hatte man die Türen zugemauert. Diejenigen Räume, die zugänglich waren, enthielten nur altes Gerümpel. Möbelstücke aus vergangenen Zeiten, fleckige Matratzen, zusammengerollte Teppiche. An einigen Fenstern fehlten die Scheiben. Sie waren stattdessen mit Brettern vernagelt oder mit einem verwitterten Holzladen zugesperrt.

Ein Geruch nach Staub, Mäusekot und muffigem Inventar lag in der Luft. Hier wohnte niemand mehr. Eine dicke Staubschicht hatte alles überzogen. In einem der Räume nisteten Tauben, die durch ein Loch im Gemäuer ein- und ausfliegen konnten.

Die Stimmung in diesem Trakt des alten Klosters, den anscheinend schon lange kein Mensch mehr betreten hatte, schien ein wenig unheimlich. Selbst Franck, dessen Angstschwelle praktisch bei null lag, verspürte ein mulmiges Gefühl.

Der Regen prasselte aufs Dach. Immer noch hatte das Gewitter sich nicht verzogen. Blitze zuckten durch die Nacht. Jetzt gab Francks Taschenlampe den Geist auf. Er nahm die Batterien heraus, rieb mit dem Finger über die Kontaktflächen und legte sie zurück. Doch die Lampe ließ sich nicht wieder einschalten.

»Hast du vorher keine neuen Batterien eingelegt?«, fragte Schumann erstaunt.

»Doch, natürlich! Aber wahrscheinlich sind sie feucht geworden. Kein Wunder, bei dem Scheißregen.«

Nun waren sie auf Schumanns Lampe angewiesen. Sie strahlte hell, und die Batterien würde noch eine Weile durchhalten.

Sie fanden nichts von Belang. Kein belastendes Material, keine Indizien dafür, dass in jüngster Zeit jemand hier oben gewesen war.

Im letzten Raum des Westflügels verharrten sie einen Augenblick. Hier standen alte, zum Teil defekte Gartenmöbel, wuchtige Schränke und Kisten. Sie enthielten ausrangiertes Geschirr und angelaufenes Silberbesteck. In den Schränken stapelte sich Leinenwäsche; Tischwäsche, Laken, Küchentücher. Der Stoff war vergilbt, auch Stockflecken hatten sich gebildet.

»Und jetzt?« Schumann blickte auf seine Uhr. »Zwanzig nach elf. Hier vertrödeln wir nur unsere Zeit.«

»Das Gefühl habe ich auch.« Franck biss sich auf die Lippe und überlegte. »Wir gehen rüber in den Ostflügel, zu den anderen. Der Chef ist wahrscheinlich auch schon dort. Wer weiß, wie die Lage da ist.«

Die Lage im Ostflügel war zwar eine andere, doch auch für Claudine und Fracasse hatte es den Anschein, als seien die Bewohner ausgeflogen. Dennoch lauschten sie immer wieder auf Geräusche, bevor sie die einzelnen Räume in diesem Trakt des alten Klosters betraten.

Es gab eine Reihe schön eingerichteter Zimmer. Die Betten sahen benutzt aus; Reisetaschen standen herum. In den Badezimmern fanden sich Rasierzeug und Toilettenartikel. In einem der Räume lag eine Herrenledertasche auf einem samtbezogenen Louis-seize-Sessel. Fracasse öffnete sie vorsichtig. Er fand eine Brieftasche mit einigen Hundert Euro Bargeld, einem Führerschein und mehreren Kreditkarten. Die Tasche gehörte Eric Lecadre.

»Sieh mal an!« Fracasse stieß einen leisen Pfiff aus. »Der erste Beweis, dass diese Typen sich im Moment tatsächlich hier irgendwo aufhalten. Das hier sind Gästezimmer.«

»Aber wo sind sie? Ich versteh das nicht.« Claudine schüttelte den Kopf.

Der angrenzende Raum war etwas kleiner. Auf dem ungemachten Bett lagen Kleidungsstücke verstreut. Beim Anblick eines schwarzen AC/DC-Shirts stutzte Claudine kurz, dann erkannte sie es. Das konnte kein Zufall sein! Der Musikproduzent Frédéric Dubois hatte so ein T-Shirt getragen, als sie ihn am gestrigen Tag im Gebäude von *MediaFrance* aufgesucht hatte. Léon Souliers smarter Teilhaber hielt sich demnach ebenfalls hier auf. Das bedeutete, dass auch er zum inneren Zirkel gehörte. Diesen Hinweis hatte Michel Delpierre ihnen nicht gegeben. Weil er es nicht wusste?

Das fünfte Zimmer, dessen Tür sie vorsichtig öffneten, war unbewohnt. Es war ein schöner Raum mit antiken Möbeln. Über dem Bett lag eine dunkelrote Tagesdecke aus schwerem Stoff, darauf zwei bunte Kissen. Anzeichen von Gepäck, Kleidungsstücken oder Toilettenartikeln gab es nicht. Auf dem kleinen Sekretär vorm Fenster stand eine Vase mit einem Strauß Gartenrosen. Sie sahen frisch geschnitten aus.

Claudine überlegte scharf. Dann sagte sie zu ihrem Kollegen: »Soll ich dir mal was sagen, Fracasse? Dieses Zimmer wäre normalerweise auch belegt. Und weißt du, von wem?«

Fracasse ahnte es.

»Von Ribanville?«

»Genau!« Claudine nickte entschieden. »Da Delpierre ihn ermordet hat, konnte er natürlich nicht kommen. Aber die anderen sind gekommen. Trotz allem ziehen sie ihr Ding durch!«

»Bloß dass sie jetzt spurlos verschwunden sind.« Fracasse rieb sich ratlos übers Kinn.

»Ich weiß. Und der Chef ist ebenfalls spurlos verschwunden.«

»Und draußen dieses Scheißwetter. Da wird er sich kaum irgendwo im Freien aufhalten.«

Claudine spürte, wie sie langsam unruhig wurde. Kein Lebenszeichen von LaBréa. Keine Spur von den Männern, nach denen sie suchten, obwohl die Anzeichen ihrer Anwesenheit untrüglich waren.

»Ob ich mal versuche, den Chef auf seinem Handy zu erreichen?«

»Es war abgesprochen, dass die Handys abgeschaltet bleiben.«

»Stimmt.« Claudine war unschlüssig. Zunächst würde sie ihr eigenes Handy auf Empfang schalten. Für den Fall, dass LaBréa sich meldete. Dass sie ihn bisher nicht zu Gesicht bekommen hatten, fand Claudine äußerst beunruhigend.

Fracasse bemerkte, dass sie ihr Handy einschaltete. Bevor er etwas sagen konnte, kam Claudine ihm zuvor.

»Ich riskier das. Einer von uns sollte jetzt erreichbar sein. Und lass uns zurückgehen, Fracasse. Wir müssen zu Franck und Schumann und überlegen, wie es jetzt weitergehen soll.«

Franck und Schumann waren rasch aus dem Westflügel in die erleuchtete Halle zurückgekehrt und hatten die unteren Zimmer inspiziert. Neben den Räumen, durch die sie ins Gebäude gekommen waren, gab es noch ein großes Schlafzimmer mit altem Himmelbett, Baldachin und angrenzender, geräumiger Ankleide. Offenbar das Schlafzimmer des Hausherrn, Louis Bouvier. Auf einer Konsole stand ein großer Flachbildfernseher. Daneben ein Stapel DVDs. Sie waren nicht beschriftet. In den Schränken der Ankleide hingen Mäntel und Anzüge, in offenen Regalen lagen sorgfältig gefaltete Hemden, Pullover, Socken und Unterwäsche. Von der Ankleide gelangte man ins Badezimmer. Die Armaturen von Waschbecken und Badewanne waren goldfarben, Fußboden und Wände aus Marmorplatten. Alles wirkte prunkvoll, wenn nicht protzig.

»Schick«, sagte Schumann. »Von so einem Bad hab ich immer geträumt.«

»Ist das dein Ernst?« Franck warf ihm einen ungläubigen Blick zu. »Für mich wäre so was ein absoluter Alptraum.« Schumann grinste.

Am Fußende des Bettes lagen zwei alte Wolldecken.

»Hier schlafen offenbar die beiden Köter«, sagte Franck. »Wenn sie nicht gerade das Gelände patrouillieren und die Leute anfallen.«

Vom Schlafzimmer gingen sie zurück in die Halle. In dem Moment kamen Claudine und Schumann über die Treppe nach unten. In der sicheren Gewissheit, dass sich im Hauptgebäude von *Le Cloître* außer ihnen kein Mensch aufhielt, tauschten sich die vier Beamten über ihre Erkundigungen aus und beratschlagten, was zu tun sei.

»Ich kann's mir zwar nicht vorstellen«, sagte Claudine plötzlich. »Aber es gibt eigentlich nur eine Möglichkeit, wo die Kerle sein können.«

Zwei Minuten später verließen sie das Gebäude auf demselben Weg, den sie gekommen waren. An der Küchentür überzeugten sie sich, dass sie immer noch fest verschlossen war. Ein gefährliches Knurren ertönte, und sie machten sich schleunigst aus dem Staub.

Draußen im Kreuzgang empfing sie finsterste Nacht. Das Gewitter war weitergezogen. Nur hin und wieder zuckten noch Blitze in der Ferne. Der Regen hatte etwas nachgelassen, fiel jedoch immer noch reichlich.

Es hatte sich merklich abgekühlt. Die Luft roch frisch und nach nassem Laub.

Kurz darauf hatte die Dunkelheit die vier Gestalten verschluckt.

30. KAPITEL

Chantal Coquillon brauchte Hilfe. LaBréa wusste nicht, was man ihr gespritzt hatte. Als stark übergewichtige Frau litt sie vermutlich unter Kreislaufproblemen. Sie war aufs Höchste gefährdet und konnte sterben. Wenn nicht an Gift oder starken Beruhigungsmitteln, dann vielleicht an einem Herzinfarkt.

Es war kein gutes Gefühl, sie hier einfach zurückzulassen. Sie lag auf der nackten Erde, die Kälte und Feuchtigkeit waren sicher nicht gut für sie. Doch er hatte keine Wahl. Er warf einen letzten Blick auf die wie leblos daliegende Gestalt und entfernte sich.

LaBréa ahnte, warum man sie unschädlich gemacht und in dieses unterirdische Versteck gebracht hatte. Sie wusste zu viel, und sie hatte die Unvorsichtigkeit begangen, nach *Le Cloître* zu fahren. Warum? Wollte sie ihren Mann warnen? Ihn mit dem konfrontieren, was sie von Candice Ribanville erfahren hatte? Sie hätte sich lieber an die Polizei wenden sollen, statt sich einer Gefahr auszusetzen, die tödliche Folgen für sie haben konnte.

Nach etwa dreißig Metern endete der breite Gang plötzlich. LaBréa stand vor einer Mauer, ein Weiterkommen war nicht möglich. Gleichzeitig sah er irgendwo ein schwaches Licht. Er schaltete die Taschenlampe aus und blickte sich suchend um. Dicht unterhalb der Gewölbedecke, ungefähr zwei Meter über dem Boden, entdeckte er eine vergitterte Öffnung. Flackernder Lichtschein drang hindurch, und jetzt vernahm er von dort auch Geräusche. Er konnte sie nicht identifizieren. Waren es Schritte? Ein leises Gemurmel von Stimmen?

Den Ausgang aus dem Stollen hatte er nicht gefunden, das stand fest. Stattdessen einen vergitterten Luftschacht, der viel zu klein war, als dass ein erwachsener Mann sich hindurchzwängen konnte. Was lag dahinter?

Sorgfältig leuchtete LaBréa die Wand ab. Es gab einige Mauervorsprünge, aber sie boten wenig Halt. LaBréa prüfte die Steine. Zwei davon, etwa einen Meter über dem Boden, ließen sich bewegen. In aller Hast lockerte LaBréa sie, bis sie sich aus der bröckeligen Verfugung lösten. Vorsichtig legte er sie zur Seite. Er steckte die Taschenlampe in die Hosentasche und setzte den rechten Fuß in eines der Löcher, zog sich an zwei Mauervorsprüngen hoch, und schob den linken Fuß in die zweite Öffnung. Jetzt war er auf Augenhöhe mit dem Luftschacht und spähte vorsichtig durch das grobmaschige Gitter.

Mit einem Schlag wurde ihm klar, wo dieser Gang endete.

Unter der alten Klosterkirche.

Die Öffnung, durch die er blickte, befand sich seitlich in Bodenhöhe im vorderen Teil der Apsis. LaBréas Blickfeld ging bis zum Altar und ins Mittelschiff der Kirche. Was er hier sah, versetzte ihn in höchstes Erstaunen. Es gab keine normalen Betstühle und Kirchenbänke in dem sakralen Raum. Das Gotteshaus mit seinen wuchtigen Mauern und dem Bogengewölbe war beinahe leer, bis auf eine Reihe roter Ledersessel, die frontal zum Altar standen. Sessel, in denen man versinken konnte, die bequem wirkten und nicht dazu vorgesehen schienen, dass man darin einer Messe beiwohnte.

Auf dem Altar brannten große Kerzen, auch an Wandhaltern im Mittelschiff waren Kerzen angezündet und verbreiteten eine gespenstische Atmosphäre.

In LaBréas Kopf drehte sich alles. Hier also war der Ort! Wieso hatte er das in seine Überlegungen nicht miteinbezogen? Michel Delpierre hatte die Kirche überhaupt nicht erwähnt, er sprach nur vom Kloster!

Kein Mensch war zu sehen, doch erneut hörte er die Geräusche, die er kurz zuvor bereits vernommen hatte. Schritte.

Jetzt bemerkte er, wie aus dem rechten Querschiff vier Gestalten in sein Blickfeld rückten. Sie trugen lange, weiße Gewänder und rote Kapuzen, die ihre Köpfe völlig bedeckten und ihnen das Aussehen von Henkern verliehen. An Mund, Nase und Augen waren schmale Schlitze in den roten Stoff geschnitten.

LaBréa wich unwillkürlich zurück, um nicht entdeckt zu werden. Ein Schauer fuhr ihm über den Rücken. Er ahnte, was dieser Mummenschanz zu bedeuten hatte, und wusste gleichzeitig, dass es keine Möglichkeit für ihn gab einzugreifen und das zu verhindern, was geschehen würde. Er war in dem Geheimgang gefangen. Die einzige Verbindung zur Außenwelt bestand in dieser vergitterten Öffnung, die ihm nichts nützte. Im Gegenteil, er durfte nicht entdeckt werden! Die Männer, die Chantal Coquillon ausgeschaltet hatten, würden nicht zögern, das Gleiche mit ihm zu tun.

Vorsichtig äugte er durch das Gitter. Die vier vermummten Gestalten nahmen jetzt auf den roten Ledersesseln Platz. Sie lehnten sich zurück und schlugen die Beine übereinander, als säßen sie im Theater und warteten auf den Beginn der Vorstellung.

Niemand sprach ein Wort. Eine unheimliche Stille lag über dem Kirchenschiff. LaBréa spürte, wie seine Finger taub wurden. Wie lange würde er sich noch an der Wand halten können? Er biss die Zähne zusammen, atmete flach und starrte wie gebannt auf die vier Henkergestalten.

Plötzlich ertönte laute Musik. Ein elektronischer Sound, ähnlich einem Choral. Er klang ebenso bombastisch wie schauerlich. LaBréa erschrak derart, dass er beinahe zurückgezuckt und abgerutscht wäre. Mit letzter Kraft klammerte er sich an die Mauervorsprünge und presste seine Füße in die Löcher.

Ein Scheinwerfer wurde angeschaltet. Sein Licht fiel auf den Altar und einen Teil der Apsis, erreichte jedoch nicht die Stelle, wo LaBréa sich befand. Die Köpfe der Kapuzenmänner drehten sich nach links. Dort, unweit der Apsis, auf der Seite von LaBréas Luftschacht, öffnete sich eine kleine Holztür. Sie war etwa drei Meter von seinem Beobachtungsposten entfernt.

Eine fünfte Gestalt, genauso vermummt wie die anderen, schob einen schmächtigen Körper vor sich her. LaBréa erkannte ein Paar nackte, dünne Beine und Füße ohne Schuhwerk.

Ein Kind.

Es blieb stehen, wollte nicht weitergehen. Der Vermummte gab ihm einen kräftigen Stoß, und das Kind stolperte vorwärts. LaBréa sah, dass seine Hände auf dem Rücken gefesselt waren und ein grobes, kurzes Leinenhemd seinen Körper verhüllte. Wie ein Büßerhemd, das man einem zum Tode Verurteilten anlegt, bevor man ihn zum Richtplatz führt.

Das Kind blieb erneut stehen, drehte sich um, sein starrer Blick huschte ziellos in LaBréas Richtung und irrte weiter. Hatte man ihm Drogen verabreicht oder starke Beruhigungsmittel?

LaBréa hielt den Atem an. Das Kind stand nur wenige Meter entfernt. Es hatte hellblonde, kurze Haare und war geschminkt. Trotz des schummrigen Kerzenlichts waren deutlich die blutroten Lippen und ein starkes Augen-Make-up auszumachen.

Dann fiel LaBréas Blick auf den Hals des Kindes. Dunkel stach das rote Feuermal gegen den hellen Stoff des Leinenhemdes ab.

Das Kind war niemand anders als Joseph Croix, der vermisste Junge aus der *Maison de Dieu*.

LaBréa ahnte, was nun folgen würde, und hatte keineswegs vor, dem Geschehen ohnmächtig beizuwohnen. Er war hier unten in dem alten Geheimgang gefangen, doch irgendwo gab es einen Ausstieg, davon war er überzeugt.

Der niedrige Gang, der vorhin abgezweigt war!, schoss es ihm jäh durch den Kopf. Dort musste er es versuchen.

Lautlos ließ er sich nach unten gleiten. Er schüttelte seine tauben Finger, damit das Blut wieder zirkulieren konnte.

Als er seine Taschenlampe anknipste und den Gang zurückrannte, verfolgte ihn nicht nur die schaurige Musik, die die makabre und grausame Inszenierung untermalte.

Auch das Gesicht des Kindes mit dem Feuermal am Hals stand ihm äußerst lebendig vor Augen. Joseph Croix wusste eindeutig, was ihm bevorstand. Vermutlich war er schon viele Male von einem der vermummten Männer in die Kirche geführt worden. Eine Welle ohnmächtiger Wut stürzte über LaBréa herein. Was hier geschah, war so ungeheuerlich, dass er unwillkürlich wüste Rachegedanken und Gewaltfantasien entwickelte. Einen Augenblick lang schoss ihm der Gedanke durch den Kopf, zurück zu der vergitterten Öffnung zu eilen, seine Waffe zu ziehen und die fünf Vermummten in der Kirche mit gezielten Schüssen zu liquidieren. Doch gleichzeitig war ihm klar, dass dies der falsche Weg war. Er konnte nicht wissen, ob einer der Männer nicht ebenfalls eine Waffe besaß. Wenn sie schnell reagierten, würden sie den Jungen sofort töten.

Und das galt es um jeden Preis zu verhindern.

Durch den strömenden Regen rannten Claudine, Franck, Fracasse und Schumann Richtung Kirche. Das war der einzige Ort, an dem sich die Gesuchten aufhalten konnten. Franck hatte sogar gemutmaßt, ob der Chef vielleicht gar nicht erst zum Klostergebäude gegangen war, sondern gleich die Kirche aufs Korn genommen hatte.

Wasser und Schlamm spritzte ihnen an die Beine. Erneut wurde ihre Kleidung völlig durchnässt. Auf den durchweichten Wegen lagen abgebrochene Äste und Zweige.

Im Schein der Taschenlampen tauchte die Kirche vor ihnen auf. Düster erhob sie sich gegen den Nachthimmel. Als sie das Hauptportal erreichten, blieben sie stehen und lauschten. Nichts war zu hören, nur das Rauschen des Regens und der Wind, der inzwischen weitgehend abgeklungen war. Das Unwetter war endgültig weitergezogen.

Claudine schlich zu einem der Bogenfenster neben dem Eingangsportal, durch die man ins Innere der Kirche blicken konnte. Was sie dort sah, machte sie fassungslos. Sie winkte ihre Kollegen herbei.

»Schaut euch das an!«, flüsterte sie. Die anderen drängten sich dicht neben sie.

Soeben marschierten vier mit Kapuzen und langen Gewändern bekleidete Männer zu einer Reihe von Sesseln, die frontal zum Altar standen. Dort ließen sie sich nieder. Im Widerschein der flackernden Kerzen leuchteten die Kapuzen blutrot. Vor dem Altar stand auf hohen Füßen eine kleine Bank.

Franck schlug sich gegen die Stirn.

»Was sind wir doch für Idioten!«, zischte er. »Die Scheißköter, die Suche im Haus – das alles hätten wir uns schenken können!«

Schumann spähte angestrengt durchs Fenster.

»Wozu steht denn diese komische Bank vor dem Altar?«, fragte er.

Die vier Beamten blickten sich an. Im gleichen Augenblick wussten alle die Antwort. Niemand sprach das Ungeheuerliche aus. Nur Claudine flüsterte: »Mein Gott! Diese perversen Schweine …«

»Die sind allein da drinnen«, bemerkte Fracasse. »Den Chef seh ich nicht.«

»Er hat sich vielleicht hinter einer Säule oder in einer Seitenkapelle versteckt«, erwiderte Franck.

Claudine schüttelte skeptisch den Kopf.

»Glaub ich nicht. Irgendwas ist passiert, sonst wäre er hier irgendwo.«

»Was soll denn passiert sein?«, fragte Franck. »Schlimmstenfalls hat er sich in diesem Sauwetter beim Laufen den Fuß verstaucht und kommt nicht weiter.«

Plötzlich erklang im Innern der Kirche laute Musik. Alle zuckten zusammen. Ein Scheinwerfer erhellte den Altarbereich.

»Was ist das denn?« Schumann starrte seine Kollegen entsetzt an.

»Die Ouvertüre«, entgegnete Franck sarkastisch. »Ist doch klar, dass es jetzt erst richtig losgeht!«

Aus einer kleinen Tür bei der Apsis wurde ein barfüßiges Kind von einem fünften Kapuzenmann in die Kirche geführt. Es blieb einige Male stehen, wurde jedoch weitergestoßen.

»Bingo!«, sagte Franck mit eiskalter Stimme. »Jetzt ertappen wir die Typen in flagranti. Ich glaub, ich vergesse mich, wenn ich diese Kerle gleich in die Finger kriege!«

Claudine versuchte, Einzelheiten zu erkennen. Als das Kind jetzt zum Altar geschoben wurde, sah sie im offenen Halsausschnitt des sackartigen Gewandes einen großen, dunklen Fleck. Sie packte Franck am Arm.

»Weißt du, wer das ist? Das ist der Junge, den Kaplan Coulon neulich als vermisst gemeldet hat!«

Franck blickte sie entgeistert an.

»Diese Drecksau!« Seine Stimme bebte. »Verkauft hat er ihn! Wie ein Stück Vieh an seine reichen Spender verschachert. Genau wie den anderen Jungen, den wir aus der Seine gefischt haben.«

»Hoffentlich können wir das bald auch beweisen«, knurrte Schumann.

»Garantiert. Morgen früh wird die schicke Jacht von diesem Ex-Staatssekretär beschlagnahmt. Der Chef hat das ja bereits veranlasst. Und ich wette, dass die Kollegen von der Spurensicherung fündig werden!« Franck gab den anderen einen Wink. »Los, kommt!«

Mit entschlossenen Schritten verließ er den Beobachtungsplatz am Kirchenfenster. Er ging zum Hauptportal, dessen massive Eichentür die Jahrhunderte unbeschadet überdauert hatte. Er zog seine Waffe, gab den anderen ein Zeichen und drückte vorsichtig die eiserne Türklinke hinunter.

Nichts geschah. Die Tür war von innen verschlossen.

»Okay«, sagte Franck. »Der Chef ist verschwunden, und wir müssen angesichts dessen, was da drinnen gleich passiert, schnell handeln. Ich rufe das SEK.«

Er nahm sein Handy aus der Hosentasche, stellte es an und wartete, dass er ein Sendesignal bekam.

Als er den Gang zurückrannte, hielt LaBréa kurz bei Chantal Coquillon inne. Noch immer schien sie bewusstlos, doch LaBréa spürte ihren Puls. Er wusste, dass die Zeit knapp wurde. Hier lag eine Frau, die dringend Hilfe brauchte, und in der alten Klosterkirche lief ein kleiner Junge Gefahr, von einer Bande skrupelloser pädophiler Verbrecher missbraucht und gefoltert zu werden. Wie oft hatte er das schon über sich ergehen lassen müssen? Was hatten sie mit ihm vor, wenn sie seiner überdrüssig waren und der Hunger nach »Frischfleisch«, nach einem neuen Kick, sein junges

Leben für sie wertlos machte? Würden sie ihn entsorgen und im Meer ertränken? So wie sie es bei dem Unbekannten aus der Seine getan hatten? Noch fehlte der endgültige Beweis dafür, ebenso wie die Identität des Jungen noch immer ungeklärt war. Aber Coulon würde schon noch reden, da war LaBréa sich sicher. Früher oder später hätten sie sein Geständnis. Und die Untersuchung der Motorjacht von Ex-Staatssekretär Kahn würde weitere Beweise zutage fördern. Kurz vor dem Abflug nach Blonville hatte Claudine herausgefunden, dass das Boot in der Nacht vom 11. auf den 12. August den Hafen von Deauville verlassen hatte und erst am Morgen des 13. August wieder an seinen Liegeplatz zurückgekehrt war. Genug Zeit, um einen Menschen einige Kilometer von der Küste entfernt im Meer zu ertränken und den Leichnam dann flussaufwärts nach Paris zu schaffen.

Als Michel Delpierre LaBréa am Nachmittag seine Geschichte erzählt hatte, standen die Zusammenhänge zwischen den beiden Mordfällen plötzlich sonnenklar vor ihnen. Delpierre hatte vor elf Jahren als Waisenjunge in der *Maison de Dieu* gelebt, und zwar unter seinem Geburtsnamen Michel Carnet. Dort hatte er auf fatale Weise die Bekanntschaft von Yves Ribanville gemacht. Der gläubige Katholik und eifrige Kirchgänger war ein Mann mit ausgeprägten pädophilen Neigungen. Ribanville holte den Jungen sonntags im Waisenhaus ab, fuhr mit ihm in entlegene Waldstücke, in einsame Jagdhütten, an verlassene Flussufer. Dort missbrauchte er ihn regelmäßig. Delpierre alias Carnet war damals elf Jahre alt. Ribanville schärfte ihm ein, niemandem etwas davon zu erzählen, sonst müsste er sterben. Zum Abschied gab er dem Jungen immer eine Süßigkeit und ein kleines Taschengeld. Michel Carnet wagte nicht, Kaplan Coulon zu erzählen, was bei den Sonntagsausflügen mit Ribanville wirklich geschah. Auch im Beichtstuhl schwieg er über die Ereignisse. Wusste er doch, dass Coulon und Ribanville sehr befreundet waren. Außerdem schämte er sich furchtbar und ahnte, dass ihm sowieso niemand geglaubt hätte.

Das Martyrium des Jungen setzte sich fort, bis er vierzehn war. Da verlor Ribanville das Interesse an ihm.

Mit sechzehn, nach dem Realschulabschluss, verließ Michel das Waisenhaus und machte eine Ausbildung zum Tontechniker. Er änderte seinen Namen, legte ihn ab wie ein Schandmal. Und nahm stattdessen den Künstlernamen Michel Delpierre an. In seinem Personalausweis stand allerdings weiterhin sein richtiger Name, Michel Carnet. Als er sich einige Jahre später auf die Stelle als Aufnahmeleiter bei TF1 bewarb, begegnete er dort erneut Yves Ribanville. Dieser war inzwischen der Shootingstar des Senders. Zunächst hatte Delpierre Angst, dass Ribanville ihn erkennen könnte. Doch das war nicht der Fall. Da reifte der Plan in ihm, sich an dem Mann, der ihn jahrelang missbraucht hatte, zu rächen. Gezielt suchte er seine Nähe und bewarb sich auf den Assistentenposten.

Eines Tages sah er ein Banküberweisungsformular auf Ribanvilles Schreibtisch liegen. Der Quizmaster spendete eine hohe fünfstellige Summe an die *Maison de Dieu*. Da war Michel Delpierre klar, dass es »Geschäfte« zwischen Kaplan Coulon und Ribanville gab und welcher Natur diese Geschäfte sein mussten. Nun erlitten andere Jungen das

Schicksal, das auch Delpierre damals erlitten hatte. Doch Ribanville begnügte sich nun nicht mehr damit, ein Kind aus der *Maison de Dieu* an den Wochenenden in einsame Gegenden zu entführen und ihn anschließend wieder im Waisenhaus abzuliefern. Er hatte offenbar eine härtere Gangart eingeschlagen und obendrein Gleichgesinnte gefunden. Vor zehn Tagen belauschte Delpierre zufällig ein Telefonat, das Ribanville mit Jean-François Kahn führte. Daraus ging eindeutig hervor, dass eine Gruppe von Männern sich regelmäßig in der Normandie auf einem Anwesen namens *Le Cloître* traf. Aus gewissen Anspielungen folgerte Delpierre, was bei diesen Treffen geschah. Das festigte seinen Entschluss, Ribanville zu töten. Irgendwann, wenn der Rummel um die Ermordung des prominenten Showmasters vorbei war, wollte er der Polizei einen anonymen Hinweis auf das geheime Sexleben Ribanvilles und die Geschehnisse in *Le Cloître* zukommen lassen. In seiner Vermutung, dass dort Verbrechen an Kindern verübt wurden, bestärkte ihn die Nachricht vom Tod des Jungen aus der Seine. Als er dessen Fahndungsfoto am 14. August abends im Fernsehen sah und die geschminkten Augen bemerkte, schloss sich der Kreis. Auch er musste sich damals für Ribanville immer die Augen schminken, manchmal auch die Lippen.

Zu dem anonymen Hinweis war es nur deshalb nicht gekommen, weil Michel Delpierre zwei Tage nach dem Mord an seinem Chef selbst in Verdacht geriet und verhaftet wurde. So hatte er LaBréa die ganze Geschichte im Rahmen seines Geständnisses erzählt und der Polizei damit den entscheidenden Hinweis gegeben, in welchen Kreisen der Mörder des unbekannten Jungen vermutlich zu suchen war.

Michel Delpierre hatte längst die Vergangenheit von Ribanville recherchiert und herausgefunden, dass dieser als Jugendlicher in Nantes den Ministerialbeamten Jean-François Kahn getroffen hatte. Damals hieß Ribanville noch Robert Cazeneuve, und der steckte in Schwierigkeiten wegen des Verschwindens seiner Freundin. Hatte er sie getötet? Delpierre wusste es nicht, und wahrscheinlich würde man es nie herausfinden. Jedenfalls hatten Kahn und Cazeneuve offenbar ein kurzes Verhältnis miteinander. Wenig später verschaffte der Ministerialbeamte seinem jungen Schützling ein falsches Alibi und verhalf ihm zu einer neuen Identität. Die Männer wurden Freunde und frönten ihrer gemeinsamen Neigung, dem Sex mit Jungen, die nicht älter als zwölf Jahre alt waren. Sie fuhren gemeinsam nach Marokko, nach Südamerika, in asiatische Länder. Einige Jahre später ergaben sich andere Gelegenheiten.

Nach Kahns Pensionierung und seiner Übersiedelung in die Normandie fanden sie in Kahns Nachbarn Louis Bouvier, den Kahn schon früher kennengelernt hatte, einen weiteren Pädophilenfreund. Andere kamen hinzu. Lecadre, Léon Soulier und dessen Partner Dubois. Ein illustrer Kreis von Männern mit Geld, Einfluss, Macht und Verbindungen bis in die höchsten Kreise. Bis auf die Junggesellen Bouvier und Dubois waren alle verheiratet und verfügten auf diese Weise über eine perfekte Tarnung für ihre kriminelle Leidenschaft. Bouviers Anwesen *Le Cloître* erwies sich als der ideale Ort, ihre sexuellen Fantasien auszuleben, die immer ausschweifender wurden und immer neue Kicks forderten.

In Kaplan Coulon fanden sie einen willigen Helfer. Soweit Delpierre wusste, missbrauchte Coulon selbst zwar keine Jungen. Doch angesichts der enormen Geldspenden für seine Einrichtung war ihm das Schicksal eines Waisenjungen, nach dem niemand fragte, offenbar völlig gleichgültig.

So gleichgültig, dass er nicht davor zurückschreckte, einen Jungen als vermisst zu melden, der ihm anvertraut worden war und den er selbst an seine Peiniger ausgeliefert hatte.

Eine Minute später erreichte LaBréa die Stelle, wo der schmale Gang von dem etwas breiteren abzweigte. Gebückt hastete er voran. Die Decke war so niedrig, dass er schon nach wenigen Metern mit dem Kopf dagegenstieß. Das würde eine kräftige Beule geben, doch egal, hier ging es um Leben und Tod.

Jetzt wurde der Lichtstrahl der Taschenlampe etwas schwächer. LaBréa hoffte inständig, dass sie nicht ausfiel. Nach etwa fünfzig Metern endete der Gang in einem Rondell, dessen Decke sich ein wenig höher wölbte. Auf der feuchten Erde bemerkte LaBréa eine notdürftige Lagerstatt. Ein paar alte Decken lagen da, daneben stand ein angeschlagener Teller mit einem Kanten Brot. In einer Art Hundenapf befand sich ein Rest Wasser, eine trübe, schmutzige Brühe. An einem Haken an der Wand hing ein Seil. Es war schmutzig, dennoch erkannte LaBréa die weißblaue Farbe. Ein Seglerseil aus Nylon. Von der gleichen Art wie das, mit dem der tote Junge aus der Seine gefesselt worden war. Gleich daneben stand ein Blecheimer, aus dem es bestialisch stank. Er war bis zum Rand voll mit Fäkalien.

LaBréa nahm den Brotkanten, er war halb verschimmelt.

Es gab keinen Zweifel: Hier war Joseph Croix gefangen gehalten worden. In der ewigen Dunkelheit eines feuchten Gewölbes, bei Wasser und Brot, angebunden wie ein Stück Vieh, damit er nicht davonlaufen konnte. Wohin hätte er schon flüchten können? In die Finsternis des unterirdischen Gangsystems, aus dem er nicht entkommen wäre. So oder so hätten seine Peiniger ihn wieder eingefangen. Vermutlich hatten sie ihn nur angebunden, weil es Teil ihres Rituals war, ihres sadistischen Machtspiels mit einem unschuldigen, jungen Leben.

LaBréa blickte sich um. Der Gang setzte sich fort, und LaBréa folgte ihm. Kurz danach stieß er zu seiner völligen Überraschung auf eine Steintreppe, die nach oben führte. Er hielt inne und lauschte angestrengt. Erklang da nicht die Choralmusik aus der Kirche? Er hörte das Rauschen seines eigenen Blutes im Ohr und versuchte, sich zu konzentrieren. Nein, er täuschte sich nicht. Das war die Musik, die vor wenigen Minuten wie von Geisterhand angeschaltet worden war, als er durch den Luftschacht geblickt hatte.

Erneut musste er sich unterhalb der Klosterkirche befinden.

Vorsichtig schlich er die Stufen hinauf, die nach einer ersten Biegung in eine kleine Wendeltreppe übergingen. Er stieg sie empor und erreichte eine kleine Tür. Sie war mit zwei wuchtigen Eisenriegeln versehen, die nach rechts geschoben waren: Die Tür war nicht verschlossen. Mit ziemlicher Gewissheit führte diese Tür in die Apsis. Auf diesem Weg war der Junge in die Kirche gebracht worden.

Deutlich vernahm LaBréa jetzt die Musik. Es gab keine Möglichkeit, ins Kircheninnere zu blicken. Was geschah dort in diesem Moment? Hatten die Männer ihr grausames Ritual bereits begonnen? Was machten sie mit Joseph Croix?

LaBréa eilte die Stufen ein Stück hinunter und fingerte sein Handy aus der Tasche. Wie durch ein Wunder hatte er plötzlich ein ganz schwaches Funksignal. Er drückte eine Kurzwahlnummer und presste den Hörer ans Ohr. Nach einer Weile vernahm er ein leises Freizeichen. Er konnte sein Glück kaum fassen und ballte voller Anspannung die Faust.

»Ja?«, meldete sich wie von weit her eine Männerstimme.

»Hier LaBréa. Ich bin in einem unterirdischen Gang unterhalb der Kirche. Sie haben einen kleinen Jungen zum Altar geschafft.«

Es rauschte in der Leitung. LaBréa verstand nur Wortfetzen, doch er erkannte die Stimme von Major Tourin, dem Einsatzleiter des SEK.

»… hat uns Franck schon … unterwegs zur Kirche … Zugriff … zwei Minuten …«

»Okay«, sagte LaBréa leise und hoffte, dass Tourin ihn hören konnte. »Ich warte, bis ihr hier seid und stoße dann dazu.«

Ein Stein fiel ihm von der Seele. In wenigen Minuten war dieser Alptraum endlich zu Ende. LaBréa lief wieder nach oben, legte sein rechtes Ohr an die Tür und lauschte.

31. KAPITEL

Auf einmal ging alles sehr schnell.

Von irgendwoher vernahm er dumpfe Geräusche. Das Splittern von Holz und Glas. SEK und Polizei drangen offenbar von allen Seiten her in die Kirche ein. Zu ebener Erde gab es mehrere Fenster und in den Seitenschiffen und im Mittelschiff jeweils Türen, durch die man das Gebäude stürmen konnte.

Schon hörte LaBréa laute Stimmen, sie mischten sich mit dem Klang der elektronischen Musik, die das Geschehen in gespenstischer Weise untermalte.

»Polizei! Bleiben Sie, wo Sie sind, und legen Sie sich alle flach auf den Boden!«

Hastige Stiefeltritte, weitere Befehle wurden gebrüllt. Ein Schuss ertönte, und schlagartig verstummte die Musik. Hatte jemand auf einen der Lautsprecher gezielt, die sich in der Kirche befanden?

Plötzlich näherten sich rasche Schritte der Tür. Er ahnte, was das bedeutete. Die Kapuzenmänner wollten sich durch den unterirdischen Gang in Sicherheit bringen. Entweder gab es tatsächlich noch einen Ausgang, den LaBréa bisher nicht hatte finden können. Oder sie hatten die Absicht, zurück ins Kloster zu flüchten, wo man sie vielleicht nicht vermutete. Und von dort aus dann weiter.

Blitzschnell überlegte LaBréa. Er konnte sofort die Tür

von innen verriegeln und so den Männern den Fluchtweg abschneiden. Doch sie hatten den Jungen in ihrer Gewalt. Ihn als einzigen Zeugen ihrer Untaten würden sie auf jeden Fall mitnehmen. War ihnen die Flucht verwehrt, würden sie ihn töten. LaBréa hatte keine Wahl.

Die Tür wurde aufgestoßen. LaBréa presste sich eng an die Wand, so dass man ihn nicht sehen konnte.

In der Kirche fielen weitere Schüsse.

»Halt, stehen bleiben!« LaBréa erkannte Francks Stimme.

Gleichzeitig wurde die Tür aufgestoßen, und einer der Kapuzenmänner schob den kleinen Joseph Croix, dessen Hände auf dem Rücken gefesselt waren, auf den Treppenabsatz. Er stieß ihn die Wendeltreppe hinunter. Das Kind stürzte, schlug unten auf, und LaBréa hörte einen Schrei. Mit einer raschen Bewegung knallte der Kapuzenmann die Tür zu und schob die Riegel vor.

In dem Moment hielt LaBréa ihm seine entsicherte Waffe an die Schläfe.

»Stehen bleiben! Hände über den Kopf!«, sagte er mit eisiger Stimme.

Langsam hob der Mann die Hände. Vom Fuß der Wendeltreppe her ertönte ein leises Wimmern. Jetzt wurde von außen kräftig an der Tür gerüttelt. Mit lauter Stimme rief LaBréa:

»Hier ist LaBréa! Ich hab den Kerl und den Jungen auch! Gleich mach ich die Tür auf!«

Doch er konnte sie nicht öffnen, solange er dem Kapuzenmann, der auf dem schmalen Treppenabsatz den Weg versperrte, keine Handschellen angelegt hatte. Fest presste er die Pistole an die Schläfe des Vermummten und richtete den Strahl der Taschenlampe auf den Kopf des Mannes. Mit einem Ruck riss er ihm die Kapuze herunter.

Es war Eric Lecadre, der neben ihm stand. Seine Augen im Licht der Taschenlampe wirkten starr und reglos. Etwas Grausames lag in seinem Blick, etwas gänzlich Unmenschliches. In einem schönen, makellosen Gesicht spiegelte sich die Fratze des Bösen.

In dem Moment schlug Eric Lecadre mit einer raschen Bewegung die Pistole beiseite und rannte die Wendeltreppe hinunter. Schon war er um die Biegung verschwunden. Lecadre kannte sich hier aus. Er würde den Weg durch die unterirdischen Gänge auch im Dunkeln finden, hatte aber sehr wahrscheinlich sogar eine Taschenlampe dabei.

LaBréa rannte ihm hinterher. Vorbei an dem Jungen, der zusammengekrümmt auf einer der Stufen lag. Sein Anblick war erbarmungswürdig, doch noch konnte LaBréa sich nicht um ihn kümmern.

»Ich bin von der Polizei, Joseph«, sagte er leise im Vorübereilen. »Du bist in Sicherheit, mein Junge. Aber erst muss ich mir diesen Kerl da schnappen! Ich bin gleich wieder zurück, und dann gehen wir hier raus!«

Am Treppenabsatz angekommen, sah er Lecadre in die Dunkelheit tauchen. Er hetzte ihm hinterher und rief: »Bleiben Sie stehen, oder ich schieße!«

Die Gestalt hastete weiter. Im Schein von LaBréas Taschenlampe leuchtete das wehende, weiße Gewand. Es war, als eilte ein Gespenst zurück in seine Gruft.

LaBréa hob seine Beretta, zielte kurz und drückte ab.

Ein Aufschrei, ein dumpfer Aufschlag, dann Stille. LaBréa rannte zu der Stelle, wo Lecadre liegen musste. Als er sich näherte, rührte sich der Mann nicht. War er tot? LaBréa beugte sich über ihn. In diesem Moment griff Lecadre blitzschnell nach LaBréas Beinen. LaBréa verlor das Gleichgewicht und stürzte zu Boden. Seine Pistole fiel ihm aus der Hand, ebenso die Taschenlampe. Ihr Licht verlosch. Eric Lecadre warf sich auf ihn, legte beide Hände um seinen Hals und drückte zu. Doch LaBréa konnte sich befreien. Ein erbitterter Kampf begann. LaBréa knallte mit dem Kopf gegen die Wand, und einen Moment wurde ihm schwarz vor Augen. Erneut stürzte sich Lecadre auf ihn. Er war ein starker, durchtrainierter Mann. Sie wälzten sich über den Boden. LaBréa versetzte dem Schauspieler einen Faustschlag ins Gesicht, doch der schien hart im Nehmen. Er schlug zurück, und LaBréa fiel nach hinten. Sofort war der Mann wieder über ihm und drückte ihm die Hände nach unten. Mit einer Kraftanstrengung riss sich LaBréa los und rollte sich zur Seite. Seine Hand berührte etwas – seine Waffe. Hastig griff er danach. Und als Lecadre sich erneut auf ihn warf, schoss er ihm aus nächster Nähe in die Brust.

Ohne einen Laut brach der Schauspieler über ihm zusammen. Mühsam schob LaBréa ihn zur Seite, rappelte sich schnaufend auf und tastete in seiner Hosentasche nach dem Sturmfeuerzeug, das er bei solchen Einsätzen immer bei sich hatte. Das Licht flackerte auf und LaBréa sah, dass Lecadre blutüberströmt an der Wand lag und sich nicht rührte.

Hastig suchte LaBréa den Boden ab und fand seine Taschenlampe.

Im selben Moment hörte LaBréa eilige Schritte. Franck und Schumann stießen zu ihm. Die Polizei hatte die Tür zur Apsis aufgebrochen, nachdem man LaBréas Stimme gehört hatte und wusste, dass er sich mit dem Jungen und einem der Vermummten dahinter befand.

Franck legte die Hand an Lecadres Halsschlagader.

»Er ist tot, Chef.«

Schwer atmend strich sich LaBréa die Haare aus der Stirn. Dort hatte sich eine dicke Beule gebildet. Auf seiner Brust spürte er einen warmen, feuchten Fleck. Eric Lecadres Blut.

Die drei eilten zurück zu dem Jungen, der zitternd auf den Stufen kauerte. Claudine war bei ihm und hatte ihm die Fesseln aufgeschnitten. Sie redete beruhigend auf das Kind ein. Als LaBréa den Jungen hochheben wollte, wehrte er sich, wimmerte und begann heftig zu zittern.

LaBréa verstand sofort. Von ihm oder einem der anderen Kollegen würde das Kind sich nicht berühren lassen. Sie waren Männer, genau wie die anderen, die ihn gequält und ihm wehgetan hatte. Er gab Claudine ein Zeichen.

»Okay. Bringen *Sie* ihn rauf und kümmern Sie sich um ihn.«

»Krankenwagen ist schon unterwegs, Chef.«

»Wir brauchen dringend noch einen zweiten«, sagte LaBréa zu Franck. »In dem Geheimgang da unten liegt Chantal Coquillon. Sie ist bewusstlos. Anscheinend haben diese Kerle ihr irgendwas eingeflößt.«

»Chantal Coquillon? Was hat denn Lecadres Frau …«

LaBréa unterbrach ihn.

»Das klären wir später. Zwei Leute sollen gleich nach unten gehen und erste Hilfe leisten.«

Franck zog sein Handy heraus und lief nach oben.

Vorsichtig nahm Claudine den Jungen auf den Arm und trug ihn die Stufen hoch. Als sie an LaBréa vorbeiging, sah er Tränen in ihren Augen glitzern.

»Aus Deauville kommt eine Psychologin vom Jugendamt. Sie müsste jeden Augenblick hier eintreffen«, sagte sie und versuchte, ihrer Stimme Festigkeit zu verleihen.

Der Junge hing wie leblos in Claudines Armen. Was hatten sie mit ihm gemacht, nachdem LaBréa seinen Beobachtungsposten am Luftschacht verlassen hatte und durch den unterirdischen Gang irrte, auf der Suche nach einem Ausgang?

Als ahnte Claudine LaBréas Gedanken, sagte sie gedämpft: »Wir hatten alles die ganze Zeit im Blick, bis das SEK kam. Sie haben ihm nichts getan, Chef. Diesmal nicht! Die haben nämlich erst mal ihr ganzes Ritual abgespult. Er musste vor dem Altar knien. Der, der ihn raufgeholt hat, hat ihn mit Weihrauch umnebelt und zigmal das Kreuz geschlagen. Dann haben die Typen gemeinsam irgendein Gebet von sich gegeben. Irgendwas Kryptisches, eine Geheimsprache oder so. Es war gruselig. Wie so 'ne Art schwarze Messe.«

LaBréa nickte. Ribanville und seine Freunde hatten sich zu einer Art Geheimbund zusammengeschlossen und rituell ausgeschmückte Sexorgien mit Minderjährigen zelebriert.

In der Kirche hatte die Polizei längst die völlige Kontrolle über die Situation. Vor dem Altar sah LaBréa einen Toten. Man hatte ihm die Kapuze heruntergenommen, und LaBréa bemerkte, dass er relativ jung war. Es musste Fréderic Dubois sein. Drei weitere Männer, denen man ebenfalls die

Kapuzen abgenommen hatte, lagen in Handschellen am Boden. Unter ihnen erkannte LaBréa Léon Soulier. Die beiden anderen waren Ex-Staatssekretär Kahn und Louis Bouvier, der Besitzer des alten Klosters. LaBréa würdigte sie keines Blickes. Auf sie wartete eine Strafe, die sie lebenslang hinter Gitter brachte.

»Irgendwelche Ausfälle auf unserer Seite?«, fragte LaBréa Major Tourin, der sich zu ihm gesellte.

»Keine, Commissaire.«

Einer der SEK-Männer brachte eine Wolldecke und breitete sie auf den Stufen vorm Altar aus. Vorsichtig bettete Claudine den schmächtigen Körper des Jungen darauf. Deutlich war das dunkelrote Feuermal am Hals des Kindes zu sehen. LaBréa bemerkte Josephs aufgesprungene Lippen, seinen matten Blick, aus dem jeder Funke Lebenswille gewichen zu sein schien.

»Hat jemand einen Schluck Wasser?«, fragte er und drehte sich zu seinen Kollegen.

Fracasse reichte Claudine eine flache Feldflasche, die er am Gürtel trug. Claudine benetzte die Lippen des Jungen. Sie stützte seinen Kopf, damit er trinken konnte. Doch er schaffte nur zwei kleine Züge, dann fiel er entkräftet zurück.

Eine halbe Stunde später befand sich Chantal Coquillon auf dem Weg ins Krankenhaus.

Die Psychologin des Jugendamtes Deauville hatte Joseph Croix in ihre Obhut genommen und begleitete ihn in die Klinik, wo man den Jungen sofort ärztlich untersuchen und künstlich ernähren würde. Er war vollkommen abgemagert. Seit einer Woche, seit seinem Verschwinden aus dem Waisenhaus, war er nur äußerst mangelhaft mit Nahrung und Wasser versorgt worden. Selbst wenn er die körperlichen Schäden einigermaßen überstand – von den Beschädigungen seiner Seele würde er sich vielleicht ein Leben lang nicht mehr erholen.

Ein Polizeifotograf und ein Forensikerteam der Police Judiciaire Deauville war unterwegs nach *Le Cloître*, um Spuren im Geheimgang sicherzustellen.

Die Leichen von Eric Lecadre und Frédéric Dubois waren ins Gerichtsmedizinische Institut nach Le Havre gebracht worden, wo sie morgen früh der zuständige Rechtsmediziner obduzieren würde.

Es war zwei Uhr morgens. Die Aktion in der alten Klosterkirche war beendet.

LaBréa stellte sich etwas abseits an eine der Seitenkapellen und wählte Célines Nummer in Paris. Er wusste, dass sie seinen Anruf erwartete. Sie meldete sich bereits nach zweimaligem Klingeln.

»Es ist alles okay«, sagte LaBréa. »Wir haben die Kerle. Gerade noch rechtzeitig. Zwei von ihnen wurden von uns erschossen.« In knappen Worten erzählte er ihr, was passiert war.

»Mein Gott, Maurice, das hätte ja gründlich schiefgehen können!«, sagte sie, als er fertig war. »Ganz allein in diesem unterirdischen Gangsystem – was für ein Leichtsinn! Niemand hätte gewusst, wo du steckst!«

»Ich weiß, Céline. Aber hätten die Wachhunde mich nicht attackiert, wäre ich nie durch diese Tür gegangen, ohne zu checken, ob ich da wieder rauskomme!«

»Ich bin so froh, Maurice! Ich hab die ganze Zeit an dich gedacht. Mit einer Flasche Wein habe ich hier in meinem Atelier gesessen und dich in Gedanken begleitet.«

»Ich liebe dich, Chérie«, sagte er weich und spürte eine Welle von Zärtlichkeit aufsteigen. »In ein paar Stunden bin ich zurück. Jetzt leg dich ins Bett und versuch noch ein wenig zu schlafen.«

Er trennte das Gespräch.

Die Hunde!, schoss es ihm plötzlich durch den Kopf. Hatte jemand daran gedacht, sich um sie zu kümmern? Von Franck, Claudine und den anderen wusste er inzwischen, was im Klostergebäude geschehen war.

»Fracasse?«, rief LaBréa und ging zum Ausgang der Kirche, wo sich das Team jetzt versammelte. »Hat jemand an die beiden Dobermänner gedacht?«

»Na klar, Chef!« Fracasse lachte. »Die Gendarmeriekollegen haben sie mit einem Netz überwältigt, mit einer Spritze betäubt und ins Tierheim geschafft. Wahrscheinlich werden sie eingeschläfert.«

Die Nachtluft strich angenehm kühl über LaBréas nackte Arme. Schon lange hatte der Regen aufgehört. Hinter Wolkenfetzen tauchte die Sichel des Mondes am Himmel auf, und von fern war der Ruf eines Käuzchens zu hören.

Die Wagen der Gendarmerie standen abfahrbereit vor der Kirche. Ein drittes Fahrzeug war angefordert worden, um die drei Verhafteten abzutransportieren. Noch in dieser Nacht brachte man sie nach Paris. Sobald das Ergebnis der Spurensuche auf der Jacht von Jean-François Kahn vorlag, würden die Vernehmungen beginnen.

Einer der Gendarmen reichte eine Thermoskanne mit Kaffee herum. Dann bestiegen alle die Fahrzeuge und verließen den Schauplatz des alten Templerklosters. Hier waren in jüngster Zeit abscheuliche Verbrechen begangen worden. Eine Handvoll honoriger Männer hatte kleine Jungen gefangen gehalten, sie missbraucht und mindestens ein Kind getötet. Für LaBréa gab es keinen Zweifel, dass dem kleinen Joseph Croix das gleiche Schicksal bestimmt gewesen war wie dem Unbekannten aus der Seine. Wie viele hatte es schon vorher gegeben? Vielleicht würde man es nie erfahren.

Kaplan Coulon hatte die Jungen »besorgt«. Joseph Croix war von ihm als vermisst gemeldet worden, ein perfider Plan. Während Coulon ihn landesweit suchen ließ, wusste er, was in Wirklichkeit mit ihm geschah und welches Schicksal ihm bevorstand.

Wie war er bei dem Jungen aus der Seine vorgegangen? In der *Maison de Dieu* hatte sich dieses Kind nie aufgehalten. Als Coulon am gestrigen Abend verhaftet wurde, hatte man das Fahndungsfoto des Jungen den dortigen Betreuern und anwesenden Kindern gezeigt. Niemand kannte ihn. Coulon musste auf andere Weise auf ihn gestoßen sein. Oder hatte der Täterkreis um Ribanville noch eine weitere Quelle, wo sie sich ihre Opfer besorgten?

Zwei Gendarmen wurden abgestellt, um das Gelände zu bewachen. Auch hier würde sich die Spurensicherung gründlich umsehen. Doch auch so war die Beweislage gegen die Täter mehr als erdrückend. Sie waren in flagranti bei ihrem verbrecherischen Tun erwischt worden. Zudem hatten sie Chantal Coquillon betäubt und in hilflosem Zustand in dem unterirdischen Gang zurückgelassen. Vermutlich wäre sie dort unten nie gefunden worden und elend gestorben.

Auf dem Weg zum Strand, wo die beiden Helikopter auf sie warteten, rief LaBréa seinen Vorgesetzten an. Erst nach mehrmaligem Klingeln meldete sich die verschlafene Stimme des Schöngeistes. LaBréa berichtete ihm kurz, was geschehen war. Thibon hörte schweigend zu. Kein Wort der Anerkennung, kein Lob für seine Mitarbeiter. Wie immer war Thibon ein schlechter Verlierer. Er war gegen die Aktion in der Normandie gewesen, die nun erfolgreich verlaufen war. Jetzt neidete er LaBréa den Erfolg, den er sich doch schon bald auf seine eigenen Fahnen schreiben würde.

Eine halbe Stunde später hoben die Hubschrauber vom Strand ab. LaBréa blickte nach unten. Ruhig, wie ein glattes, dunkles Tuch lag der Ozean unter ihnen. Von fern blinkte das Licht eines Leuchtturms. Immer mehr hatte sich der Himmel aufgeklart.

Die Hundstage schienen endgültig vorbei zu sein, und mit ihnen hatte ein mörderischer Sommer sein Ende gefunden. LaBréa lehnte sich zurück und schloss die Augen. Er dachte an den bevorstehenden Urlaub und daran, wie sehr er sich danach sehnte, endlich einmal auszuspannen.

Die erste gemeinsame Ferienreise mit Céline und Jenny … Ein wohliges Gefühl durchströmte ihn. Das Gefühl von Glück. Kurz darauf schlief er tief und fest und erwachte erst, als der Hubschrauber sanft in Paris landete.

EPILOG

Wie erwartet lösten die Ereignisse in *Le Cloître* und die Verbrechen einer Handvoll angesehener Männer einen Medienrummel aus, der seinesgleichen suchte. Der Staatspräsident gab eine Erklärung ab und forderte für die Täter die härtesten Strafen. Der Erzbischof von Paris verfügte die sofortige Schließung der *Maison de Dieu* und ordnete eine interne Untersuchung der Vorfälle an. Hatten Pater Francis und die anderen Betreuer im Waisenhaus tatsächlich keine Kenntnis von Coulons Machenschaften gehabt? Die Kirche versprach eine lückenlose Aufklärung.

Die Beweise auf der Jacht des Ex-Staatssekretärs waren erdrückend. DNA-Spuren des toten Jungen aus der Seine waren die Bestätigung, dass er sich auf dem Boot aufgehalten hatte. Außerdem konnten die DNA-Spuren im Körper des toten Jungen zweifelsfrei den Männern zugeordnet werden, die ihn über Wochen missbraucht hatten. Die drei überlebenden Täter hatten die besten Strafverteidiger engagiert und schwiegen zu allen Vorwürfen. Es blieb unklar, wer den unbekannten Jungen im Meer ertränkt hatte und warum er anschließend mit Kahns Jacht nach Paris gebracht wurde. LaBréa konnte nur spekulieren. Wollten die Täter die Spuren verwischen? Die Polizei in die Irre führen? Oder war der Transport des Leichnams an ein verlassenes Seineufer im nächtlichen Paris nur eine weitere

Variante ihrer perversen und menschenverachtenden Fantasie gewesen, eine Laune, ein Spaß?

Das Tagebuch von Ribanville enthielt Einträge über die genauen Daten, wann die fünf Männer sich jeweils in *Le Cloître* getroffen hatten. Ribanville beschrieb auch detailliert seine sexuellen Fantasien. Daraus ging hervor, dass er und seine Mittäter den Mord an einem Jungen geplant hatten. Unter dem Datum vom 9. August war zu lesen: »*Heute oder kommende Nacht. Es ist alles vorbereitet. Ich kann es kaum erwarten. Das wird der ultimative Kick!*« Berücksichtigte man den Todeszeitpunkt des unbekannten Jungen, so war er genau zu diesem Zeitpunkt im Meer ertränkt worden.

Nach zwei Tagen pausenloser Vernehmungen brach Kaplan Coulon zusammen. Er gestand, Joseph Croix am 8. August Yves Ribanville zugeführt zu haben, der ihn noch am selben Tag nach *Le Cloître* bringen wollte.

Der unbekannte Junge aus der Seine war Coulon durch Zufall in die Hände gespielt worden. Auf einem verlassenen Baugelände nahe der *Maison de Dieu* stellte vor knapp fünf Wochen eine Gruppe von Sinti ihre Wohnwagen auf. Die Kinder wurden zum Betteln in die umliegenden Straßen geschickt. Coulon war dem Jungen, dessen Namen er nicht kannte und der vermutlich für immer ein Geheimnis bleiben würde, eines Abends in einer Seitenstraße der Place d'Italie begegnet. Der Kaplan war auf dem Weg zu seiner Schwester, die dort wohnte. Er sprach den Jungen an, der sich als zutraulich erwies. Unter einem Vorwand lockte Coulon ihn in sein Auto, telefonierte mit Léon Soulier und fuhr auf dessen Vorschlag mit dem Kind in die Tiefgarage von *MediaFrance*. Dort erwartete ihn Frédéric Dubois und kümmerte sich um alles Weitere. Wie der Junge dann in die Normandie gekommen war, wusste Coulon nicht. Niemand hatte je eine Vermisstenanzeige aufgegeben. Als Coulon zwei Tage später zu dem alten Baugelände fuhr, waren die Wohnwagen verschwunden, die Sippe des Jungen weitergezogen. Aus seiner Sicht typisch für fahrendes Volk: Menschen, die sich nur kurze Zeit an einem Ort aufhielten und sich offenbar nicht darum scherten, wenn eines der Kinder einfach verschwand. Für diesen Sintijungen hatte Léon Soulier einen fünfstelligen Betrag auf ein Privatkonto von Kaplan Coulon in Luxemburg überwiesen.

Michel Delpierre wurde des vorsätzlichen Mordes an Moderator Yves Ribanville angeklagt und wartete auf seinen Prozess. Durch seinen entscheidenden Hinweis konnte Joseph Croix gerettet werden, und der Mord an dem Jungen aus der Seine wurde aufgrund seines Geständnisses aufgeklärt. Von daher konnte Michel Delpierre mit mildernden Umständen und einem Strafnachlass rechnen. Vielleicht würden die Richter zudem noch berücksichtigen, dass Ribanville jahrelang sein Peiniger gewesen war.

Chantal Coquillon verstarb zwei Tage, nachdem man sie ins Krankenhaus geschafft hatte, an einem Schlaganfall. LaBréa konnte sie nicht mehr dazu befragen, ob sie vom Doppelleben ihres Mannes Eric Lecadre und seinen pädophilen Neigungen gewusst hatte, *bevor* sie Kenntnis von Ribanvilles Tagebuch erhielt. Doch er vermutete es stark.

Candice Ribanville flog wenige Tage nach der Beerdigung ihres Mannes mit ihren beiden Töchtern für immer zurück nach Corpus Christi. Das Geld auf den Konten ihres Mannes spendete sie einer Hilfsorganisation, die sich um missbrauchte Kinder kümmerte. Für den kleinen Joseph Croix stellte sie eine Summe von dreihunderttausend Euro bereit, die bis zu seiner Volljährigkeit treuhänderisch verwaltet wurde.

Léon Souliers Frau hielt eisern zu ihrem Mann und würde ihm bei dem bevorstehenden Prozess treu zur Seite stehen. Als seine ehemalige Sekretärin kam sie aus dem Nichts und hatte eine Menge zu verlieren, wenn sie ihren Mann fallenließ. Als in der Presse der Verdacht geäußert wurde, dass Soulier auch seinen kleinen Sohn Benoît missbraucht haben könnte, ging das Ehepaar juristisch gegen die Zeitung vor.

Jean-François Kahns erwachsener Sohn Georges, der vor vielen Jahren den Kontakt zu seinem Vater abgebrochen hatte, wurde von LaBréa in Australien kontaktiert. Er weigerte sich, irgendwelche Auskünfte über seinen Vater zu erteilen. LaBréa zählte dennoch eins und eins zusammen: Ein verlorener Sohn, eine Ehefrau in der Psychiatrie – in dieser Familie hatte es möglicherweise Geheimnisse gegeben, über die Kahns Sohn nicht sprechen wollte.

Jean-Marc, genannt Paradiesvogel, erwachte wenige Tage später aus dem künstlichen Koma. Er konnte sich nicht erinnern, was passiert war, nachdem er mit den beiden Kontaktleuten aus dem Chatroom *Tiffauges* ein Glas Champagner getrunken hatte. Die Spur zu diesen Pädophilen war eine Sackgasse gewesen. Sie standen in keinerlei Verbindung zu dem Geschehen in *Le Cloître*. Ihre wahre Identität wurde nie ermittelt, und für den Überfall auf

Jean-Marc konnten sie nie zur Rechenschaft gezogen werden. Als die Polizei in das Fabrikgebäude eindrang, wo Jean-Marc sich mit den beiden getroffen hatte, fanden sie die Räume leer. Das Kennzeichen des Mercedes stellte sich als gefälscht heraus. Im Anschluss an den Klinikaufenthalt verbrachte Jean-Marc mehrere Wochen in einer Rehaeinrichtung, wo er sich vollständig erholte. Sein Freund Cyril besuchte ihn regelmäßig, ebenso LaBréa und die anderen Kollegen.

Der Clochard Nick Sabatier hielt seinen gewonnenen Geldbetrag zusammen und hütete ihn wie einen Schatz. Er hatte beschlossen, sich im kommenden Winter in einer billigen Pension an der Porte des Lilas einzuquartieren, um so die kalte Jahreszeit besser überstehen zu können.

In Windeseile distanzierten sich Direktor Thibon und seine Ehefrau Françoise vom Ehepaar Lecadre/Coquillon und von Yves Ribanville. Es war keine Rede mehr davon, dass es je einen persönlichen Kontakt zu diesen illustren Künstlerkreisen gegeben hatte.

Der Urlaub am Meer mit Céline und Jenny blieb LaBréa noch lange in Erinnerung. Zusammen hatten sie auf der Rückfahrt auch das Grab seiner ermordeten Frau Anne in Marseille besucht. Während Céline diskret im Hintergrund blieb, hatte LaBréa den Arm um seine Tochter gelegt. Lange verharrten sie so in stummem Gedenken. Die Sonne schien vom wolkenlosen Himmel, und in dem Pinienhain hinter dem Friedhof lärmten die Zikaden. Am Abend aßen sie in Annes Lieblingsrestaurant am alten Hafen eine Bouillabaisse. Hier hatten LaBréa und seine Frau nur zwei Tage vor Annes Ermordung noch zu Abend gegessen.